KB245097

2015 제60회

現代文學賞 수상소설집

안규철, 「두 개의 빈 의자」, 드로잉

| 현대문학상 기념조각 |

안규철

책은 양면적인 요소들이 중첩되어 있는 물건이다.
책에는 왼쪽과 오른쪽 페이지가 있고, 보이는 앞면과 보이지 않는 뒷면이 있다.
안과 밖이 있고, 시작과 끝이 있다. 흰 종이와 검은 잉크가 있고,
드러난 것과 숨겨진 것이 있으며, 저자와 독자가 있다.
서로 상반되면서 동시에 상호의존적인 이런 요소들은 책이 닫혀 있을 때는 드러나지 않는다.
책은 상자와 같아서, 책장이 펼쳐지기 전에 그것은 무뚝뚝한 한 덩이 종이뭉치에 불과하다.
책을 열면 이렇게 하나였던 것이 둘이 된다. 왼쪽과 오른쪽이, 안과 밖이, 저자와 독자가 거기서 생겨난다.
그리고 그 둘 사이에서, 낯선 한 세계의 지평선이 떠오른다.
마술사의 손바닥에서 피어나는 꽃처럼, 작은 책갈피 속에서 세계 하나가 온전한 윤곽을 드러낸다.
문학작품 앞에서 늘 그것이 경이롭다.

제60회 現代文學賞 수상소설집

편혜영

소년이로少年易老 외

현대문학

| 차례 |

수상작

수상작가 자선작

수상후보작

역대 수상작가 최근작

심사평

예심

본심

수상소감

수상작

소년이로少年易老

편혜영

수상작가 자선작

식물 애호

편혜영

소년이로 少年易老

ⓒ김병관

1972년 서울 출생. 서울예대 문창과와 한양대 국문과 대학원 졸업. 2000년 『서울신문』으로 등단.
소설집 『아오이가든』 『사육장 쪽으로』 『저녁의 구애』 『밤이 지나간다』.
장편소설 『재와 빨강』 『서쪽 숲에 갔다』.
〈한국일보문학상〉 〈이효석문학상〉 〈오늘의 젊은 예술가상〉 〈동인문학상〉 〈이상문학상〉 수상.

소년이로
少年易老

유준의 집은 방이 여럿이었다. 소진은 특별한 때가 아니더라도 자주 그 집에 머물렀다. 밤이 늦어 자고 가야 할 때면 유준 어머니가 방을 내주었다. 회랑 끝에 있는 방으로, 주로 공장에 온 손님이 머물 때 사용했다. 유준은 소진과 함께 방을 쓰기를 원했고 그럴 만큼 충분히 넓은 방이었으나 부모의 허락을 받지 못했다. 유준은 겁이 많고 고지식했다. 예민하고 까다로운 부모의 처사에 따르느라 집 안에서만 놀아도 불평하지 않았다. 유준 어머니는 일상생활에서 지키는 원칙이 많은 사람이었다. 현관에 들어서기 전에 발을 굴러 흙 묻은 신발을 턴다거나 아침에 일어나면 미지근한 물을 한잔 마셔야 한다는 식이었다. 잠자리와 식사에서도 몇 가지 원칙이 있었다. 그다지 까다로운 것은 아니었다. 정해진 곳에서 자야 한다는 것, 식사 중에는 물을 마시지 않고 음식을 씹으면서 말을 하지 않는다는 정도였다. 그런 것이라면 소진의 부모도 간혹 지시했다. 그러나 소진의 아버지는 잠은 어디서 자나 마찬가지고 밥은 한 끼 때우면 그만이라고 생각하는 쪽이었다. 말투가 엄중하고 여러 번 되풀이하는 바람에 유준 어머니의 말은 무섭게 느껴졌다. 그녀는 작고 삐쩍 마른 체구였다. 의자에 앉을 때에도 늘 허리를 곧추세웠다. 편한 자리에서조차 허리를 구부려 앉는 법이 없었다. 집에 있을 때면 거실 소파에 꼿꼿이 앉아 책을 읽었고 유준과 소진은 방해가 되지 않도록 방에 틀어박혀서도 목소리를 낮췄다.

유준 아버지는 셔츠를 풀어 젖히고 복수가 차서 불룩해진 배를 내놓고 얼굴이 벌겋게 달아올라 가쁜 숨을 내쉬었다. 근처에만 가도 약 냄새가 났다. 소파에 비스듬히 누워서 가루를 털어 넣어야 하는 약과 개수 많은 알약을 먹어서 그런 것 같았다. 냄새의 일부는 땀이나 물에 축축하게 젖은 셔츠 앞자락에 책임이 있었다. 그는 그런 것에 개의치 않았다. 냄새를 맡는 것은 다른 사람들이어서 그랬을 것이다. 사진으로 보면 전에는 키가 크고 덩치가 좋았다. 건강이 괜찮았을 때 그는 거의 공장에서 지냈고 집에서는 육중한 나무문에 가로막힌 서재에서 일만 했다. 공장 규모도 이전과 달라졌다. 이 도시를 다니는 자동차는 대부분 그의 공장에서 생산한 부품을 장착하고 있다는 얘기가 떠돌았다. 지금은 그렇지 않았다. 많은 게 달라졌고 무엇이나 조금씩 변하고 있었다. 그는 소진에게 결코 말을 거는 법이 없었다. 힐끔 쳐다보는 것으로 대신하거나 아예 보이지 않는 척했다. 유준에게도 마찬가지였다. 유준이 아버지 앞에 나설 때는 약을 가져다줄 때와 허락을 받아야 할 일이 있을 때였다. 외출해야 한다거나 돈을 써야 할 때, 간혹 소진과 밖에 나가 놀 때가 그랬다. 그러라고 시키는 건 유준 어머니였다. 그런 일을 챙길 수 없을 정도로 바빠서는 아니었다. 그녀는 자신의 능숙한 살림과 가족에 대한 보살핌, 헌신 같은 것을 유준이 당연한 것으로 여기지 않기를 바랐다. 아들에게 의지가 되는 건 자신뿐이라는 걸 보여주려고 병색 짙은 남편 앞에 세우는 일을 즐겼다. 유준 아버지는 이미 내려진 결정을 바꾸지 않았다. 그럼에도 유준은 매번 질병 앞에 서서 아버지의 병색을 확인하며 얼마간 시간을 보내야 했다. 어머니의 말을 전달하는 것이나 다름없는 유준의 말에 그는 그저 간단히 고개를 끄덕여 허락하는 게 전부였다. 그러지 않을 때도 있었다. 마음에 들지 않는다는 듯 끄덕이는 일을 미뤘다. 그럴 때면 소파 뒤에 서 있거나 문 앞에 있는 소진에게도 유준 아버지의 목소리가 들렸다. 그의 목소리가 들려오면 소진은 깜짝 놀랐다. 크게 소리를 지르며 화를 내는 거라고 생각해서였다. 그러나 그는 결코 화를 내거나 소리치지 않았다. 들리는 소리는 가래를 끌어 올리는 것이거나 깊은 신음을 긴 한숨으로 돌리는 것에 지나지 않았다. 그러고 나면 침묵을 견디고 그 기이한 소리를 체벌처럼 묵묵히 듣고 있던 유준에게 비로소 고개를 끄덕여주었다. 허락을 받고 돌아서는 유준에게서 어떤 표정도 읽을 수 없었다. 만약 기뻐했다면 아버지의 허락을 받아서가 아니라 더이상 아버지와 함께 있지 않아도 된다는 것 때문이었으리라.

손님방에는 작은 간이침대와 목재 장식장과 몇 권의 책이 놓여 있었다. 방은 단정했지만 호감이 가지 않게 꾸며져 있었다. 얼굴이 찌그러진 남자가 의자에 앉아 절규하는 음산한 그림 액자가 붙어 있었고 커다란 거울이 침대 발치에 놓여 있었다. 자다 깨면 늘 거울에 뭔가 어슬렁거리며 비치는 것 같은 기분을 느껴야 했다. 방에 들어서면 서먹서먹한 기분이 드는 가운데 희미한 곰팡내가 났다. 늘 문을 닫아 두어서였다. 창문을 잠그는 걸쇠가 녹이 슬어 환기를 시키려면 유준 어머니의 도움을 받아야 했다. 자고 일어나면 소진은 간밤의 배려와 유준의 따뜻한 응대에도 불구하고 몸이 무겁고 어떤 때는 아픈 기운을 느꼈다. 오랜 시간이 지나고 나서야 그 방이 북쪽에 놓였다는 것을 깨달았고 다른 방에 비해 유독 춥고 냉혹해 보이는 게 그 때문인 걸 알았다. 여름이나 이른 가을같이 날씨가 좋을 때면 괜찮았다. 추울 때는 그렇지 않았다. 유준 어머니는 겨울철에 난방 온도를 높여주는 법이 없었다. 세탁한 여분의 이불이 없다면서 그 방에 있는 얇은 차렵이불만 사용하게 했다. 아침에 유준 어머니가 흔들어 깨울 때까지 소진은 이불을 둘둘 감고 웅크리고 누워 있어야 했다. 잠결에 본 유준 어머니는 매서운 검은 눈에 더부룩한 파마머리, 두꺼운 실내 가운을 걸쳐서 몸집이 커 보였다. 그 커다란 뒷모습이 침대 맞은편 거울에 그대로 비쳤다. 유준 어머니는 줄곧 차가운 눈빛으로 서서 소진이 침대에서 일어나 눈을 감다시피 하고 세수를 하러 가는 걸 지켜봤다. 화장실에서 누군가 오줌 누는 소리가 들렸는데 이어지는 가래 뱉는 소리로 유준의 아버지라는 걸 알 수 있었다. 그는 남의 집 담벼락에 오줌을 누다 걸린 표정으로 화장실 밖에 서 있는 소진을 힐끔 쳐다보고는 무거운 몸을 천천히 끌며 안방으로 갔다. 세수를 한 소진은 손님방에서 벌을 서듯 잠시 기다려야 했다. 유준 어머니는 소진을 가장 먼저 깨웠다. 시간이 되어 소진이 식탁에 자리를 잡고 나면 유준 아버지가 약 냄새를 풍기며 어깨를 좁게 모으고 걸어왔다. 냉랭하고 차가운 유준 어머니의 응대는 유준이 나타나면 끝났다. 유준 어머니는 식탁에 들어서는 아들을 향해 상냥하게 웃었고 그제야 처음 봤다는 듯 맞은편에 앉은 소진에게 잘 잤느냐고 물었다. 그러고 나면 아침 식사가 시작되었다. 식사 중에 물을 마시지 않고 음식을 씹으면서 말을 하지 않는다는 규칙을 지키는,

묵묵하고 조용한 식사였다.

　그런 냉대와 부자연스러운 침묵에도 불구하고 소진이 유준의 집을 자주 드나든 것은 각별한 우정 때문만은 아니었다. 다정하지 않은 어머니, 병의 기운을 풍기는 아버지가 흥미로워서도 아니었다. 소진의 마음을 끈 것은 유준의 집이었다. 처음 집을 둘러보았을 때 소진은 왜 아이들이 유준과 어울리지 않는지 이해하는 동시에 아이들에 대한 반감을 느꼈다. 집 안에 떠도는 지나친 정적은 드문 것이었다. 소리가 텅텅 울리는 빈방의 고요와 적막함에 대한 동경이 질병에 대한 두려움이나 유준 어머니의 냉대로 인한 서운함보다 컸다. 약 냄새와 질병의 훈기는 견딜 만했다. 욱하는 성질을 이기지 못해 걸핏하면 싸움을 일삼고 어머니에게 폭언을 퍼붓고 공장에서의 지난한 일에 대해 불평만 늘어놓는 아버지에 비하면 말없이 약 냄새나 풍기는 유준 아버지는 학자처럼 조용하고 관대하고 사려 깊었다. 아버지만큼이나 입이 걸고 극성맞은 사내아이들에게 시달리느라 소진 어머니는 나이에 맞지 않게 등이 구부정했고 흰머리가 눈에 띄게 많았으며 검은 눈가에 지친 기색이 역력했다. 유준 어머니가 공장 근로자와 간부, 집안사람을 거느리느라 마른 몸매에도 불구하고 대장부 같은 기운을 풍겼다면 소진 어머니는 공공근로에 나선 노인처럼 쪼그라들고 피로해 보였다. 소진에게는 형제가 많았는데, 그들은 늘 적은 양의 먹이를 빼앗으려는 새 떼들 같았다. 서로의 물건을 무람없이 차지하고 형제의 일기장이나 수첩을 들여다보는 일을 예사로 했다. 소진은 그런 일로부터 떨어져 있기를 원했고 그런 점에서 유준의 집이 제격이었다. 유준은 거의 집에 틀어박혀 지냈다. 까다롭고 금지가 많은 어머니 때문이기도 했지만 어울릴 친구가 없어서이기도 했다. 아이들 중에는 부모가 유준네 공장에 다니는 집이 많았다. 그 상황을 유준이 가장 의식한다는 게 늘 문제가 되었다. 유준은 형편이 좋지 않은 친구들을 지나치게 배려했고 그렇게 해야 하는 피로감을 숨기지 않았다. 다른 아이들과 달리 소진에게는 별문제가 되지 않았다. 아이들이 유준을 자동차 새끼로, 유준과만 붙어 다니는 소진을 깜빡이 새끼라고 부르는 것도 개의치 않았다. 그럴수록 유준은 소진에게 의지했다. 유준의 환심을 사려고 애쓰지 않아도 된다는 건 행운이었다. 유준은 소진이 사이 나쁜 형제를 피할 만한 곳이 자신의 집뿐이라는 걸 몰랐을 것이다.

소진 혼자 크고 조용한 방이 많은 집을 차지할 때도 있었다. 그런 일은 어쩌다 생겼다. 일하는 아주머니가 퇴근하고 난 후 유준이 아버지와 함께 병원에 가야 할 때가 있었다. 약속 시간에 맞춰 왔는데 유준이 없는 경우도 있었다. 함께 놀고 있다가 갑작스럽게 공장으로 심부름을 가야 할 일도 생겼다. 유준은 어머니의 옷이나 작은 가방, 종이봉투 같은 것을 챙기면서 소진에게 자신이 올 때까지 기다리라고 했고 소진은 마지못한 듯 응했다. 거실의 넓은 창으로 햇빛이 넉넉히 들이쳤는데 마룻바닥에서는 냉기와 온기가 번갈아 느껴졌다. 소진은 삐걱거리는 마룻바닥의 불안한 음색 속에서 두 가지 기운을 품은 텅 빈 집 안으로 천천히 걸음을 내디뎠다. 거실을 중심으로 자잘한 무늬의 벽지가 발리고 장식이 화려한 가구가 놓인 유준 어머니의 방, 책이 꽂힌 순서를 욀 수도 있을 유준의 방, 병의 기운과 텁텁한 훈기가 느껴지는 유준 아버지 방과 옷 방이 배치되어 있었다. 옷 방을 지나면 회랑이 나왔다. 뒤늦게 이어 붙인 별채를 연결하는 것으로, 그 끝에 서재와 손님방이 있었다. 벽에 아무것도 걸리지 않은 회랑 쪽으로 가면 내딛는 걸음마다 햇빛이 점점 줄어들었다. 차츰 땅속으로 들어가는 듯한 기분 속에서 소진은 서재의 문을 열었다. 그 방에 꽂힌 책들, 책들 뒤편에 숨겨진 노트, 서랍 안에 든 정서된 글씨의 서류들, 시기가 오래된 두꺼운 장부, 아무것도 들어 있지 않은 휴지통, 공장을 순찰하며 찍은 사진, 내용을 짐작할 수 없는 휘갈긴 메모 같은 것을 소진은 오래 들여다보았다. 갑자기 누군가 나타나지 않을까 하는 불안감 속에서 가끔 용기를 내 가죽이 두껍고 커다란 의자에 앉아 둥근 통에 꽂힌 만년필을 손에 쥐어보았다. 유려하고 길쭉한 유준 아버지의 글씨를 허공에 흉내 내면서도 문밖의 소리에 귀를 기울여야 했지만 결코 그 일을 멈추지 않았다. 책상 서랍에 있는 물건들은 꺼냈다가 다시 순서대로 넣어두었다. 맨 왼쪽 서랍에는 인쇄가 흐릿해진 비행기 표와 먼 곳의 호텔 숙박 영수증, 아무것도 쓰여 있지 않은 엽서, 한자로 되어 읽을 수 없는 명함, 전원이 꺼진 녹음기와 전자제품 충전기 같은 것이 뒤섞여 있었다. 겉으로는 무질서해 보이나 어떤 질서에 따라 정리되어 있을 것이라 생각해 다시 넣어둘 때면 매번 고심해야 했다. 그 물건들을 만지작거리고 있으면 거실이나 회랑 쪽에서 나무로 된 마룻바닥이 지그시 눌리는 소리가 들려왔다. 소진은 숨을 참고 문 뒤쪽 벽에 기댔다. 빈집이어서 소리가 날 리 없다는 사실도 몸을 숨길 만한 곳이 어디에도 없다는 불안감을 누그러뜨리는 데에는 별 도움이 되지 않았다. 숨을 참고 마룻바닥이 눌리는 소리가 멀어지기를 기다리고 있으면 소리는 감쪽같이 사라졌다. 작은 안도감 속에서 이번에는 책상 가운데 서랍에 손을 댔다. 서랍은 언제나 굳게 잠겨 있었다. 그런 줄 알면서도 매번 단단히 잠긴 서랍을 흔들어보았다. 소진이 흔들면 서랍에 든 비밀이 덩달아 조금 움직이는 소리가 들렸다. 오직 유준의 아버지만이, 소도시에서 몇 개 안 되는 공장을 운영하고 이 커다란 집을 건사하는 사람만이 가질 수 있는 가장 작고 비밀스러운 공간이었다. 이 집에서 유일하게 잠긴 곳이 커다란 금고나 안방의 장롱 서랍, 귀금속이 든 화장대 서랍이 아니라 책상 서랍이라는 것이 특별하게 느껴졌다. 종종 거기에 든 것이 무엇일지 상상했다. 소진이 형제들에게 들키거나 빼앗기기 싫어 가방에 늘 가지고 다니는 일기장이나 선물 받은 열쇠고리, 싸구려 천지갑 같은 것과는 영 다른 물건이 들어 있을 터였다. 소진으로서는 짐작하거나 상상할 수 없는 것들이.

그 소리가 들린 것은 유준의 열세 번째 생일이 막 지났을 무렵이었다. 거실 쪽에서 쿵 하는 소리가 들렸다. 소진은 몹시 놀랐다. 엉겁결에 컴퓨터 전원을 껐다. 들어와 있으라고 현관 비밀번호를 알려준 건 유준인데 몰래 들어온 기분이었다. 시간이 지난 후에도 방으로 들어오지 않는 것으로 보아 유준은 아닌 모양이었다. 거실 쪽에서는 아무런 기척도 없었다. 유준의 어머니인지도 몰랐다. 그것 말고 다른 생각은 들지 않았다. 공장에서 가지고 온 기계를 마루에 내려놓거나 무겁고 덩치 큰 살림살이를 들여놓는 소리였을 것이다. 소진은 방에서 꼼짝하지 않았다. 유준도 없는 집에서 유준 어머니와 마주치는 일이 내키지 않았다. 빈방을 차지하고 앉아 컴퓨터를 들여다보는 소진을 못마땅한 표정으로 쳐다보리라. 유준이 없다면 그녀는 어떤 빈정거림과 냉소도 참지 않을 것이다. 소진은 침대에 똑바로 앉아서 그 소리가 이끈 반향이 잦아들기를 기다렸다. 이를테면 짐을 끄는 소리라거나 누군가를 불러 이것을 옮기라고 호령하는 소리 같은 것을. 소진은 숨죽였고 자신의 숨소리가 뜻밖에 크다는 것에 몹시 놀랐다. 문밖으로 기척이 새어 나가면 유준 어머니로부터 추궁을 받을 것이다. 왜 방에 몰래 숨어 있는지, 이런 일이 얼마나 자주 있었는지, 빈집에서 무엇을 했는지 같은 것에 대해서. 소진은 불쑥 주머니를 뒤졌다. 돌돌 말린 이어폰이 나왔다. 말할 것도 없이 유준의 것이었다. 그것을 책상 서랍에 넣어두자 조금 안심이 되었다. 소진은 소리가 나지 않게 조심하면서 유준의 침대에 누웠다. 불시에 방문이 열리는 것에 대비하는데 이보다 좋은 방법은 없는 것 같았다. 침대에 누운 채로 크게 도둑질이라도 한 것처럼 뛰는 심장을 억누르며 문밖의 소리에 귀를 기울였다. 유준 어머니가 온다면 눈을 감고 잠든 체할 것이다. 유준이라면 사정을 설명해주련만, 유준은 나타나지 않았다. 시간이 지났다. 얼마나 흐른 것일까. 조용했다. 더이상 거실 쪽에서 아무런 소리도 들리지 않았다. 유준 어머니가 낸 소리가 아니라는 걸 짐작할 수 있을 정도로 시간이 흘렀다. 소진은 침대에서 일어났고 살그머니 문을 열어보았다. 집 안은 조용했다. 누군가 있다는 게 느껴지지 않았다. 조금 더 용기를 냈다. 자기가 지닌 것 중에 이 집의 물건이 하나도 없다는 것으로 용기를 낼 수 있었다.

거대한 물소가 전진하는 모양으로 배치된 소파 옆에서 그것을 보았다. 그것은 잔뜩 부푼 배를 내밀고 꼼짝도 하지 않고 있었다. 쓰러지면서 앞자락이 젖은 옷이 들려 배가 거의 드러나 있었다. 살이 부풀대로 부풀어 투명해진 피부 탓에 파란 혈관이 다 보였다. 유준 아버지였다. 눈을 꼭 감고 있었다. 죽은 건 아니었다. 희미하게 오르락내리락하는 둥근 배가 그것을 일러줬다. 아까 들린 소리는 거구의 유준 아버지가 쓰러지면서 낸 소리인 모양이었다. 방에 누워 있다가 화장실이나 부엌 쪽으로 가려고 나왔다가 신체의 균형을 잃었을 것이다. 소진은 그가 눈을 뜰까 봐 두려워하면서도 바닥에 드러누운 거대한 몸에서 눈을 떼지 못했다. 지금은 죽지 않았지만 그대로 두면 죽을 것 같았다. 적어도 건강에 심각한 해를 입을 것 같았다. 유준 어머니가 떠올랐다. 신속한 행동으로 적절히 의학적 대처를 하는 모습이 아니라 소진을 못마땅해하고 의심하고 왜 여기 있었느냐고 호통치는 모습이. 집에 홀로 있던 것이 처음이 아닌데도 유준에게조차 오해를 받을 것 같았다. 만약 그간 이 집에서 뭔가 의미 있는 물건을 잃어버린 적 있다면 틀림없이 그 의심까지 받게 될 것이다. 소진은 조용히 일어섰다. 유준 아버지가 숨을 쉬고 있다는 것만 생각했다. 발걸음 소리를 내지 않도록 조심하면서 현관을 빠져나왔다. 넓은 마당을 단숨에 가로질렀다. 도망쳐 나온 것은 아버지 때문이었다. 유준 어머니는 아버지를 불러 자식 훈육에 대해 실컷 비난을 퍼부을 것이다. 아버지가 소진의 잘못을 대신 빌어야 하는 상황이 올지도 몰랐다. 아니었다. 거짓은 아니지만 그게 전부는 아니었다. 소진은 무서웠다. 죽은 사람을 가장 먼저 보고 그것을 알리고 되풀이해서 말해야 한다는 것이 무서웠다.

공장은 전적으로 유준 어머니가 맡게 되었다. 그녀가 집을 비우는 시간이 많아졌다는 뜻이었다. 유준 아버지는 석 달 정도 병원에 입원해 있다가 퇴원했다. 그사이 숨을 쉬는 것 이외에는 아무것도 할 줄 모르는 사람이 되어 있었다. 오랜만에 보았는데, 소파 옆에 쓰러졌을 때와 별다르지 않았다. 다른 게 있다면 조금 살이 찌고 눈을 뜨고 있다는 점이었다. 퇴원한 후로는 방에서만 지냈다. 간병인의 도움을 받아 튜브를 통해 식사를 공급받으며 누운 채로 용변을 본다고 했다. 무슨 이유인지 간혹 간병인이 없을 때도 있었다. 그러면 유준이 그 일을 대신했다. 오줌으로 가득 찬 쇠변기통을 비우고 참을성 있게 물과 약을 입으로 흘려 넣어주는 일이었다. 유준이 그 일을 하는 동안 소진은 멀찍이 떨어져서 유준 아버지를 쳐다보았다. 그는 꼼짝 않고 누워서 눈동자를 분주히 움직였다. 갑자기 눈을 부릅뜰 때도 있었다. 소진을 쳐다보는 것은 아니었다. 천장이나 허공을, 간혹 유준을 바라봤다. 결코 눈을 감지 않겠다는 듯 부릅뜬 채 시선을 고정했다. 예전에 그가 크게 한숨을 쉬거나 가래를 끌어모으는 소리를 내던 때가 생각났다. 소진은 눈동자의 분주한 움직임과 돌연한 정지의 의미를 알 수 없어 두려웠다. 그럼에도 그를 지켜보는 일을 멈추지 못하는 것은 그날 그가 자신을 보지 못했다는 확신이 필요해서였다. 유준 아버지는 결코 소진에게 눈길을 돌리지 않는 것으로 소진을 안심시켰다. 그렇다고 해서 눈동자에 드리워진 압도적인 그림자가 사라진 것은 아니었다. 소진은 있는 힘을 다해 눈동자를 굴리는 유준 아버지가 두려웠고 눈동자의 노력을 무시하는 유준이 두려웠다. 이 두려움의 일부가 유준에게 전달될까 봐 두려웠다.

전쟁이나 마찬가지라고 유준 어머니가 말했다. 그녀는 중학생인 유준의 얼굴을 어린아이에게 하듯 쓰다듬었다. 사람들이 다 총을 겨누고 있어. 공장과 나한테 말이야. 네 아빠 벌써 전사한 거나 마찬가지지. 유준 어머니가 돌연 낄낄거렸다. 유준은 연민에 찬 눈빛으로 어머니를 보았다가 이내 표정을 바꾸었다. 소진은 유준의 그런 표정을 불안한 마음으로 감지했다. 유준 어머니는 성격이 더 예민해지고 불안과 의심이 늘었다. 엄격하기는 해도 간혹 다정하게 미소를 지어주던 모습은 아예 사라져버렸다. 누군가 공장과 집을 노린다는 의심을 버리지 않았다. 유준에게마저 뭔가 캐묻고 추궁하는 일이 잦아졌다. 소진이 있을 때도 마찬가지여서 간혹 유준이 어머니에게 변명하느라 애먹는 걸 지켜봐야 했다. 유준은 하도 쩔쩔매며 얘기하는 통에 사실을 얘기할 때조차 거짓말을 하고 있다는 오해를 샀고 소진이 보기에도 거짓말처럼 느껴졌다. 사소한 유준의 거짓말이나 변명도 그냥 넘어가지 못할 정도로 유준 어머니는 사람들의 거짓말이나 속임수에 시달리는 모양이었다. 소진은 부모가 나누는 대화에서 유준 어머니가 경영을 맡게 되면서 공장에 불만을 가진 사람이 늘었다는 걸 알았다. 아버지 역시 유준 어머니의 처신이 이전만 못하다고 불평했다. 유준 아버지는 직원들에게 깊이 애정을 갖고 있었고 필요한 것이면 뭐든 마련해주려고 노력했다는 것이다. 유준 어머니는 직원들이 예전에 아버지에게 그랬던 것처럼 관대함을 바란다는 것을 모른 척했다. 공장이 어려워진 것이 그 때문은 아니었다. 그 무렵 자동차 산업을 둘러싼 생산 시스템에 무슨 변화가 일어나고 있는지, 주거래처인 자동차 회사가 매각 위기에 처하면 하청업자들의 운명이 어떻게 될 것인지 유준 어머니는 잘 알지 못했다.

소진은 그 후로도 계속 그 집을 드나들면서 그들 가족이 늘 모여 앉던 육 인용 식탁이 별 쓸모없어지는 것을, 오전에 잠깐 환기를 시킬 때를 제외하고는 하루 종일 커튼을 내리고 있는 집 안의 모든 창이 외부의 시선을 차단하는 것을, 유준 아버지가 출장을 다닐 때마다 외국 공항에서 사온 술로 가득 찼던 장식장이 조금씩 비워지는 것을, 깊은 밤 육 인용 식탁에 유준 어머니 홀로 앉아 중얼거리며 그것을 마시는 것을, 재정 문제로 간병인과 일하는 사람을 시간제로 바꾸는 것을 모두 지켜보았다. 그러기까지 얼마 걸리지 않는다는 데에 내심 충격을 받았다. 유준은 급작스럽게 살이 쪘다. 이상 징후일 수도 있었다. 신체적 무기력이나 정신적 우울감 같은 것. 학교에서 몸집 때문에 놀림을 받기 시작했다. 공장이 어렵다는 소문도 친구들의 노골적인 괴롭힘에 일조했다. 간혹 소진마저 도울 수 없는 지경에 처했다. 유준은 더욱 소진에게 의지했다. 소진이 다른 친구들과 함께 있을 때에는 얼굴이 굳고 농담을 즐기지 못하는 때가 늘었다. 점차 소진에게 노골적으로 요구하기도 했다. 몇 시에 오라거나 자고 가라거나 약속을 취소하고 자신을 만나라는 것 등이었다. 소진은 대체로 묵묵히 유준의 요구에 응했다. 소진에게는 한번 유준과 멀어지면 계속해서 멀어져 더이상 친구가 아닌 관계가 되어버릴지도 모른다는 두려움이 있었다.

손님이 찾아온 금요일 오후, 유준 어머니는 아침부터 분주히 움직였다. 온 집 안의 문이 오랜만에 동시에 열렸다. 방문을 열어 병상의 냄새를 빼는 동안 유준 아버지는 우두커니 누워 천장을 바라보고 있었다. 그녀는 그가 있는 방 쪽은 쳐다보지 않았고 간혹 시선이 닿을 때면 차갑게 고개를 돌렸다. 손님은 풍채가 좋고 기름 낀 머리를 뒤로 모두 넘기고 목소리가 호탕한 노인이었다. 그는 요란스러운 태도로 집 안에 들어섰다. 몹시 시끄러운 소리가 났는데, 둥근 새장에 든 새가 짖는 소리였다. 노인은 아줌마들의 수다처럼 높고 단조로운 톤으로 재미없게 짖는 새를 유준에게 내밀었다. 유준은 마지못해 선물을 받았다. 노인은 어린아이에게 하듯이 윙크를 하거나 익살스러운 표정을 짓는 식으로 유준을 상대했다. 흥미로운 눈으로 소진을 쳐다보았다가 유준의 친구라는 말에 곧 무표정한 얼굴로 돌아갔다. 유준 어머니와 함께 안방으로 들어가 유준 아버지를 보기도 했다. 쓰러져 누운 후로 누구도 잡아주지 않는 유준 아버지의 손을 거리낌 없이 잡았고 이불을 다독여줬다. 유준 어머니는 거리를 유지한 채 장사꾼의 눈빛으로 그 광경을 지켜보았다. 그녀는 손님과 있는 자리에 유준이 착실하고 의젓한 모습으로 동석하기를 바랐다. 소진이 유준과 함께 노인 맞은편에 앉아야 했다. 노골적으로 못마땅해하는 어머니의 시선도 무시한 채 유준이 소진을 슬며시 끌어당겨서였다. 노인과 유준 어머니는 겉으로 보이는 나이 차이에도 불구하고 오랜 친구처럼 스스럼없이 대화를 주고받았다. 유준 어머니는 평소의 예민하고 까다로운 태도를 배려하고 다정하게 응대하는 것으로 바꾸었다. 노인과 목소리를 낮춰 가망 없는 회복과 부작위 치료에 대해 얘기를 나누었다. 그 말의 의미를 이해하기 시작한 유준은 얼굴이 굳었다. 소진은 슬그머니 자리에서 일어났다. 이번에는 유준도 잡지 않았다. 소진은 회랑 쪽으로 갔고 얘기가 길어질 것이라 생각하고 조심스럽게 서재 문을 열었다. 거실에 사람들이 모여 있는 와중에 왜 그토록 서재에 들어가고 싶어졌는지 모를 일이었다. 침대에 누워 있는 유준 아버지를 보러 가는 것보다야 낫다는 생각뿐이었다. 유준 어머니나 유준은 소진이 당연히 손님방에 갔다 생각하리라. 그런 생각을 할 틈도 없이 말 많은 노인을 상대하는지도 몰랐다. 육중한 나무문을 밀어 닫자 어떤 소리도 들리지 않았다. 소진은 의자에 앉아 어둡고 고요한 서재를 돌아보았다. 방을 둘러싼 서가와 서가를 빼곡히 채운 책들, 서가 위에 놓인 장식물까지 모든 것이 제자리를 지키고 있었다. 책상 서랍을 열어보았고 여전히 그 안에 있는 것들을 둘러보았다. 마지막으로 가운데 서랍에 손을 댔을 때 무엇인가 조금 달라진 걸 느꼈고 곧 그게 무엇인지 알 수 있었다. 천천히 서랍을 끌어당겼다. 열려 있는 서랍은 쉽게 빠져나왔다. 텅 비어 있었다. 그럴 수 있었다. 아마도 유준 어머니가 서랍을 열었고 그 안에 있는 것들을 사용했을 것이다. 소진의 당혹감과 상관없이 텅 비어 있는 서랍은 몹시 자연스럽게 느껴졌다. 서재의 물건들 역시 아직은 제자리에 있지만 곧 그렇게 될 것처럼 보였다. 그러나 소진은 제 물건을 도둑맞은 것처럼 몹시 화가 났다. 왜 그런 기분이 드는지 생각할 겨를도 없이 서재 문이 벌컥 열렸다. 유준이었다. 노인에게서 풀려난 유준은 소진을 찾아 손님방으로 갔을 것이고 거기에 없자 서재로 와보았을 터였다. 유준은 잠시 멈추어 있다가 천천히 책상 앞으로 다가왔다. 소진은 자신을 향해 걸어오는 유준의 얼굴을 똑바로 보았다. 모든 걸 아는 동시에 아무것도 모르겠다는 표정이었다. 소진은 유준에게도 화가 났고 그러는 데에 당황해서 뭐든 변명할 시간을 놓쳤다. 유준 역시 아직까지 텅 빈 서랍을 잡고 있는 소진에게 어떤 것도 묻지 않았다. 불도 안 켜고 뭘 하느냐거나 왜 서랍을 열어보았느냐는, 따져 물어도 조금도 이상할 게 없는 질문을 하나도 던지지 않았다. 그저 소진의 실망을 짐작한 듯 열린 서랍을 툭 건드려 다시 닫았을 뿐이다. 그러고는 한숨을 길게 내쉬었다. 두 사람이 이 일을 완전히 다른 방식으로 받아들이고 있어 서로를 이해하기가 불가능할 것이라는 의미 같았다. 어색한 침묵 속에 놓인 것도 잠시, 유준 어머니가 다급하게 서재 쪽으로 왔다. 그녀는 유준과 소진이 금지된 방에 있는 것을 탓하지 않았다. 그들을 빨리 찾을 수 없어 화가 난 듯 보이기는 했다. 유준 어머니는 외출 사실을 알렸다. 서두는 기색이 역력했다. 갑작스러운 외출이지만 치장이 필요한 자리에 가는 것임을 어렵지 않게 짐작할 수 있었다. 노인을 따라나서면서 그녀는 어떤 당부도 남기지 않았다.

저 사람, 전쟁에 나간 적 있대. 노인과 어머니가 탄 차가 빠져나가면서 골목길에 빛을 긋는 걸 보고 있던 유준이 말했다. 소진은 의아한 표정으로 유준을 돌아보았다. 군인이었대. 그럴 수 있었다. 소진의 할아버지는 다른 나라에서 일어난 전쟁에도 다녀온 사람이었다. 사람을 죽인 적은 없대. 총을 잡아보지도 못했대. 그래도 사람이 죽는 건 봤대. 유준의 목소리는 점차 잦아들었다. 금방이래. 많이 아플수록 금방 죽는대. 마지막 말은 잘 들리지 않았다. 그 말을 하면서 유준은 소진을 사납게 노려보았다. 차갑고 불안해 보이는 눈빛이었다. 자신이 그런 기분임을 굳이 숨기려 들지 않았다. 그 눈빛은 좀 섬뜩한 데가 있었다. 학교에서 아이들에게 놀림받는 유준을 소진이 모른 척하는 걸 보았을 때나 다른 친구들과 놀고 있는 소진을 혼자서 기다릴 때 띠는 눈빛이었다. 아닐 수도 있었다. 요즘 들어 유준의 표정은 늘 그랬다. 유준은 긴장을 놓지 못하는 학교생활에 다소 지친 듯 보였다. 멍하니 있을 때가 많아졌고 간혹 예기치 못한 것에 분노를 터뜨렸다. 노크 없이 방문을 여는 소진에게나 슬리퍼 소리를 요란하게 내는 시간제 간병인에게, 밤늦게 돌아온 어머니에게 소리를 질렀고 간혹 대수롭지 않은 물건을 던지기도 했다. 소진은 당황했고 침묵을 깨기 위해 유준에게 국경 밖에서 벌어지는 갖가지 참상에 대해 얘기하려고 했다. 설득할 정도로 충분히 알지 못했지만 학교 선생에게나 뉴스를 통해 간혹 듣기로는 그런 일은 지구 상에서 날마다 벌어지는 일 중 하나라는 것이었다. 그런 사람이 잘도 살아. 유준이 빈정거리듯이 말했다. 그 말은 정확히 들렸다. 그런 사람이란 어떤 사람을 말하는 걸까. 소진은 자신의 의문이나 긴장이 자연스럽지 못하다는 걸 알았다. 유준은 그저 노인에 대해 얘기할 뿐이었다. 어쩌면 오래된 전쟁이나 다른 곳의 죽음에 대한 얘기일 수도 있었다. 그 모든 얘기일 수는 있지만 소진에 대한 얘기일 리는 없었다. 차가운 눈빛은 소진에게가 아니라 노인이 가져온 새를 향한 것이었는지도 몰랐다. 처음 새를 봤을 때 유준이 짓던 표정을 떠올리면 그랬다.

소진이 약 시간을 상기시켜줄 때까지 거실에 침통하게 앉아 있던 유준이 재촉에 떠밀리듯 아버지 방으로 약봉지를 가지고 들어갔다. 죽처럼 물에 갠 약을 천천히 입에 흘려 넣어주는 일은 얼마간 시간이 걸렸지만 그날따라 더 오래 걸렸다. 소진이 재미없고 신통할 것 없는 새를 질리게 들여다본 후에도, 텔레비전을 틀어 지루한 사극을 보고 난 후에도 유준은 나오지 않았다. 소진은 부엌을 뒤져 보자기를 찾아내 새 장에 천을 덮어주었다. 내친김에 텔레비전을 끄자 거실이 조용해졌다. 큰 집의 고요가 어둠과 함께 밀려닥쳤다. 낯설면서도 익숙한 기분이었다. 소진 혼자 이 집에 있을 때면 느껴지던 기분이었다. 그럴 리 없으므로 소진은 유준 아버지가 누워 있는 방으로 갔다. 살짝 열린 문틈으로 숨을 참아야 할 정도로 지독한 냄새가 훅 끼쳐왔다. 코를 막고 나니 그제야 우두커니 서 있는 유준의 뒷모습이 보였다. 유준은 똑바로 서서 제 아버지를 내려다보고 있었다. 소진이 불러도 돌아보지 않았다. 유준아. 다시 한번 불렀다. 내 방에 가 있어. 유준이 작은 목소리로 말했다. 단호하지만 침울한 명령 투였다. 유준은 그 일을, 똑바로 서서 제 아버지를 내려다보는 일을 멈출 생각이 없는 듯했다. 소진은 천천히 문을 닫았고 거실 소파에 앉았다. 그러고도 얼마간 시간이 지났다. 방에서 나온 유준은 침통한 목소리를 풀고 소진을 제 방으로 데리고 갔다. 유준과 소진은 얼마간 컴퓨터 게임을 하고 각자 쓸데없는 일로 시간을 보냈다. 소진이 돌아가려는데 유준이 붙잡았다. 더이상 친구와 정신없이 노느라 집에 돌아갈 때를 놓친 아이도 아니었고 다음 날 학교에 가져갈 교과서도 없는지라 자고 가는 일이 내키지 않았으나 유준은 완강했다.

다음 날 아침 소진을 깨우러 오는 사람은 없었다. 소진은 늦도록 잤고 이른 가을임에도 한기가 느껴지는 북쪽 방의 냉기 때문에 몸살기를 느끼며 잠에서 깨어났다. 깨어난 순간 간밤의 꿈이 지나치게 생생하게 떠올랐다. 어리둥절한 채로 주위를 둘러보다 블라인드 사이로 비치는 햇볕의 온기가 낯설게 느껴져서 이미 지각을 했다는 것을 깨달았다. 더불어 집 안이 지독히 조용하다는 것, 소진을 깨우러 오는 유준 어머니의 퀭한 눈빛이 없다는 것이 마음에 걸렸다. 소진은 천천히 북쪽 방에서 걸어 나왔고 직감적으로 집 안에 자신 말고는 아무도 없다는 것을 알았다. 유준이 자신만 두고 학교에 가버렸다는 생각에 소진은 몹시 화가 났다. 밝게 돌아온 유준 어머니는 소진이 북쪽 방에서 자고 있는 걸 아예 몰랐을 수도 있었다. 늦잠을 자도록 둔 것은 전적으로 유준의 판단이었을 것이다. 뒤늦게 학교에 도착해서 유준을 찾아볼 생각을 하지 않은 것은 그 때문이었다. 그날 아침의 유독한 고요가 무엇을 의미하는지 소진은 저녁에 공장에서 아버지가 돌아온 후에야 알게 되었다.

이사는 급하게 결정되었다. 사람들은 유준 아버지의 죽음이 가져온 불행을 즐기는 일에 혈안이 되어 있었다. 진실을 말하거나 누설하는 사람이 없지만 소문은 유준 아버지의 갑작스러운 죽음에 초점이 맞춰졌다가 공장 매각 얘기가 나오자 흐지부지 가라앉았다. 공장 매각은 초기에는 비밀스럽게 진행되었지만 성사에 즈음해서는 이미 모두에게 알려졌다. 처음에는 엄청난 돈을 남긴 것으로 소문이 났지만 세금을 제하고 나면 푼돈인 것으로 밝혀졌다. 합법적인 절차를 거친 것이어서 유준 어머니가 공장을 인수한 노인에게 법적인 책임을 물을 수 없다고 사람들은 수군거렸다. 노인은 그 일에 모든 대비를 해두었으며 유준 어머니의 어리석은 처신에 함께 분노하는 사람은 아무도 없었다. 이사가 결정되고 나서 노인이 선물한 새가 죽었다. 공장 매각을 두고 노인이 부린 술수가 드러난 후로 새에게 먹이나 물을 주는 사람은 아무도 없었을 것이다. 소진이 갔을 때 유준은 힘을 주어 새를 감싸 쥐고 있었다. 유준의 얼굴이 몹시 붉었고 힘을 준 손에는 핏줄이 도드라져 있었다. 소진이 깜짝 놀라자 유준이 힘을 풀었다. 그러고는 자신과 상관없이 새는 이미 죽어 있었다는 걸 말하려는 듯 소진에게 그것을 내밀었다. 설혹 유준이 두 손에 힘을 주어 새를 죽였다 하더라도 상관없는 일이었다. 만져봐. 유준이 다시 새를 내밀었다. 소진은 고개를 저었다. 유준은 포기하지 않았고 소진은 할 수 없이 내키지 않는 손을 가져다 댔다. 새에게는 조금도 온기가 없었다. 죽은 지 얼마간 시간이 지난 모양이었다. 소진의 충고대로 유준은 쓰레기통에 버리지 않고 기억할 만한 나무 밑에 죽은 새를 묻기로 했다. 봉분을 만드는 대신 돌멩이 하나를 올려놓았다. 그런 후에는 유준의 바람대로 돌멩이를 향해 나란히 섰다. 다음에도 새로 태어나라. 유준이 중얼거렸다. 축복의 말인지 아닌지 알 수 없었다. 소진은 아무것도 빌지 않고 그저 유준을 쳐다보았다. 얼마 전 장례식 때도 그랬다. 식이 진행되는 동안 뒤쪽에 서서 울지 않는 유준을 바라보았다. 사람들이 많지 않아서 방해받지 않고 유준을 볼 수 있었다. 유준은 울음을 꾹 참고 있는 것 같았다. 울어야 할 울음이 없는 것처럼도 보였다. 이제 그 집에는 가지 마라. 모든 게 끝난 후 소진에게 아버지가 말했다. 재수는 옮는 거야. 히죽거리며 덧붙이기도 했다. 소진은 대꾸하지 않았다. 유준은 아버지의 죽음에 대해 한마디도 하지 않았다. 하지만 큰 충격을 받았다는 것을 느낄 수 있었다. 말이 없어졌고 자주 손에 힘을 주었고 울지 않아도 눈이 붉었다. 죽은 아버지에 대해 딱 한 번 지나가듯 말한 적이 있었다. 아버지가 죽을 수 있는 사람이라 놀랐다는 식의 얘기는 아니었다. 죽은 아버지가 남긴, 성분이 불분명한 재에 관한 얘기였다. 유준은 어머니의 권유로 장갑을 낀 채 재가 된 아버지를 한 줌 쥐었다고 했다. 장갑은 하얬는데, 누렇고 입자가 굵은 재는 좀처럼 바람에 날아가지 않았다. 장갑에 묻어 떨어지지 않는 재 때문에 유준은 무척 애를 먹었다. 재가 묻은 장갑을 유준 어머니는 유품을 태우는 불길에 던져 넣었다. 그 불길이 아버지의 물건을 거의 다 태웠다고 유준이 말했다. 유준이 잠자코 장갑 낀 손에 달라붙는 재의 느낌을 떠올릴 동안 소진은 불에 타 사라져버린 서재의 물건들을 생각했다.

이사 전날 유준과 소진은 곧 옛집이 될 커다란 집을 둘러봤다. 아직까지 지독한 냄새가 빠지지 않은 안방과 텅 비어 있는 방, 커다란 소파가 있는 거실과 육 인용 식탁이 놓인 부엌, 소진이 자곤 하던 손님방과 유준 아버지의 서재까지. 빈 가구만 남은 서재를 둘러보는 유준의 얼굴은 홀연하고도 울적했다. 유준의 그 얼굴을 소진은 그 후 오랫동안 기억하게 되었고 삶의 여러 장면에서 불쑥 떠올렸다. 집을 둘러보던 유준이 나무 앞으로 갔다. 말없이 발로 툭툭 땅을 쳤다. 한번 팠다가 되묻은 적 있는 흙은 쉽게 바스러졌다. 소진이 잠자코 서 있는 게 못마땅하다는 듯 유준은 아예 쭈그려 앉아 돌멩이를 치우고 손으로 땅을 파헤쳤다. 거기에는 새의 깃털이나 가느다란 뼈와 부식하는 몸뚱이 같은 게 하나도 남아 있지 않았다. 새를 묻은 곳을 잘못 기억하고 있거나 그럴 만한 충분한 시간이 지나서는 아니었다. 뭔가 잘못된 것 같았다. 유준은 아무것도 없다는 사실에 화를 내며 인근의 땅을 모두 파헤쳤다. 새를 묻을 때보다 더 깊고 넓게. 깨끗해. 아무것도 없어. 기진맥진할 정도로 나무 주변을 샅샅이 헤집고 나서 유준이 말했다. 이런 것이로구나. 유준이 덧붙였다. 소진은 그게 무슨 뜻이냐고 되묻지 않았다. 자신의 둔감함을 유준이 눈치채지 못하기만을 바랐다. 유준은, 새는 아무것도 남기지 않는데 아버지는 어쩌자고 그렇게 끈끈한 가루가 되었는지 모르겠다고 중얼거렸고 농담이라는 듯 피식 웃었다. 비밀이야. 유준이 땅을 다져 넣으며 말했고 소진이 고개를 끄덕였다. 아버지에 대한 농담이 비밀인지 죽은 새가 감쪽같이 사라진 게 비밀인지 알 수 없는 채로 그것은 그들이 함께 가진 첫 번째 비밀이 되었다. 마지막이기도 하다는 걸 당시에는 알 수 없었다.

그 밤 소진은 유준의 집에서 잤다. 언제나와 마찬가지로 북쪽 방에서였다. 깊이 잠들 수 없었다. 이 집에는 소진만 아는 것들이 있었다. 유난히 삐걱거리는 마룻장, 텅 빈 회랑 벽에 몰래 해놓은 의미 없는 낙서, 손님방 이불의 까슬거리는 감촉. 창으로 스며드는 달빛의 방해를 받으면서 그런 생각들로 자주 뒤척였다. 까무룩 잠이 들었는데 조심스럽게 문이 열리는 소리가 들렸다. 어디에도 불이 켜지지 않아 어두운 복도의 공기가 스며들었다. 창밖으로 희미한 불빛이 비치는 가운데 누군가 소리 없이 침대 곁으로 바짝 다가왔다. 그 사람이 침대에 누워 있는 소진을 가까이 들여다봤다. 소진은 눈을 뜨지 않았다. 침을 삼키는 소리가 들릴까봐 두려웠다. 어떤 것도 보이지 않고 아무런 소리도 들리지 않았는데 자신을 내려다보는 사람이 울고 있다는 느낌이 들었다. 그 때문에 어느 날 이 방에서 꾸었다 여긴 것이 꿈이 아닐 수도 있겠다 싶어졌다. 유준이 침대맡에 서서 한참 동안 제 아버지를 쳐다보았던 것도 떠올랐다. 단단하고 조그맣던 유준의 등과 그 너머로 보이던 유준 아버지의 미동 없이 쭉 뻗은 다리, 몸을 덮은 흰 이불 같은 것이. 유준은 그때 아버지가 죽었다는 것을 알았을 것이다. 그러자 오래전 소진이 거실에서 홀로 들려오는 소리를 들었던 것을 유준이 알고 있을지도 모른다는 생각도 들었다. 단정히 정리되어 있던 침구는 소진이 누웠다 일어난 흔적을 그대로 남겨놓았을 것이다. 컴퓨터 사용 내

역을 확인하기만 해도 간단히 알 수 있었을 것이다. 황급히 집에서 빠져나가는 소진을 보았을 수도 있었다. 그런데도 유준이 한마디도 묻지 않았다고 생각하자 몹시 두려워졌다. 두려운 가운데 실제로 일어난 일과 어쩌면 일어날 수 있었던 일까지 알 것 같은 심정이었다. 소진은 결코 눈을 뜨지 않았고 침대를 내려다보는 기척이 계속되는 가운데 어느 순간 까무룩 잠에 빠져들었다.

다음 날 아침 유준 어머니는 여느 날보다 일찍 소진을 흔들어 깨웠다. 유준 어머니의 뒷모습을 비추는 거울 따위는 이미 치워지고 없었다. 이삿짐이 커다란 두 대의 트럭에 나뉘어 실리고 있었다. 소진은 추위에 떨며 그것을 지켜보느라 유준에게 아무것도 물어보지 못했다. ▪

식물 애호

　오기가 눈을 떴을 때 어렴풋이 흰옷이 보였다. 오기 씨, 오기 씨. 그의 이름이 들렸다. 부드럽고 상냥한 목소리였다. 오기가 의식을 잃었다 찾았다 하여 급하게 수술을 받은 지 팔 일 만이었다.

　교통사고였다. 충돌하는 순간 누군가에게 심하게 얻어맞는 느낌이었다. 나무 둔기가 아니라 정이나 장도리같이 날카로운 쇠붙이로. 두 다리와 갈비뼈, 쇄골이 부러졌다. 얼굴이 찢겼고 치아가 부러졌다. 한마디로 오기의 몸은 너덜너덜해졌다. 그는 부서진 턱으로 말하려고 애썼다.

　"아내는요?"

　간호사는 아무 대답도 할 수 없었다. 오기의 말은 입밖으로 나오지 않았다. 턱이 바람에 나부끼는 깃발처럼 불안정하게 흔들렸다. 간호사는 그의 말을 이해하려고 입을 뚫어지게 쳐다보았으나 알아들을 수 없었다. 오기는 입을 다물어버렸다. 그의 눈에서 눈물이 흘렀다. 사고 당시에는 피가 흐르던 눈이었다. 오래전에는 아내를 보며 얇은 종이처럼 슬며시 주름을 잡아 웃던 눈이었다. 간호사는 난감해하다가 의사를 부르러 나가버렸다.

오기는 링거로 목숨을 부지했다. 시간이 지나 호흡기는 뗄 수 있었지만 여전히 유동식에 의존했다. 얼마 후 재활 치료를 시작했다. 감각이 돌아오려면 시간이 많이 걸릴 거라고 했다. 열심히 치료를 받았다. 평행봉을 잡고 서 있었다. 발을 놀리는 것은 꿈도 못 꿨다. 물리치료사가 도왔고, 두 팔로 평행봉을 잡았다. 몸을 지탱하고 잠시 버텼다. 감각 없는 두 다리가 봉제인형의 것처럼 흔들렸다.

얼굴은 완전히 망가졌다. 기계로 굽다가 터진 풀빵 같았다. 아내라면 그렇게 말했을 것이다. 깔깔거리고 웃으면서. 하지만 누구도 오기의 얼굴로 농담하지 않았다. 종종 병원 복도에서 마주치는 아이들은 오기를 뚫어져라 쳐다보았다. 이해심이나 배려심 없이 순전히 두려움에 가득 찬 눈빛이었다. 무섭다면서 엄마 뒤에 숨는 아이도 있었다. 부모나 보호자가 애써 아이들의 시선을 돌리게 했다. 쳐다보는 거 아니야. 조그만 목소리로 아이들에게 주의를 줬다.

거의 여섯 달 동안 집에 가지 못했다. 타운하우스에 위치한 오기의 집에는 한 달에 한 번은 잔디를 깎아줘야 할 만큼 잘 자라는 정원이 있었다. 오기는 자주 꿈을 꿨는데, 꿈에서 작은 수풀들이 무너진 집을 뒤덮고 있었다. 엄청나게 자란 잡초와 가시덤불이 벽을 타고 올라갔다. 아내가 돌보는 정원에서는 있을 수 없는 일이었다. 아내는 정원 일을 즐겼다. 집 안의 커튼은 사시사철 같은 걸 하고 있어도 누구나 지나다니면서 볼 수 있는 정원은 잘 정돈해두었다.

정원은 넓지 않았지만 장미를 주축으로 계절마다 마리골드나 구절초, 라벤더 따위로 색을 내 아기자기한 맛을 풍겼고 특히 여름철에 예뻤다. 누구나 손이 많이 간 정원이란 걸 알아볼 수 있었다. 나중에야 오기는 아내가 정원에 애착을 갖는 이유가 눈에 띄는 것을 좋아하지 않아서임을 깨달았다. 방치하면 오히려 관심을 끌게 되니 식물을 심고 다듬어왔던 것이다.

교통사고는 오기가 제한속도를 넘어서면서 일어났다. 국도에서 제한속도를 넘는 일은 다반사였으므로 오직 그것 때문이라고는 할 수 없었다. 오기는 본래 참을성 있는 운전자였다. 차들이 앞질러도 개의치 않고 거대한 트레일러나 트럭에게는 언제나 차선을 양보했다.

경찰과 보험회사는 블랙박스 영상을 참고했다. 오기의 차에는 '다 보여'라는 이름의 블랙박스가 장착되어 있었다. 운전을 할 때면 블랙박스 이름을 가지고 아내와 농담을 나눴다. 덜 보여, 안 보여, 좀 보여, 너 보여, 나 보여…… 아내는 '나 보여'가 마음에 든다고 말하곤 했지만 그날은 아무 말도 하지 않았다. 경찰과 보험회사는 오기의 잘못이 크다고 판단했다.

오기의 차는 과속으로 달리다가 어느 지점에서, 마치 급발진 사고가 일어난 것처럼, 갑자기 튀어나갔고 앞차를 의식하고는 급하게 핸들을 꺾었지만 늦었다. 오기가 나무 둔기가 아니라 장도리 같은 것으로 얻어맞았다고 생각한 것은 어떤 면에서는 맞았다. 그는 차내에서 심하게 부딪혔다. 에어백이 터지고 거기에서 나는 희미한 약품 냄새를 맡았다. 그걸 깨닫는 순간 얼굴이 뜨거워지고 몸 여기저기가 흔들리며 차와 함께 언덕을 굴렀다.

오기는 거의 죽었다고 생각했다. 무거운 절망감과 동시에 편안한 느

낌이 그를 감쌌다. 왜 벌써 끝나버렸지 하고 생각했다. 끝나서 다행이
라는 안도감도 없지 않았다. 오기는 곧 몸이 위로 떠올라 에어백에 얼
굴을 처박고 피를 흘리며 엎어져 있는 자신을 내려다보게 되리라고 생
각했다. 차에서 튕겨져나가 언덕배기 아래로 굴러버린 아내를 찾을 수
도 있을 것 같았다. 그러나 그는 철근처럼 꿈쩍도 하지 않았다. 고통스
러운 무게감 때문에 살아 있다는 것을 실감했다. 오기는 자신이 기이
하고 끔찍한 걸 경험했음을 깨달았다. 틀림없이 아내는 그런 자신을
내려다보고 있었으리라.

오기의 생각과 달리 정원은 그다지 황폐해지지 않았다. 장모가 슬픔
속에서 그럭저럭 그 일을 했다. 그녀는 집 안도 치웠다. 아내의 짐 말
이다. 버린 것은 아니고 일부를 자기 집으로 옮긴 것 같았다.

어떤 것은 손대지 않고 그대로 두었다. 결혼식 때 주고받은 보석이
나 이후 틈틈이 건넨 목걸이 같은 것들. 그건 돈이나 마찬가지라고 장
모가 말했다. 깔끔한 성격이었다. 특히 금전적인 것과 관련하여 괜한
오해를 받고 싶어하지 않았다. 병원 사람들이 모두 돌아가자 장모가
그것을 보여주었다. 아내의 보석이 무엇이었는지, 어느 것이 자신이
선물한 것이고 어느 것이 다른 사람에게 받은 것인지 구별할 수 없었
다.

장모는 뭔가 하고 싶은 말이 있는 것 같았다. 좀처럼 보석이 담긴 상
자를 치우지 않았다. 오기가 덜덜 떨리는 턱으로 왜 그러느냐고 묻자
장모가 미안하다는 듯 말했다.

"이거 말일세."

푸른색 알이 박힌 반지였다. 커다란 것은 아니고 새끼 손톱보다 작
았다.

"이거 하나만 내가 가지고 있어도 되겠나. 걔가 맨날 이것만 끼고 있었어."

사고 나던 날에도 아내가 끼었던 것이라고 덧붙였다. 오기는 처음 보는 반지였다.

늦은 밤이 되어서야 오기는 제 방에 홀로 남았다. 인사를 건네듯 눈으로 방 구석구석을 둘러보았다. 익숙한 침대에 눕기까지 얼마나 많은 시간이 걸렸던가. 병원에 오래 있었다는 얘기가 아니었다. 장모는 간이침대에 실려 집 안으로 들어선 오기의 손을 잡고 울었다. 처음에는 지친 듯 부드럽게 흐느꼈다가 나중에는 어린아이처럼 큰 소리로 울었다. 오기가 이만큼이나 회복된 것이 다행이어서 우는 게 아니었다. 오기가 이렇게나 망가진 것 때문에 우는 것도 아니었다. 죽은 딸 때문이었다. 함께 앰뷸런스를 타고 병원에서 온 사람들은 오기를 편안하고 넓은 침대로 옮길 수 없었다. 장모는 오래 울었다. 간이침대가 들어설 길을 막아선 채. 마치 오기가 집에 들어서지 못하게 막는 것처럼 보였다. 장모가 자신을 걱정한다는 것을 오기는 알았다. 동시에 그녀가 자신을 비난한다는 것도 알았다. 그녀의 유일한 자식을 잃어버린 것은 오기의 잘못이었다.

결혼 전에 아내의 부모는 오기에게 엄격하게 군 적이 있었다. 오기가 스무 살에 부모를 여의었다는 사실 때문이었다. 장모는 고아와 결혼한다는 것을 두고 여러 차례 아내를 나무랐다. 몇 번인가 오기를 보았는데, 못마땅한 기색을 숨기지 않았다. 오기는 결혼 무렵 장모가 한 말을 잊지 않고 있었다. 아내는 신경쓰지 말라고 했지만 오기는 그럴 수 없었다. 장모는 오기에게 부모가 없는 것에 괜히 자격지심을 갖지 말라고 했다. 위로하는 말이 아니었다. 신혼집 문제로 고집을 부리는 걸 힐난하는 말이었다. 결혼한 후에는 괜찮았다. 간혹은 부모가 없는 게 다행이라고 할 때도 있었다.

낯선 여자가 우는 장모를 말리고 간이침대가 지나갈 수 있게 했다. 간병인이었다. 간병인은 현관 옆 작은방에 머물 것이었다. 당분간 입주 형태로 있을 예정이었다. 면접을 보고 급여를 조정하고 거처를 정리하여 작은 침대와 간단한 옷장 하나를 마련해준 것은 모두 장모였다. 오기 주위에 그런 일을 해줄 사람은 그녀밖에 없었다. 장모는 말하자면 오기에게 남은 유일한 가족이었다.

장모가 다시 온 것은 며칠 후였다. 이번에는 울며 들어서지 않았다. 아무리 운다고 해도 얼굴이 풀빵처럼 터진 오기만이 살아남았다는 걸, 딸은 돌아오지 않는다는 걸 깨달은 듯했다. 동행이 있었다. 목사였다. 목사는 오기의 손을 거리낌 없이 잡았다. 오기는 저항하지 못했다. 땀이 차는 목사의 두 손이 오기의 손을 감쌌다. 목사와 같이 온 신도 몇 명이 빙 둘러서서 그 광경을 지켜보았다. 목사가 기도를 시작하자 모두들 눈을 감았다. 오기는 눈알을 굴렸다. 손을 놓으라고 말하고 싶었지만 치료 중인 턱이 조금 떨릴 뿐이었다. 목사의 기도는 외운 것이 아니라 즉흥적인 것이었다. 그런데도 길고 자세하고 절실하다는 게 오기를 놀라게 했다. 무엇보다 목사가 운다는 사실에 놀랐다. 오기가 한 번도 본 적 없는 목사였다. 아내가 고등학교 시절 부모와 함께 다닌 교회의 목사라고 했다. 그렇기는 해도 아내를 못 본 지 이십 년도 더 되었는데, 여전히 아내를 잘 아는 것처럼 기도하고 추모했다. 아내가 교회에 다니지 않던 시절을 간절히 회개했으며 하느님의 품으로 돌아가게 된 것을 애도하고 축복했다. 목사가 그의 아내를 가리켜 '어린양'이라 칭하고 하느님의 부르심을 받았다고 할 때에 장모가 울음을 터뜨렸다.

울음소리 때문에 이어지는 목사의 기도는 거의 들리지 않았으나 기도를 마칠 때 그녀는 울음을 그치고 여러 신도와 함께 아멘 하고 말했다. 기도를 끝낸 목사는 병풍처럼 둘러선 신도들과 찬송가를 불렀고 짧게 성경을 봉독했다. 목사는 오기에게 계속해서 말을 걸었다. 주님이 함께할 것이라고 했다. 오기는 홀로 있고 싶었다. 누군가와 함께 있어야 한다면 간병인으로 족했다. 간병인은 그를 간섭하지 않았다. 그가 여러 번 불러야 겨우 한 번 들여다보았다. 목사는 장모에게 오기가 세례를 받을 때까지 주기적으로 방문하겠다는 약속을 하고서야 돌아갔다.

홀로 남은 오기는 끽끽대는 목소리로 말하는 것을 연습했다. 턱이 아프고 침이 흐르고 발음이 부정확했다. 그래도 못 알아들을 정도는 아니라고 생각했으나 간병인은 하기 싫은 일은 못 알아듣는 척했고, 장모는 그의 말을 듣기도 전에 다 알아서 할 테니 힘들게 말하지 말라고 다독이는 것으로 오기의 의사표현을 일축했다.

확실히 예전만큼 턱이 아프지는 않았다. 음식물을 씹는 일은 여전히 힘들어서 자극이 가지 않는 음식으로 끼니를 때워야 했지만 튜브를 통해 영양분을 섭취할 때보다는 나았다. 느릿느릿 소화기능을 회복할 수 있을 것이다. 퇴원할 때 의사는 예후가 좋다고 말했다. 꾸준히 물리치료를 하고 정기검진에 응하면 의족을 하더라도 지팡이를 짚고 걸을 수 있을 테니 안심하라고 했다. 안심이라니. 의사는 오기가 아무리 노력해도 의족을 하고 지팡이에 의지해야 한다고 통보한 셈이었다. 당연히도 쇠약해지고 체중이 감소할 줄 알았으나 그렇지 않았다. 아직 신경이 회복되지 않아 마비된 것이나 마찬가지인 하반신은 그렇게 됐지만 상반신은 점점 비대해졌다. 그 때문에 혼자 거동하는 일에 좀 더 시간이 걸릴 수도 있었다.

거울을 달라고 했을 때 간병인은 무척 의아한 표정을 지었다. 이내 그게 무슨 의미인 줄 알겠다는 듯 씩 웃으며 거울을 가져다줬다. 간병인이 이해한 게 무엇인지 오기로서는 알 도리가 없었다. 오기는 거울을 통해 퉁퉁 부은 얼굴과 오른쪽으로 찌그러진 턱을 보았다. 종잇장처럼 얇은 흉터 조직 더께가 감싸고 있는 얼굴은 쳐다보기 힘들었다. 머리통에는 까슬까슬한 머리카락이 5밀리미터쯤 자라 있었다. 아주 갓난아기였을 때를 제외하고 그렇게 자른 적이 없었는데, 이제 평생 머리를 기르지 못할 것이다. 그는 고작 마흔 살이 조금 넘었는데, 앞으로 원하는 때에 홀로 오줌을 누러 화장실에 가는 게 유일한 희망이 되고 말았다. 혼자서는 샤워를 할 수도 없고 술을 마실 수도 없고 학생을 가르칠 수도 없는 삶을 살게 될 것이다. 어쩌면 영영. 그런데도 장모는 종종 한숨을 내쉬며 자네는 살아서 얼마나 다행인가, 하고 말했다. 오기가 진심으로 아내를 부러워하는 걸 알 리 없었다.

간병인은 무례했다. 함부로 오기의 바지를 벗겼고 성기에 연결된 관을 뽑아 덜렁덜렁 들고 가서는 오줌통을 비웠다. 그러는 동안 오기의 벌거벗은 하반신을 방치한 건 물론이었다. 어느 날 오기는 그녀가 시꺼멓게 쪼그라든 성기를 보고 웃는 것을 보았다. 오기는 당황해서 허벅지를 오므렸는데, 그녀는 그 사이로 손을 넣어 가볍게 다리를 벌리고는 거침없이 튜브를 잡아뺐다. 간병인은 오기보다 나이가 조금 많았다. 처음에는 그렇게 보이지 않았다. 그녀는 덩치가 컸고 머리를 둥글게 파마했고 사투리를 썼다. 오기를 거뜬히 안아 화장실 변기에 앉힐 수 있을 정도로 힘이 셌고 근육질 팔에는 햇볕에 노출되어 생긴 점이 많았다.

간병인이 오기를 향해 고개를 숙일 때 축 처진 젖가슴이 벌어진 티셔츠 사이로 보였다. 간혹 그녀는 더 깊이 고개를 수그렸고 그러면 젖가슴이 오기에게 닿을 때도 있었다. 아이를 넷쯤 낳은 후 중력의 법칙에 순응하여 축 처진 젖가슴이었다. 그런데도 어느 날 오기의 성기가 맹렬히 솟아올랐다. 간병인은 처음에는 얼굴을 붉혔고 나중에는 낄낄댔다. 제 방으로 돌아가서도 웃는 소리가 오기의 방에까지 고스란히 들렸다.

오기는 간병인을 해고하지 않았다. 그녀는 무례하고 투박하고 밤이면 잠을 자느라 끙끙 앓는 오기를 방치했고 끼니때면 밍밍하고 식은 죽을 주었지만, 자주 오기를 향해 고개를 숙였고 젖은 머리에서 나는 샴푸 냄새를 맡게 했고 간혹 젖가슴을 닿게 해주었다.

간병인을 해고한 것은 장모였다. 처음에 장모는 차분한 목소리로 간병인의 나쁜 버릇을 지적했다. 간병인은 옷장에 위스키를 숨겨두었다. 오기가 영국 출장을 다녀오면서 사온 것이었다. 위스키는 절반 넘게 비어 있었다. 깊은 밤 술을 마시는지 오기는 간병인에게서 술냄새를 맡은 적이 없었다. 장모는 간병인이 끼고 있는 반지가 낯익다는 것도 알아챘다. 아내의 반지 중 하나라는 것이다. 간병인이 변명하는 소리가 들렸다. 그것은 장모를 더 화나게 했다. 장모는 당장 간병인의 방을 뒤졌고 거기에서 나온 짐의 일부를 못마땅한 듯 던지기 시작했다. 간병인에게 창녀라거나 도둑이라고 욕했다. 간병인은 참지 못하고 소리를 질렀다. 몹시 억울한 일이라고 했다. 반지는 '저 병신 새끼'가 준 것이라고 했다. 장모의 손을 억지로 잡아끌어 오기에게 확인하러 왔다. 오기는 덜덜거리는 턱을 좌우로 흔들었다. 간병인은 누구에게랄 것도 없이 이런 일이나 한다고 함부로 대하지 말라고 소리쳤다. 오기는 침대에 누워 두 여자의 목소리를 다 들었다. 간병인이 자신을 '병신'이라고 한 것보다 장모가 그것에 호응하듯 간병인에게 평생 병신들 뒤치닥 거리나 할 팔자라고 한 것에 충격을 받았다.

오기는 그런 장모를 처음 보았다. 그녀는 몹시 히스테릭했다. 그간 의 교양 있고 점잖고 예의바른 성정은 온데간데없고 무식하고 막돼먹 은 노인이 되기로 작정한 것 같았다. 간병인이 그와 장모를 향해 욕을 퍼부으며 짐을 싸서 나간 후에도 장모는 화내는 일을 멈추지 않았다. 돼먹지 못했다, 천박하다, 입만 열면 거짓말이다, 술주정뱅이다, 그러 니 병신들 뒤치닥거리나 하고 산다 등등.

장모를 이해할 수도 있었다. 그녀는 몇 년 전 다정다감하고 자상하 던 남편을 잃었고, 얼마 전에는 하나뿐인 딸을 잃었다. 하지만 아니었 다. 아내도 그렇게 했다. 가끔 신경 쇠약 직전의 여자처럼 굴었다. 오 기가 의심스럽다고 했고 무슨 말인가 하면 계속 발뺌한다고 화를 냈 다. 그리고 나서는 생리 직전이었다거나 자신이 받자 툭 끊기는 한밤 의 전화 때문에 예민해졌다고 둘러댔다. 아내는 장모에게 큰 키를 물 려받았다. 검고 숱이 많은 눈썹과 머리카락도 물려받았다. 장모에 비 해 아내는 피부가 흰 편이었다. 장모가 혈색 좋은 대장부 같아 보인다 면 아내는 핏기 없는 빈혈 환자처럼 보였다. 그래도 아내가 살아서 시 간을 견뎠다면 장모와 꼭 같아졌을 것이다.

간병인이 해고된 후 당분간 장모가 그 일을 맡기로 했다. 장모는 침 대에 누워 있는 오기를 내려다보며 한숨을 내쉬었다.

"사람 찾기가 어디 쉽나. 믿을 만한 사람 구할 때까지 내가 고생해야 지 어쩌겠나. 늙어서 자식 앞세우고 이게 다 무슨 고생인가. 내가 벌을 받나보네."

장모는 간병인 방에 머물지 않았다. 그 방은 곧 구할 예정인 간병인이 지내야 할 방이었다. 싸구려 조립식 침대와 간이옷장이 있는 방 대신 아내의 방에 머물렀다. 그 방에 침대는 없었으나 아내에 관한 모든 것이 있었다. 오기는 장모가 그 방에서 뭘 하는지, 얼마나 오래 머무는지 몰랐다. 장모가 온 후로 방은 늘 열려 있었지만 오기가 그 방에 들어가는 일은 없었다. 그래도 그 방에 대해서는 훤히 기억났다. 예전에는 종종 들어가서 책상 앞에 앉아 있는 아내의 어깨에 손을 올리기도 했다.

아내는 집에 있는 동안 줄곧 그 방에 머물렀다. 벽면에 칸이 많은 서가가 있고 당연히 서가는 책으로 가득 차 있었다. 방 한가운데 아내가 여러 차례 이태원을 들락거리며 고른 책상이 놓여 있었다. 한쪽 벽면에는 역시 앤티크 전문점에서 산 장식장이 있었는데, 그 위에 사진 액자가 죽 놓여 있었다. 그와 아내의 사진보다 전혀 상관없는 사람의 사진이 많았다. 예쁘거나 고집 세 보이는 외국 여자들 사진이었다. 누구냐고 오기가 물어보면 아내는 신이 나서 액자 속 사람들에 대해 설명했다. 어떤 여자는 글을 쓰는 사람이었는데 자살했고, 어떤 여자는 춤을 추던 사람이었는데 얼마 전 병으로 죽었다. 화장품 광고모델도 있고 유명한 저널리스트도 있었다. 오기가 아는 여자도 있고 모르는 여자도 있었다. 오기는 단번에 그 여자들의 공통점을 찾았다. 죄다 성공한 여자들이었다. 생판 모르는 사람에게 영향을 끼칠 정도로 성공한 여자들.

장모가 오기를 돌봤다. 식사를 가져다줬다. 식후에 여섯 알씩 약을 줬다. 하루에 세 번 오기의 소변통을 비워주고 간혹 침구와 옷을 세탁했다. 간병인은 그 모두를 맨손으로 했는데, 장모는 장갑을 꼈다. 오기가 만진 것에는 가급적 손을 대지 않으려고 했다. 오기가 큰 질병에 걸렸고 그것에 옮기라도 한다는 듯이. 오기가 사용한 물컵을 집을 때도 일회용 위생장갑을 끼거나 행주를 대고 집었다.

오기에게 차도가 있었다. 정 힘들 때면 누운 채로 성기에 튜브를 꽂고 소변통을 사용했으나 가급적 홀로 화장실에 가서 소변통을 이용하려고 애썼다. 하반신을 장모에게 내맡기고 싶지 않다고 생각하자 그럭저럭 하게 되었다. 침대 아래 매트리스를 깔아달라 부탁했고—장모는 못마땅한 얼굴로 이웃에 사는 교회 권사를 불러 그 일을 함께 했다—몸을 굴려 그리로 떨어진 후에 기다시피 침실에 딸린 화장실로 갔다. 매트리스에 누워 지내게 된 후로는 몸을 굴릴 필요도 없었다. 간병인에게 계속 의지했다면 상상도 할 수 없는 일이었다.

장모는 자주 외출했다. 주로 교회에 갔지만 슈퍼마켓에도 가고 은행에도 가고 보험회사에도 가야 한다고 했다. 그럴 때면 오기는 소변통을 내려놓고 바닥을 기어 천천히 거실로 나갔다. 장모가 온 후로 집 안에서 휠체어를 쓸 수 없었다. 간병인이 몸을 일으켜주면 얼마간 휠체어에 앉아 있을 수 있었는데, 장모는 휠체어의 위험성을 지적하고 치워버렸다. 집 안 곳곳에 문턱이 있고 그것에 걸릴 경우 앞으로 고꾸라질 수밖에 없다는 것이다. 그러다간 그나마 무사한 신경이 다 마비될 거라고 했다.

거실에서 처음 유선전화를 사용할 때 오기는 좌절감을 맛봤다. 사고 이후 그는 일상에서의 사소한 좌절을 계속해서 경험했는데도 전화 통화를 하면서 상대의 이름조차 제대로 한번에 부를 수 없다는 것 때문에 괴로웠다. 그의 목에서는 끅끅거리며 철판에 긁히는 소리가 한참 나다가 뒤늦게 의미 있는 소리가 튀어나왔다.

오기는 주저하며 자신을 보러 와달라고 부탁했다. 실은 이 말을 해야 할지 오랫동안 망설였다. 병원에 있을 때 간혹 문병 오는 사람이 있었다. 학교 동료들과 동창들이었다. 그중 한 무리에 그녀가 있었다. 오기는 부끄럽고 화가 나고 미안해서 아무 말도 하지 않았다. 사고 때문에 그녀와의 약속을 지키지 못했다. 이제는 그녀가 약속을 지키지 않을 것이다. 그녀는 일행과 함께 돌아갔고 다시는 병원에 오지 않았다.

"어디로 가죠?"

그녀가 어렵게 물었다. 그런 것쯤은 알아서 생각하면 안 되나 싶어 울컥 서운해졌다. 집주소야 학교에 알아보면 되고 일행을 만드는 것쯤은 일이 아닐 텐데. 오기는 그녀의 질문에 대답하지 못했다. 슈퍼마켓 비닐봉지를 들고 장모가 들어섰다. 오기는 간혹 장모가 늙은 아내인 듯 느껴졌는데, 지금이 그랬다. 오기는 깜짝 놀라 수화기를 내려놓았다. 어색하게 웃으며 장모에게 날도 더운데 고생했다고 말했다. 장모가 소리나게 비닐봉지를 내려놓으며 찬 바람이 묻은 스카프를 풀었다.

오기는 장모를 등지고 천천히 방으로 기어갔다. 장모가 수화기를 들어 버튼을 단 한 번 누르는 걸, 아마도 그것이 리다이얼 버튼임을 모르는 척했다. 얼마 후 오기는 장모가 외출한 틈에 거실로 나왔다가 유선전화가 먹통이라는 걸 알았다. 오기는 다소 침울해졌으나 이 번호로 전화가 올 가능성이 있는지 가늠해보고는 기분을 풀었다.

사고가 나기 전 오기는 무척 바빴다. 학교 일은 물론이고 생태 관련 대안잡지를 창간하려고 했다. 자금을 대줄 사람들과 예상 필자들까지 만나야 할 사람이 많았다. 아내는 늘 오기에게 약속을 지키라고 했다. 오기는 아내에게 아홉 시까지 간다고 하고 자정이 넘어 들어갔다. 주말을 함께 보내자고 했는데 생각지 못한 약속이 생긴 게 한두 번이 아니었다.

집에 돌아오면 아내는 불도 켜지 않은 채 제 방에 들어가 책상 의자에 몸을 웅크리고 앉아 있었다. 오기는 아내가 자기에게 보여주려고 그렇게 한다고 생각했다. 오기의 차가 들어오는 불빛을 보고 방으로 들어갔을 거라고. 오기가 잠들면 아내도 스르르 들어와 잤다. 아침에 오기는 아내가 깨지 않도록 조용히 출근 준비를 했다. 오기는 친구들과 자주 술을 마셨고, 오래전 추억을 곱씹었고, 간혹 여자가 있는 주점에서 노래했고, 차를 타고 놀러가기도 했다.

지금은 할 수 없었다. 오기가 만나는 사람은, 장모를 제외하면, 일주일에 한 번씩 집에 들르는 물리치료사와 이 주에 한 번씩 심방기도를 하러 오는 목사가 전부였다.

물리치료사는 부드럽고 안정적이고 능숙한 솜씨로 오기의 몸을 만졌다. 손을 들라거나 숨을 크게 쉬라거나 힘을 빼라는 물리치료사의 부드러운 명령을 듣고 울음을 터뜨린 적이 있었다. 물리치료사는 결코 오기의 몸을 주무르는 손길을 멈추지 않고 괜찮아질 거예요, 라고 했다. 그 말대로 될 리 없지만 적어도 오기의 마음은 곧 가라앉았다. 물리치료사는 치료가 끝난 후에 바로 돌아가지 못했다. 오기는 사람들이 쉽게 불행을 외면하지 못한다는 걸 배웠고, 물리치료사에게 자신의 불행한 나날에 대해, 희망도 절망도 없는 나날에 대해, 덜덜 떨리는 턱을 움직여 열심히 털어놓았다. 물리치료사는 가벼이 대꾸하거나 묵묵히 들어주었다. 그것도 잠시, 치료 시간이 길어진다 싶으면 어김없이 장모가 문을 벌컥 열었다. 그러면 물리치료사는 조용히 가방을 챙겨 일어섰다. 치료사가 돌아가고 나면 장모가 힐난하는 투로 말했다. 일도 안 하고 멍하니 앉아서 딴생각이나 한 주제에 돈을 받아 처먹다니. 물리치료사는 시간 단위로 돈을 받았다. 오기의 말이 길어지면 초과수당을 받을 수 있었다.

심방 오는 목사에게 장모는 매번 두툼한 헌금봉투를 내밀었다. 틀림없이 오기가 벌어놓은 돈일 터였다. 오기가 절대로 하지 말자고 다짐한 것 중의 하나가 종교단체에 헌금을 기부하는 일이었다. 오기는 세이브더칠드런이나 유니세프 같은 국제자선단체를 통해 여러 명의 아이들을 후원해왔다. 그가 후원하는 단체 중 한 곳에서 후원금을 착복한 일이 발각되었을 때 간접적인 자선 방법에 회의를 품기도 했으나 후원을 중단하지는 않았다. 가난하지도 않고 얼굴이 까맣지도 않고 어려서부터 커피농장에서 노동을 해야 하는 것도 아니고 글자를 못 배운 것도 아닌 목사에게 후원을 해야 하는 일은 오기가 생각하기에 끔찍한 낭비였다. 오기는 간신히 헌금에 대한 환멸을 억누르고 손을 잡기 위해 고개를 수그린 목사에게 오랫동안 연습해온 말을 힘겹게 속삭였다. 여기서 나가게 해주세요. 목사는 고개를 들어 조용히 주위를 둘러보고 마침 방으로 들어온 장모에게 말했다.

"어허허, 우리 형제님이 얼른 나아서 바깥바람을 쐬고 싶으신가봅니다."

장모가 부끄럽고 수줍은 투로, 그럼요, 얼른 그렇게 돼야지요, 하고 고개를 끄덕였다. 목사는 지금까지보다 더 길게 기도하고 성경을 봉독하고 신도들과 찬송가를 부른 후 돌아갔다.

아무도 없을 때면 오기는 커튼을 걷고 밖을 내다봤다. 차가운 벽에 등을 비스듬히 기대고 앉아 유리창을 통해 정원을 내다보는 일, 그것이 오기의 외출이었다. 집에 있을 때면 장모는 아내의 방에 있거나 정원에 있었다. 처음에는 지나치게 자란 곁가지들을 자르는 정도로만 일을 했다. 그러던 것이 울타리 쪽을 손질하고 조금씩 안쪽을 다듬는 식으로 일이 늘었다.

정원에 있는 장모를 보면 간혹 소름이 끼칠 때가 있었다. 처음에는 왜 그러는지 몰랐는데 계속 바라보면서 이유를 알게 되었다. 장모는 식물을 가꾸는 게 아니라 정원을 검사하는 것처럼 보였다. 우선 장모는 정원에 심겨진 식물들을 뽑았다. 죽은 것도 있고 다음해 봄을 기다리는 것도 있었다. 식물을 뽑고 나서는 둥글게 파인 구멍을 이리저리 들여다보았다. 땅을 손으로 조금 더 판 다음 쪼그리고 앉아 자세히 살펴보기도 했다. 거기 식물의 잔뿌리나 돌멩이 말고 뭐가 더 있다고 생각한 걸까. 확인하듯 구멍을 일일이 들여다보았고 아무것도 없다 싶으면 뽑아놓은 식물을 구멍에 대강 꽂아두었다.

언젠가부터는 정원 가장 외진 곳에, 오기가 창에 얼굴을 바짝 붙여야 보이는 곳에 조금씩 구멍을 파기 시작했다. 겨울이었고 땅은 딱딱했고 삽이 무거워서 잘 파지지 않았다. 여러 번 같은 자리를 두드리면 결국 굳은 땅도 물러지는 법이어서 장모는 이내 조금씩 흙을 퍼올릴 수 있게 되었다. 처음에는 작은 묘목을 심을 정도의 깊이였다. 아내라면 구멍의 크기만으로 묘목의 크기나 식물의 종류 같은 걸 짐작했겠지만 오기는 알 수 없었다. 장모는 물리치료사나 목사가 오는 날은 커다란 방수포를 덮어 구멍이 파인 자리를 감췄다.

정원을 모두 갈아엎을 작정인 걸까. 정원에 숨겨진 무엇인가를 찾고 있는 것일까. 식물보다는 땅 속 구멍을 더 골똘히 들여다보는 장모를 보면 그런 생각이 들었다. 아내와 관련한 것일까. 장모는 줄곧 아내 방에 머물렀고, 거기에는 아내가 쓴 메모 같은 게 많을 것이다. 아내는 늘 뭔가 썼고 오기가 보기에는 쓸데없는 것들로 가득 찬 노트를 여러 권 가지고 있었다. 오기는 그 질문에 답이 있을 거라고 생각했고 그 답을 상상하다보면 소름이 끼쳤다.

오기에게 치료가 불가능한 장애가 생겨서 그렇게 생각하는 것인지도 몰랐다. 오기의 심사는 꼬일 대로 꼬였다. 못 쓰게 된 다리와 괴물처럼 재생피부로 덮인 얼굴로는 미래를 생각하기 어려웠다. 오기를 찾던 많은 사람들이 일시에 사라졌다. 부르면 오기야 하겠지만 더이상 친교는 불가능했다. 오기는 친구들의 동정을 받을 것이고 친구들은 불행 앞에서 눈치를 볼 것이다. 그들이 형식적인 얘기나 나누다가 시간에 쫓겨 허둥지둥 돌아가고 다시 부를 때까지 나타나지 않을 것을 생각하면 오기는 구역질이 치밀었다.

금고를 파묻어도 좋을 정도로 구멍이 커진 날, 정원 일을 마친 장모가 그의 방으로 들어왔다. 장모는 오기의 머리맡에 서서 흙이 묻은 두 손을 탁탁 부딪혀 털었다. 흙이 들어가지 않게 오기는 눈을 감아야 했다.

"저렇게 땅을 좀 갈아놔야 봄에 뭘 심든가 할 수 있다네. 안 그러면 다 죽어버리지."

오기가 내내 정원을 내다보고 있던 걸 아는 것 같았다. 오기는 고개를 끄덕였다. 그는 가드닝에 대해 아는 바가 없었다.

"하지만 지금 저깟 식물들이 문제겠나."

오기는 이번에도 고개를 끄덕였다. 사고 이후 가장 큰 문제는 언제나 오기였다. 오기의 회복 말이다.

"돈 말일세. 계산을 해봐야 할 때라네."

장모는 그대로 거실로 나가버렸다. 오기는 장모를 기다렸다. 한참 지나도 돌아오지 않았다. 오기 스스로 계산을 해보라는 속셈 같았다. 오기는 장모의 수작을 알고도 모르는 채 넘어가야 한다는 게 놀라웠다.

그후로도 장모는 돈 얘기를 꺼내려다 말기를 몇 차례 반복했다. 그런 화제가 민망해서가 아니라 오기가 자신의 처지를 객관적으로 깨닫도록 시간을 주는 것 같았다.

　오기가 앰뷸런스를 타고 병원에 정기검진을 다녀온 날 장모가 또 그 얘기를 꺼냈다. 언제 변덕을 부려 입을 닫아버릴지 모르므로 오기는 의사의 말을 곱씹는 일로 장모의 힐난을 견뎠다. 의사는 근육 치료와 함께 피부이식과 치과 치료를 병행해야 한다고 말했다. 그래야 최소한 제대로—침을 흘리지 않고 턱을 덜덜 떨지 않는다는 의미였다— 말을 할 수 있고 혐오감을 주지 않으면서 외부활동을 할 수 있을 터였다. 물론 의사는 혐오감이라는 말 대신 '자연스럽게'라는 말을 썼다.

　"자네가 앞으로 이 상태로 최소 이십 년을 산다고 가정해봤네."

　그 말이 오기의 몸을 훑어보는 장모의 시선과 함께 공허하게 툭 떨어졌다. '최소 이십 년'은 평균수명에 턱없이 못 미치는 나이였으나 지금으로서는 영겁처럼 까마득하게 느껴졌다.

　"휴, 긴 시간이야. 정말 긴 시간이지, 이십 년은."

　장모도 비슷한 생각을 하는 것 같았다.

　"내가 그때까지 산다는 보장도 없네."

　그건 아니었다. 장모는 건강해 보였다. 오기보다 건강했다. 적어도 그녀는 오줌은 편히 눌 수 있는 처지였다.

　"간병비에 각종 공과금, 병원비 등등을 합쳐서 한 달간의 최소 생활비를 산정해봤네. 자네도 월급을 받아봐서 알겠지만, 급여생활자는 해마다 봉급이 올라도 이제 우리한테는 그런 게 없네. 대출금 이자가 오르면 몰라도⋯⋯ 나는 최소한의 물가인상률 같은 건 반영하지도 않네. 그런데도 불구하고 한 달에 드는 비용이 자그마치⋯⋯."

장모가 계산기를 오기의 눈 앞에 바짝 가져다댔다.

"봤나? 봤으면 봤다고 말을 해봐."

오기는 장모를 봤다. 하도 가까이 계산기를 들이대서 거기에 찍힌 숫자는 보이지도 않았다. 장모가 눈을 부릅떴다. 대답을 듣기 전에는 계산기를 치우지 않을 작정 같았다. 오기는 할 수 없이 고개를 끄덕였다.

"더 중요한 건 이거지. 우리가 얼마를 쓰는지가 아니라 얼마나 쓸 수 있는지. 그러려면 우리에게 총 얼마가 있는지 알아야 해."

장모는 줄곧 '우리'라고 말했다. 명백히 오기의 재산임에도.

"이 집하고 자네하고 내 딸 명의로 된 예금을 다 더했지. 얼마 안 되더군. 주택 대출도 너무 많고. 집을 팔아서 갚는 게 낫지 싶어. 이자 나가는 걸 생각하면 확실히 그래. 어쨌거나 거기에 자네의 퇴직금을 합했네."

장모가 모르는 게 있었다. 오기는 퇴직한 것이 아니었다. 학교에서는 병가를 줬다. 그가 스스로 퇴직의사를 밝히기 전에는 잘릴 리 없었다. 문병 온 학장이 그렇게 말했다. 학장은 얼른 나아서 학교로 돌아오라고 했다. 오기는 몸이 괜찮아지면 출근할 수 있는 학교가 있었다. 휠체어를 타고 움직일 정도가 되면, 침을 흘리지 않고 말하게 되면 수업도 할 수 있을 것이다. 누구나 명예퇴직을 당하는 마당에, 침대에 하루 종일 누워 있어야 하는 처지에도 정년까지 다닐 직장이 있는 것이다. 그 사실에 오기는 종종 감격했다.

"참."

장모가 뒤늦게 생각났다는 듯이 방을 나가려다 말고 멈춰 섰다.

"학교 말일세. 내가 퇴직 신청을 했네. 자네가 복귀하려면 아무래도

시간이 많이 걸릴 테니 말이야."

　그러고는 방문을 꽝 닫았다. 오기는 이미 누워 있어서 더는 쓰러지지 못한다는 사실에 위안을 받았다. 돌아갈 곳을 잃었다. 지금 잃은 건 아니었다. 교통사고가 나면서 잃었다. 혹은 그보다 훨씬 더 전에. 얼마나 오래전부터 이 모든 걸 결국 잃게 될 줄도 모르고 애써 달려온 건지 가늠하기 힘들었다.

　아내는 이미 다 알고 있었다. 오기가 곧 모든 것을 잃게 될 거라고 했다. 자신이 그렇게 만들 거라고도 했다. 아내는 몹시 화가 나 있었고 오기에게 설득당할 여지가 없어 보였다. 아내는 오기를 자극했다. 위험을 무릅쓰고 운명을 향해 돌진하게 만들었다. 아내의 말이 맞았다. 아내가 그렇게 만든 게 아니라 오기 스스로 그렇게 했다는 게 다를 뿐. 그 일로 오기가 자신의 것이라고 믿었던 것은 모두 제 것이 아니게 되었다. 오기에게 남은 것은 힘을 못 쓰는 너덜거리는 몸뚱이와 그것을 의지할 침대뿐이었다.

　간병인 없이 장모가 돌보는 생활이 계속됐다. 장모는 여전히 죽을 주었고 식후에 먹을 약을 조금씩 늘렸다. 은행이나 보험회사 등에 외출하던 것을 화원이나 꽃시장을 다니는 것으로 바꾸었다. 돈이 없다고 한탄하면서도 오기는 분간할 수도 없는 식물을 사들이기 시작했다. 아마도 갈아엎은 땅에 심을 것들일 터였다. 뿌리를 둥근 흙덩이로 감싼, 제법 자란 나무들이 정원에 들어찼다.

　간격이 뜸해진 물리치료사가 오랫만에 들렀다가 그 광경을 보고 깜짝 놀라 물었다.

　"정원을 싹 갈아엎으신 거예요? 혼자서요?"

　"딸애가 가장 아끼던 곳이에요. 봄에는 꽃을 좀 피워야죠."

장모가 대답했다.

오기는 물리치료사가 어서 방으로 들어오기를, 들어와서 정원의 깊고 넓게 파인 구멍에 대해 자세히 말해주기를 기다렸다. 물리치료사는 바깥이 추운지 코가 빨개져서 들어왔다.

"봄이면 아주 근사해지겠어요. 정원이요."

가방을 내려놓고 외투를 벗으며 물리치료사가 말했다. 오기는 그가 침대 곁으로 다가오자마자 먹지 않고 베개 밑에 숨겨둔 약을 보여줬다.

"보세요, 제 약이에요. 한 번에 여덟 알이죠. 보통 이렇게 많이 먹나요?"

물리치료사가 깜짝 놀라 대답했다.

"정말 많군요. 이거 정말 문제라니까요. 지난번에 제가 결막염 때문에 안과치료를 받았는데, 겨우 눈곱 조금 낀 거 갖고 한 번에 여섯 알반을 먹었다니까요. 약 먹다 배부르긴 처음이었어요."

물리치료사가 익살맞게 웃었다. 오기가 목소리를 낮춰 말했다. 물리치료사는 오기의 꺽꺽거리는 소리를 알아듣지 못했다. 할 수 없이 조금 목소리를 높였다.

"먹기만 하면 졸려요. 참을 수 없을 정도로요."

"주무셔야죠. 통증을 이기려면 주무셔야 해요."

"이게 도움이 될까요?"

"그럼요. 이렇게 안 먹고 가지고 있는 것보다야 먹는 게 훨씬 낫죠."

오기는 참을성을 가지고 그를 설득하려는 생각을 포기하고 자신을 병원으로 데려가달라고 부탁했다. 물리치료사는 일단 오늘치 치료를 받자며 오기를 도와 몸을 엎드리게 했다. 오기는 엎드린 채로 장모의 꿍꿍이를 털어놨다. 물리치료사는 어떤 대꾸도 하지 않았지만 오기는 그가 몹시 놀라고 충격을 받았다는 것을 알 수 있었다. 묵직한 침묵이 그 증거였다. 물리치료사가 자신의 말을 아파서 내지르는 신음쯤으로 받아들였다는 것을 다시 똑바로 누워서야 알게 되었다. 장모가 방문을 열고 오기가 치료받는 것을 지켜보고 있었다는 것도.

"오늘 유난히 아프신가봐요. 많이 끙끙대시네. 그러세요?"

물리치료사가 장모를 의식해 물었다. 오기가 그렇다고 대답했다. 부자연스럽게 입을 놀리느라 오기의 말은 과연 신음 소리처럼 들렸다.

치료를 마치고 나서 물리치료사는 여느 때보다 다정히 인사하며 얼른 쾌유하시라고 말했다. 오기는 제 말을 알아듣고 특별한 신호를 보내는 게 아닐까 생각했으나 곧 그가 장모와 나누는 얘기를 듣고는 작별인사라는 걸 깨달았다. 장모는 이럴 작정으로 오기에게 생활비 얘기를 털어놓았다. 오기는 간병인에 이어 물리치료사를 잃었다.

물리치료사가 돌아간 후 장모는 정원으로 나갔다. 오기는 커튼을 걷고 심지 않은 나무로 가득한 정원을 내다보았다. 잎도 꽃도 없는 헐벗은 나무들이 흙 묻은 뿌리를 기둥 삼아 서 있었다. 묘목을 심은 구멍이 검고 깊어 보였다. 다른 것들은 묘목을 심기에 적당한 크기였는데, 정원의 가장 외진 곳에 있는 구멍은 유독 깊고 커다랬다. 그 구덩이에 심을 만한 것은 눈에 띄지 않았다.

장모가 묘목을 들어 뿌리를 감싸고 있는 비닐을 벗기다 말고 고개를 돌려 오기를 쳐다보았다. 장모는 그렇게 한참 동안 오기를 보았다. 오기는 직감적으로 장모가 그날 무슨 일이 있었는지 알고 있다는 걸 느꼈다. 그러고 보니 장모는 한 번도 오기에게 사고가 나던 날의 얘기를 꺼내지 않았다. 어떤 것도 묻지 않았다. 장모는 다시 식물 쪽으로 차가운 눈을 돌렸다. 오기는 허튼 생각을 잠재우기 위해 장모는 그저 식물을 좋아할 뿐이라고 생각하기로 했다. 왜 좋아하는지는 좀처럼 떠오르지 않았다. ▪

수상후보작

뱀들이 있어
김중혁

비와 사무라이
백민석

늙은 차와 히치하이커
윤고은

러브 레플리카
윤이형

올드 맨 리버
이장욱

거제, 포로들의 춤
최수철

라라네
최은미

김중혁

뱀들이 있어

1971년 경북 김천 출생. 2000년『문학과사회』로 등단.
소설집『펭귄뉴스』『악기들의 도서관』『1F/B1』.
장편소설『미스터 모노레일』『좀비들』『당신의 그림자는 월요일』.
〈김유정문학상〉〈젊은작가상〉〈오늘의 젊은 예술가상〉〈이효석문학상〉 등 수상.

뱀들이 있어

지진으로 인한 사상자는 200명이 넘었다. 텔레비전 뉴스에서는 정확한 명단을 확인하지 못한 채 침통한 목소리로 '200명이 넘는 시민이……'라는 말만 반복했다. 추측과 예상뿐이었다. 아나운서의 목소리가 화면에서 터져 나오는 비명 소리와 겹쳤다. 때로는 묻혔다. 여자와 아이들의 날카로운 울음소리가 유독 크게 들렸다. 지진의 강도는 6.8, 진원의 깊이는 땅속 25킬로미터이며, 사상 최대의 강력한 지진이라고, 목소리가 잔뜩 가라앉은 남자 리포터가 반복했다. 더 할 수 있는 말이 없으니 같은 정보를 되풀이하는 수밖에 없었다. 새로운 정보가 하나씩 추가될 때마다 되풀이하는 내용이 늘어났다. 사망자가 최소 50명이 넘을 것이라고 얘기했다가, 아니, 70명일 것으로 추측된다고 얘기했다가, 부상자는 훨씬 더 많을 것이라는 뻔한 정보를 이야기 속에 욱여넣었다.

텔레비전을 보면서 밥을 먹고 있던 정민철은 젓가락으로 김치를 집어 들다가 몸이 굳었다. 화면 속에 잘 알고 있는 동네가 보였다. 잘 알고 있는 동네지만, 잘 모르는 동네처럼 보였다. 마음에 들지 않아 찢어 버린 사진처럼 예전에 알던 동네가 갈기갈기 조각나 있었다. 조각과 조각이 화면 속에 다 보이지 않아서 이어 붙여 볼 수 없었다. 텔레비전 화면이 동네만큼 크다면 풍경을 이어 붙일 수 있을 텐데 화면은 계속 흔들렸고, 화면 속 풍경도 끊임없이 흔들렸다. 재해 본부에서는 몇 차례의 여진이 올 가능성에 대해 말했다. 화면이 흔들리는 게 여진 때문인지는 알 수 없었다. 거기 있는 사람들이 지금 죄다 흔들리고 있는 것인지도 모르겠다고 정민철은 생각했다. 순대 국밥집 손님들은 몇 마디 탄성을 지르면서 계속 밥을 먹었다. 계산대에 앉은 주인은 리모컨을 꼭 쥐고 입을 벌린 채 텔레비전에서 눈을 떼지 못했다.

정민철은 식당에서 나와 공원 의자에 앉았다. 김우재에게 전화를 걸어 볼 생각이었다. 받지 않는 경우도 생각해야 했다. 다른 일 때문에 받지 못하는 것일 수도 있었다. 전화를 받고 싶지 않은 상황이어서 받지 못하는 것일 수도 있었다. 자신의 이름이 액정에 뜬 걸 보고 받지 않는 것일 수도 있고, 다쳤을 수도 있고, 김우재가 다친 게 아니라 주변 사람이 다친 것일 수도 있고, 주변 사람이 다친 것 때문에 휴대 전화를 사용해야 할 경우일 수도 있고, 지진 때문에 휴대 전화가 망가진 것일 수도 있고, 통화량이 많아서 연결이 되지 않는 것일 수도 있었다. 이유가 어찌 됐든 전화를 받지 않는 순간, 정민철의 걱정이 시작될 것이다. 정민철은 수많은 경우의 수를 생각하느라 맨처음 생각했던 경우가 어떤 것인지도 기억하지 못했다.

정민철은 전화기를 손에 쥐고 바라보기만 했다. 연락처에서 김우재의 번호를 찾아 놓고는 보고만 있었다. 휴대 전화 액정에 파란 하늘이 비쳤다. 파란 하늘 속에서 갑자기 아버지라는 이름이 튀어나왔다. 정민철은 전화를 받았다. 아버지 역시 지진 뉴스를 보고 많이 놀란 눈치였다. 전화를 걸어 놓고도 한동안 말이 없었다.

다친 친구들은 없어?

아버지 친구들 중에는 다친 분 없어요?

나야 새 여자 만나서 도망쳐 나온 사람인데, 친구가 남아 있겠냐.

고향이잖아요.

그런 거다. 고향이란 게, 밀려나면 못 돌아가.

친구분들한테 연락해 보세요.

가게에 손님은 좀 있냐?

예, 그럭저럭요.

그럭저럭이 뭐냐. 좀더 악착 같아야 살아남지. 너는, 매사에 그렇게 흐리멍텅해서 장사가 되겠냐.

알았어요.

말로만 알았다고 하지 말고.

예, 끊을게요.

정민철은 전화를 끊고 엄지손가락으로 액정에 묻은 먼지를 쓸어 냈다. 손가락의 기름기 때문에 오히려 미끈거리는 먼지 길이 생겼다. 기름기를 없애려고 다시 손가락으로 문지르자 더욱 복잡한 길이 생겼다. 티셔츠 자락으로 휴대 전화를 깨끗하게 닦았다.

"인마, 친구들 잊어먹으면 안 된다."

김우재의 목소리가 들렸다. 김우재가 전화할 때마다 늘 하던 말이었다. 정겨운 말이기도 했고, 짜증나는 말이기도 했다. 친구를 위한 말처럼 들리기도 했지만 훈계하는 말투처럼 들릴 때도 많았다.

정민철의 집은 5년 전, 정민철이 스물다섯 살 되었을 때 서울로 이사를 왔다. 이사 가기 며칠 전 동네 친구들이 해 준 환송회 때 김우재는 평소와 달리 말이 많았다. 여러 번 건배 제의를 했고, 술을 많이 마셨다. 친구들이 하나둘 고향을 떠나는 것 같다며 울적해하다가도, 말년에는 친구들이 모두 고향에 모여 작은 마을을 만들면 어떻겠냐는 이야기도 했다. 다른 친구들도 술에 취해서 모두 그러자고 했다. "자주 연락하고 지내. 바빠도 친구들 잊어먹지 말고." 김우재는 술에 취해 같은 말을 여러 번 반복했다.

정민철은 여러 번 망설인 끝에 김우재에게 전화를 걸었다. 연결이 되지 않았다. 정민철은 괜히 전화를 걸었다는 생각이 들었다. 연결될 때까지, 김우재의 목소리를 들을 때까지, 하루 종일 전화를 붙들고 있을 자신의 모습이 떠올랐다. 통화량이 많아서 그런 것이라고, 지금쯤 수많은 사람들이 전화를 걸고 있을 것이라고 생각했지만 조급함은 사라지지 않았다.

서울로 떠난 정민철은 5년 동안 한 번도 고향에 내려가지 않았다. 내려가기 싫기도 했고, 시간도 없었다. 그야말로 살아남기 위해 열심히 일했다. 정민철은 컴퓨터 하드디스크를 만드는 회사에 들어갔다가 2년만에 퇴사한 후 아파트 단지 상가에 작은 컴퓨터 가게를 열었다. 컴퓨터에 관련된 거의 모든 일을 하는 가게였다. 마우스나 키보드 같은 소모품도 팔았고, 컴퓨터 출장 수리도 했으며, 스캔, 복사, 팩스 등의 업무를 대신 처리해 주는 일도 했다. 아침 7시에 문을 연 다음 저녁 12시까지 가게를 지켰다. 아침이면 중고등학생들의 노트를 복사해 줬고, 11시쯤에는 컴퓨터 수리를 부탁하는 곳에 출장을 다녀왔다. 오후에는 노트북을 고치려고 들고 오는 손님들이, 저녁에는 USB 메모리 같은 소모품을 사러 오는 손님들이 많았다.

정민철은 손님이 뜸한 저녁 시간을 이용해 오래전부터 꿈꾸어 오던 게임 개발을 시작했다. 세상을 깜짝 놀라게 할 만한 롤플레잉 게임을 만들고 싶었던 적도 있었지만, 이제는 간단한 휴대 전화 게임을 만드는 정도로 꿈이 줄어들었다. 줄어들었어도 쉽게 이룰 수 있는 꿈은 아니었다. 게임의 규칙을 정하고, 캐릭터를 만들고, 어플리케이션 게임 만드는 법을 공부하면서 밤마다 차근차근 새로운 세상을 만들어 갔다. 정민철은 규칙적인 낮의 세계와 변수로 가득한 밤의 세계의 불균형 덕분에 지루할 새가 없었다.

가게로 돌아온 정민철은 인터넷으로 업데이트되는 지진 관련 기사를 보았다. 포털이든 게시판이든 어디에나 지진 관련 기사였다. 지진이 발생하는 이유에 대한 과학 전문 기자의 기사와 지진계가 이동하고 있다는 지진 전문가의 칼럼과 '우리도 이제 지진 안전 지대가 아니다'라는 취재 기사가 사상자 속보를 기다리는 사람들의 초조한 시간을 메워 주었다. 정민철 역시 궁금해서 몇 줄 읽어 보았지만 대부분 이해할 수 없는 이야기들뿐이었다. 판 구조론이니, 맨틀이니, 구텐베르크 불연속면이니, 어려운 용어들을 몇 개 읽고 나니 지진에 대해 알고 싶은 마음이 사라졌다.

"땅 속에는 산보다도 더 커다란 뱀들이 살아."

오래전에 들었던 할머니의 이야기가 어디선가 튀어나와 컴퓨터 모니터를 덮었다.

"에이, 그렇게 큰 게 어딨어. 할머니 순 뻥쟁이."

누워 있던 아이 정민철이 고개를 들며 퉁명스럽게 대꾸했다. 할머니는 손바닥으로 아이의 이마를 지그시 누르며 다시 눕혔다.

"우리 꼬맹이, 지진이라는 말은 들어 봤어?"

"응, 학교에서 배웠어. 땅이 흔들리고 건물이 막 넘어지고 그런 거."

"땅 속에 있는 뱀들이 몸을 뒤틀면 온세상이 흔들리는 거야. 쿵, 쿵, 쿵, 뱀들이 날뛰면 아무도 못 말려."

"뱀들이 왜 몸을 뒤틀어?"

"화나는 일이 있으니까 그러지."

"왜 화가 나?"

"자, 들어 봐, 옛날 옛날 얘기야. 산이 높은 것처럼 땅속 깊은 곳엔 뱀들이 살고 있었어. 어느 날 그 뱀들이……."

정민철은 할머니의 목소리를 들으면서 잠이 들었다. 방학 때면 늘 그랬다. 할머니는 밤마다 기묘한 옛날 이야기를 하나씩 해 주었는데, 정민철의 기억에 남은 이야기는 별로 없다. 분위기만 또렷하게 남아 있다. 불이 다 꺼진 시골집의 어둠 속에서 할머니의 목소리는 땅에서 솟아오르는 것 같았다. 지상의 목소리 같지 않았다. 할머니 덕분에 지진을 떠올리면 땅 속의 뱀들이 생각나고, 귀신을 떠올리면 고무신이 생각나고, 쟁반을 보면 구슬이, 호랑이를 보면 콩떡이 떠올랐다.

인터넷에 속보가 늘어나면서 거대한 재난의 실체가 조금씩 드러나고 있었다. 정확한 사고 지점은 어디인지, 어떤 사람들이 죽었는지, 현재 상황은 어떤지, 지진으로 생겨난 거대한 흙먼지가 조금씩 걷히듯 빠르게 날아온 속보는 진상을 덮고 있던 흙더미를 천천히 걷어 냈다. 정민철은 저녁때까지 계속 인터넷을 들여다보았다. 지진이 난 장소는 분명 자신이 살던 곳이었고, 친구들이 살고 있는 곳인데, 공포가 실감되지 않았다.

지진이 일어난 곳은 정민철의 고향 한복판이었다. 인구 15만 명 정도의 소도시였지만 시내에 중요 시설이 밀집돼 있어 지진의 피해가 더욱 컸다. 영화관이 있는 5층 상가에서 가장 큰 피해가 발생했고, 은행, 슈퍼마켓 등에서도 많은 부상자가 생겼다. 김우재의 옷가게는 5층 상가의 바로 옆 건물에 있었다. 가 보지는 못하고 전화로 위치만 들었지만 어디쯤인지 훤히 알 수 있을 만큼 시내의 크기는 작았다. 김우재가 전화를 걸어 "가게가 어디냐면, 우리 자주 가던 정육 식당이랑 창범이네 만두 가게 사이에 있는 골목 알지? 그 골목에 들어서자마자 왼쪽 첫 번째 건물 1층 가게야. 어딘지 알겠지?"라는 말만 했는데, 거기에 함께 서 있는 것 같았다. 정민철은 김우재에게 다시 한 번 전화를 걸었다. 여전히 연결되지 않았다.

　4년 전, 옷가게를 열었다는 김우재의 전화를 받았을 때 정민철은 마음이 복잡했다. 축하부터 해 주고 싶었는데, 가장 먼저 떠오른 감정은 질투였다. 질투를 깊은 곳으로 눌러 내리면서 축하 인사를 했다. 전화하는 내내 질투의 감정은 얌전히 있지 않았다. 불쑥불쑥 위로 솟아올랐다. 김우재가 기뻐하는 목소리를 들을 때마다 수화기를 집어던지고 싶었다. 정민철은 자신의 질투를 들키고 싶지 않았다. 들키지 않았다. 전화를 끊고 나자 질투의 감정이 날뛰며 돌아다녔다. 정민철은 질투의 감정을 자세히 들여다보았다. 질투의 이유는 분명했다. 류영선 때문이었다. 김우재와 류영선이 함께 서 있는 장면만 떠올려도 정민철의 마음은 끓어넘쳤다. 옷걸이에다 옷을 걸며 가게를 꾸밀 두 사람을 생각하니, 정수리가 뜨끈뜨끈해졌다. 뭔가 집어던져서 부수고 싶었다. 책상 위에 놓여 있던 컴퓨터 키보드를 바닥에다 내리쳤다. 갑자기 가게로 들어온 손님이 왜 그렇게 화가 난 겁니까? 물어보면 "아, 키보드 속에 들어 있는 먼지를 털어 내는 중입니다."라고 대답할 작정이었다. 손님은 찾아오지 않았다.

정민철은 김우재와 류영선이 키스하는 장면을 본 적이 있다. 셋이서 술을 마시다 정민철이 잠깐 화장실을 다녀오던 참이었다. 술집으로 들어가려던 정민철은 밖으로 나가 담배를 한 대 피우며 시간을 보냈다. 씹할, 자신도 모르게 입에서 욕지거리가 튀어나오고 바닥에 침을 뱉었다. 몇 분 후 술집으로 들어간 정민철은 집안일을 핑계로 나왔다. 집으로 가면서도 계속 입에서 욕이 나왔다. 길거리의 쓰레기를 괜히 발로 찼다. 두 사람이 키스하는 장면은 정민철의 뇌 한복판에서 바탕 화면이 됐다. 한동안 지워지지 않았고, 오랜 시간이 지나도 금방 되살아났다.

김우재와 류영선은 정민철이 고향을 떠나던 해에 결혼했다. 정민철이 고향을 떠날 수 있어서 다행이라고 생각한 것은 두 사람이 함께 있는 모습을 보지 않을 수 있어서였다. 도망치는 방식이 아니라서, 어쩔 수 없이 고향을 벗어나는 것이어서 다행이었다. 세 사람은 같은 고등학교를 졸업하고, 고향에 있는 대학에 입학했다. 류영선은 의상 디자인을 전공했고, 정민철과 김우재는 컴퓨터를 전공했다. 많은 친구들이 서울의 대학으로 진학했기 때문에 고향에 남은 친구들은 자연스럽게 친해졌다. 서로 이름만 알고 있던 김우재와 류영선은 1학년이 끝날 때쯤 급속도로 가까워졌다. 정민철 역시 류영선을 좋아했지만 급속도로 가까워지는 두 마음의 속도를 멈추게 할 수 없었고, 두 마음의 방향을 바꿀 수도 없었다. 류영선의 마음은 이미 김우재에게 가 있었다. 가 있는 마음을 가져오려면 많은 걸 잃을 것이다. 잃는 게 무엇일지 하나하나 따져 보고서 정민철은 류영선을 포기했다. 포기해야겠다고 생각했다. 포기하는 게 맞다고 생각했다. 포기할 수밖에 없다고 생각했다. 실제로 정민철은 '포기'라는 단어를 생각했고, 소리 내어 발음해 보기도 했다. '포기'라는 발음에서 쏟아져 나오는 한숨은 정민철의 마음을 더욱 비참하게 만들었다.

정민철은 류영선의 마음의 방향을 되돌리고 싶었다. 불가능한 일이라는 걸 알고 있었다. 셋이서 보는 일이 많았지만 류영선은 김우재만 보았다. 누가 봐도 김우재가 정민철보다 훨씬 매력적이었다. 김우재는 고등학교 육상 선수 출신이고 키도 훤칠하게 큰 데다 남자다운 무심함이 있어서, 많은 여자들이 좋아했다. 정민철에게는 별다른 특징이 없었다. 할머니는 '꼬맹이'라고 불렀고, 친한 동네 어른들은 '똘똘이'라고 불렀고, 대부분의 사람들은 정민철을 기억하지 못했다. 꼬맹이였던 아이는 평범하고 작고 눈길 가지 않는 남자로 자랐다. 정민철은 자신이 그렇게 늙어 갈 것이란 걸 알았다.

정민철과 김우재는 가끔 테니스 시합을 했다. 류영선은 당연히 김우재를 응원했다. 정민철은 티내지 않고 웃으면서, 죽을 힘을 다해 테니스를 쳤다. 무조건 게임을 이기고 싶었지만 역부족이었다. 정민철은 테니스공이 자신의 코트로 떨어질 때마다 좌절감을 느꼈다. 세상에는 열심히 쫓아다녀도 절대 치지 못할 공이 있다는 걸 알게 됐다. 손을 힘껏 뻗고 라켓을 한껏 내밀어도 닿지 못하는 공이 있었다. 정민철은 웃을 수밖에 없었다. 웃지 않으면 패배하는 자신이 더욱 초라하게 느껴질 것이었다.

두 사람이 결혼한다는 소식을 들었을 때, 정민철은 이제 가슴을 진정시킬 수 있을 것이라고 생각했다. 머리로 그렇게 생각했다. 가슴은 그렇지 않았다. 함께 침대에 눕고 함께 아침을 먹을 두 사람을 생각하자 가슴은 다시 미친 듯 날뛰었다. 류영선 옆에 서 있는 사람이 자신이었으면 좋겠다는 생각을 지울 수 없었다. 류영선과 키스하는 사람이 자신이었으면 좋겠다는 생각이 떠나지 않았다. 생각은 가슴에 기름을 들이부었고, 가슴은 이제 머리까지 장악했다. 다른 생각을 할 수 없었고, 손끝이 저릿하게 아려 왔다. 정민철은 류영선을 사랑하는 마음이 먼저인지, 김우재를 향한 류영선의 사랑을 없애고 싶은 마음이 먼저인지 알 수 없었다. 애초에 자신의 소유가 아니었지만 빼앗겼다는 상실감이 가장 컸다. 정민철은 김우재가 보는 앞에서 테니스 라켓을 바닥에다 힘껏 집어던지고 싶었다. 라켓이 부서지는 장면을 보여 주고 싶었다. 테니스 라켓이 부서지는 상상만 해도 분이 조금은 풀렸다.

밤늦게까지 정민철은 가게에 앉아 있었다. 간판의 불을 끄고, 두 개의 모니터를 켰다. 왼쪽 화면에서는 인터넷 뉴스 속보가 나왔고, 오른쪽 화면에서는 게임을 만드는 프로그램이 나타났다. 김우재에게 계속 전화를 걸었지만 연결이 되지 않았다. 혹시라도 전화하게 될까 봐, 전화하고 싶어질까 봐 류영선의 휴대 전화 번호는 오래전에 지워 버렸다. 지워 버리길 잘했다고, 정민철은 다시 한 번 생각했다. 김우재에게 한 번 더 전화를 걸었지만 통화량이 많아서 연결이 힘들다는 메시지가 나왔다. 친구 오규호에게도 전화를 걸었다. 김우재 말고 유일하게 전화번호를 아는 고향 친구였다. 오규호의 전화도 연결되지 않았다. 정민철은 비밀번호를 입력하고 컴퓨터 바탕 화면에 있는 '류영선' 폴더를 열었다. 폴더 안에는 연도별로 가지런히 정리된 7개의 폴더가 들어 있었다. 7개의 폴더 안에는 더 많은 폴더가 들어 있고, 많은 폴더 속에는 더 많은 파일이 들어 있다. 텍스트 파일도 있고, 사진 파일도 있고, 메시지를 압축한 파일도 있고, 종이를 스캔한 파일도 있다. 정민철은 폴더를 열려다 그만두었다. 일에 몰두하는 게 나을 것 같았다. 컴퓨터를 수리하거나 손님을 만나거나 게임 만드는 일에 집중하면 불안은 줄어들었다. 정민철은 한 번도 자신의 불안을 자세히 들여다본 적이 없었다. 불안이 자신을 들여다보면 눈을 피하는 쪽이었다. 불안과는 눈을 마주치지 않는 게, 행여나 좁은 골목에서 마주치지 않도록 늘 조심하는 게 상책이라고 생각했다.

정민철이 2년째 만들고 있는 게임은 스마트폰으로 간단하게 할 수 있는 것이었다. 10가지 중 하나의 캐릭터를 선택하고, 시작을 누르면 화면은 점집으로 바뀐다. 빨간 문 뒤에서 괴상하게 생긴 할머니 한 명이 등장해 자신의 소개를 늘어놓는다.

내가 누군 줄 알아? 나는 우주의 음기를 온몸에 담고 있는 마녀야. 지금부터 내가 구슬점을 칠 테니까 잘 봐 둬. 쟁반에다 100개의 구슬을 던져서 나오는 점괘에 따라 오늘 너의 운세가 결정될 거야.

괴상한 할머니는 구슬을 쟁반에다 던지고, 구슬은 제각각 흩어진다. 이리저리 부딪치기도 하지만 얽히는 법은 없다. 할머니는 점괘와 함께 오늘의 운세를 읽어 준다. 점괘를 부여받은 캐릭터는 운세 마을로 들어가서 갖가지 일을 겪게 되는데, 새로운 일이 벌어질 때마다 운세에 나온 대로 행동할 것인지, 운세에 반대되는 행동을 할 것인지 결정해야 한다.

몇 달 전부터 정민철은 운세 마을에서 벌어질 일을 하나씩 기록하고 있었다. 귀인을 만나러 동쪽으로 갈 것인지 서쪽으로 갈 것인지, 친구에게 돈을 빌려 줄 것인지 말 것인지, 네 살 연하의 여성을 만났을 때

프러포즈를 할 것인지 말 것인지, 시비가 붙었을 때 싸움을 할 것인지 말 것인지, 수많은 갈림길을 만들었다. 갈림길을 지나면 새로운 갈림길이 나오고, 더 많은 갈림길이 계속 이어져야 했다. 끝이 없는 일이었지만 정민철은 모든 경우의 수를 기록하는 게 재미있었다. 세상의 모든 일을 기록하는 기분이었다. 이 세상과는 다른, 누구도 예측할 수 없는 괴상한 세상을 만들고 싶었다. 때로는 폭력이 구원이 되기도 하고 실수가 정답이 되기도 하며, 우연이 지름길이 되는 세상을 만들고 싶었다.

캐릭터의 선택에 따라 새로운 일이 어떻게 연결될지, 캐릭터의 선택이 몰고 올 결과의 파급력은 어느 정도로 할 것인지, 할머니의 점괘가 운세 마을에 미치는 영향은 어느 정도로 할 것인지, 해결해야 할 과제가 산더미처럼 많았지만 그걸 하나씩 풀어가는 재미가 있었다.

정민철은 운세 마을에서 생기는 일에다 '지진'이라고 적어 넣었다. 지진이라고 적어 넣고는 조금 미안한 마음이 들었다. 김우재에게 다시 전화를 걸었지만 연결은 되지 않았다.

지진이 일어났을 때의 갈림길을 생각해 보았지만 마땅한 게 떠오르지 않았다. 정민철은 '지진—죽는다/산다'라고 적었다. '지진—건물 안에 갇힌다/죽는다', '지진—구덩이로 빠진다/산다'라고도 적었다.

인터넷 뉴스 화면에서는 계속 속보를 방송했지만 피해가 커서 사상자 명단을 확보하는 데 오랜 시간이 걸렸다. 부상자는 확인됐지만 사망자는 확인할 수 없었다. 사고 현장에서는 불확실한 실종과 확실한 죽음 사이에서 수많은 이름이 거론될 것이다. 시간이 지나면, 어떤 사람은 실종에서 돌아와 생존할 것이고, 어떤 사람은 죽음에서 돌아오지 못할 것이다. 정민철은 친구의 이름이 명단에 오르지 않는지 계속 살펴보았다.

밤 8시가 다 되었을 때 전화가 걸려왔다. 정민철은 깜짝 놀라서 전화기를 집어들었다. 오규호였다. 무언가 생각할 겨를도 없이 통화 버튼을 눌렀다.

"전화했네? 뉴스 봤지?"

"그래, 피해가 많지?"

"우재가 행방불명됐어."

"그래?"

"지금 제수씨가 피해자 가족 대기실에 나가 있는데, 아직 연락이 없나 봐. 야, 여기 완전 지옥이야, 지옥. 텔레비전으로 보는 거랑 달라. 땅이 내려앉고 건물 무너지고 이런 지옥은 처음 본다. 걱정되는 게, 제수씨는 충격이 큰지 자꾸만 이상한 소리를 하네."

"이상한 소리?"

"응. 무슨 소리인지 혼자 계속 중얼중얼하더라고. 아휴, 우재한테 왜 자꾸 나쁜 일만 생기는지 모르겠다. 내가 또 새로운 소식 있으면 알려줄게. 다들 정신이 없어."

"그래, 고맙다."

정민철은 전화를 끊고 쉴 새 없이 움직이는 인터넷을 바라보았다. 속보와 광고가 화면을 가득 채웠다. 마우스를 건드리지 않은 채 시간이 흐르자 속보와 광고가 사라지고 화면 보호기가 나타났다. 하늘에서 찍은 평화로운 땅의 사진들이 임의로 재생되었다. 계곡과 바다와 산맥이 까마득히 멀어서 평화로워 보였다. 평화로운 풍경은 얼마나 쉽게 부서질 수 있는지, 그 풍경이란 얼마나 연약한 고요함인지, 정민철은 실감했다. 정민철은 운세 마을에 비정기적으로 지진이 생기게 해야겠다고 마음먹었다. 많은 건물이 파괴되고, 수많은 장소가 폐허로 바뀔 것이다. 게임 이용자는 폐허에서 다시 시작해야 할 것이다. 정민철은 마을을 순식간에 폐허로 만들 생각을 하니 기분이 좋아졌다.

화면 보호기 사진 위로 현재 시간이 깜빡이며 지나갔다. 깜빡이는 시간은, 자신이 현재의 시간이라고 거들먹거리는 것 같았다. 나타났다 깜빡이곤 지나가서 사라졌다. 정민철은 현재의 시간을 유심히 보았다. 바꿀 수 없는 시간이었다. 다른 시간 속에서 살고 있는 자신을 현재의 시간이 비웃는 것 같다고, 정민철은 느꼈다. 정민철은 마우스를 흔들어서 화면 보호기를 껐다. 다시 인터넷 속보 화면이 나타났다.

정민철은 현재의 시간을 보며 대학 시절의 교수 한 명을 떠올렸다. 현재의 시간을 알라는 의미로 탁자 위에다 커다란 전자시계를 올려놓고 강의를 하던 교수였다. 수업이 끝날 때쯤 교수가 늘 하던 이야기가 있었다. "어이, 지방대 학생들. 너희들이 빌 게이츠가 되겠냐, 스티브 잡스가 되겠냐, 어설프게 여기저기 기웃거리지 말고, 제대로 된 게임이나 하나 만들어. 그게 사는 길이다." 교수는 학생들에게 동기 부여를 하기 위해 한 말이지만, 정민철은 그 소리를 들을 때마다 주먹으로 교수의 면상을 날려 버리고 싶었다. 자신을 비웃는 소리가 싫었다. 지진으로 누군가 다쳐야 한다면 바로 그 교수라고 정민철은 생각했다. 아직도 같은 대학에 다니고 있는지는 알지 못했다. 그런 놈들이 더 오래 살아남지, 정민철은 화면을 보면서 중얼거렸다.

컴퓨터 화면의 사진을 보다가 정민철은 고향에 가야겠다는 생각이 들었다. 부러진 나무와 갈라진 땅과 다친 사람들을 직접 보고 싶었다. 정민철의 생각에는 동정심과 묘한 기대 심리가 뒤얽혀 있었다. 다쳐야 할 사람과 다치지 말아야 할 사람을 자신이 정할 수 있으면 좋겠다는 생각이 들었고, 자신이 직접 가서 누가 다치고 누가 다치지 않았는지 확인하고 싶어졌다. 잘 알고 있는 동네가 어떻게 망가졌는지, 얼마나 부서졌는지 직접 보고 싶었다. 정민철은 묘한 기대감으로 마지막 기차 시간을 확인했다. 서두르면 탈 수 있었다. 정민철은 가게를 정리하고 기차역으로 향했다.

김우재와 류영선 사이에는 아이가 한 명 있었다. 김우재는 3년 전, 흥분된 목소리로 정민철에게 전화를 걸어서 아들이 생겼다는 소식을 전했다. 이름을 무엇으로 정하면 좋겠냐고, 정민철에게 계속 물었다. 이제 아빠가 되니까 책임감도 훨씬 많이 느낀다는 이야기도 했다. 새롭게 사업을 구상 중이라는 이야기도 했다.

정민철은 돌잔치에 초대받았을 때에도 여러 가지 핑계를 대면서 가지 못해 아쉽다는 이야기만 했다. 실제로 바쁜 시기이기도 했다. 김우재의 아이가 사고로 죽었다는 소식을 전한 것도 규호였다. 정민철은 김우재에게 전화해서 위로하지 않았다. 어떤 위로의 말을 해야 할지 알 수 없었다. 문장 하나는커녕 위로의 단어 하나조차도 찾아낼 수 없었다. 누군가에게 위로를 받아본 적 없어서 위로에 서툴 뿐이라고 스스로를 위로했다. 우재를 위로할 만한 말을 말을 찾지 못한 게 아니라 애당초 찾을 생각이 없었다는 걸, 정민철은 몇 달 후에야 깨달았다. 우재에게 전화를 걸었다가 위로할 마음이 없는 자신을 들키게 될까 봐 겁이 났던 것이다. 류영선 폴더에다 적어 둔 당시의 일기를 보고 나면 정민철은 그때의 감정이 되살아나곤 했다. 퍼렇게 날이 서 있는 증오의 문장들이 누군가를 베지 못해 안달 나 있었다.

기차와 버스를 갈아타면 고향까지 세 시간 정도 걸리지만 교통 상황이 어떨지는 확인할 수 없었다. 일단 가 보는 수밖에 없었다. 정민철은 기차를 타고 가는 내내 휴대 전화로 인터넷 속보를 확인했다. 밤이 깊어지자 속보의 속도는 느려졌고, 새로운 정보의 양도 눈에 띄게 줄어들었다. 매몰된 건물 아래의 인명 구조 작업이 늦어지고 있다는 기사가 눈에 띄었다. 정민철이 기억하는 할머니의 이야기 중에는 기차에 대한 것도 있었다. 방학 때마다 기차를 타고 오는 손자에게 그런 이야기를 해 주었다는 게 믿기지 않지만, 분명 할머니에게서 들은 이야기였다.

"터널을 지날 때 절대 창 밖을 보면 안 돼."

"왜?"

"우리 꼬맹이, 터널 지날 때 창밖 내다본 적 있어?"

"응."

"뭐가 보였어?"

"내 얼굴."

"네 얼굴 맞아? 자세히 들여다봤어?"

"몰라."

"그건 우리 꼬맹이 얼굴이 아니고 귀신 얼굴이야. 어둡고 어둡다가 잠깐씩 밝은 순간이 있지? 그 짧은 순간에 터널 귀신이 나타나서는 창문에 착 달라붙은 다음 안을 들여다보는 거야."

"에이, 할머니 순 뻥쟁이."

"뻥 아니야. 귀신들은 누가누가 밖을 내다보나 기다리다가 눈이 탁 마주치면, 정신을 쏙 빼가. 알겠어? 그러니까 밖을 내다보면 안 돼."

정민철은 할머니의 이야기가 끝나기도 전에 울음을 터뜨렸다. 할머니는 어린 정민철의 등을 토닥여 주었지만 갑작스럽게 생겨난 두려움을 없앨 수는 없었다. 기차를 탈 때마다 할머니의 말을 떠올렸고, 터널을 지날 때마다 창문을 보지 않기 위해 고개를 돌렸다. 눈을 감을 때도 많았다.

　정민철의 할머니는 동네에서 선무당이라 불렸다. 동네 사람들의 점도 쳐 주고, 어설프게 액막이굿을 하기도 했다. 동네 사람들은 할머니의 점괘를 믿지 않았다. 믿을 생각이 없으면서도 할머니에게 자주 놀러 왔다. 할머니의 구슬점은 점괘의 확실함을 떠나, 구경하는 재미가 있었다. 할머니도 참, 웃기는 사람이었어. 정민철은 할머니의 모습을 떠올리며 웃음을 지었지만 기차가 터널을 지날 때면 창밖을 내다보지 못했다.

　운세 마을에 등장하는 괴상한 할머니는 정민철의 할머니를 모델로 만든 것이었다. 괴상한 할머니가 치는 구슬점과 점괘는 대부분 정민철이 어릴 때 들었던 내용들이었다. 정민철은 게임을 만들면서 할머니를 자주 떠올렸다. 할머니와 함께했던 시간과 할머니가 했던 이야기를 떠올렸다. 할머니 특유의 장난기 섞인 말투를 게임 속에다 넣고 싶었다.

　교통이 통제된 곳이 많았지만 정민철은 버스와 택시를 이용해 새벽 2시쯤 고향에 도착할 수 있었다. 피해자 가족 대기실은 정민철이 졸업한 초등학교 강당에 마련돼 있었다. 지진 피해 지역으로 먼저 가 볼까 싶기도 했지만 출입을 통제하고 있는 데다 밤이 깊어 볼 수 있는 게 많지 않았다. 어린 시절을 생각하며 강당을 바라보던 정민철의 등골이 갑자기 서늘해졌다. 울음소리가 강당을 감싸고 있었고, 정민철을 가로막고 있었다. 이 속으로 들어올 자신이 있는지 울음이 정민철에게 묻고 있었다. 정민철은 망설이지 않고 울음 속으로 들어갔다.

　류영선은 강당 구석에서 기묘한 자세로 엎드려 있었다. 두 손을 모아 앞으로 뻗고 이마를 땅에 닿게 한 채 무릎 꿇고 있었다. 기도하는 자세처럼 보이기도 했고, 요가의 한 동작처럼 보이기도 했다. 정민철은 다가가지 못한 채 멀리서 류영선을 보았다.

정민철은 꿈에서 류영선을 자주 만났다. 류영선은 늘 정민철을 사랑했고, 정민철을 바라보며 환하게 웃었다. 웃음이 너무 밝아 잘 보이지 않을 정도였다. 기분 좋은 꿈인데도 일어나면 온몸이 흠뻑 젖어 있곤 했다. 젖은 이불이 죄의 증거인 것 같아서 햇볕에 내놓았다. 이불을 말리면서도 정민철은 언제나 변하지 않는 류영선의 얼굴을 떠올렸다.

정민철은 서울에 와서 두 명의 여자와 데이트를 했다. 한 명은 아버지가 중매를 한 사람이었고, 다른 한 명은 가게의 단골이 소개해 준 사람이었다. 그중 한 사람과는 잠자리까지 했다. 가게의 단골이 소개해 준 사람이었다. 정민철은 여자와 데이트를 하고 돌아온 날이면 어김없이 마음이 부글부글 끓어오르는 걸 느꼈다. 밥 먹고 차 마시고 영화도 보고 손도 잡았는데, 이상하게 아무것도 하지 못한 느낌이었다. 여자가 적극적이면 자신을 귀찮게 하는 게 싫었고, 소극적이면 자신의 마음대로 여자를 움직일 수 없는 게 싫었다. 데이트를 하고 돌아왔는데도 숙제를 다 풀지 못한 채 등교하는 기분이었고, 양말을 신고 잠드는 기분이었다. 어쩌면 류영선 때문일지도 모르겠다고 정민철은 어렴풋이 짐작했다. 류영선의 목소리가 가까워지자 정민철의 가슴이 뛰었다.

"그래, 다 빼앗아 가, 번개로 내려치고, 갈기고, 남은 거 더 없어? 더 흔들어 봐, 내가 끄떡이라도 하나 봐, 보라고, 내가 전부 다 복수할 거야, 응, 그래, 더 밀어 보라고, 더, 더…… 오, 주여, 뜻대로 하시고, 채찍으로 제 몸을 때려 주시옵고…… 오, 주여."

정민철은 류영선의 목소리를 듣고는 한 걸음 뒤로 물러섰다. 기억하고 되새기고 생각하고 상상하던 류영선의 목소리가 아니었다. 류영선의 목소리를 들은 게 오래전 일이긴 했지만 이 정도로 달라져 있을 줄은 몰랐다. 벼랑 끝에 서 있는 사람의 목소리였다. 정민철은 달라진 목소리를 더이상 듣지 않기 위해, 무시무시한 내용의 이야기를 더 듣고 싶지 않아서 류영선의 어깨를 흔들었다.

고개를 든 류영선의 눈빛에는 다른 세상이 담겨 있었다. 어디 먼 곳을 다녀온 여행자의 눈빛이었다. 류영선은 말없이 정민철을 보았다. 정민철도 눈빛을 피하지 않고 마주앉았다. 류영선은 정민철의 눈 속에서 뭔가를 보려고 애썼다. 뭔가를 찾아내기 위해 깊이 들여다보았다. 혹시 김우재의 모습이 거기에 있을지 몰라서, 마지막 남은 잔상이라도 건져 보려고 애쓰는 것 같았다. 류영선은 정민철의 얼굴을 보다가 울음을 터뜨렸다. 아무것도 없다는 걸 뒤늦게 깨달았다. 진작에 알았지만 뒤늦게 이해했다. 정민철의 얼굴을 보고, 눈빛을 보고, 표정을 보는 순간, 무슨 일이 벌어지고 있는지 이해했다. 류영선은 계속 울었다.

피해자 가족 대기실에서 울음은 흔했다. 이불을 뒤집어쓴 채 우는 사람도 있었고, 앞사람을 끌어안고 우는 사람도 있었고, 두 다리를 아무렇게나 벌린 채 우는 사람도 있었고, 아이를 붙들고 우는 사람도 있었다. 아이는 울지 않았다. 저마다 다른 사람을 위해 우는 것이었지만 정민철이 보기에 모든 울음은 비슷했다. 강당 중앙에 설치된 텔레비전에서 밤샘 구조 작업을 중계하고 있었다. 수많은 조명이 지진으로 매몰된 사고 현장을 환하게 비추고 있었다. 울면서도 모두들 텔레비전 화면에서 시선을 떼지 않았다. 작은 소리라도 놓치지 않으려고 텔레비전 앞에 모여 앉아 있었다. 류영선만 텔레비전에서 멀찍이 떨어진 곳에 엎드려 있었다. 정민철은 울고 있는 류영선의 어깨를 잡아 주었다.

"어떻게 왔어?"

한참 울고 난 류영선이 정신을 차리고 정민철에게 물었다.

"어떻게 오긴…… 기차 타고 왔지."

정민철이 대답했다.

"썰렁한 건 여전하네."

류영선이 눈을 내리깔면서 말했다.

"괜찮아?"

정민철이 말했다.

"응? 몰라. 이게 다 무슨 일인지 모르겠어."

"우재는 가게에 있었던 거야?"

"있잖아, 민철아, 나도 느꼈어. 슈퍼에서 물건 사고 있는데 건물이 위아래로 좌우로 흔들렸어. 케첩 병이 흔들리고, 커다란 딸기잼이 바로 내 옆에 떨어졌어. 나 너무 무서웠어. 무서워서 다리가 후들거렸어. 지붕이 내려앉을 것 같아서 있잖아, 막 기어서 계산대로 갔어. 아무 생각도 안 나고, 우재 생각도 안 났어."

"그래, 무서웠겠다."

"슈퍼에서 나와서 막 뛰었는데, 앞이 하나도 안 보였어. 아니, 앞이 보이긴 했는데, 어디가 진짜 앞인지 모르겠고, 다른 사람들도 전부 뛰고 있어서 난 그 자리에 계속 있는 것 같았어. 무서워서 계속 뛰려는데 발이 안 떨어지고, 아무 생각도 안 났는데, 나 진짜 바보같이 가게 반대쪽으로 뛰고 있었던 거야. 진짜 바보 같지? 응? 바보 같지? 나."

"아냐, 당황해서 그런 거잖아. 그리고 가게 쪽으로 갔으면 더 위험했지."

"하느님이 우릴 시험하는 걸까?"

"그게 무슨 소리야."

대형 텔레비전에서는 지진의 흔적을 보여 주고 있었다. 갈라진 땅과 어긋난 담장과 뒤틀린 잔디밭을 클로즈업한 화면이 반복되고 있었다. 전문가인 듯한 사람이 손가락으로 갈라진 땅을 가리키며 무엇인가 말하고 있었다. 소리는 들리지 않았다.

"저거 봐. 아무도 저럴 수는 없다고."

류영선이 텔레비전을 손가락으로 가리키며 말했다.

"아무도 저럴 수는 없지."

정민철이 따라 말했다.

"나 때문일 거야. 맞아, 전부 나 때문이야."

"무슨 소리야, 왜 너 때문이야?"

"우재가 같이 나가서 점심 먹고 오자고 했는데, 내가 그냥 사 온다고 했어. 같이 점심 먹으러 나왔으면 안 그랬어."

"아냐, 그냥 우연이야."

"우연이 아냐. 나 때문이야."

"그런 생각 하지 마."

"나 때문이야, 확실해."

"네 탓이 아니라니까."

"네가 뭘 알아? 넌 몰라."

"내가 왜 몰라."

"넌 몰라, 넌 여기 없었잖아."

"여기 없었다고 모르는 건 아냐."

"네가 뭘 아는데? 응? 네가 뭘 아냐고."

정민철은 말문이 막혔다. 자신의 눈에서 뭔가 들킨 게 아닌가 하는 생각도 들었다. 친구들에 대한 걱정이나 고향에 대한 그리움보다 이상한 호기심과 설명할 수 없는 쾌감 때문에 여기에 있다는 걸 눈치챈 것인지도 몰랐다.

"미안해."

류영선이 누그러진 목소리로 말했다.

"아냐, 맞아. 난 아는 게 없어."

정민철이 말했다.

"우재 괜찮을까? 괜찮겠지?"

류영선은 정민철의 대답을 기다리지 못하고 다시 얼굴을 파묻고 엎드렸다. 정민철은 재킷을 벗고 류영선 옆에 앉았다. 초가을이라 바깥 날씨는 쌀쌀했지만 강당은 옅은 열기가 느껴질 정도로 따뜻했다. 눈물의 온도일지도 모른다고, 정민철은 생각했다. 정민철은 강당 안의 사람들을 천천히 훑어보았다. 그들의 감정보다 그들의 모습을 유심히 살펴보고 있는 자신을 발견하고는 조금 짜증이 나기도 했다. 정민철은 타인의 슬픔을 잘 느낄 수 없었다. 스스로에게 자주 되묻곤 했다. '다른 사람의 슬픔을 함께 느낄 수 있다는 게 말이 되는 거야?' 언제나 관찰할 뿐 공감하지는 못했다.

아침이 가까워지자 울음이 잦아들었다. 고요가 강당에 가득 찼다. 사람들은 힘을 잃은 채 텔레비전 화면만 들여다보았다. 정민철도 벽에 기댄 채 텔레비전을 보았다. 텔레비전에서는 여전히 구조 장면을 보여주고 있지만 현재라는 실감은 들지 않았다. 아주 오래전의 사고 장면을 재방송하고 있다는 기분이었다.

정민철은 오래전에 인터넷에서 본 기사를 떠올렸다. 지하에 매몰된 사람들이 오랜 시간 후에 구조됐다는 기사를 본 적이 있었다. 지하에 파묻힌 사람들의 마음을 아주 잠깐 생각했다. 사람들의 슬픔은 공감할 수 없었지만 공포는 쉽게 상상할 수 있었다. 사람이 땅 속에 파묻혔다, 라는 문장을 생각하는 것만으로도 숨이 막혔다. 김우재가 땅 속에 갇혔다는 생각, 그 속에 묻혔다는 생각, 어쩌면 지금도 적은 숨을 힘들게 쉬고 있을지도 모른다는 생각, 그런 생각을 하자마자 숨이 막혀 왔다. 숨이 막히는 이유가 김우재의 고통을 대신 느껴서인지, 자신에게도 그런 고통이 닥칠지 모른다는 가능성 때문인지 단정지을 수 없었다.

"먼 나라 일 같지?"

류영선이 정민철의 마음을 꿰뚫어보고 있다는 듯 말했다. 일어나 앉은 류영선이 퉁퉁 부은 눈으로 텔레비전을 바라보고 있었다. 힘없이 고개를 왼쪽으로 꺾은 모습은, 몸 속의 모든 힘이 빠져나가고 남은 껍데기 같았다.

"그러게, 바로 옆인데."

정민철이 힘없이 대답했다. 정민철은 류영선의 얼굴을 흘낏거렸다. 눈은 퉁퉁 부어 있고, 입술은 바싹 말라서 벗겨졌지만 정민철에겐 여전히 매력적으로 보였다. 정민철은 류영선의 도톰한 이마와 볼록한 볼을 보고 있는 게 좋았다. 처음 만날 때부터 그랬다. 밋밋할 수도 있는 얼굴이지만 이마와 볼이 얼굴에 입체감을 주어서, 보고 있기만 해도 생기가 돌았다.

"진짜 왜 왔어?"

류영선이 정민철의 눈을 들여다보며 물었다.

"왜 오긴, 걱정되니까 왔지."

정민철은 류영선의 눈을 피했다.

"별일이네. 네가 올 줄은 꿈에도 몰랐다."

"내가 온 게 그렇게 이상해?"

"그럼, 이상하지. 우재가 만날 뭐라 그랬는지 알아? 민철이는 서울 사람 다 된 거 같다고, 자기 전화 귀찮아하는 거 같다고."

"정말?"

"응, 몇 번이나 망설이다 전화 안 한 적도 있을걸."

"귀찮아한 적 없는데……."

"그럼 다행이고."

"둘이서 내 얘기도 해?"

"우재는 네 얘기 많이 했어."

"무슨 얘기?"

"너 요즘도 구슬점 쳐?"

"구슬점?"

"그거 있잖아. 쟁반에다 구슬 100개 놓고 운세 보는 거."

"내가 그걸 보여 줬어?"

"기억 안 나?"

정민철은 기억을 더듬어 보았다. 기억은 보이지 않고, 만질 수만 있었다. 주머니 속에 손을 집어넣어 운명의 구슬을 만지듯 기억을 만지작거렸다. 류영선이 말한 것과 비슷한 촉감의 기억은 있었지만 정확하지는 않다. 술을 마실 때였던가, 아니면 셋이서 함께 보드게임을 하러 갔을 때였나, 아니면 문방구 앞을 지나다 구슬을 발견했을 때였나.

"그랬던 것 같기도 하고."

정민철은 자신 없는 목소리로 말했다.

"네가 우재한테 그랬대. 꽃의 아름다움에 빠지고, 산으로 들로 신기루를 쫓아다니다 외로워질 수 있는 팔자다. 늘 곁에 사람을 두어라."

"내가?"

"그랬대. 그 말이 인상적이었나 봐. 점괘가 맞는 거 같다면서 수첩 앞에 적어 다니기도 했어."

"아마 할머니한테 주워 들은 이야기 대충 했을 거야."

"나도 네가 구슬점 보던 건 기억나. 구슬들 되게 예뻤는데……. 난 구슬점 보는 방식이 재미있었어. 처음엔 100개 놓고 하다가, 두 번째 는 70개 놓고 하고, 다음엔 50개, 그다음엔 30개, 마지막엔 10개 놓고 했잖아. 그게 어떤 의미야?"

"잘 기억이 안 나."

"내가 생각해 봤는데, 남은 구슬로 매번 새롭게 시작할 수 있다는 뜻 일 거야."

"그랬을 수도 있고……."

"그랬으면 좋겠어. 처음에 작은 구슬 100개가 쟁반에서 막 춤을 추 면서 뛰는데, 난 그걸 볼 때마다 가슴이 조마조마했어. 구슬이 부서질 까 봐, 쟁반 밖으로 전부 튀어나갈까 봐. 난 그게 너무 무시무시하게 불안했어."

"네가 구슬처럼 될까 봐?"

"몰라, 그냥 빛나는 게, 소리들이, 쟁반에 부딪치는 장면들이, 예쁜 데, 불안했어."

류영선은 언제부턴가 정민철을 보지 않은 채 멀리 있는 농구 골대를 보며 말하고 있었다. 눈빛은 정확한 물체에 가 닿지 않고 더 먼 곳을 보고 있는 듯했다. 정민철은 류영선의 시선이 시작되는 눈동자를 들여 다보았다.

"괜찮을 거야."

정민철은 그 말을 한 자신에 놀랐다. 도대체 뭐가 괜찮다는 것일까.

"뭐가? 뭐가 괜찮아?"

류영선이 정민철을 보며 물었다.

"우재."

정민철이 대답했다.

"그럴까?"

"그럴 거야."

"네가 그런 얘기 하니까 웃긴다."

"뭐가 웃겨. 나중에 너랑 우재랑 다시 구슬점 봐 줄게."

"구슬점 기억 안 난다면서."

"할머니한테 배우면 되지."

정민철은 생각지도 못한 거짓말을 하고 말았다. 할머니는 2년 전에 돌아가셨고, 구슬점을 가르쳐 줄 만한 사람도 알지 못했다. 정민철은 거짓말을 하면서도 그게 나쁘다고 생각하지 않았다. 이 세상 어딘가에는 할머니처럼 작은 구슬 100개로 점을 치는 사람이 분명히 있을 것이다. 아니면, 자신이 만든 게임으로 구슬점을 칠 수도 있다. 정민철은 우재와 영선이 자신의 게임을 어떻게 생각할지 궁금했다.

"난 점 같은 거 무서워서 못 보겠어."

류영선이 한숨을 내쉬며 말했다.

"왜?"

"무섭잖아. 미리 안다는 게."

"재미로 보는 건데, 뭐."

"미리 아는데, 그게 어떻게 재미가 돼."

사람들이 웅성거리면서 텔레비전 앞에 모였다. 정민철은 시계를 보았다. 6시였다. 구조 장면을 보여 주던 텔레비전 화면이 빠르게 움직였다. 구조되는 사람이 자신의 가족이길 간절히 바라면서 사람들이 텔레비전 화면을 바라보았다. 화면만 보아서는 어떤 일이 벌어진 건지 알 수 없었다.

팔을 짚고 일어서려던 정민철은 똑똑히 느낄 수 있었다. 땅이 흔들렸다. 분명히 땅이 흔들렸어, 라고 정민철은 속으로 말했다. 정민철은 곧바로 주저앉았다. 강당에 있던 사람들도 모두 텔레비전에서 시선을 떼고 주위를 둘러보았다. 강당 천장에 달린 등이 일제히 제각각의 방향으로 흔들렸고, 땅 속 깊은 곳에서 무엇인가 꿈틀거리는 듯한 소리가 들렸다. 전등의 불빛이 깜빡거리며 빛과 어둠이 반복됐다. 어둠 사이로 희미한 불꽃 같은 게 보였다. 정민철은 오랫동안 잊고 있던, 꿈속에서 들었던 할머니의 이야기가 생각났다. 할머니, 뱀들은 왜 화가 났어? 옛날 옛날 한 사람이 산길을 걷다가 새끼 뱀 한 마리를 잡더니 곧바로 껍질을 벗기곤 먹어 버렸어. 뒤따라가던 어미 뱀이 땅바닥에 버려진 껍질을 보고 울기 시작했어. 너무 괴로워서 막 몸을 비틀면서 꿈틀거렸는데 땅속의 모든 뱀들에게 그 고통이 전해진 거야. 땅속에서는 태산보다도 더 큰 뱀들이 한꺼번에 움직이기 시작했어. 산이 들썩거리고 나무들이 뽑혀 나가고 강물이 솟아올랐어. 새끼 뱀을 먹었던 사람은 갈라진 땅으로 빨려 들어가서 뱀들의 먹잇감이 되었고, 세상이 조용해질 때쯤 그 사람의 뼈만 땅으로 되돌아왔어. 우리 꼬맹이 잠들었니? 지진 날 때 들리는 소리가 바로 뱀들이 우는 소리야.

류영선은 정민철의 손을 잡았다. 여자 몇 명이 소리를 지르면서 바닥에 주저앉았다. 농구 골대의 그물이 좌우로 흔들렸다. 정민철은 자신도 모르게 류영선을 잡지 않은 나머지 손으로 바닥을 힘껏 눌렀다.

손바닥이 덜덜 떨렸다. 어, 어, 하는 낮은 탄식이 사방에서 들려왔고, 무언가 넘어져서 데굴데굴 굴러다니는 소리가 들렸다. 굴러다니는 게 무엇인지 아무도 신경 쓰지 않았다. 정민철은 류영선의 손을 놓고 어깨를 감싸안았다. 강당 한쪽에 쌓아 놓은 나무 의자들이 서로 부딪치며 괴상한 소리를 냈다. 전구가 계속 깜빡였다. 낮은 탄식은 좀더 큰 목소리로 변했고, 곳곳에서 엄마, 하는 비명이 들렸다. 어둠 사이로 보이던 짧은 빛이 소리를 삼켰다. 정민철은 숨이 막혔다. 누군가 자신의 먹살을 쥐고 흔드는 것 같았다. 먹살을 쥐고 흔들던 손이 자신을 번쩍 들어 내동댕이치는 것 같았다. 자신의 발목을 잡고 땅으로 끌어내리려는 것 같았다. 정민철은 아무런 소리도 내지 못했다. 정민철은 강당 건너편의 화이트보드가 자신에게 날아오고 있는 것 같은, 환각을 보았다. 세상이 꿈틀거리면서 자신을 휘감는 것 같은 환각도 보았다. 류영선은 두 손을 말아쥔 채 무릎 사이로 고개를 파묻었다. 눈을 뜨지 않았다. 정민철은 눈을 감을 수 없었다. 세상이 미친 듯 흔들렸다. 먹살을 잡고 있는 손은 정민철을 풀어 주지 않았다. 정민철은 바닥을 짚고 있던 손으로 목을 만졌다. 숨이 막혔다. 류영선을 감싸고 있는 왼손에 힘이 들어갔다. 누가 누구를 보호하고, 누가 누구에게 의지하고 있는지 알 수 없는 순간이었다. 거대한 힘 앞에서 작은 힘들은 의미를 잃고, 방향을 잃었다. 서로 의지하는 힘이 갈 길을 잃고 헤매고 있었다. 우우웅, 하는 소리가 사방에서 나타났다가 땅 속으로 사라졌다.

두 번째 지진이 지나가고 흔들림이 멎자 사람들은 참았던 숨을 내뱉고, 한껏 들이마셨다. 태어나서 처음으로 하는 호흡처럼 다급하고 절실한 숨이었다. 류영선은 주먹에서 힘을 풀지 않았다. 지나갔어, 정민철이 류영선에게 작게 말했다.

"나 좀 안아 줄래?"

류영선이 눈도 뜨지 않은 채 말했다. 정민철은 류영선을 안았다. 작은 생명이 품 속에서 팔딱이는 게 느껴졌다. 정민철은 떨지 않아야 한다고 다짐했다. 류영선이 안심할 수 있도록 꼭 안아 줘야겠다고 다짐했다. 괜찮아, 지나갔어, 라고 정민철이 다시 말했다. 자신에게 하는 말이기도 했다. 지나갔어, 지나갔어, 정민철은 류영선의 등을 두드리며 계속 말했다. 다시 올 거야, 류영선이 흐느끼며 말했다. 다시 올 거야. 류영선이 반복했다. 그 말이 맞다는 걸 정민철도 알고 있었다. 피하고 싶지만 피할 곳이 없었다. 지나갔다는 말을, 지나갔으니 괜찮다는 말을, 더이상 할 수 없었다. ▪

백민석

비와 사무라이

1971년 서울 출생. 서울예대 문창과 졸업. 1995년『문학과사회』로 등단.
소설집『16믿거나말거나박물지』『장원의 심부름꾼 소년』『혀끝의 남자』
장편소설『헤이, 우리 소풍 간다』『내가 사랑한 캔디』『불쌍한 꼬마 한스』
『목화밭 엽기전』『러셔』『죽은 올빼미 농장』.

비와 사무라이

여자는 베란다에 빨래를 널다가 바구니를 내려놓고 창문에 다가가
섰다. 벚꽃이 흰 꽃망울을 달기 시작한 아파트 단지 진입로를 그녀는
바라보았다. 유리창에 이마를 기댄 채. 아직 대기가 찬지 입김이 서렸
다. 색색 숨소리가 입천장을 울리고 다시 고막을 울리고 그리고 경직
된 그녀의 얼굴 전체를 울렸다. 유리창 찬 기운에 이마가 얼얼했다. 그
녀는 이마를 떼고 힘주어 창문을 연 다음 베란다 난간에 손을 얹고, 배
를 대고 허리를 굽혔다. 난간을 바르쥐고 점점 더 길게 허리를 폈다.
그렇게 몸을 빼면 단지 진입로 너머 한강 둔치로 내려가는 길의 공원
이 살짝 엿보였다. 그녀는 몇 분이나 난간에 몸을 기댄 채 목까지 길게
빼고 체력 단련 시설이 늘어선 공원 쪽을 바라보았다. 왼발까지 타일
바닥에서 떼고 점점 더 쭉 허리를 폈다. 이제 바닥에 붙어 있는 건 오
른발 발가락 두 개뿐이었다. 엄지발가락을 살짝 퉁겨만 주면 그녀는

중심을 잃게 될 것이었다.

여자는 두 손으로 난간을 살짝 밀며 배를 떼곤 허리를 약간 젖히면서 두 발을 바닥에 디뎠다. 얼음장 같은 강풍이 그녀의 단발머리를 채가기라도 할 듯 훑기 시작했다. 십오 층 상층부를 휘감아 돌며 때로는 건물을 통째로 쥐고 흔들기도 하는 강풍이었다.

"뭐해?"

거실에서 여자는 한 손으로 남편 전화를 받으며, 다탁에서 귤 하나를 집어 엄지 끝으로 껍질을 갈랐다.

"빨래 널어."

남편은 벌써 삼 년째, 회사에 출근해 이 시간이면 전화를 걸어왔다. 이유를 물으면 남편이 아내한테 전화도 못하냐고 건조한 목소리로 대꾸했다. 하지만 그녀는 알고 있었다, 남편이 전화를 거는 건 밀어를 나누고 싶어서가 아니라 겁이 나서라는 걸. 그리고 오후 시간에도 귀찮아하지 않을 만큼만 전화를 해 여자의 목소리를, 기분을 확인하곤 한다.

"어쩐지 올해는 노숙자들이 좀 일찍 나온 것 같지 않아?"

"노숙자들이 나왔어? 봤어?"

"출근할 때 오빠도 보지 않았어? 강변도로로 가잖아."

"가지. 하지만 그런 사람들은 못 봤는데."

"난 봤어. 어제."

여자는 어쩐지 올해는 열흘쯤 일찍 나온 것 같아, 하고 덧붙였다.

"작년엔 공원의 목련 몽우리가 다 터진 다음에 나왔단 말이야. 올해는 아직 벚꽃도 피지 않았어."

하지만 전화를 끊고 보니 꽃이 피는 차례가 목련이 먼저인지 벚꽃이 먼저인지 언뜻 기억이 나지 않았다. 둘 다 앞서거니 뒤서거니 하며 폈던 것 같기도 했다. 어쨌든 분명한 건 목련이든 벚꽃이든 개나리든 봄꽃이 피기 전에는 공원이며 강변 산책로에 노숙인들이 나오지 않는다는 사실이었다. 봄꽃이 피기 전에는. 자칫 삼월에도 얼어 죽을 수 있기 때문이었다.

여자는 그렇다면 봄꽃이 피기 전에는 노숙인들이 어디에 가 있을지 궁금했다. 그저 잠깐만 궁금했다. 그녀는 서울역 인도 육교에 한 번 들어서 본 적이 있었다. 대학을 졸업한 해 봄에 중림동에서 면접을 보고 서울역으로 걸어 나오다 길을 잘못 든 것이었다. 초입부터 오줌 지린내와 술내가 코를 찔렀다. 겨울용 점퍼를 껴입은, 땟국이 질질 흐르는 사내들이 육교 양편으로 흩어져 자리를 잡고 있었다. 첫 번째 사내는 종이 박스를 덮고 대자로 드러누워 있었다. 떡이 된 반백의 머리와 쥐가 뜯어 먹은 것 같은 수염. 그녀는 그의 곁을 지날 때부터 종종걸음을 치기 시작했다. 두 번째 사내는 난간을 향하고 서 있었다. 새까맣게 때가 탄 주름진 것을 바지춤에서 꺼내 손에 쥐고 소변을 보고 있었다. 세 번째 사내 히니는 바닥에 주저앉아 고개를 들고 해바라기를 하고 있었다. 햇빛에 그의 검고 부은 얼굴이 번들거렸다. 반짝이는 갈색의 두 눈동자가 그녀를 쫓는 듯했다. 황사 때문에 공기는 탁하고 납빛을 띠고 있었다. 육교 중간쯤 다다랐을 때 그녀는 악취에서 어떤 힘을, 밀도를 느꼈다. 그녀를 자꾸 밀쳐 내는 어떤 힘을, 그녀의 하이힐을 한자리에 붙잡아 두려는 어떤 밀도를 느꼈다. 그녀는 악취 속을 허우적대고 있었다. 코도 맵고 눈도 매웠다. 그녀는 이제 뛰고 있었다. 더럽고 뚱뚱하고 느려 터진 사내들이 그녀 왼편 오른편에서 꿈지럭대고 있었다. 그녀는 육교를 달려 내려와 정류장으로 가 숨을 몰아쉬면서 버스에 올라탔다. 그녀는 집에 돌아와선 속옷까지 싹 벗어 세탁기에 던져 넣었다.

여자가 그 인도 육교에서 해를 입은 것은 없었다. 누가 그녀를 모욕한 일도 없었고 침을 뱉은 것도, 더러운 부은 손으로 발목을 부여잡은 것도 아니었다. 오래 머물렀던 것도 아니었다. 기껏 삼 분이나 오 분쯤 있었다. 넘어진 것도 발목을 삐끗한 것도 하이힐 굽이 부러진 것도 아니었다. 하지만 그녀는 인도 육교에서 보고 느꼈던 그 봄날 오전의 광경을, 그 알 수 없는 힘과 밀도를 결코 잊지 못했다.

*

오늘 아침도 여자는 하품을 하며 귤을 까먹었고 MBC의 「기분 좋은 날」을 보았다. 그러는 틈틈이 휴대폰으로 트위터를 확인했고 모바일 쇼핑 사이트에 들러 할인 이벤트를 뒤져 보았다. 쇼가 끝나자 채널을 돌려 커피를 마시며 아침 드라마를 봤다. 드라마가 끝나고 그녀는 플레이어에 걸어 놨던 시디를 돌렸다. 트럼펫 소리가 빽빽거렸다. 한국전쟁 때 미군 양키들이 술집 주크박스에 동전을 넣고 저런 음악을 들었다는 거지. 그녀는 스윙 리듬에 맞춰 허리를 흔들며 진공청소기를 돌렸다. 맑은 봄날에 햇살은 넘쳐 나고 공기는 알맞게 따뜻하고 거실 바닥도 알맞게 차가웠다. 그녀의 눈이 닿는 거실 어디에도 그녀를 아프게 하거나 어둡게 하는 그늘은 없었다. 그녀가 알지 못하는 걱정거리도, 그녀가 알지 못하는 위협도 없었다. 그늘이라고 하면 다탁 밑에 조금, 텔레비전을 올려놓은 거실장 안에 조금, 그리고 등 뒤에 그녀의 그림자가 짧게 조금……. 그마저도 속이 훤한 그늘이고 어둠이었다.

하지만 벌써 삼 년째였다. 이렇게 이유도 없이 코허리가 시큰해지는 게. 여자는 거실 유리창을 돌아보았다. 물얼굴처럼 떠 소리 없이 일렁이는 자신의 상반신 어디에도 그늘지고 어두운 부분은 없었다. 그녀의 모습은 아직 남편이 반했던 모습 그대로였다. 그녀는 일어나 시디플레이어를 끄고 점심으로 호밀빵 샌드위치를 만들어 먹었다. 그리고 남편 방에서 잠깐 웹 서핑을 하다가 침대에 엎드려 낮잠을 잤다.

여자는 약속 시간이 가까워 집을 나서면서 주변을 두렷댔다. 아파트를 나서면서는 단지 진입로를, 마을버스 정류장으로 가면서는 공원을, 버스에 올라서는 멀리 내려다보이는 한강 둔치를 살폈다. 단지 안 목련의 꽃망울은 거의 벌어져 있었다. 벚나무의 우듬지 쪽은 벌써 희끗희끗했다. 꽃들이 폈으니 노숙자들이 오겠지, 하고 그녀는 생각했다. 그녀는 아홉 정거장을 지나 버스에서 내려서야 똑바로 앞만 보고 걸었다.

"어째 넌 볼 때마다 눈이 빨갛냐?"

남자의 말에 여자는 가볍게 어깨를 으쓱해 보였다. 눈 흰자위의 핏발 선 부위를 가릴 수 있는 컨실러가 있다는 얘기는 들어 보지 못했다.

"얼굴에 잠시 비가 내린 거야."

남자는 그런 여자를 귀여워 죽겠다는 표정으로 바라보았다. 대학 새내기 시절 이후로 남자가 여자에게 줄기차게 지어 보였던 그 표정이었다. 그 표정이 좋아서 그녀는 그와 함께 다녔고 커플이 됐다. 그러다가 똑같은 표정을 다른 여자애들한테도 지어 보인다는 사실을 알아냈다. 그 순간부터 그가 징그러웠다. 그는 입대를 했고 그녀는 졸업을 했고 직장을 잠깐 다니다 지금의 남편을 만나 결혼했다.

그뿐이었다. 아프지 않았다. 자기가 보기에도 여자는 아프지 않은 사랑만 해 왔다.

너는 너무 애매하게 생겼어, 네 삶도 그렇고. 네 미래도 그럴 거야, 하고 여자는 편지로 이별을 통고했다. 그때 남자는 군대에서 행군을 나가 있었고 배달 사고가 나 편지를 읽을 수도 답장을 쓸 수도 없었다. 넌 언제나 얼굴에서 비가 올 거야, 이 愁霖 같은 계집애. 평생 愁霖 속에서나 살아라, 하고 그는 두 달이 지나서야 떨리는 필체로 답장을 썼다.

여자는 '愁霖'이라는 단어를 알지 못했다. 남자는 여자보다 지적으로 우위에 서지 않으면 못 견디는 성미였다. 그녀에게 아는 척하며 스윙 음악 같은 재즈의 맛을 가르쳐 준 것도 그였다. 그녀는 획수를 하나하나 세어 가며 한자 사전을 찾았고 그래서 '愁霖'이 '수림'이며 어두침침하고 우울하게 내리는 긴 장맛비란 뜻이 있으며 풀어 쓰면 시름겨운 장마, 슬픈 장마라는 뜻도 된다는 사실도 알아냈다.

그런 남자를 여자는 지난해 여름, 대학 선후배 모임에서 다시 만났다. 둘은 반가운 마음에 철없던 시절에 나눠 가졌던 저주는 다 잊고 시종 즐거운 미소를 지어 보였다. 그때 그는 호프집 유리창을 적시는 가는 비를 보며, 팔십 년대 동시 상영관 냄새가 풍기는 어떤 이야기를 들려주었다.

비와 사무라이는 뭐랄까, 교훈담 같은 거야. 사무라이의 칼 놀림은 장마철 빗줄기 같아야 한다는 거지. 장마철 빗줄기? 그때 여자는 무슨 일본 영화에 대해 얘기하는 줄 알았다. 그녀는 다즐링 티백을 컵에 담갔다 꺼냈다 하며 무표정한 얼굴로 남자를 바라보았다. 그녀의 저주와는 다르게 그는 소설가로 나름 성공해 있었다. 어느 일간지에서 주최하는 공모를 통해 소설가가 되었고 인터넷으로 검색하면 이름도 좀 나온다.

그리고 이번에도 남자는 사무라이 이야기를 꺼냈다.

"사무라이들이 즐기던 경기 중에는 자기 배를 얼마나 더 잘 가르느냐를 겨루는 것도 있었대."

"상대 배가 아니라 자기 배를?"

"웃기지?"

"웃을 일은 아닌 것 같은데?"

여자가 정색을 하자 배를 가른다고 꼭 죽는 건 아니라고 남자는 덧붙였다. 일단 살아야 상대의 갈린 배도 보고 자기 배가 더 예쁘게 갈렸다는 걸 확인할 수 있을 테니까, 하고. 그리고 승자는 갈린 배를 꿰맸다가 다 아물면 다시 시합에 나갔다고 했다.

여자와 남자는 뮤지컬 「맘마미아」의 낮 공연을 봤다. 남편은 코까지 고는 뮤지컬을 그는 한 번 졸지도 않고 끝까지 즐겼다. 둘은 케이크 하우스에서 간단히 이른 저녁을 먹고 버스 정류장에서 헤어졌다. 그녀는 버스를 기다리며 넌 왜 사무라이 따위에 그리 관심이 많은 거야, 하고 입을 뗐다. 그때 채 말이 끝나기도 전에, 그가 두 손으로 그녀의 머리를 감싸고는 이마에 입을 맞췄다. 그녀는 놀라 뒤로 물러섰다. 이마에 그의 입술이 와 닿는 순간, 오랫동안 잊고 있었던 그의 부드러운 콧김이 느껴지는 순간, 자기 안에서 무언가가 눈을 뜬 것만 같았다.

*

목련꽃과 벚꽃 중 어느 것이 먼저 피는지 미처 알아내기도 전에 여자가 사는 아파트촌은 봄꽃들로 온통 희고 노랗게 물들었다. 그리고 그와 동시에 공원의 벤치도 노숙인들의 차지가 되었다. 노숙인들은 둔치의 산책로에도 띄엄띄엄 엉덩이를 붙이고 있었다. 그녀는 멀리서 그들을 지나칠 때마다 「TV 동물농장」에서 본 시간이 멈춘 동물, 나무늘보 같다는 생각을 했다. 기름기와 먼지로 뭉친 터럭하며, 어제나 그제나 오전이나 오후나 한결같은 그들의 자세. 소주병을 두고 두엇이 둘러앉았거나 해바라기를 하며 벤치에 쭉 뻗었거나 가방 같은 것에 팔을 걸친 채로 비스듬히 앉은.

"요즘 서울역 가 본 적 있어?"

여자가 물었다. 남편은 삼 년째 퇴근하자마자 바로 귀가하기를 반복하고 있었다. 어쩌다 부서 회식이 있거나 하는 날은 일차까지만 자리를 지키다 왔다. 평소 귀가 시간은 어김없었다. 오늘은 일곱 시 오 분에 현관문을 열었고 어제는 일곱 시 십 분이었다. 그제는 여섯 시 오십오 분이었고. 지난달의 평균을 내 보면 일곱 시 일이 분 언저리가 될 것이었다.

"서울역에 노숙자들이 사는 육교 있잖아."

여자는 방금 씻고 나와 주방 식탁에 앉은 남편의 얼굴을 바라보며 말했다.

"그런 육교가 있어?"

여자는 저녁을 먹으며 서울역 인도 육교와 그 육교에 사는 사내들에 대해서 말했다.

"근처에 가지 말고 빙 둘러 가. 그거 살 썩는 냄새야. 사람이 산 채로 썩어 들어가는 냄새라고."

식사를 마치고 여자와 남편은 거실에 가 앉았다. 둘은 커피를 마시며 여자가 낮에 다운 받아 놓은 대만 영화를 봤다. 어제는 태국 영화를, 그제는 일본 영화를 봤다. 지난 삼 년간 둘의 저녁 시간은 거의 똑같이, 라고 말해도 좋을 정도로 엇비슷하게 흘러갔다.

"순전히 나라 잘못이야."

침실로 들어가 불을 끄며 남편이 말했다.

"뭐가?"

"아무리 사람이 게으르다고 그렇게 살게 놔두면 안 되지. 어째서 그 사람들은 만날 육교 위에 있는 거야? 나도 어렸을 적에 본 적이 있다고. 거지 하나가 육교 난간에 기대고 앉아 사람들 다니는 쪽으로 두 발을 쭉 뻗고 있는데, 양쪽 발바닥에 백 원짜리 동전만 한 뻘건 구멍이 서너 개나 뚫려 있는 거 있지. 학교를 가려면 그 육교를 건너야 했거든. 얼마나 씻지 않았는지 발은 온통 시커먼데, 썩어서 균이 파먹은 건지 어디에 다친 건지 뻘겋게 속살이 드러나 있더라고."

여자는 삼 년 전 이 아파트촌으로 이사 와서 맞았던 첫 번째 봄을 떠올렸다. 목련꽃이며 벚꽃이며 개나리며 꽃잎의 천지를 거닐다, 얼굴과 손발이 퉁퉁 부은 새카만 노숙인 서넛과 마주쳤던 날을 떠올렸다. 목련과 벚나무들의 성긴 틈으로 언뜻언뜻 비치던 얼굴 서넛. 흰 꽃방석에 눌러앉은 몸뚱이 서넛. 그들은 순백의 아름다운 세상에 끼얹어진 오물들 같았다. 열 걸음쯤 떨어져서 걷는데도 오줌 지린내와 묵은 똥내가 진동했다.

새 보금자리를 튼 해의 첫 봄날은 그렇게 망가졌다. 여자는 그렇게 망가졌다고 여겼다.

토요일, 여자는 휴일 근무가 잡힌 남편과 함께 아침 일곱 시에 아파트를 나섰다. 등에 멘 배낭엔 갈아입을 작업복과 장갑, 혹시 몰라 챙긴 속옷과 세면도구가 응급 약품 몇 가지와 함께 들어 있었다. 파나마모자도 챙겼다. 그녀가 구청 자원봉사센터에서 주선한 집수리 봉사를 마지막으로 나갔던 게 작년 늦가을이었으니까 육 개월 만에 일거리가 들어온 것이었다. 자원봉사는 그녀가 요즘도 유지하고 있는 단 하나의 사회 활동이었다. 그녀에겐 교회도 직장도 동호회 활동도 없었다.

여자는 남편 차로 의정부로 가서 남편을 보내고, 다시 시외버스를 타고 포천시 송우리까지 갔다. 거기에서 약도를 따라 주택가로 들어섰다. 봉사 현장엔 낯익은 얼굴도 몇 있었다. 봉사 일을 하면서 알게 된 이들이었다.

"안녕하세요."

여자는 등산조끼 차림의 중년 사내에게 다가가 반갑게 인사했다. 사내도 그녀의 손을 잡고 흔들며 소리 내 웃었다.

"아, 이 친구는 새로 봉사센터에 등록한 미선 씨야. 미선 씨, 이 친구는 연주 씨라고 나랑 센터 동기야."

중년 사내가 같이 온 여자를 소개했다. 그와는 가끔 문자메시지를 주고받는 사이였다. 그 밖에는 별로 아는 것이 없었다. 초로에 가까운 나이라는 것, 강남으로 출퇴근하는 회사원이고 몇 년 전 이혼했다는 것, 잘 웃지 않고 말도 걸음걸이도 느리다는 것 정도. 언젠가 이혼한 처와 다투는 것을 우연히 보았는데, 그녀는 얼른 기억에서 지워 버렸다. 봉사 일거리는 두 가지였다. 중년 사내와 다른 둘은 차량이 들이받아 엎어진 담을 다시 쌓는 일을 했고, 여자는 다른 봉사자 둘과 함께 옥상으로 올라가 옥상 바닥에 방수 페인트를 칠했다. 한 시가 넘어서 다들 마당에 모여 중국 음식을 배달시켜 먹었다.

"운동화가 다 망가졌네요. 어째요?"

중년 사내 곁의 미선이라는 여자가 자장면을 한 젓가락 뜨다 말고 여자의 발치를 가리키며 말했다. 그녀의 운동화는 초록색 방수 페인트 로 반 넘어 물들어 있었다. 둘러앉은 사람들 사이에서 저런 어째, 하는 소리가 들려왔다. 집수리는 저녁 일곱 시가 넘어서야 끝이 났다. 마무 리 쓰레질까지 하고 나왔다. 남은 일은 내일 일요일에, 센터의 다른 팀 이 와서 할 것이었다. 그녀는 중년 사내의 차를 얻어 타고 서울까지 왔 다. 운동화는 망가졌지만 그녀의 기분은 날아갈 듯했다.

여자가 아파트에 도착했을 때는 여덟 시가 가까워 있었다. 남편은 거실 소파에 앉아 뉴스를 보고 있었다. 그녀는 중년 사내 얘기를 했다.

"아, 그 변태 이혼남 말이야?"

남편이 호기심 가득한 얼굴로 여자를 돌아보며 말했다.

"오빠는 그게 무슨 소리야! 그냥 불쌍한 사람이지."

"여자만 보면 바지를 까고 오럴을 해 달라고 한다며? 그게 변태 아 냐?"

여자는 커피가 든 머그잔을 들고 소파로 오다 말고 걸음을 멈췄다. 나한텐 친절하게 잘해 줬단 말이야, 하는 말이 혀끝에서 맴돌았다.

*

여자는 공원에서 한강 둔치로 연결된 나무층계를 내려가다가 어느

모자가 하는 말을 들었다. 엄마는 아이의 손을 잡아끌면서 너도 커서 저리 될래? 하고 다그치고 있었다. 그러고는 그녀를 지나쳐 식식거리면서 층계를 잰걸음으로 올라갔다. 그녀는 층계를 내려가 둔치 산책로로 접어들 즈음, 아이 엄마가 뭘 두고 그런 소리를 했는지 보았다. 두툼하게 겨울옷을 껴입은 노숙인이 등받이 없는 시멘트 벤치에 가랑이를 쩍 벌리고 앉아 있었다. 그녀는 열 걸음쯤 사선을 그리며 노숙인과 넓게 사이를 벌리며 걸었다. 그래도 노숙인을 지나칠 땐 퀴퀴한 사타구니 내가 코를 찔렀다.

여자는 산책을 했다. 매일 오후 두 시, 해가 좋은 날이면 워킹화를 신고 한강이 흘러가는 쪽을 따라 이십 분쯤 걷다가 되돌아오기를 반복했다. 삼 년째였다. 휴일이면 남편을 끌고 나와 함께 걷곤 했다. 하지만 코스를 바꿔 간다든가 밤 시간에 산책을 나간다든가 하는 일은 없었다. 낮이더라도 비가 와서 시야가 어두우면 나가지 않았다. 노숙인들 때문이었다.

여자는 자기 행동반경에 노숙인 몇이 어디에 있는지 일일이 꿰고 있었다. 단지 앞 공원엔 윗몸 일으키기 기구에 하나, 트위스트 앞에 둘, 온몸노젓기 앞에 하나가 있었다. 둔치로 내려가는 나무층계엔 일주일에 두어 번 꼴로 하나가 나와 앉아 있었고, 사십 분 왕복 코스인 그녀의 산책로엔 일이백 미터의 간격을 두고 두어 명이 뚝뚝 떨어져 앉아 있었다.

주민과 트러블이 나기도 했다. 여자가 홈플러스에 가고 있는데 공원에서 한 사내가 고함을 지르고 있었다. 들어 보니, 어째서 공원을 노숙자들이 다 차지하고 있느냐는 얘기였다. 공원은 근린 시설인데 당신들 때문에 정작 주민들이 사용을 못하고 있지 않느냐고. 사내는 손등으로 코를 가리고 있었다. 상대도 물러서지 않았다. 노숙인 넷이 사내를 둘러싸고 얼굴을 바싹 들이대고는 입에 거품을 물었다. 노숙인 중 하나가 그러면 우리는 이웃이 아니고 뭔데, 하고 소리를 높였다.

"이 자식아, 내가 이래 뵈도 연대 나온 놈이야."

"아이 씨, 입에 썩은 쥐를 물고 다니나! 야, 니들은 씻지도 않나? 좀 씻어라!"

사내가 진저리를 치며 몇 걸음 물러섰다. 그러곤 더는 참기 힘들었는지 허리를 굽히곤 구역질을 하기 시작했다. 껵껵 소리가 여자한테까지 들렸다. 그녀는 노숙인 하나와 눈이 마주쳤다.

여자는 장을 보고 와서 정리를 한 다음 거실에 앉아 차를 마시다가, 아까 공원에서 본 일에 대해 누구한테든 이야기해야겠다고 느꼈다. 그녀는 남자에게 전화했다. 그리고 아까 있었던 일을 들려주었다. 그러면서 노숙자가 정당한 요구를 하는 주민을 위협한 것으로 해석할 수도 있는 거냐고 물었다. 남자는 생각 좀 해 보겠다고 했다. 수화기 너머에서 전화벨이 울리고 있었다.

그리고 삼십 분쯤 후에 문자메시지가 왔다. 야, 네가 얘기한 거, 신고했다간 인정머리 없다는 소리 듣기 딱 좋다. 노숙자들은 게으르거나 무능력해서 그리 된 게 아냐. 마음에 아주 큰 상처를 입어서 그리 된 거야. 그러고 나서 또 무슨 볼일이 생겼는지 잠잠하다가, 십 분쯤 지나서 두 번째 문자가 왔다. 그 사람들, 좀 내버려둬. 구청에서 어려운 사람들 돕겠다고 자원봉사까지 한다면서 왜 그래? 여자는 충고가 고맙긴한데, 자원봉사랑 노숙자 문제랑 무슨 상관이냐고 답 문자를 보냈다. 왜 이거에 그거를 슬쩍 끼워 넣느냐고 따졌다.

　　　　　　　　　　　　*

　아직 장마 시즌은 아니었지만 궂은비가 사흘 밤낮으로 내렸다. 베란다 너머의 세상은 쥐색으로 물들었다. 해가 없어 거실은 낮에도 불을 켜 두어야 했다. 빗줄기 입자가 얼마나 고운지 창문에 물방울 하나가 맺히려면 꽤 긴 시간이 지나야 했다. 하지만 그런 비가 하루 종일 사흘을 내려, 여자가 다니던 모든 길과 도로를 어두운 빛으로 물들였다. 그녀는 남편이 출근하자마자 침대로 돌아가 잠을 잤다. 잠이 오지 않으면 소파에 누워 쳇 베이커의 트럼펫 소리를 들었다. 그러다 선잠이 들기도 했고 깨면 베란다에 나가 아파트 진입로와 공원을 살폈다. 찻길 쪽엔 낮 시간인데도 가로등 불이 들어와 있었다. 하지만 그 때문에 공원 쪽은 더 어두워 보였다. 그녀는 다시 소파에 누워 잠을 청하며 아몬드 초코볼을 씹어 먹었다.

　여자의 얼굴에서도 침침한 비가 내렸다. 그녀는 울지 않기 위해서라도 잠을 자야 했다. 저녁이면 아침에 새로 뜯은 초코볼 통이 반 넘게 비곤 했다. 이러단 돼지가 될 테지, 하고 충혈된 눈을 거울에 비추어 보며 중얼거렸다. 그리고 마침내 비가 그치고 해가 났을 때, 그녀는 남자에게 전화를 걸었다.

　"오늘은 무슨 일로 얼굴에 비가 내렸을까나?"

　남자는 구 서울역사 앞에서 여자의 흐트러진 옆머리를 만져 주었다. 그녀는 그의 손길이 와 닿는 게 싫지 않았다.

　"여기 어디였는데."

　여자는 휴대폰을 켜고 지도 검색창에 '서울역 인도 육교'라고 쳐 넣었다. 잠시 후 그녀는 오른편으로 몸을 돌려 성큼성큼 앞으로 나아갔다. 겨우 몇 발자국 앞이었다. 믿을 수가 없었다. 기억에는 백 미터는 뛰었던 것 같은데, 겨우 몇 미터 앞에 인도 육교가 있었다.

하지만 인도 육교로 가는 통로는 허리까지 오는 쇠울짱으로 가로막혀 있었다. 그리고 십여 미터 안쪽, 육교의 입구 부분에도 연초록의 펜스가 높게 쳐져 있었다. 현수막이 보였다. 육교를 철거할 예정이라 통행로를 폐쇄한다는 내용이었다. 여자는 놀란 눈으로 어디 돌아서 들어갈 곳은 없는지 살폈다. 지린내의 흔적이라도 찾는 듯 코를 킁킁거리기도 했다. 노숙자들을 어떻게 떼어 내고 몰아낼 수 있었을까. 그녀는 쇠울짱을 잡고 몸을 기울여 목을 길게 뽑았다. 하지만 아무리 뽑아도 펜스 너머 육교 안쪽은 보이지 않았다. 그녀는 두 손으로 쇠울짱을 바르쥐고 배를 대곤, 허리를 쭉 펴고 목을 앞으로 뺐다. 왼발이 공중으로 들렸다. 오른발의 구두코만 아슬아슬하게 바닥에 걸쳐 있었다. 그녀는 입을 꾹 다문 채 왼발을 허공에서 흔들면서 몇 분이나 그러고 있었다.

남자는 여자가 균형을 잃고 휘청하자 허리를 잡아 끌어당겼다. 그는 그녀를 길 건너 투썸플레이스로 데려갔다.

"육교가 저렇게 된 줄, 난 몰랐어."

여자가 컵을 내려놓으며 말했다. 그러고는 표정이 지워진 얼굴로 한참이나 말이 없었다. 그러다가 어느 순간 입술을 쭈그러뜨리고 핏발 선 눈의 초점을 흐리더니 울상을 지었다. 하지만 그녀의 기분은 점차 되살아나고 있었다.

"내가 널 왜 찾는지 알아? 네가 너무 애매하게 생겨서였어."

여자가 문득 생각난 듯이, 톤을 낮춰 으르렁거렸다.

"그러고 보니 내가 쓰는 소설도 뭔가 애매해, 쯧."

"난 네가 불행해지길 바랐어. 소설가들, 가난하지 않아?"

"하지만 우리 집은 원래 부자였는걸. 지금도 부자고. 대학에 강의도 나가고, 난 인생을 즐기고 있다고."

남자가 이런, 기대에 못 미쳐서 어쩌나 하는 표정으로 말했다.

둘은 천천히 커피를 홀짝이며 말없이 앉아 있었다. 컵이 비자 남자는 노숙자들이 어디 있는지 알 것도 같아, 하면서 여자를 잡아끌었다. 둘은 카페를 나와 길을 건너고 서울역 광장을 가로질러, 점차 받아지는 인도를 따라 지하철 사호선 서울역으로 향했다. 가까이, 한 발씩 앞으로 내디딜수록, 그녀는 아까 육교에서 찾았던 악취가 자신의 힘을 드러내는 것을 느꼈다. 십 미터 앞쪽으로 사호선 서울역 십삼 번 출구를 알리는 플라스틱 기둥이 눈에 띄었다.

"쳐다보지 마."

남자가 낮게 중얼거렸다. 여자는 뭐? 응? 하다가 지하철로 내려가는 층계를 보곤 아, 하고 탄식을 질렀다. 지난 세월 자신의 기억 속에 단단히 틀어박혀 있던 육교 위의 그 잿빛 그림자들이, 지하철 층계를 따라 기다랗게 줄을 서 있었다. 그녀는 힐끔힐끔 왼편을 곁눈질하며 잰걸음을 옮겼다. 노숙인 행렬의 끝은 지하철 층계 아래 저 깊숙한 내부로 사라지고 있었다.

여자와 남자는 이십 미터쯤 지하철역을 지나쳐 갔다가, '사랑의 빨간 밥차'라고 쓰인 특수 차량 앞에서 걸음을 멈췄다. 짠 된장국 냄새와 김치 냄새가 진하게 풍겨 왔다. 잠깐 서서 밥차를 바라보다가 둘은 길을 잃고 헤매는 사람들처럼 오던 길을 되짚어 걷기 시작했다. 이제 왼편으로 노숙인들을 위한 쉼터며 진료소가 지나갔다. 노란색 간판의, 선교회가 운영한다는 노숙인 쉼터가 눈길을 끌었다.

*

여자는 그동안 아프지 않은 사랑만 해 왔다. 아프지 않은 사랑은 사랑이 아니라지만 어쨌든 그녀는 아니었다. 사는 데도 별문제가 없었다. 남편은 연애할 때처럼 잘 챙겨 주고 아이는 좀 늦게 갖기로 합의했다. 시댁과도 문제가 없었다. 친구는 많지 않지만 너무 외롭지 않을 만큼은 있었다. 그녀는 베란다 창밖을 내다보며 유리창에 이마를 기댔다. 온기가 느껴졌다. 벌써 이틀째 더운 바람에 섞여 비가 내리고 있었다. 빗살은 가늘고 약했지만 끈질기게 창문을 훑어 내리고 있었다. 예보에 장마는 사나흘 뒤였다.

지난번에 구 서울역사에 다녀온 후로, 여자는 자기 과거의 어느 시점에 단단히 붙박여 있던 한 세계가 사라진 것만 같았다. 그녀는 정말로 마음속 공허를 느꼈다. 그것도 상실감이라면 상실감이었다. 그녀는 머그잔에 든 커피를 한 모금 마셨다. 척 맨지오니의 쭉쭉 뻗어 나가는 플뤼겔호른 소리와 함께 「산체스의 아이들」 시디가 돌아가고 있었다. 서울역에 갔다가 헤어질 때 남자가 사 준 음반이었다. 일 번 트랙을 들어 봐, 라면서. 그녀는 일 번 트랙에 무한 반복을 걸어 놓고 있었다.

—자기도 저녁에 둔치에 나가는 거 아니지?

남편이 그제 아침 넥타이를 고쳐 매며 말했다.

—응?

—인터넷 검색해 봐. 어젯밤에 내가 무슨 기사를 본 것 같아. 한강 둔치에서 연쇄 성폭행 사건이 일어났는데 그게 이 아파트촌 근처 같아.

여자는 청소를 끝내고 컴퓨터 앞에 앉아 검색창에 연쇄 성폭행이라고 쳐 넣었다. 몇몇 기사가 떴다. 그녀는 컴퓨터를 끄고 베란다로 나가 창밖을 바라보았다. 노숙자에 성폭행범이라니, 그 더러운 걸⋯⋯. 그녀는 머리가 아파 왔다.

마침내 장마가 시작되었을 때, 여자는 남자에게서 만나자는 전화를 받았다. 그녀는 해 없이 어두침침하고, 더운 바람이 거칠게 우산을 치고 도는 거리로 나갔다. 그녀는 휴대폰에 찍힌 약도대로 논현동의 카페를 찾았다. 차를 마시는 동안 그는 창밖에서 시선을 떼지 않고 바람이 잦아들기를 기다리고 있었다.

"나가자."

남자는 크로스백에서 단렌즈가 볼록 튀어나와 있는 미러리스 카메라를 꺼내들었다.

"사무라이 정신을 만끽해 보자고."

둘은 카페를 나와 골목으로 꺾어 들어가 비탈길을 올랐다. 곧 내리막이 나왔다. 번잡한 골목 풍경이 펼쳐졌다. 고소한 기름내와 쉰 음식 냄새, 왁자지껄한 소음이 후텁지근한 바람을 타고 여자에게로 밀려왔다. 머리 위엔 현수막이 달려 있었다. 골목을 하나만 더 꺾어 들어가면 영동시장이 나오는 모양이었다. 남자가 우산을 내밀었다. 좀 씌워 줘. 그녀는 양손에 우산을 들고 하나는 남자 머리 위로 높이 치켜들었다. 그는 카메라를 이리저리 휘두르며 유별날 것도 없어 보이는 골목 곳곳을 향해 셔터 버튼을 눌러 댔다. 골목은 어느 건물 앞에서 네 갈래로 갈라지고 있었다. 그는 휴대폰으로 검색해 보더니 십자로의 정중앙에 서서 다시 카메라를 놀렸다.

그러곤 일 층의 횟집 옆에 난 입구를 통해 건물로 들어갔다. 남자는 일 층에서 이 층까지 계단을 오르며 여자가 보기엔 평범하기 그지없는 내부 풍경을 담았다. 층계의 스테인리스 난간, 얼룩진 빨간 굽도리 널, 층계참에 놓인 공용 화장실, 노랗게 기름때가 앉은 흰 벽면, 이 층의 돼지고기 구이집 앞에 놓인 빈 맥주 박스와 냉장고. 좁아 터지고 답답하고 유리창에 낀 때 탓에 햇빛도 잘 들지 않았다. 그는 화장실 안에까지 들어가 셔터 버튼을 눌렀다. 그러곤 삼 층으로 올라가는 사우나 출입문 앞에 서서 다시 플래시를 터뜨렸다. 삼 층과 사 층은 남성 전용 사우나였다.

"뭐하는 거야?"

여자가 남자에게 물었다.

"비와 사무라이의 배경을 찍어 두는 거야. 비가 꼭 사무라이의 칼날처럼 뿌려지는 것 같잖아?"

남자는 이번엔 고개를 들고 빗살이 사선으로 흩날리는 하늘을 향해 셔터 버튼을 눌러 댔다.

"카메라 휘두르는 폼이 꼭 네가 사무라이 같다."

여자는 남자의 카메라를 따라 우산을 뒤로 기울이고 눈을 들었다. 골목에 들어찬 삼사 층짜리 건물들에 가려 잿빛 하늘이 시장 골목만큼이나 좁다래져 있었다. 그만 가자, 젖었어. 그녀는 어깨의 맨살을 적시는 물기를 느끼며 말했다. 하지만 그는 깜빡 잊었다는 투로 지하도 있었지, 하고 중얼거리며 도로 건물 안으로 들어갔다. 지하층에서 카메라 플래시가 열 번쯤 번쩍였다.

"저기에 뭐가 있다고 찍어?"

남자가 나오자 여자가 물었다. 그는 젖은 얼굴을 닦으려고도 하지 않았다.

"뭐가 있냐고? 사무라이가 있지. 아까 그 사우나가 고시원이었을 때, 가진 건 원한뿐인 은둔자가 살고 있었어. 세 평짜리 방 한 칸에서. 그 은둔자의 꿈은 최고 레벨의 사무라이가 되어 칼로 세상을 다 베어버리는 것이었어. 무협 판타지의 리얼 버전이지. ……오랜 세월 많은 공력을 들인 끝에 사무라이는 드디어 깨달아. 사무라이의 칼 놀림은 장마철 빗줄기와 같아야 한다고 말이야."

남자는 고개를 돌리고 눈을 껌벅거리면서 골목 저쪽 어딘가를 잠시 바라보았다.

"세상을 칼날로 다 적시려면, 칼 놀림이 장마철 빗줄기와 같아야 한다고 말이야. 증오, 사무라이의 순수한 증오. 세상을 흠뻑, 아주 흠뻑 적시려면 대충 해선 안 된다고 말이야. ……칼 놀림이 빈틈없고 억수같고 상대가 누구든 증오로 흠뻑 적셔야 한다고 말이지. 그리고 마침내 그 사무라이 은둔자는 자리를 떨치고 일어나……. 이렇게 평범한 동네가 그런 괴물을 키웠다는게 상상이 돼?"

하지만 여자로선 받아들이기 힘든 이야기였다. 무협 판타지가 아니라, 몇 년 전에 뉴스에서 들었던 고시원 살인 사건 같기도 했다. 그녀는 남자들이란 정말 칼싸움이나 좋아하고, 하며 혀를 찼다.

버스 정류장에서 여자는 우산을 접고 버스를 기다렸다. 집으로 가는 버스의 번호판이 보이자 그녀는 돌아서서 나 갈게, 하며 우산을 폈다. 그때 남자가 우산 속으로 불쑥 들어왔다. 그러고는 두 손으로 그녀의 얼굴을 감싸곤 입을 맞췄다. 엉겁결에 당한 일이라 그녀는 입을 다물 수도 없었다. 그의 혀가 입속으로 들어와 돌아다녔다. 침에서 아메리카노의 쓴 맛이 전해졌다.

여자는 집으로 돌아가는 동안 휴대폰에서 남자의 번호를 지웠다. 그를 다시는 보지 않을 셈이었다. 하지만 그의 휴대폰에 있는 자신의 번호까지 맘대로 지울 수는 없었다. 아파트촌에 거의 도착했을 때, 그에게서 수수께끼 같은 문자메시지가 왔다. 세상은 조만간 미친 사람들로 가득 찰 거야, 아직도 널 사랑해. 그리고 이렇게 덧붙여져 있었다. 난 아무 짓도 안 했는데 왜 세상은 날 증오하는 거지? ㅎㅎ 그렇지만 그녀는 무슨 얘기인지 알고 싶지 않았다.

*

그날 저녁, 여자는 남편과 싸웠다. 남편은 오늘도 일곱 시 오 분에 귀가했다. 그러고는 자기 빨래를 챙겨 세탁기에 넣고, 손발을 씻은 다음 식탁에 앉아 그녀가 밥상을 다 차리고 자리에 앉기를 기다렸다. 하지만 그녀는 자리에 앉는 대신 주방 싱크대에 허리를 기대고 섰다.

"오빠는 친구도 없어? 왜 만날 일곱 시 땡 하면 집에 오는 거야?"

"무슨 소리야?"

"남자가 좀 어울려도 다니고 모임도 갖고 그래야지. 직장 선후배도 집에 데려오고. 과장이 벌써 몇 년째야? 이제 좀 늦게 오라고. 외박도 가끔 하고."

남편은 묵묵히 저녁을 먹었다. 여자는 자기를 애 취급한다느니, 환자 보듯 한다느니, 정신 나간 여자 보듯 하는 그 눈빛이 마음에 안 든다느니, 하며 숨도 돌리지 않고 쏘아 댔다. 그러는 동안 남편은 밥 한 공기를 다 비웠다. 그러고는 반찬 그릇까지 싹 비우고 물을 한 잔 마셨다. 이제는 어쩔 수 없이 그녀가 하는 말에 뭔가 대꾸를 해야 할 차례였다. 남편이 수저를 내려놓고 두 손을 가지런히 식탁에 올려놓으며 고개를 들자 그녀는 덜컥 겁이 났다.

"우리가 왜 이 아파트로 이사 왔는지 벌써 잊었어? 삼 년 전에 말이야. 그 대출 이자 갚으려고 내가 담배까지 끊었다는 거 기억 안 나?"

남편은 식탁에서 일어나 천천히 빈 그릇들을 챙기기 시작했다. 여자는 몇 걸음 물러났다. 남편은 자기가 먹은 그릇들은 싱크대에 넣고, 여자 밥그릇의 밥은 음식물 쓰레기통에 넣었다. 그러고는 커피메이커에 커피를 덜고 물을 넣고 전원을 켠 다음 다시 식탁에 가 앉았다.

"연주야, 난 너랑 같이 백 살까지 살다 늙어 죽었으면 좋겠어. 다른 사람은 아무도 필요 없어. 네 말대로 내가 사회생활을 하더라도 난 너를 혼자 놔둘 수가 없어. 그러면 아마 간병인을 이 집에 들이겠지. 그러곤 간병인더러 어떤 일이 있어도 너한테서 눈을 떼지 말라고 시킬 거야. 그러면 좋겠어?"

커피메이커에서 끓는 소리가 그쳤다. 남편은 일어나 머그잔을 꺼내 커피를 담곤 불 꺼진 거실의 소파로 가 앉았다. 하지만 오늘은 텔레비전을 틀지 않았다. 그냥 어스름에 잠겨 말없이 커피를 홀짝였다.

여자는 싱크대에 허리를 기댄 채 소리 죽여 울었다. 남편에게 우는 모습을 보이고 싶지 않았다. 어깨가 파르르 떨리다가 곧 들썩이기 시작했다. 하지만 소리는 내지 않았다. 그녀는 미끄러지듯 주방 바닥에 주저앉았다. 남편도 잘 알고 있을 것이었다. 자기를 출근시켜 놓고 점심때쯤이면 그녀가 죽고 싶다는 생각을 열 번쯤 했으리란 사실을. 일곱 시 퇴근해 귀가할 때쯤이면 그녀가 자살 생각을 구체적인 방법까지 더해서 스무 번쯤 했을 거라는 사실을. 베란다 난간에 배를 걸칠 때마다 이대로 발가락 두 개만 더 떼면 떨어지겠지, 하고 생각한다는 것을. 그래서 남편은 오전 열 시면 세상없어도 확인 전화를 하고, 틈만 나면 전화해 목소리를 들어 보고, 저녁 일곱 시면 반드시 귀가하는 것이다.

그 같은 일을 삼 년째 하루도 빼놓지 않고 계속해 오고 있는 것이다.

그리고 여자는 삼 년 전에, 그 끔찍한 생각을 자신이 정말로 행동으로 옮겼다는 사실을 떠올리곤 몸서리쳤다. 그때의 약물 과용 후유증으로 그녀의 간은 아직도 제 기능을 발휘하지 못하고 있었다. 그래서 이곳으로 이사 온 것이었다. 지푸라기라도 잡는 심정으로. 아파트의 조망과 생활환경이 나은 강남의 이곳으로 이사까지 했던 것이다.

"나도 아파. 칼날 백 개로 가슴을 갈기갈기 찢어 놓는 것 같아. 그렇지만 너만 건강하다면 난 잘해 나갈 수 있어."

고개를 드니 남편이 앞에서 허리를 굽히고 들여다보고 있었다.

"날이 정말 어둡구나, 아직 초저녁인데. 이러다간 올겨울에 정말로 검은 눈이 올지도 몰라. 검은 눈."

*

이제 장마도 깊어 가고 있었다. 수림은 이 땅에서 여자가 갈 수 있는 모든 장소에 머무르며 비를 뿌려 대는 것만 같았다. 그녀가 갈 수 있는 모든 곳을 깊은 속까지 젖게 하고 있는 것만 같았다. 하지만 이제 그녀는 암만 날이 궂어도 우산에 판초까지 두르고서라도 밖으로 나갔다. 장화를 신고서라도 외출을 했다.

노숙인들은 이제 문제가 아니었다. 서울역의 인도 육교에도, 여자의 머릿속에도 더이상 노숙인들은 살고 있지 않았다. 공원과 둔치 산책로에도 노숙인들은 없었다. 장맛비를 피할 데도 마뜩찮은 데다, 연쇄 성폭행 사건 이후 자율 방범 순찰대가 구성되어 밤낮으로 산책로를 훑으며 노숙인들을 귀찮게 하고 있었던 것이다. 주민들도 흥분 상태에 있었다. 그녀도 보았다. 며칠 전, 한 건장한 아파트 주민이 공원 벤치에 앉아 있던 노숙인을 때릴 듯 위협해 쫓아내는 것을.

여자는 우산을 쓰고 비를 맞으며 산책을 했다. 장화 밑에서 찰방찰방 소리가 났다. 하루 한 번, 왕복 사십 분 코스는 꼭 돌았다. 코스를 돌고 돌아올 때 아까는 보지 못했던 그림자 하나가 시멘트 벤치에서 눈에 띄었다. 비에 흠뻑 젖은, 계절에 맞지 않는 두툼한 옷가지로 몸을 칭칭 동여맨 노숙인이었다. 유월 수림이 빈틈없이 그의 몸을 두들기고 있었다.

유월의 깊디깊은 장마가 노숙인의 퉁퉁 부은 몸뚱이를 남김없이 적시고 있었다. 아무 거나 되는대로 집어먹어 겉은 퉁퉁 붓고 속은 공허하게 썩어 가는 그를, 가차 없이 흠뻑 적시고 있었다. 마음에 상처를 입어 그 고통에 몸까지 둔하게 마비되어 버린 그를, 억수처럼, 사무라이의 칼날처럼, 그의 몸을 다 저미고 조각내어 버릴 듯이.

여자는 용기를 내어 다가가 노숙인 앞에 섰다. 노숙인은 눈을 뜨고 있었지만 시선은 약간 하늘을 향한 채로 그녀는 거들떠도 보지 않았다. 비가 눈두덩에 고이면 눈꺼풀을 깜박여 물방울을 털어 냈다. 실성한 게 분명했다. 그녀는 한 발짝 더 가까이 갔다. 비에 맞아서 노숙인 얼굴의 얼룩이 점점이 지워지고 있었다. 군데군데 땟국이 흘러내리고 누런 피부가 드러나고 있었다. 그녀는 우산 아래서 울고 있었다. 그녀는 자기가 사무라이라도 된 것 같은 기분이었다. 그녀는 자기가 사무라이가 되어 이유도 없이 눈앞의 노숙인을 베어 버린 기분이었다.

우산을 두들기는 빗소리에 여자의 울음소리가 묻혔다. 울음은 이제 그녀의 귀에만 들렸다. 그녀는 무언가 말하려 했지만 이번엔 울음에 자기 말소리가 묻히고 막혀 버렸다. 그저 입만 몇 번 벙긋거릴 수 있을 뿐이었다. 그녀의 우느라 일그러지고 흔들리는 두 눈에, 노숙인은 씻겨 내린 땟국과 함께 쥐색 구정물로 흘러내리고 있었다. 구정물로 흘러내려 빗물과 함께 이십 센티미터쯤 불어난 한강으로 빠르게 쓸려 들어가고 있었다. ▪

윤고은

늙은 차와 히치하이커

1980년 서울 출생. 동국대 문창과 졸업.
2003년 〈대산대학문학상〉으로 등단.
소설집 『1인용 식탁』『알로하』. 장편소설 『무중력증후군』『밤의 여행자들』.
〈한겨레문학상〉 〈이효석문학상〉 수상.

늙은 차와 히치하이커

포트오거스타는 항구로서의 기능이 정지된 도시다. 옛 부두는 산책로가 되었고, 나를 것이 없는 배만 떠다닐 뿐이다. 작은 도시지만 이 섬의 굵직한 도로들이 이곳에 와서 부딪친다. 시드니에서 퍼스까지 동서를 잇는 도로와 애들레이드에서 다윈까지 남북을 잇는 도로가 교차하는 지점이 여기다.

나는 시드니에 머무는 3년 동안 한번도 그곳 시내를 벗어난 적이 없었다. 출장이 아니었다면 이곳까지 올 일도 없었을 것이다. 한국에서부터 알고지내던 후배는 포트오거스타에 있는 마일러 자동차회사에서 일했다. 그가 공항으로 픽업을 나왔기 때문에 우리는 함께 점심을 먹었다.

"누나가 여긴 어쩐 일이에요?"

"양말 사러."

"크리스마스 양말이라도 사려고요?"

"응."

정말 양말 한 켤레 산 후 시드니로 돌아갈 수 있다면 어떨까. 후배는 크리스마스를 골든코스트에서 보낼 계획이라고 했다. 한국 드라마를 왕창 담아가 주구장창 볼 계획이라고. 그의 가족은 호주에 잘 정착한 표본 같았다. 호텔로 오는 길, 곳곳에서 크리스마스 장식품들이 보였다. 저 거대한 크리스마스 양말 아래로도 홀튼의 로고가 새겨져 있었다. 그게 내가 봐야 할 확실한 표식이었다. 이 항구 아닌 항구도시는 호주의 교차로이기도 하고, 마일러 자동차의 도시이기도 했지만, 홀튼의 도시이기도 했다.

홀튼은 서바이벌용품에 관심이 많은 이들에게 널리 알려진 양말 브랜드다. '에뮤'나 '코알라'가 대표상품으로 물론 둘 다 양말이다. 에뮤는 혹한기에, 코알라는 혹서기에 인기가 많다. 특히 한국인들은 에뮤를 좋아한다. 한국의 한 온라인모임에서 에뮤 3천 켤레를 공동구매로 진행했을 때 그것이 9시간 만에 완판된 사실은 신화처럼 떠돈다.

그 홀튼에서 곧 새 양말이 출시될 거란 얘기가 있었다. 사람들은 당연히 이번엔 '캥거루'가 아니겠냐고 떠들었다. 에뮤와 코알라 다음이니 그럴 거라는 단순한 이유였지만 그 새 양말의 독보적인 기능에 대해 들으면 정말 이름이 캥거루여야 한다는 당위성이 생긴다. 외부온도가 어떻든 사람의 체온을 일정하게 유지해주는 항온성 말이다. 물론 발 부위에 한정된 것이긴 하지만, 발은 제2의 심장 아닌가. 미성숙한 새끼를 주머니에 넣어 새끼의 체온을 보호하는 캥거루처럼 이 양말도 외부 온도가 어떻든 늘 발을 적정체온으로 유지한다. 영하 50도부터 영상 40도까지 커버가 가능한 건 낙타털뿐 아니라 탈륨이라는 신소재를 활용했기 때문이다. 자외선 100퍼센트 차단과 흡습성, 그리고 몹시 가벼운 무게와 얇은 두께는 보너스다.

캥거루가 정말 두 달 후에 출시된다면, 나는 우선적으로 캥거루 10만 켤레를 사야 한다. 내가 다니는 회사는 생존배낭을 만드는 곳인데, 이곳 역시 내년에 신형 생존배낭을 출시할 계획을 갖고 있기 때문이다. 우리가 만들 최신 생존배낭의 이름 역시 '캥거루'다. 사장은 우리의 배낭 안에 홀튼의 새 양말을 담겠다는 의지의 표현으로 이번 프로젝트의 이름을 아예 캥거루로 정해버렸다. 우리 회사의 배낭에만 독점으로 양말을 공급받고 싶다는 거였다.

사람은 공기 없이 3분, 물 없이 3일, 음식 없이 3주까지 버틸 수 있다. 이른바 3.3.3.법칙이다. 생존배낭은 극한 상황에서 한 사람이 최소 3일간 살도록 돕는 물품들로 꾸려져 있다. 멀티툴 제품을 보면 당췌 생소한 것도 많지만 생존배낭이 자동차 내부처럼 복잡한 기계는 아니다. 초코바와 양초 같은 익숙한 것도 중요한 생존도구다. 그러나 배낭을 제작하는 입장에서 보자면 물품의 기능보다 브랜드가 우선적인 것이 될 때도 있다. 이를테면 초코바가 아니라 네슬레의 초코바, 초경량담요가 아니라 월마트 담요, 살균정수제가 아니라 아쿠아탭스라는 식이다. 이미 사장은 몇 개의 특정브랜드와 제품명을 우리의 아직 꾸려지지 않은 배낭에 넣을 생각을 하고 있었다. 홀튼의 캥거루도 비슷한 거였다.

점심을 먹었던 후배는 생존배낭에 꼭 넣어야 할 세 가지만 추천해달라고 했다. 그건 사람마다 다르다. 사실 재난의 종류에 따라서도 챙겨야 할 것이 달라진다. 물론 통합적으로 한 개의 생존배낭을 꾸리는 사람도 있지만, 이 분야에 빠져들기 시작하면(생존배낭이 취미가 되면) 용도별로 몇 개의 배낭을 꾸려서 신발장 위에 보관하게 된다. 내 경우에는 회사 내 서바이벌이 중요하기에 브랜드 몇 개가 떠오를 뿐이다. 후배에게 나는 무인도를 상상하라고 말했다. 무인도에 들고 갈 세 가지가 뭐냐고. 후배의 답은 '쇠고기, 닭고기, 돼지고기'였다. 고기를 무인도에서 먹으려면 불이 있어야 하고, 불이 있으려면 파이어스틸 같은 것이 필요하다. 고기가 상하지 않게 할 수 있는 아이스팩도 필요하다. 그런데 과연 그것들이 가장 중요한 세 가지인가. 하긴 이렇게 생각하니까 내가 지치는 걸 수도 있다. 서바이벌매뉴얼에 적혀 있을 법한 물품들을 외우는 건 적어도 회사 내 서바이벌에는 별 도움이 안 된다. 당연히 새로운 발상이 필요하다. 사장 말대로라면 전혀 중요하지 않은 것도 중요하게 포장할 수 있는 그 상상력.

어떤 사람들은 생존배낭에 콘돔이 들어간다는 사실에 웃지만, 콘돔은 부피 대비 효율적인 물통이다. 하나의 콘돔에 1리터 가량의 물을 채울 수 있다. 구명조끼와 같은 역할을 하기도 한다. 콘돔에 바람을 불어넣으면 커다란 풍선처럼 부푸는데, 폭이 50미터 미만인 강이나 호수를 이 부풀어오른 콘돔의 부력으로 건너갈 수 있다. 발상의 전환은 서바이벌용품을 제작하는 사람도, 사용하는 사람도 무시못할 중요한 요소다. 콘돔뿐 아니라 대못이라든지(보통 9센티미터짜리를 선호한다) 낚시줄, 알루미늄호일이나 락스 같은 물품이 얼마나 다양한 용도로 활용될 수 있는지 안다면 누구나 가방에 그것들을 여분으로 넣고 다니는 걸 주저하지 않을 것이다.

이러니 새 제품을 개발할 땐 적어도 '나침반이 달린 물통' 정도는 되어야 한다. 멀티제품은 계속 발전하고 있지만, 보통은 흔한 생활도구가 새로운 용도로 완벽하게 임무를 구사하는 경우가 많다. 캥거루가 주목을 받는 것도 바로 그 때문이다. 그것은 양말로도 훌륭하지만 뒤집어서 잡아당기면 최대 100미터까지 늘어난다. 질긴 밧줄 역할을 할 수 있는 것이다. 끝에 있는 지퍼를 잠그면 구명튜브 역할도 가능하며, 당연히 타월이나 목도리 역할도 한다.

히트치는 생존배낭이 되려면 이 모든 것을 담고도 가벼워야 한다는 거다. 좀 더 가벼운 무게, 좀 더 많은 공간의 확보. 한마디로 '경량화'가 핵심이다. 배낭 안에 들어가는 물건의 무게도 그렇지만, 배낭 자체도 무거워서는 안 된다. 내가 말끝마다 '그게 몇 그램이야?'라고 묻는 것도 직업병인 셈이다. 물론 항상 연구 중인 건 극한 상황에서 한 사람이 오롯이 짊어질 수 있는 무게가 얼마냐는 거다. 사람마다 상황마다 다르겠지만 '표준화' 역시 필요하다.

며칠 전 사장이 발상의 전환이니 상상력이니 하면서 예로 든 건 감자였다.

"감자가 생존배낭에 들어갈 품목이라고 누가 생각이라도 하겠어? 감자조차 중요한 물품으로 포장할 수 있는 그 상상력을 좀!"

사장은 감자로 뭘 할 수 있는지에 대해서는, 감자가 왜 중요한지에 대해서는 답을 주지 않았다. 본인도 모르는 것 같았다. 달력이니 마우스패드니 하는 것들을 닥치는 대로 가리키며 근거 없는 사례를 늘려나갔을 뿐이다. 제품개발실 직원들은 회의용 탁자 위에 있는 감자를 보며 황당하다는 표정을 지었다. 나는 왜 하필 감자인가 그것을 한참 쳐다보았다.

시드니 초기 정착 시절, 내게 감자는 좀 중요했다. 당시 아파트에는 나 외에도 세 명이 더 있었는데, 주방은 하나였고, 냉장고도 하나였다.

냉장고에는 선반이 세 개 들어 있어 네 개의 공간으로 분할할 수 있었다. 그 중에 세 번째 칸이 내 것이었는데 얼마 후 나는 그 칸의 우유라든지 달걀, 감자와 같은 것이 조금씩 줄어든다는 것을 느끼기 시작했다. 처음엔 그러려니 했지만 한 달 후 나는 우유통에 펜으로 눈금을 표시했고, 감자의 개수를 세다 못해 나중에는 감자 껍질에 번호를 써두기도 했다. 1, 2, 3······ 4와 7이 비었고, 5와 6이 비었다. 비어나갔다. 그 당시 나는 이곳저곳 취업면접을 보러 다니고 있었다. 종일 냉장고 앞에서 개수나 눈금을 확인하며 지낼 시간도 없었을 뿐더러 '누가 내 것 먹었어?'라고 물어볼 만큼 동거인들과 절친하지도 않았다. 나는 다른 이의 음식에 손을 댄 적이 없었다.

지금 생각하면 그건 생존과 직결되는 문제가 아니었을 수도 있지만, 그땐 그렇지도 않았다. 단지 감자가 줄어드는 것 이상의 무엇이었다. 우유가 조금씩 줄어든다는 것이 불안했고, 영역 침범을 당한 것이 불쾌했다. 취업면접이 잘 안 되고 있었다. 그러다 어느 날 동거인들 사이에 작은 말다툼이 있었고, 꼬리에 꼬리를 물고 이어지는 불만 끝에 내가 말했다. 누군가가 내 칸의 감자 따위에 손을 대고 있다, 난 이것도 여섯 달이나 참았다, 는 게 요지였다. 기다렸다는 듯 세 명에게서 반격이 돌아왔다. 내 감자 때문에 자신의 샐러드채소가 급히 상했고, 내 감자 때문에 자신의 치즈가 더 일찍 늙어갔으며, 내 감자 때문에 볼 때마다 짜증이 난다는 거였다. 감자 때문이긴 했으나 사실 감자는 하나의 이유일지도 몰랐다. 그들은 내가 하려던 말을 선점했다. 감자가 문제가 아니라고! 우리는 국적이 다 달랐으나 모두 아시아권 사람들이었다. 그런데도 누군가가 나를 향해 '옐로우몽키'라고 말하는 걸 듣고 나는 그 집을 나와 버렸다. '너네 보트로 돌아가!'라고 말을 내뱉고서 말이다. 우리는 우리가 들었던 말들을 따라하고 있었다.

그 집을 나오자마자 취업이 되었다. 사장은 동양시장이 중요하다고 늘 강조했다. 당연히 한국어가 가능한, 한국인들의 특징에 익숙한 나에겐 좋은 일이었다. 그러나 최근 들어 일본, 중국, 그리고 한국에서 모두 열 명의 직원이 새로 들어왔다. 덩달아 승진을 하긴 했으나 어쩐지 불안했다. 사장이 치켜든 저 감자에서 내가 떠올린 건 생존배낭에 담을 아이디어라기보다는 회사 내에 있을, 있어야 할 내 영역에 관한 거였다. 사장이 '그래서 누가 캥거루를 모셔오겠나?'라고 했을 때, 나는 손을 들고 '내가 캥거루를 잡아오겠다'고 했다.

홀튼에서는 독점계약은 하지 않는다고 했다. 내가 홀튼이었다 해도 그랬겠지만, 나는 우리 회사가 신생업체여도 얼마나 가능성이 있는지, 동양시장에 집중하고 있으며, 그중에서도 한국시장에서 에뮤를 비롯한 홀튼의 양말이 얼마나 많이 팔리는지에 대해 강조했다. 그래도 안 되자 좀 복고적인 방법을 썼다. 홀튼의 사장에게 서바이벌매뉴얼 형식으로 쓰인 메일을 보냈던 것이다. 이건 몇 차례 까다로운 거래처에게 써먹었던 방법으로, 사실상 홀튼에 대한 맞춤형식이라고 볼 수는 없다. 홀튼의 캥거루가 아주 중요한 역할을 한다는 게 메일의 중심내용이었다. 역시 먹혔다. 홀튼의 사장은 직접 내게 답을 보냈다. 독점계약에 대한 확답은 아니었고 일단 만나나 보자는 정도인 듯했다.

그게 내가 포트오거스타까지 비행기로 두 시간 걸려 오게 된 이유였는데, 호텔에 짐을 풀고 거리로 나서자마자 황당한 소식을 들었다. 홀튼에서 온 메일이 있었는데 제목이 '미안하지만'이었다. 사장의 비서가 보낸 거였다. 급작스럽게 사장이 휴가를 떠났다는 거였다. 바로 어제, 사장이 며칠간의 휴가를 냈고, 다음주가 크리스마스다보니 2주 정도나 회사에 나오지 않는다는 거였다. 내가 그를 만나기로 한 건 이틀 후였다. 비서는 내가 아직 시드니에 있는 줄 아는 것 같았다. 하필 나는 그때 홀튼 사에서 몹시 가까운 카페에 있었다. 솔직히 몹시 가깝지는 않았지만, 나는 한달음에 홀튼 사로 달려갔다. 그러나 비서가 해줄 수 있는 일은 없었다. 비서의 어투는 약속이 이틀 후인데 너무 빨리 출발한 사람에게 책임이 있다는 식이었다. 휴가를 간 홀튼은 전화를 받지 않았고, 비서는 메일을 남겨두겠다고 했다. 그리고 손목시계를 가리키며 말했다. 30분 후 퇴근해야 한다고.

나는 휴가라는 홀튼의 말을 어떻게 받아들여야 할지 몰라 당혹스러웠다. 그의 말을 그대로 해석해야 하는지, 아니면 그가 거절에 대한 완곡어법으로 휴가 핑계를 댄 건지 가늠하기가 어려웠다. 내 영역의 무언가가 자꾸 줄어드는 느낌은 시드니에서의 첫 집을 떠올리게 했다. 호텔로 돌아가 허공에 멍하니 감자를 띄워놓고 있을 때, 그 비서에게서 전화가 걸려왔다. 퇴근 후 어디서 한잔 하고 있는 건지 주변에 요란한 음악 소리가 들렸다. 그녀가 악을 쓰듯 말했다.

"좀 전에 홀튼에게서 전화가 왔어요. 출근해서 알려드릴까 하다가, 아무래도 급하신 것 같아서요. 홀튼이 어디로 휴가를 갔냐면요, 울룰루 아시죠?"

나는 처음에 울룰루가 리조트 이름일 거라고 생각했다. 설마 이 섬의 배꼽이라고 불리던 그 울룰루일 거라고는 얼른 생각하지도 못했다. 호주 중심에 있는 거대한 바위. 내가 잘 알아듣지 못했다고 느꼈는지 직원은 다시 소리를 질렀다.

"울룰루요! 울룰루라고요."

"아, 알아요. 울룰루."

직원은 홀튼의 사과를 대신 전하면서, 이렇게 말했다.

"당신이 가능하다면 그곳에서 만날 의향이 있다고 하시네요. 어떻게 전할까요?"

울룰루에서 거래처 사람을 만나자는 건 뭐, 만나지 말자는 말이나 다름없는 게 아닌가. 나는 직원에게 물었다.

"홀튼은 휴가 중에도 업무를 하는가 보죠?"

"글쎄요. 지금까지 그가 휴가 쓰는 걸 본 적이 없어서요."

울룰루로 가는 가장 빠른 방법은 역시 비행기였다. 그러나 크리스마스 연휴가 바로 다음주였다. 가장 가까운 에어즈락공항은 물론이고 근처의 다른 공항으로 가는 비행기며, 기차, 투어버스에도 빈 자리는 없었다. 이럴 걸 알고 이제야 내게 통보한 것이 아닌가 생각될 정도로 정말 단 한 좌석도 남아 있는 게 없었다.

그 순간 후배가 떠올랐다. 점심을 먹으면서 그와 나눈 말들 말이다. 후배는 종종 회사의 시험차량을 몰고 아웃백이라 부르는 호주 중심부로 간다고 했다. 지금쯤 후배는 골든코스트로 갈 가방을 꾸리고 있겠지만, 이곳에 오래 살았으니 어떤 방법을 알 수도 있었다. 후배는 잠시 알아보고 연락을 주겠노라고 했다. 직장인에게 중요한 서바이벌품목은 역시 인맥이었다.

"누나, 점심 때 내가 보여준 사진 있죠? 그 차가 있어요. 울룰루까지는 아니지만 쿨게라까지 가는 시험차거든요. 내 동료가 몰고 가는 건데, 거기에 타실래요?"

쿨게라는 울룰루가 속한 노던테리토리 주의 초입에 있는 도시였다. 쿨게라에서 울룰루까지는 차로 다섯 시간 쯤 걸리는데 그곳에 가서 또 연결편을 찾아보는 게 그 세 배 거리의 여기에 있는 것보다는 훨씬 가능성 높은 방법이었다. 단, 출발이 바로 내일 아침이었다. 시간을 맞추지 못한다면 차는 그대로 출발한다고 했다. 내겐 선택의 여지가 없었다.

후배에게서 시험용 차의 일생에 대한 이야기를 들은 적이 있었다. 시험차들은 수많은 운전자와 수많은 길을 달리며 급속도로 늙어간다. 충돌테스트라면 단 몇 초 만에 생이 끝나기도 한다. 후배는 마이바흐와 벤틀리를 주문해서 충돌테스트를 진행했던 경험을 블록버스터 영화 속 장면처럼 묘사했다. 자동차의 가격은 몇 십 배까지 차이가 나기도 하지만, 찌그러지는데 걸리는 시간은 그리 큰 차이가 나지 않았다.

"우린 마네킹에게 감사해야 해요. 불평없이 충돌을 반복하니까요."

내일 내가 조수석 마네킹 자리에 앉아가는 거다. 물론 내일은 어떤 모니터링 기록에도 남지 않는 일정이다. 모든 운명을 다한 후 쿨게라의 친환경 폐차장으로 가는 차였던 것이다.

차는 한눈에 알아볼 수 있었다. 엷은 녹색, 투박한 디자인이 사진과 똑같았다. 1959년에 크게 히트를 쳤던 마일러 사의 클래식카 '마이마일러'를 다시 재현한 것이라고 했다. 이름은 '레트로'. 레트로는 아직 시장에 출시되지 않은 모델이었지만, 신차라고 말하기에는 몹시 낡아 있었다. 남자는 주차요금이 아까워서 기차역 주변을 뱅글뱅글 돌고 있었노라고 했다. 후배의 회사 동료 게빈이었다. 후배보다 나이가 훨씬 많아 보였다.

"많이 기다리셨죠, 죄송해요. 고맙습니다."

내가 말하자 그는 별 거 아니라는 듯이 대답했다.

"이렇게 조수석에 짐도 실어보는 거지."

괴상한 농담이었다. 나는 졸지에 짐이 된 채로 조수석에 올라탔다. 짐은 뒷자리에 두었다. 홀튼 사장에게 선물할 상자 하나, 그리고 작은 여행가방이었다. 그가 내게 물었다.

"어디까지 가는 거지?"

"쿨게라요. 얼마나 걸리나요?"

"한 아홉 시간 쯤?"

"원하시면 교대로 운전해도 괜찮아요."

그는 고개를 저었다. 차에서는 흥겹지만 낯선 음악이 흘러나오고 있었다. 내비게이션은 필요하지 않았다. 켜봤자 목적지까지 1000킬로미터 직진하라는 식의 말이 나올 테니까. 포트오거스타는 도달하기 쉬운 만큼 떠나기도 쉬웠다. 시내는 능숙하게 고속도로로 연결되었다. 처음 한 시간 쯤 우리는 단 한 마디도 하지 않았다. 한 마디 하지 않고도 읽을거리가 차창 밖으로 넘쳐났다. 나는 간혹 보이는 도로 위 광고판들을 읽었다. 이정표도 읽었다. 마지막으로 읽은 표식은 다음 주유소가 150킬로미터 떨어진 지점에 있다는 거였다. 그 푯말을 마지막으로 더는 읽을 게 없어졌고 시각적 침묵이 시작되었다. 내가 물었다.

"이렇게 다니면 주행기록이 꽤 되겠어요?"

"62만 킬로미터."

"대단하네요."

"하긴, 정비사도 그러더군. 시드니를 벗어나기도 전에 주저앉을지도 모른다고. 그렇지만 뭐, 여기까지 잘 왔으니까 그 말은 틀린 거지."

"시드니에서 출발하신 거예요?"

그는 고개를 끄덕였다.

"여기 마일러 자동차 공장에서 출발하신 게 아니고요?"

"여긴 짐 때문에 온 거잖아. 어차피 지나가는 길이니까 기다렸는데 너무 늦게 오는 바람에 늦었다고."

나는 5분인가 늦었을 뿐이지만, 차가 그냥 출발하지 않고 기다려준 게 고마웠다. 오히려 그것보다는 '짐'이란 단어가 거슬렸다. 아무리 내가 업혀서 가는 거라고 해도 이렇게 노골적으로 싫은 티를 낼 수가 있는가. 어쩌면 내가 동양여자여서 무시하는 걸 수도 있었다. 그 생각을 왜 이제야 했을까 싶을 정도로, 돌이켜보면 내가 차에 올라탔을 때부터 그의 표정은 좋지 않았다. 회사 동료의 부탁을 받고 어쩔 수 없이 동행하는 걸 수도 있었다.

"먼 길 운전이 힘들진 않으세요?"

"마일러는 예외지."

나는 이 애사심 많은 동행자가 불편했다. 쿨게라까지는 아직도 일곱 시간 쯤을 더 달려야 하는데 숨이 막혔다. 눈을 감고 자는 척을 하고 싶었지만 무임승차한 동양여자가 옆에서 졸기까지 한다면 이제 '짐짝' 소리를 들을 것만 같았다.

"아무래도 잘못 탄 건 아니야?"

침묵을 먼저 깬 건 그였다. 그는 이제 노골적으로 불쾌함을 드러내고 있었다. 치사했지만 견디는 수밖에 없었다. 나는 쿨게라까지 가야 했으니까. 최대한 울룰루에 가깝게 가야 했다. 이건 내 생존을 위한 여정이란 말이다. 내가 동문서답처럼 '고마워요, 게빈'이라고 대답했을 때 그는 별 말이 없었다. 그러다 잠시 후, 그가 다시 말을 걸었다. 진짜 궁금하다는 듯이, 이렇게.

"……게빈이 누구지?"

게빈이 누구냐고? 나는 그가 농담을 하는 거라고 생각했다. 그러나 그가 왜 이런 농담을 한단 말인가. 그가 자기는 게빈이 아니라고 말했다. 내가 할 수 있는 말은 그런 것뿐이었다. '난 당신이 게빈인 줄 알았다'는 정도. 사실 그의 이름은 별로 중요한 게 아니었다. 그가 게빈이든 누구든 오늘 내가 만나기로 한 그 사람, 그 레트로이기만 하면 되는 것 아닌가. 그러나 그는 마일러 사의 직원도 아니었다. 나와 만나기로 한 것도 아니었다. 나는 엉뚱한 차에 올라탄 셈이었다. 지금 우리는 시속 130킬로미터로 달리고 있었다. 이 차는 마일러 사의 '레트로'가 분명했다. 차는 쿨게라를 향해 가고 있었고, 출발지점과 이미 한참 멀어진 후였다. 당황한 건 나만이 아니었다. 그 역시 나를 보고 이렇게 물었던 것이다.

"아무래도 잘못된 것 같은데. 혹시 니나가 아니란 말이야? 운동화 매장의 니나."

그의 입장에서 보면 이야기는 또 달랐다. 그는 어젯밤 급히 주문한 운동화 두 켤레를 포트오거스타의 한 지점에서 받기로 했던 것이다. 아침 여섯 시는 매장이 문을 열기 전이었지만 그가 친하거나 중요한 고객이었던지 혹은 매장의 판매방식이었던지, 한 직원이 운동화 상자들을 이른 아침 그에게 전달하기로 되어 있었던 것이다. 그는 역 앞을 빙글빙글 돌다가 자신을 향해 다가오는 여자를 보고 손짓을 했다. 여자는 그 운동화 브랜드의 상자를 들고 있었다. 당연히 어젯밤에 통화한 니나인 줄 알았다. 그는 상자를 조수석에 실어달라고 말했지만, 여자는 고맙다며 조수석에 올라타 앉은 것이다. 그는 여자가 급히 어디까지 가야 하는 줄 알고 목적지를 물었고, 여자는 9시간 거리의 쿨게라까지 가겠노라고 했다. 번갈아가며 운전해도 된다면서. 나는 게빈과의 약속에는 5분 늦은 것이었지만, 니나와 그의 약속에서는 35분 늦은 셈이었다. 이 웃지 못할 상황은 그와 나 사이에 무척 많은 말이 오가게 만들었다. 그 과정 중에 내가 얻은 게 있다면 이 차가 울룰루까지 가는 직행이란 사실이었다. 그는 내 최종목적지가 울룰루라는 얘기를 듣고는 잠시 고민하더니 이렇게 대답했다.

"마땅한 차편이 없다면."

마땅한 차편이 있을 리가 있는가. 그는 운동화를 받지 못했고, 나는 게빈을 만나지 못했지만 이상하게 두 사람 모두 휴대전화에서 어떠한 메시지도 받을 수 없었다. 이 긴 도로에서는 몇 구간 통신 불능한 지역이 있다고 들었지만, 이곳은 비교적 초입 아닌가. 그렇게 생각하고 주변을 보니 초입이란 단어가 어색했다. 차는 한번도 멈춤없이 계속 달려왔다. 도로는 끝이 보이지 않을 정도로 길어서 오히려 더 폭이 좁게 느껴졌다. 반대쪽에서 달려오는 차와 이 차가 스치는 순간, 두 운전자는 서로 손을 흔들었다. 그가 손을 차창 밖으로 내밀어 흔드는 모습을 보며 나는 안심했는데, 그 차가 이 길 위에서 보는 마지막 차량일 거라고는 생각도 못했다. 그 이후 휴게소가 나타날 때까지 세 시간을 더 달리는 동안 나는 단 한 대의 차도 더 볼 수가 없었다.

"호주 사람들의 진짜 나이를 말해줄까? 지금의 백인들은 여덟 번째 세대래. 그런데 애버리진의 역사로 보면 지금 우리는 1만 8500번째 세대라고."

그렇게 말했던 건 위키였다. 위키는 자신에게 두 피가 모두 흐르지만, 선택할 수 있다면 그 1만 8500번째 세대의 한 명인 게 더 낫겠다고 말했다. 위키의 어머니는 1만 8499번째 세대고, 위키의 아버지는 일곱 번째 세대였다.

울룰루에 대한 이야기는 위키에게서 종종 들었다. 위키는 내가 그 시드니의 첫집에서 나온 후 두 번째로 만난 동거인으로 성별이 달랐지만 그와의 동거는 오히려 편안했다. 위키는 나보다 세 살이 어렸고, 시드니에서 태어나서 스물일곱 살까지 줄곧 시드니에서 자랐다. 그 27년 동안 위키는 이 거대한 섬의 곳곳을 자주 여행했다. 울룰루까지 사륜구동차를 몰고 달린 적도 있다고 했다. 위키는 그 길의 엄청난 비밀이 뭔 줄 아냐고 물었다.

"가다보면 기름 값이 점점 높아지게 될 거야. 중심으로 가면 갈수록."

"그게 무슨 비밀이라고. 당연한 거 아냐?"

그 다음 위키는 진짜 비밀을 말해주었다. 울룰루 지표면에 솟은 부분은 빙산의 일각일 뿐, 그 여섯 배에 달하는 몸체가 땅 아래 감자처럼 존재하는데, 누구도 그 땅 아래 뿌리는 확인한 적이 없다는 것이다. 그리고 울룰루는 멈춰 있는 게 아니라 지금도 조금씩 융기 중이라는 거였다. 다큐멘터리나 책자만 봐도 알 수 있는 정보이긴 했지만, 위키는 마치 그 비밀을 목격한 사람 같았다.

위키가 지금 내 모습을 봤다면 당장 그 차에서 내리라고 했을지도 모른다. 위키는 낡은 차를 조심하라고 말했으니까. 낯설고 낡은 차. 1년 전 먼지로 한 겹 코팅된 듯한 차가 다가와 위키 앞에 멈춰 섰다. 차 안의 모든 문짝이란 문짝이 동시에 열렸고 그 안에서 마치 용수철을 깔고 앉아 있었던 것처럼 순식간에 다섯 명이 튀어나왔다. 구타는 다섯 명에겐 익숙한 방식이었고 위키에겐 낯선 충격이었다. 그들은 위키를 흠씬 두들겨 팬 후 휘파람을 불며 차로 돌아갔다.

"좀 웃긴 건 그들이 사라질 즈음에도 내가 서 있는 상태였다는 거야. 맞는 동안 분명히 등과 뒤통수가 땅에 닿는 걸 느꼈거든. 설마 나를 다시 일으켜주고 간 걸까?"

그들이 차를 타고 떠난 후에도, 위키는 한참을 거리 위의 동상처럼 서 있었다. 매미나 잠자리 따위를 스티로폼 위에 고정시키던 핀이 자신을 땅 위에 찔러둔 것 같더라고 했다. 졸지에 스티로폼처럼 얄팍해진 보도블럭 위에서 위키는 멍하니 서 있었다. 반대편에서 자신과 관계없이 흘러가는 구급차의 비명소리가 들렸다. 위키의 가방은 그대로였고 빼앗긴 건 없었다. 낡은 차가 멈춰선 이유는 단지 이 애버리진을 흠씬 패주려는 목적뿐이었던 것이다. 그러나 하필 그날은 위키가 몇 년간 기다렸던 직장의 취업인터뷰를 하루 앞둔 시점이었다. 위키의 얼굴 곳곳이 터졌고 뼈에 굵은 균열이 생겼다. 위키는 다음날 인터뷰에 나가지 못했다.

이 차는 분명 낡은 차였다. 잘 살펴보면 내가 어떻게 이런 차를 최신 시험차로 착각할 수 있었는지, 전혀 의심도 안할 수 있었는지 어처구니가 없을 정도였다. 아무리 내가 타야 할 시험차가 폐차장으로 가는 단계의 것이었다고 해도 말이다. 그러나 조수석에 앉아서도 저 차의 앞머리에 봉긋하게 솟아있는 마일러 사의 마크를 볼 수 있었다. 마이마일러라고 몸체에도 분명히 써 있지 않았던가.

1959년의 마이마일러와 2014년의 레트로는 닮은 듯 다른데, 그 차이 중 하나가 '크루즈컨트롤'이라고 후배가 말한 적이 있었다. 적절한 속도를 유지해주는 장치다. 1959년의 마이마일러에는 그 장치가 없어서 계속 페달을 밟고 있어야 했지만, 지금의 레트로에는 그 장치가 있어서 굳이 발로 가속페달을 조절하지 않아도 정속도로 달릴 수 있다.

이렇게 차가 한 대도 보이지 않는 고속도로 위에서, 그 페달이 있다면 유용할 것이다. 제한 속도가 130킬로미터라면, 그에 맞게 설정해놓고 발이 자유롭게 떠 있어도 차는 달리는 것이다. 그러나 지금 그는 발로 페달을 밟아가며 속도를 조절한다. 이 차에는 그 장치가 없다. 이건 아직 출시되지 않은 신차 레트로가 아니라 그 레트로가 참고했던 원본, 1959년의 마이마일러였던 것이다.

게빈이 아닌 이 남자는 좀 괴짜처럼 보였다. 그는 계속 운동화를 어디서 사야 할지 모르겠다고 중얼거렸다. 그러나 차를 멈춰 세우지는 않았다. 그 역시 나를, 니나 아닌 여자를 특이하다고 생각하는 것 같았다. 내가 갖고 탄 운동화 상자 안에 무엇이 들어 있는지 그는 궁금해했다. 그건 홀튼에게 보낼 선물이었다. 정확히 말하면 거래처의 샘플 같은 것. 홀튼이 원한 적은 없지만 우리의 생존배낭을 선물로 전할 계획이었다. 물론 아직 홀튼의 양말이 들어 있지 않은 상태다.

그는 이 반대코스로 달린 적이 있다고 했다. 출발지점은 호주의 중심부, 앨리스스프링스 주의 한 마을이었고 목적지는 도로를 따라 남쪽으로 내려가면 나오는 바다였다. 항구도시인 포트오거스타도 좋았고, 좀 더 내려가 애들레이드도 좋았다. 그땐 그런 도시의 이름은 모르는 채로 달렸다. 긴 여행이었다.

"그때도 마이마일러와 함께였어. 그때 이 차는 아주 젊었지."

그는 자신이 능숙한 운전자는 아니었다고 했다. 길도 서툴기는 마찬가지였다. 있어도 불필요하긴 하지만 당연히 내비게이션 따위는 없었고, 지금처럼 휴게소나 주유소가 있지도 않았다. 차에 뛰어드는 야생동물은 지금보다 훨씬 많았고 거셌다. 결국 차는 중간에 멈췄다. 그는 차가 멈춘 건 체력이 딸려서가 아니라, 연료가 없어서였다고 회상했다. 차가 멈췄을 때, 그는 한참을 걸어서 주유소를 찾아냈지만, 사람은 없었고, 주유장치에는 큰 자물쇠가 걸려 있었다. 그는 차를 길 한편에 세워두고, 누군가를 기다렸지만 아무도 오지 않았다. 인적이 드문 곳이었다. 다음날 아침 결국 그는 차를 버려두고 혼자 걸었다. 중간에 지나가는 차를 얻어 타기도 했다. 그렇게 목적지까지 왔다고 했다. 지금 그는 차를 버렸던 지점으로 되돌아가는 중이었다.

"이게 단서야."

그가 내민 사진은 한 버거 업체의 광고 사진이었다. 울룰루를 배경으로 한 채 에뮤에 초점을 맞춘 사진. 그는 그 지점이 어디인지 알겠냐고 물었다.

"어떤 지점이요? 울룰루요?"

"아니, 그 사진을 찍은 지점 말이야. 카메라가 있었을 지점."

그러나 이건 광고 사진이었다. 원근법 쯤은 가볍게 초월할 수 있는 사진. 얼핏 보기에도 정말 이 에뮤가 서 있는 위치가 울룰루 근처에 있을 것 같지도 않았다. 카메라가 어디에 서 있었는지 물리적으로 알아낸다 해도 그게 정말 이 사진의 풍경을 담아낼 수 있는 위치는 아닐 거였다. 그는 광고회사에 전화를 한 적도 있었노라고 했다. 비슷한 대답을 들었다는 거였다. 그 사진은 후처리 작업을 많이 한 것이고, 실제 촬영 장소는 이 각도와 달랐다는 것. 그러나 그는 광고회사의 말을 믿지 않았다.

"기억력이 나쁜 거지. 이 위치가 분명히 존재할 거라고. 마일러를 두고 돌아나오던 아침, 그때 본 울룰루의 풍경이 딱 이 사진의 각도며 크기였다고."

그가 말한 여행이 1970년대 중반의 것이라고는 생각지도 못했다. 그는 지금 40년 만에 차를 두고 온 자리로 되돌아가려는 거였다. 40년이라니, 차가 그 자리에 있을 리 없지 않은가. 누가 훔쳐가지 않았다면 모래바람에 삭아버릴 수도 있었다.

"왜 이제야 차를 찾으러 가시는 거예요? 좀 더 일찍 가시지 않고요."

"잊고 있었지."

"대신 지금 이 차를 사신 거군요? 같은 마이마일러로."

"아아."

그는 기지개를 펴는 듯한 소리를 냈다. 그는 며칠 전 시드니에 갔다가 지금 이 차를 만난 거라고 했다. 40년 전 차를 버린 이후로, 그가 마이마일러를 볼 기회는 종종 있었다. 마이마일러는 1977년인가에 단종되었지만 중고차시장에서도 한때는 귀한 몸이었다. 그러나 너무 관리가 잘 된 마이마일러는 그에게 생소하게 느껴졌다. 그는 거친 황무지를 달렸던, 그를 오로지 남쪽으로 데려다주는 게 전부였던 그 마이마일러를 원했다.

"그래야 정말 내 마일러일 것 같았거든. 그런데 시드니 출장을 떠났다가 업무를 마치고 지나가던 길에 이런 소리를 들은 거야. '네가 뭘 알아?' 마약에 쩐 듯한 사내의 목소리였는데 이상하게 끌리는 데가 있어서 뒤를 돌아봤지. 거기 정말 이 차가 있었어. 그때 그 모습 그대로."

직거래를 하는 중고차시장이었다. 그는 그게 오래전에 자신을 태웠던 그 차라고 확신할 수 있었다. 차를 팔던 사내는 그가 반응을 보이자 값을 훌쩍 뛰게 불렀다. 그는 값을 깎지 않았다. 사내는 그가 호갱님이라고 생각했는지 절대 환불이 안 된다는 조건을 건 채 서둘러 절차를 밟았다. 그는 긴 주행거리에 문짝이 잘 열리지 않는다는 것조차 마음에 들었다. 긴 시간을 달려 자신에게 다가온 마일러가 고마울 뿐이었다. 그는 전문가를 불러 차를 손보았다. 그는 시드니에서 울룰루까지 2800킬로미터를 이 차로 달릴 생각이었지만, 전문가는 불가능하다고 말했다. 시드니를 벗어나기도 전에 주저앉을지도 모른다고. 그러나 그에게는 그 말이 들리지 않았다. 이것이 정말 오래 전 그가 사막에 두고 온 그 마일러인지는 몰라도, 그에게는 이 차가 소리치는 게 들렸다. 당장 그 지점으로 돌아가라는 것. 시드니를 출발한 차가 울룰루로 가기 위해서는 포트오거스타를 거쳐야 한다. 그 지점에서 내가 올라탔던 것이다. 뒷자리에는 그가 급히 조달해서 꾸려온 짐이 있었다. 단단한 트렁크가 하나. 그 옆에 역시 급히 산 것처럼 보이는, 담배와 술병이 담긴 종이백이 최대한 가벼운 척 놓여 있었다. 그는 담배를 피우지 않지만 담배는 유사시에 돈이나 금보다 더 명확한 거래수단이 된다고 했다. 술도 마찬가지였다. 그래서 먼 길을 떠날 때는 담배와 술을 늘 챙긴다는 거였다.

"아주 오래전 그 여행 말이야. 마일러 없이도 내가 먹고, 때로는 다른 차를 얻어탈 수 있었던 건 담배 때문이었어. 담배를 한 개비씩 주고 받는 게 핵심이었지. 한 갑씩 갖고 다니면 더 위험했으니까."

생존배낭에는 화폐의 역할을 할 만한 무언가도 하나쯤은 넣어둔다. 돈은 의미가 없을 확률이 높지만 그래도 여전히 어떤 이들은 지폐 몇 장을 넣어둔다. 재산관련서류를 넣어두는 사람들도 있다. 그에게는 담배와 술이 그런 용도인 셈이었다.

생존배낭에는 여러 종류가 있다. 매일 가방 안에 넣고 다닌다고 해서 EDC(Every Day Carry)파우치라고 부르는 것도 있고, 집을 떠날 만한 상황일 때 필요한 Go-Bag도 있다. Go-Bag은 보통 집의 출구에 둔다. 전기가 끊긴 암흑 상황에서도 쉽게 찾을 수 있는 위치에, 가족 구성원 수만큼 각각의 배낭을 두는 것이다. 재난은 늘 갑작스럽기에 이미 꾸려진 짐이 있다는 것은 든든한 일이다. 전쟁 중에 이것저것 짊어지고 기차를 탔더니, 1인당 단 한 개의 짐만 들고 타야 했더라는 이야기도 떠돈다. 충분히 가능한 상황 아닌가. 어떤 사람은 수많은 짐꾸러미 중에 손에 잡히는 대로 하나를 골라서 기차에 올라탔는데, 하필 그게 이불보따리였다고 했다. 나는 지금 유일하게 챙겨온 꾸러미가 이불보따리란 것을 알게 된 기분을 느끼고 있었다. 전혀 계획된 경로가 아니지만, 나는 그 이불보따리에 휘말리고 있었다. 그러느라 하마터면 그가 하는 말을 놓칠 뻔 했다.

"난 그때 여덟 살이었어. 마일러를 타고 여행했을 때 말이야."

그는 잊고 있었던 사실을 이제 막 생각해낸 것처럼 말했다. 여덟 살에 마일러를 운전한 여행자라니. 나는 어쩐지 못미더운 이 운전자 때문에 이정표를 확인하고 싶었다. 이정표는 보이지 않았지만 길은 하나뿐이었다. 울룰루까지 가고 있기만 하다면.

호주행을 결정하면 많은 사람들이 한국의 문화센터와 같은 곳에서 헤어커트 강좌를 듣는다고 한다. 호주의 미용실 비용이 비싸서 스스로 혹은 가족의 머리라도 자를 수 있게 준비하는 것이다. 미용가위를 사서 오기도 한다. 그러나 나는 출국 전날 머리를 조금 자른 게 전부였다. 오히려 시드니에 와서야 헤어커트를 배울 기회가 있었는데, 스무 명 미만의 사람들이 가볍게 모여 헤어커트를 배우는, 8주간의 강습이었다. 첫 수업 때 가위도 신청했다. 한동안 마네킹을 붙들고 있다가,

마지막 실습시간이 왔을 때 많은 여자들이 기다렸다는 듯 아이를 데리고 왔다. 남편이나 애인이 따라온 경우도 있었다. 부랑자처럼 보이는 남자를 데려왔던 남자도 있었으나, 그 남자는 결국 나와 파트너가 되어서 서로의 머리를 잘라주었다. 미용사가 꿈이라던 남자치고는 실력이 별로였는데, 그 남자가 바로 위키였다. 위키의 친구는 머리가 너무 짧아서 뭘 더 해볼 수도 없었고, 나중에야 위키는 그가 오랜 친구는 아니었다고 말했다. 그는 실습이 있던 날 점심에 거리에서 픽업한 사내였을 뿐이다. 위키는 누구와도 쉽게 친해졌다. 위키의 피부색은 검붉은 편이었지만 그게 위키의 친화력에 걸림돌이 되진 않았다.

그래서일까, 나는 위키와 급속도로 친해졌다. 위키는 뒤늦게서야 자신이 왜 그 헤어커트 모임에 들어갔는지 고백했다. 날 거리에서 본 후 무작정 따라갔다는 거였다. 그게 진짜인지는 모르겠으나 생각해보면 위키는 수업 셋째 주부터 참가했고, 첫날 가위도 없어서 강사에게 혼이 났다. 우린 2년쯤 함께 살았다. 그리고 한 달에 한두 번쯤 서로의 머리를 잘라주었다. 함께 산 지 일주일 만에 위키는 내 업무가 실제로 생존에 별 도움이 되지 않는다는 결론을 내렸다. 내 방에는 갖가지 생존을 위한 물품들이 널려 있어(물론 업무용이었다) 유사시에 무언가를 급하게 찾아 챙길 여력도 없었다.

위키는 생존배낭 자체를 그닥 신뢰하지는 않았지만 생존배낭을 꾸려 페이스북이나 인터넷 동호회에 공개하기를 좋아했다. 그건 위키만의 특징이 아니라 생존배낭에 관심을 갖기 시작하는 사람들의 공통적인 행동이다. 이건 어떠냐, 고 물으면 그런 것도 있었군요, 아니면 이건 어때요, 하면서 의견을 나누는 것이다. 어떤 이들은 인터넷 동호회를 통해 극한 상황에서 비상식량이 될 만한 곡물의 씨앗을 나누기도 하고, 집 근처 대피공간을 어떻게 짓는지 의견을 나누기도 한다.

위키 말대로 이 길 위에서는 모든 것이 비현실적이었다. 정말 차가 앞으로 달리고 있는지, 움직이는 게 맞는지 의심스러운 순간이 찾아오는 것이다. 아주 가끔 다른 그림 찾기 놀이처럼 동물의 사체나 뼛조각 같은 것이 저만치 등장한다고 했는데, 지금은 동물 사체조차 보이지 않았다. 풍경은 가도 가도 똑같은데, 도시의 경계 하나를 통과하자 이야기는 조금 달라졌다. 그는 마일러를 타고 긴 여행을 하던 40년 전에 대해 이야기하기 시작했다. 그때 그는 겨우 여덟 살이었다. 나는 반쯤 농담처럼 듣고 있던 이야기. 그러나 지금까지와 조금 다른 버전의 이야기가 시작되고 있었다.

"마일러는 타이어보다 더 단단하고 탄력있는 두 다리를 갖고 있었어. 눈은 어떤 헤드라이트보다도 밝아서 어둠 속에 떨어진 것들을 잘 봤고, 등은 따뜻했어. 나보다 다섯 살쯤 더 많아서 키도 그만큼 더 컸고 힘도 있었지. 겨우 다섯 살쯤 더 많았는데 어른이었어."

그는 혼자가 아니었던 것이다. 그들의 여행에 차는 처음부터 없었다. 1959년에 출시된 그 마이마일러는 같은 해에 태어난 아이가 다섯 살 어린 동생에게 해주던 이야기에 불과했다. 동생은 형을 마일러라고 불렀고, 형은 정말 마일러처럼 동생을 태우고 달렸다. 둘은 함께 걸었으나 대부분은 형이 동생을 업고 걸었고, 그들은 맨발이었다.

서류상으로 그는 1967년생이었지만, 그는 자신이 1964년 혹은 1965년에 태어났을 거라고 믿었다. 그의 실제 삶과 서류 사이에 2~3년의 오차가 발생한 이유는 호주 정부의 불명예스러운 정책 때문이었다. 1900년부터 1972년까지 추정하기로는 10만 명에 가까운 애버리진, 그러니까 원주민 아이들, 그중에서도 특히 백인과의 사이에서 태어난 아이들이 희생되었던 사건 말이다. 문명화 교육이란 명목 하에 한 살 미만의 아이들이 부모로부터 강제로 분리되었고, 교육원이나 백인 가정으로 보내졌다. 얼굴이 하얄수록 더 데려간다는 말이 있어서 일부러 아이의 얼굴에 검은 것을 바르는 엄마들도 있었다. 그 중에 한 아이가 그였다. 그의 형도 마찬가지였다. 그는 어떤 교육원으로 갔는데, 거기서 영어만 배운 건 아니었다.

여덟 살 때, 그가 농장에서 탈출을 감행한 건 어떤 계획에 의한 게 아니었다. 그가 자고 있었을 때 마일러가 다가와 그를 깨웠던 것이다. 그는 자신이 그 집을 뛰쳐나오는 동안 꿈을 꾸고 있다고 생각했다. 그의 Go-Bag은 삽이었다. 그는 그 밤에 삽을 들고 나왔다. 그건 미리 준비했거나 계획된 무엇이 아니라 그저 습관이었다. 다섯 살 때부터 그는 자기 키만한 삽의 무게를 짊어져야 했다. 농장에서 일을 할 때도, 공사장으로 갈 흙을 담을 때도, 그와 비슷한 체구의 아이들을 묻는 일에도 삽이 필요했다. 얼떨결에 들고 나오긴 했지만 삽은 꽤 유용했다. 삽을 들고 있었기에 그들과 한 차례 마주친 어른들이 그들을 의심하지 않은 것도 같았다.

그는 거기서 잠시 숨을 고른 후 이렇게 물었다.

"허공에 신발을 거는 뜻이 뭔 줄 알아?"

글쎄. 전깃줄이나 나무에 신발을 거는 이유에 대해서는 다양한 해석이 뒤따른다. 그 아래 서 있으면 마약상이 알아보고 다가온다는 얘기도 있고, 죽은 이에 대한 추모라고도 한다. 시드니에서는 행운을 비는 의미로 운동화 끈을 묶어 전깃줄을 향해 던지기도 한다. 졸업의 의미이기도 하고, 훗날의 기약이기도 하다.

어떤 의미에서였는지는 몰라도 40년 전 그들 형제가 닿은 마을 입구에도 나뭇가지마다 운동화가 매달려 있었다. 그건 그들에게 좀 다른 의미였다. 마일러는 나무를 타고 올라가 운동화를 두 개 떼어냈다. 마일러는 운동화 하나를 그의 발에 신겨주었다. 마을은 꼭 유령도시 같았고, 그들은 거기서 하룻밤을 보냈다. 남쪽을 향해 막연히 걸은 지 닷새째였다. 마일러는 동생에게 말했다. 계속 걸어가다 보면 바다가 나올 텐데 거기가 너의 목적지라고. 목적지에 머물러도 좋고, 더 큰 도시를 찾아가도 좋다고. 최대한 자유로운 곳으로 가라고.

"형은?"

"여기."

마일러는 빈 집의 마룻바닥을 가리켰다. 자신이 그곳까지 걸을 수 없을 거란 걸 알았다. 마일러는 동생에게 셔츠를 벗어주었다. 자신의 모자도 주었다. 다음날 아침 마일러는 깨어나지 못했다. 형이 동생에게 남겨준 마지막 말은 삽을 여기에 버리고 가라는 거였다.

삽이 한 마지막 일은 마일러를 땅에 묻는 거였다. 그는 마일러의 몸을 묻고, 그가 기억하는 방식으로 추모를 한 후, 그곳에 서서 울룰루를 바라보았다. 밤에는 보이지 않던 풍경이었다. 울룰루가 아주 가깝게 느껴지진 않았지만 그 거대한 바위는 어떤 각도에서도 보였다. 마일러가 조금만 더 버텼다면, 마일러 역시 여기 서서 울룰루를 볼 수 있었을 텐데. 그러나 지체할 시간이 없었다. 마일러를 묻은 곳을 평평하게 다진 후 거기에 삽을 꽂았다. 쇠 부분이 보이지 않는 삽은 더이상 삽이 아니었다.

"마일러를 묻고, 울룰루를 봤을 때 보이던 풍경이 딱 그 사진과 같았어."

나는 사진을 다시 들여다보았다. 날지 못하는 새 에뮤가 천진난만한 표정을 짓고 서 있는 그 사진은 에뮤버거의 광고였다. 그러나 그에게 이 사진은 유일한 지도나 안내서일 수도 있었다. 그 지점에 가면 40년 전의 삽이 그대로 있을지도 모른다고 그는 믿고 있는 걸까. 그는 형이 동경했던 차를 타고 형을 찾아가는 길이었다. 혹시 그 유령도시 같던 마을이 있지 않을까, 어른이 되고서 그 마을을 찾아보려 한 적도 있었다. 마을을 찾기만 한다면, 형을 묻은 위치를 찾아낼 수도 있을 것 같았다. 그러나 마을도 그대로 사라진 듯했다. 이제 그는 이정표에도 내비게이션에도 등장하지 않는 곳을 향해, 단지 울룰루를 이정표 삼아 달리고 있는 것이다. 목적지가 언제쯤 나타날지 모르기 때문에 그는 졸 수도 없었다. 그는 단 한순간도 졸지 않았다. 얼핏 쳐다본 그의 눈은 광채가 나는 것 같았다.

그를 처음 본 순간, 왜 위키를 떠올렸는지 그때 알았다. 그는 위키보다 훨씬 흰 피부를 갖고 있었고, 먼저 말하지 않는다면 1만 8500번째 세대의 피가 흐르는지 알 수 없을 것 같았다. 그러나 그가 울룰루를 언급할 때의 소리, 그 말소리와 눈빛이 위키를 떠올리게 했다.

위키는 낡은 차에서 튀어나온 사람들에 의해 맞았다. 그 다음날 있던 인터뷰에 나가지 못했다. 그날뿐 아니라 그 다음날도 그 다음날도 어디로도 나가지 못했다. 그들이 날 일으켜준 거라며 농담을 하던 위키는 결국 죽었다. 이런 사건은 신문에 실리지도 않았다. 위키는 잊혀졌다.

그러나 남은 사람들에겐, 위키를 기억하는 이들에겐 이건 쉽게 잊혀질 수 있는 공백이 아니었다. 시드니에서 호주 시민권까지 받고 살아가는 미래에 대해 한번도 의심한 적 없었던 나는 위키의 공백으로 쳐음 이 땅에 대해 의심하게 되었다. 이곳은 과연 내가 모국을 떠나 올 만큼 기회의 땅이었을까. 처음부터 이곳을 기회의 땅이라고 생각한 적은 사실 없었다. 위키를 만나고, 단 한 사람으로 인해서 한 대륙이 모국처럼 느껴질 수도 있다고 생각했던 적은 있었다. 그러나 위키가 없다는 사실 하나로 인해 늘 가던 골목도 돌연 낯설어져버렸다.

위키의 생존배낭은 늘 있던 위치에 있었다. 그건 누군가를 3일 더 살게 하기 위해 꾸려지는 가방이었다. 그러나 그건 이제 유품이 되어 있었다. 그가 그 안에 뭘 넣어놨는지 제대로 살펴본 적이 없었다. 위키는 늘 이것저것 뺐다 넣었다 했으니 생존보다는 놀이를 위한 배낭이었던 것이다. 나는 위키가 죽은 걸 확인했을 때처럼 덜덜 떨면서 가방을 열었다. 첫 번째 포켓에는 아무것도 없었다. 두 번째 포켓에도. 세 번째 포켓도. 네 번째 포켓을 열었을 때 용수철로 장전되어 있던 사진이 튀어나왔다. 나와 위키였고 비닐코팅이 된 채였다. 나는 울었다. 마지막 포켓에는 가위가 들어 있었다. 위키의 것. 나를 따라 산 것. 내 머리를 잘라주던 것. 그 가위가 울지 말라는 듯 묵직하게 들어 있었다.

혼자가 된 후 그는 걷다가 어떤 차를 얻어 타기도 했고, 맥주병에 맞기도 했고, 마약상에게 휘말리기도 했고, 그러나 마약상의 도움으로 또 배를 채우기도 하면서 형이 말한 방향으로 갔다. 그가 마주친 사람들 중에 그가 애버리진이란 걸 알아차리는 이는 별로 없었다. 그는 피부가 흰 편이었다. 같은 배에서 나왔지만 형인 마일러보다도 훨씬 희었다. 게다가 그는 영어를 할 수 있었다. 그가 교육원을 탈출해서 줄곧 걸어왔다는 사실을 아는 이도 없었다. 그는 결국 한 마을을 만났다. 그는 식당에 걸린 간판과 그 간판 옆에 내건 문장을 읽었다. 'NO

SHOES, NO SHIRT, NO ENTRY'. 그는 신발이 있었고, 셔츠도 있었다. 그는 입장이 가능했다. 식당 주인은 그를 아주 싼 일당으로 받아주었다. 그는 몇 달씩 식당에서 자고 먹고 일했다. 농장이나 공장에서 자고 먹고 일하기도 했다. 자신의 좌표를 조금씩 남쪽으로 움직이면서 말이다. 그가 호주 중심에서 끝까지 이동하는 데 걸린 시간은 7년이었다.

그가 처음 정착한 도시는 포트오거스타였는데, 거기서 1978년 항구 기능이 중단될 때까지 배가 드나드는 걸 보며 일을 배웠다. 항구 기능이 중단된 후 그는 그 일대의 공장과 농장을 오가며 일을 했다. 지금 그는 원하면 부르는 대로 찻값을 치를 수도 있는, 문 닫힌 매장에서 운동화를 살 수도 있는 위치에 있었다. 그러나 이렇게 되기까지 그는 남들보다 몇 배로 노력해야 했다. 그는 아주 오랜만에 휴가를 신청한 거라고 했다. 아니 처음 써보는 거라고 했다. 크리스마스에조차 그는 회사에 있었던 것이다. 그러나 지금 그는 처음으로 다시 여행을 떠나고 있었다. 몇 킬로미터를 더 달린 걸까. 차의 체력이 고갈되고 있었고, 얼마 후 밤이 오기를 기다렸다는 듯, 차는 멈췄다. 그르릉거리는 마지막 숨을 내뱉고는 멈춰버렸다. 연료는 충분했지만 역시 이 차에게는 무리였다. 울룰루까지도, 울룰루가 보이는 지점까지도 가지 못했는데 차는 멈췄다. 우리는 차를 세우고 나왔다. 길 한복판이었다. 여기가 어디쯤인지는 아침이 되어야 알 수 있을 것 같았다. 어두운 밤, 바람은 마치 그물 같은 형태로 불어왔다. 사이사이로 동물의 소리가 섞인 채 불었다. 나는 분간할 수 없는 소리들이었지만, 그는 바람에 걸린 소리가 어떤 동물의 말인지 다 알아들었다.

우리는 여기서 하룻밤을 보내야 할 수도 있었다. 추운 곳이었다. 홀튼의 사장에게 건네려 했던 생존배낭 속에는 한번 켜면 최대 50시간까지 탈 수 있는 방풍양초부터 접으면 담뱃갑만큼 작아지지만 성능 좋은 침낭까지 최소한의 용품들이 있었다. 그러나 가장 유용한 건 술이었다. 나는 그에게 위스키를 내밀었다. 그가 말했다.

"니나. 동행해줘서 고맙네."

"니나가 아니라니까요."

"어쨌거나 고마워."

그나저나 운동화가 없어서 어쩌느냐고 묻자, 그는 아쉬운 대로 양말을 걸어야 되겠다고 대답했다. 그는 뒷좌석의 단단한 트렁크를 열어 그 안에서 두 켤레의 양말을 꺼냈다. 그걸 들고 그는 잠시 서성거렸다. 그들에게 운동화를 빌려줬던 그 마을이 어디인지는 찾지 못했다. 그는 저만치 텅 빈 채 솟아 있는 나무로 다가갔다. 그리고 나무에 양말을 걸었다. 오래 전에 그들 형제가 빌려 신은 신발 대신이었다. 나무에는 반짝이는 것이 하나도 매달려 있지 않았지만 보고 있노라니 곧 크리스마스라는 것이 떠올랐다.

나는 가방 안에서 위키의 사진을 꺼냈다. 이제 내 차례인가. 밤은 길었지만 이야기는 우리가 이 길고 험한 밤을, 멈춘 채 통과하는 한 방법이었다. 위키의 이야기를 하다보면 까만 밤, 붉은 흙 위로 한 아이가 다른 한 아이를 등에 업고 걸어오는 장면과도 마주칠 수 있을지 모른다. 서로 등과 가슴을 맞대고 걸어가는 아이들 말이다. 그가 물었다.

"니나는 여행 중인가?"

"아뇨. 캥거루 때문에요. 결과적으로는 여행인 셈이죠."

캥거루가 뭔지는 아직 모른다. 내가 정말 캥거루를 포획해올 수 있을지도 장담할 수 없다. 단지 내가 포획한 건 캥거루라는 말의 원래 뜻인 것 같다. 캥거루가 원래 '나도 모른다'는 뜻의 원주민 언어였다는 사실 말이다. 그건 늘 나를 따라다녔던 그 물음에 대한 답이기도 했다. 한 사람이 짊어질 수 있는 최소한의 무게, 그 마지막 무게라는 건 어쩌면 저울로 잴 수 있는 게 아닐 거라는 생각이 들었던 것이다. ▪

윤이형

러브 레플리카

1976년 서울 출생. 연세대 영문과 졸업.
2005년 〈중앙신인문학상〉으로 등단.
소설집 『셋을 위한 왈츠』 『큰 늑대 파랑』.

러브 레플리카*

　오래전부터 경은 시간에 관한 표현들을 이해할 수 없었다. 시간이 흐른다면 그것은 액체이거나 기체여야 했다. 영어식 표현대로 시간이 날아간다면 그것은 날 수 있는 몸 구조를 지닌 생명체이거나 자신을 날려보낼 수 있는 힘과 관계를 맺고 있어야 했다. 경이 이해하는 시간은 그런 특질 가운데 어떤 것도 지니고 있지 않았다. 그것은 가루, 색깔도 맛도 냄새도 없이 불균질적으로 흩어져 있는 가루 무더기에 가까웠다. 시간은 스스로의 의지로 움직이지 않았고 경의 노력에 의해서도 움직이려는 기미를 보이지 않았다.

　어떤 사람들이 하는 말, 시간이 자신을 어딘가로 데려갔다거나 데려왔다는 말 역시 경이 이해할 수 없기는 마찬가지였다. 시간은 언제나

---

* X-Japan의 1991년 앨범 'Jealousy'의 삽입곡에서 제목을 가져왔다.

그 자리에 그대로 있었고, 그 위에 두 발을 딛고 서거나 앉거나 누운 채, 혹은 몸의 일부가 그 속에 묻힌 채 움찔거리는 것은 경 자신이었다. 그렇게 수없이 만지고 피부가 쓸리면서도 경은 자신을 둘러싼 시간과 제대로 관계를 맺을 수 없었다. 물론 관계가 아주 없었던 것은 아니었다. 시간은 가끔 경을 향해 몰려들었고 온도와 습도 같은 조건이 맞을 때면—이럴 때는 주로 경이 누군가를 사랑할 때였다— 경의 몸에 엉겨붙어 헤어지지 않겠다는 듯, 어딘가로 함께 가자는 듯 머물러 있기도 했다. 그럴 때 시간은 잠시나마 어떤 형태를 지닌 것처럼 보였다. 위아래로 길쭉하다거나 둥그렇다거나 오른쪽이 불룩하다거나 하는 식으로 말이다. 이쪽으로 계속 자라나면 근사하겠다거나 튀어나온 저 부분은 마음에 들지 않으니 튀어나오기 전으로 돌아가고 싶다거나 생각한 적이 경에게도 있었다. 그러나 그것은 단지 순간에 불과했다. 냉정히 말해 바다에서 헤엄을 치고 나와 간이 탈의실에서 수영복을 벗을 때면 사타구니에 엉겨들던 젖은 모래와의 관계보다 나을 것이 없었다. 시간은 경의 내부로 들어오지 않았다. 마른 시간들은 경의 팔다리를 타고 떨어져 혼란스럽게 뒤섞였고 젖은 시간들은 뭉쳐 덩어리를 이루고 있다가 한꺼번에 사라졌다.

사라진다. 그리고 다른 곳에 나타난다. 경이 버스를 타고 시내를 지날 때면 그것은 예전에 살던 동네의 형태로 나타났다. 방 정리를 할 때면 그것은 예전에 풀었던 문제집의 형태로 나타났다. 무료한 밤 맥주를 마시고 있을 때면 페이스북 화면에 예전에 알던 사람들의 얼굴이라는 형태로 나타나기도 했다. 그러나 그런 것들을 보는 순간 경에게 찾아오는 최초의 감정은 그리움이나 반가움이나 회한이 아니라 의혹이었다. 나는 예전에 정말로 저기에 있었던 것일까. 정말로 저곳을 드나

들고, 저 책장 귀퉁이에 낙서를 하고, 저 사람과 시간을 보냈던 것일까. 그다음엔 무슨 일이 일어난 것일까. 질문이 여기에 이르면 경의 사고 회로는 기름 덩어리처럼 완고하게 굳어 더이상 작동하지 않았다. 의혹이 지나간 곳엔 두려움이 깃들었다. 거기에는 죽음이, 그 시간에 자신이 참여했음을 경이 결코 떳떳이 주장할 수 없게 만드는 무수한 죽음이 있었다. 세부가 없이 단지 무언가가 죽었다는 사실만 남아 있는 장소들. 그 장소들이 경을 하나로 이어지지 못하고 뚝뚝 끊어진 채 간헐적으로 존재하는 사람으로 만들었다. 거기 있는 것이 누구의 죽음이었는지 알게 된 뒤로 아무것도 확신할 수 없게 됐다고 경은 말했다.

*

사실은 그게 좋았던 건지도 모른다.

내가 무슨 말을 해도 이 사람은 금세 잊어버리겠지, 나를 판단하지도 비난하지도 않겠지, 그렇게 생각했었다. 내가 이야기를 요약하고 편집하고 포장해서 전해야 하는 사람, 돈을 받고 꼭 그만큼의 관심과 조언을 내주는 사람과는 달랐다. 경 앞에서 나는 의지를 보이지 않아도 됐고, 반성하지 않아도, 잘했다는 말을 들으려고 애쓰는 유치원생이 된 기분을 느끼지 않아도 됐다. 경은 낯선 사람이었고, 나를 아는 사람이었다가, 다시 낯선 사람이 되었다. 그래서 나는 그녀에게 그런 이야기들을 그런 식으로 쏟아낼 수 있었다. 그래서는 안 된다는 사실도 모른 채, 내부와 외부의 구분이 없는 생물처럼.

죽었다고?

나는 물었다.

정말로 언니가 죽었다 다시 태어났다고 느낀다는 거야? 예수처럼?

……아니, 그런 식은 아니고. 어떻게 설명하면 좋을까. 정확히 말하면…… 옮겨지는 기분이야.

머리가 아픈 것처럼 눈썹을 찡그리며 눈을 감았다 뜬 경이 테이블 위 냅킨 무더기를 내려다보았다.

내가 여기 있는 동안, 누군가가 멀리 떨어진 곳에다 나를 복제해.

경이 냅킨 한 장을 집어올려 옆 테이블로 옮겨놓았다.

머리카락 한 올, 주름 하나까지 지금의 나와 똑같은 형태로. 그러고는 복제가 끝나면, 여기 있는 내 스위치를 끄고 저쪽의 나를 켜는 거야. 그러면,

경이 테이블 위 냅킨을 구겨뜨려 쥐고는 옆 테이블의 냅킨으로 눈을 돌렸다.

방금 전까지 나는 여기 있었지만, 이제 저기 있어. 다음 순간엔, 저기였던 곳이 이미 여기가 돼 있는 거야. 그리고…….

경이 갑자기 주위를 둘러보더니 한숨을 내쉬었다. 가슴 깊은 곳에서부터 밀려나오는 것 같은 한숨이었다. 나는 그녀 눈동자의 움직임에서 눈을 떼지 않고 있었다.

이연아, 나는…… 지금 이 얘기를 꼭 해야 되니? 내가 전에 너한테 이 얘기 하지 않았어?

그녀는 답답한 듯 허공으로 눈을 돌렸다.

그래…… 알았어. 다시 할게. 그러고 나면…… 뭔가 어긋나 있다는 생각이 들어. 제대로 옮겨지지 않았다는 생각이. 시간이 지난다는 게, 내게는 그런 뜻이야. 어떤 건지 알겠어?

아니. 나는 솔직히 대답했다.

미친 소리 같지⋯⋯ 하긴 미친 사람 맞구나.

경은 웃었다. 잊고 있던 굉장히 웃긴 일이 떠오른 것처럼 피식 터져 나온 웃음이었다. 웃음은 경의 얼굴 위에서 조금씩 쓸쓸한 빛깔로 변해갔으나 나는 웃지 않았다.

아픈 사람이다, 나는 생각했다. 나보다 훨씬 더 아픈 사람. 하지만 나는 경의 태연한 표정을, 그녀가 방금 사용한 단어들을, 그녀를 지금껏 알아온 나를 참을 수가 없었다.

그런 게 아니잖아.

나는 결국 말했다.

시간이 내부로 들어오지 않고, 스위치가 꺼지고 켜지고, 옮겨지고, 뭐라는 거야. 그런 멋있는 표현들을 가져다가 아름답게 포장할 수 있는 게 아니란 말이야. 언니, 언니는 언니가 생각하는 최경이 아니야. 그 사람은 다른 사람이야. 언니랑 이름만 같아. 그 사람은 이 책을 썼고, 언니는 아니야. 모르겠어?

나는 가방에서 책을 꺼내 테이블에 올려놓았다. 구겨진 냅킨을 더 작은 공 모양으로 구기던 경의 손이 멈췄다. 책을 내려다보는 대신 경은 아주 슬픈 눈으로 나를 바라보았다. 오래전부터 이 모든 일이 일어날 것을 알았으나 일어나지 않을 수도 있다는 실오라기 같은 가능성을 끝내 버리지 못한 사람처럼.

사람이 어떻게 죽었다가 다시 태어나?

나는 말했다.

말해줄게. 언니 그거 허언증이야. 무슨 뜻인지 알아? 아니⋯⋯ 몰라도 상관없어. 언니가 다른 사람들을 만나서 무슨 얘기를 어떻게 하고 다니든 상관없어. 한 가지만 부탁할게. 나는 거기서 빼줘. 너무, 무섭고, 그래 무섭고, 소름이 끼쳐. 나라는 사람을 만난 거, 알았던 거, 없던 일로 해줬으면 좋겠어. 언니, 나는 언니와는 달라. 나한테는 내 감정이 있고 생활이 있어. 언니가 꾸며낸 얘기에 마음대로 갖다 써도 되는 사람이 아니란 말이야. 알겠어?

*

경을 생각하면 첫번째로 떠오르는 것은 얼룩이다. 베이지색 스커트 위에 조그만 타원 모양으로 붉게 배어나오기 시작한 얼룩이 있고 스커트 아래로는 스타킹을 신지 않아 다소 추워 보이는 그녀의 두 다리가 있다. 내가 바라보자 얼룩은 마치 내 시선을 의식하기라도 한 것처럼 조금 더 커졌다.

내 앞에는 젊은 남자 두 명이 서 있었고 경은 그들의 앞에 서 있었다. 그들이 보았는지는 알 수 없었다. 나는 잠시 망설이다가 그녀에게 다가가 어깨를 두드렸다. 저기, 뒤에 묻었거든요, 귓속말을 했다. 그녀는 깜짝 놀란 얼굴을 하더니 하려던 주문을 그만두고 화장실로 들어갔다. 내 앞의 남자 둘이 주문을 했고, 뒤이어 내가 주문을 했다. 그사이 경은 입고 있던 검은색 카디건을 벗어 허리에 두르고 화장실에서 나왔다. 카운터 직원이 그녀에게 뭐라고 말하는 게 보였다. 큰 프랜차이즈 커피숍이긴 했으나 생리대는 준비되어 있지 않은 모양이었고 손님이 많은 시간대라 직원은 정신이 없어 보였다. 경이 주위를 둘러보고 출입구 쪽으로 걸어가는 것을 보면서 나는 천천히 아이스 아메리카노를 마셨다.

그날 내 가방 속에는 생리대가 여러 개 들어 있었다. 그러나 나는 그것들을 꺼내지 않고 가만히 자리에 앉아 있었다. 생리가 끊기다니 이제 여자도 아닌 몸으로 살 작정이냐고 화를 내며 몇 달 전에 엄마가 가방에 억지로 넣어놓은 생리대였다. 내 손으로 만지고 싶지 않았다. 가방을 열 때마다 지긋지긋한 기분이었지만 나는 이상한 오기로 그것들을 계속 가방에 넣어 다녔다. 그것들을 보고 있으면 나는 쉽게 폭력이라는 단어를 떠올릴 수 있었고 엄마를, 건강한 사람들을, 그리고 나 자신을 계속 미워할 수 있었다.

일주일 뒤 병원 대기실에서 그녀가 인사를 건네왔을 때 미묘한 기분이 든 건 그래서였다. 지난번에는 고마웠다고 말하며 경은 고개를 숙였고, 나는 조금 당황해서 아니라고 대답했다. 그녀의 상담시간은 나의 바로 앞 시간이었다. 그러고 보니 병원에 일찍 도착한 날 자리에 앉아 휴대폰을 들여다보며 무언가를 적어넣고 있는 그녀를 몇 번쯤 본 것도 같았다. 경은 키가 훌쩍 크고, 머리가 길고, 동안에 선량한 눈매, 전체적으로 서글서글한 인상을 한 사람이었다. 그리고 그런 병원에 다니는 사람들이 대체로 그렇듯 겉으로는 아무런 문제 없이 평온해 보였다.

그뒤로도 그 커피숍에서 나는 종종 그녀와 마주쳤다. 그렇게 이상한 일은 아니었다. 그 병원이 대로변에 있긴 했으나 동네 자체가 외진 곳이어서 주변에 무언가를 마시러 들어갈 장소라곤 그곳밖에 없었고, 삼십 분 동안의 상담이 끝나면 나는 지독하게 목이 탔다. 아마 그녀도 그랬던 모양이었다.

이상한 일은 몇 주 뒤에 일어났다. 언제나처럼 혼자 커피를 마시고 있는 그녀의 테이블로 걸어가 내가 말을 걸었던 것이다. 놀란 눈으로 올려다보는 그녀를 보며 나는 생각했다. 나 뭐하는 거지?

그날은 무척 더웠고 선생님은 나를 칭찬했다. 나는 천진한 웃음을 지어 보이며 그럼 월말쯤에는 상담을 끝내도 되지 않을까요? 하고 슬쩍 떠보았다. 그런 말을 한 이유는 두 가지였는데, 하나는 그런 바보짓을 계속하고 싶지 않아서였다. 나는 옛날처럼 살이 쪄서 간신히 도드라지기 시작한 골반과 쇄골이 도로 묻히게 하고 싶지 않았다. 다른 하나는 엄마로부터 일을 그만둬야 할지도 모르겠다는 말을 들어서였다. 엄마는 시내에 있는 제법 규모가 큰 산후조리원에서 산후조리사로 일하고 있었다. 삼교대 근무였는데 주로 밤 시간대에 신생아를 돌보고, 갓 아이를 낳은 산모들이 수월하게 수유를 할 수 있도록 가슴 마사지를 해주었다. 제법 솜씨가 좋아 둘째를 낳은 산모들이 멀리서 찾아오는 일도 있었고 그럴 때면 엄마는 보람을 느끼기도 했다. 그러나 기본적으로 체력을 필요로 하는 일이었고 무엇보다 손목과 손가락이 시큰거릴 때가 많았다. 그 조리원이 시내 중심가로 이전하면서 규모를 줄일 예정이었는데 아무래도 인원감축이 있을 것 같아 불안하다고 엄마는 말했다. 대놓고 말은 안 하지만 공기가 다르더라. 내가 원장보다 나이가 많으니 실장도 아닌데 실장님이라고 부르면서 살갑게 대해주더니 결국엔 그런 분위기더라. 그럴 거면 처음부터 아줌마라고 부를 것이지. 보통은 출근 전에 저녁을 먹고 가는데, 딱 하루 어쩌다보니 저녁 챙길 시간이 없어 산모들 식사시간 끝나고 주방에 샐러드 남은 걸 조금 덜어 먹었는데 그거 가지고 뭐라 하는 거야.

아버지가 있는 집에 도로 들어가는 건 아무래도 싫었다. 매일 얼굴을 보면서 그 사람에게서 받은 돈으로 등록금을 내고 있다는 사실을 상기하기 싫었다. 자취방 생활은 어떻게든 지킬 생각이었으니 월세를 내려면 조만간 아르바이트를 다시 시작해야 할지도 몰랐다. 몇 년 전에 했던 것처럼 하루종일 서서 닭을 튀기거나 최저시급을 받으며 서빙과 청소를 하게 될 것이었다. 그런 상황에서 호사스럽게 병원이라니. 끝내는 게 이치에 맞겠다고 나는 생각했다. 그렇게 몇 주가 흘렀다. 낫기 싫다는 마음과 나아야 한다는 당위 사이에서 나는 음식을 먹다가 말다가, 토하다가 말다가 했다. 주로 물을 마셨다. 물은 아무것도 건드리지 않고 몸을 빠져나오니까.

선생님은 몸이 조금씩 정상으로 돌아오고 있고 식단도 잘 지키고 있으니 분명 긍정적이지만 상담을 끝내는 건 천천히 시간을 두고 생각해보자고 했다. 상담실을 나오자마자 나는 화장실로 들어갔다. 병원에 오기 전 급하게 마신 이 리터의 생수가 터질 듯 아랫배를 압박해왔다. 내 가방 속에는 한 번도 사실대로 적어본 적 없는 식사일지가 들어 있었고, 병원 앞 대로변에서는 대학생들이 피켓을 세워두고 시리아 어린이들을 후원하는 회원을 모집하고 있었다. 나는 커피 한잔으로 식사를 대신할 것이었고 그뒤에는 자취방으로 돌아가 대여섯 가지 술과 주스를 섞어 힘들어질 때까지 마신 다음 새벽이 오면 언제나처럼 목에 손가락을 집어넣을 예정이었다.

카운터에서 커피를 받아들었을 때, 스며나온 땀이 흐르고 눈가에서 마스카라가 녹아내리는 걸 느꼈을 때, 문득 견디지 못하겠다는 생각이 들었다. 그 모든 일을 혼자 해야 한다는 사실을 더이상 견딜 수가 없는데 전혀 그렇지 않은 얼굴로 걸어다니는 내 자신을 견딜 수가 없었다. 이상하게도 그날은 토하고 싶지가 않았다. 당장 토할 정도로 토하고 싶지 않다는 생각뿐이었다. 그래서 나는 웃음을 지으려고 애쓰며 그녀에게 걸어갔던 것이다.

*

　경은 P시의 서쪽에서 태어나 자라났고 대학 졸업 후 독립해 서울에 취업하기 전까지 줄곧 거기서 살았다. 어린아이들이 유난히 많고 집 근처에 초등학교가 있는, 밤이 일찍 찾아오는 동네였다. 새소리와 피아노 소리, 나른하고 구체적인 생활의 냄새로 가득한 낮이 지나가고 밤 열 시쯤이 되면 대부분 집들의 불이 꺼졌다. 몰려다니는 남자 고등학생들은 종종 경계의 대상이 되었다. 가끔 자정이 넘어 야식거리를 사려고 인적이 전혀 없는 길을 걸어 편의점에 다녀올 때면 공기가 희박해지는 느낌이 들면서 자기 혼자만 딴 세상에 남겨진 것 같았다고 경은 말했다.

　집에서 이십 분쯤 걸으면 지하철역이 나왔고 거기서부터 번화가의 시작이었다. 외국어로 된 간판을 단 식당과 큰 사이즈의 옷을 파는 상점 들이 있었고 시장 옆으로 유흥가가 넓게 펼쳐져 있었다. 시험기간 도서관에서 밤늦게까지 공부를 하고 돌아올 때면 경은 좀 무서웠다고 했다. 자신만 그랬던 건 아니었을 거라고.

　여자가 나오는 술집들이 있고, 거기서 뿌리는 명함만 한 광고지들이 젖은 길에 온통 뿌려져 있었어. 공기에는 언제나 담배 냄새가 섞여 있었고 취객들이 어깨동무를 하고 입간판을 함부로 걷어차며 걸어다녔어. 술에 취해 치마가 허리까지 말려올라간 채 쪼그리고 앉은 여자를 밀쳤다 당겼다 하면서 거래 같은 대화를 하는 남자들이 있었어. 나는 내가 그런 것 때문에 무서운 거라고 생각했어. 우리 부모님은 보수적인 분들이었고, 우습지만 난 술 같은 건 마시면 큰일나는 거라고 알고 자랐고, 고등학교 때까지는 그 길로 다니지 않아도 됐거든. 그런데 아니었어.

그 사람을 본 적이 여러 번 있었어. 아마 우리집 근처에 살았던 것 같아. 동네 놀이터에서도 봤고 우리집 맞은편에 있는 빌라 입구에서 다른 사람들과 앉아 얘기를 나누는 것도 봤어. 매일 일을 나가는 것 같지는 않았어. 가끔은 동네 아이들과 있기도 했어. 아이들이 그 사람을 좋아했거든. 아침이면 놀이터 바로 옆 공사장에 레미콘이나 포클레인 같은 걸 구경하고 싶어하는 아이들을 데리고 나온 엄마들이 있었는데 그 사람은 그 아이들에게 중장비 이름을 하나씩 가르쳐줬어.

그 사람이 말을 걸기 전까지는 몰랐어.

아무 생각이 없었다고 해야겠지. 자주 눈이 마주치다보니 어느새 난 그 사람과 웃으며 목례를 나누는 사이가 됐어. 아, 그런가, 신기하네, 생각했어. 그렇게 눈인사를 나누면 경은 왠지 마음이 놓이는 기분이었다고 했다. 그 사람들이 어떤 대우를 받고 지내는지 그때쯤엔 경도 대충은 알고 있었으니까. 그 사람은 매일 욕설을 듣거나 얻어맞는 사람처럼 보이지는 않았어. 피곤에 찌들어 있지도 않았고 화난 표정도 아니었어. 좀 다른 곳에서 일하는 모양이라고 나는 생각했어. 어느 나라에서 왔느냐고 물어볼까? 그런 생각도 했어. 물론 그러진 않았지만.

수업이 없는 어느 날 친구를 만나려고 나서는데 그 사람이 집 앞에서 기다리고 있었다고 경은 말했다. 그는 자신의 이름을 말하고 남자친구가 있느냐고, 괜찮으면 밥을 같이 먹지 않겠느냐고 경에게 물었다.

무서웠어.

아이들이 그 사람에게 다가갈 때마다 굳은 표정으로 아무 말도 하지 않던 동네 아주머니들이 아니라, 가끔씩 강간이나 살인 같은 단어를 들먹이며 과장된 말투로 주의를 주던 부모님이 아니라, 그때까지 자신은 다른 사람들과는 다르다고 믿고 있던 자신이, 그 사람의 입에서 나온 그 간단한 한국어 문장들에 무서움을 느끼는 자신이 무서웠다고 경은 말했다.

나는 그날 친구를 만나지 않았어. 그대로 집으로 들어가 문을 닫았어. 그날 밤 부모님에게 얘기를 했고, 그다음부턴 그 사람을 볼 수가 없었어.

*

좀 도와주실래요, 토할 것 같아서요. 그게 내가 그날 오후 처음으로 건넨 말들이었다. 경은 얼마나 당황스러웠을까. 그녀 자신도 병력이 있었으니 일반적인 수준의 이해는 있었겠으나 내 사정이 어떠했든 내가 보인 그 행동들은 분명히 폭력에 가까운 무례였다. 경은 조금 곤란한 표정을 짓기는 했지만 묵묵히 내 얘기를 들어주었다. 묻지도 자리를 피하지도 않았다. 같은 병원에 다니고 부탁을 받았다는 이유만으로 저녁 늦게까지, 모르는 사람과 마주앉아서 말이다.

경이 그날의 일을 다시 얘기한 건 몇 달이 흘러 내가 경을 언니라고 부르게 된 다음이었다. 네가 생리대 얘기 했을 때 알았어. 보통이라면 당사자를 면전에 두고 그렇게까지 얘기하지는 않잖아. 내가 건강해 보여서 왠지 심술을 부리고 싶은 마음도 있었다고 네가 그랬을 때, 아, 토한다더니, 얘 진짜로 토하는 애구나, 생각했어. 먹은 걸 토하기 싫어서 다른 걸, 내 얼굴에 대고 토하는구나. 아이쿠야. 경은 웃으며 그렇게 말했다. 그럼 화를 내든지 도망치지 그랬느냐고 내가 말하자 경은 너 같으면 그러겠니? 사람이 토하고 있는데 어떻게 중간에 끊으라고 해, 그게 의지로 끊어져? 하고 대답했다. 그러고는 여전히 웃으면서, 화난 것도 그렇다고 무심한 것도 아닌 표정으로 눈썹을 조금 찡그리며 덧붙였다. 너 근데, 다른 사람한테는 그러지 마. 그 말을 하던 경의 얼굴이 또렷하게 기억난다. 아픈 사람도 건강한 사람도 아닌 평범하고 다정한 타인의 얼굴. 그 순간 나는 경이 정말로 내 언니처럼 느껴졌다. 이 사람이 나라는 번거로운 막냇동생을 오래 알고 지낸 큰언니라면 얼마나 좋을까. 매일 저렇게 웃으며 한숨을 쉬어주면 얼마나 좋을까. 내게 형제가 없어서였는지 그건 코끝이 시큰해질 정도로 달콤한 상상이었다. 그날 이후 나는 처음으로 생각하게 되었다.

내가 부끄럽다고 말이다.

내 병에 한해 말하자면 비난보다 앞서 위로를 받아야 한다는 게 오랜 시간 동안 단단하게 굳어진 내 생각이었다. 지금은 탈퇴했으나 그때 나는 프로아나* 커뮤니티 회원이었다. 엄마의 눈물과 애원 때문에 병원에 다니고는 있었으나 내게는 낫고 싶다는 의지가 별로 없었다. 가끔은 라면 한 그릇을 바닥까지 달게 비울 때도 있었지만 대체로 음식을 먹는 날보다 먹지 않는 날이 더 많았고, 체중이 삼십오 킬로그램이 될 때까지는 계속 토하는 게 옳다고 생각했다. 하지만 그런 내 행동들이 병을 숨기려고 식사일지를 지어내는 행동보다 특별히 더 역겹게 느껴지지는 않았다. 배가 불렀다거나 여기가 선진국이고 너희들이 할리우드 배우인 줄 아느냐는 식의 노골적인 경멸을 읽으면 정보가 부족해 그러는 거라고 생각하면서도 화가 났다. 너는 살만 빼면 조금은 사

---

* pro-ana. 거식증을 옹호하는 태도, 혹은 그런 태도를 지닌 거식증 환자.

람 같아 보일 텐데, 같은 말을 십 년 넘게 면전에서 반복해 들어본 적이 없을 그 사람들의 단순한 논리가 부러웠다. 내가 원하는 건 정상인으로 돌아가는 게 아니라 완전히 다른 몸으로 갈아타는 것, 내가 아닌 사람으로 다시 태어나 다르게 사는 것이었다. 그 병 특유의 닫힌 논리가 자해적인 행동들을 아름답게 보이게 했고, 무엇보다 내게는 어린 시절 외모를 조롱했던 아버지를 비롯해 여러 가해자들이 있었다. 그리고 사회. 내가 내 몸을 아름답게 여기는 데 이 사회가 대체 무슨 도움을 주었단 말인가.

하지만 경을 알게 된 뒤로 나는 자주 부끄러웠다. 고작 나 자신 속에 갇혀서 매일 죽고 싶다고 생각하는 내가, 타인에게 해도 되는 말과 안 되는 말의 구분 같은 기초적인 상식조차 갖추지 못한 내가, 한심하고 창피해서 숨고 싶었다.

경은 달랐다.

열 살이나 많은 나이와 그만큼 쌓인 사회 경험도 있었겠으나 알면 알수록 나와는 근본적으로 다른 사람이라는 생각이 들었다. 경의 머릿속에는 아주 큰 세상이 들어 있었고, 그 세상의 면면들에 대한 의견이 마치 마트의 물건들처럼 깔끔하게 항목별로 정리되어 있었다. 하나하나가 모두 정성스레 만들어지고 손질된 의견들이었다. 그렇게 아는 게 많으면 자신을 과시하며 으스댈 법도 한데, 경은 세상일 대부분에 느리고 조심스러운 태도를 취했고 시간을 들여 깊이 생각한 뒤에야 입을 열었다. 남을 배려하면서 자신의 기분은 뒤로 숨겼고, 나는 절대 떠올릴 수 없을 단어들을 사용했다.

깊이 생각하는 게 아니라 헤매는 거야. 배려가 아니라 그냥 겁이 많은 거고.

경은 말했지만 나는 생각했다. 저렇게 총명한 사람의 마음이 병들었다는 사실을 믿을 수 없다고 말이다. 가끔 아무 징조 없이 연락이 두절되는 일이 있었고 시간이나 신 따위의 도무지 알 수 없는 말들을 망상처럼 늘어놓는 일도 있었으나 내게 그건 병이라기보다는 경이라는 사람의 성격의 일부로 보였다. 간장을 넣고 오래 조린 반찬 같은 현실 속에 있어도 먼 곳의 일들을 생각하고 꿈꿀 수 있는 사람. 보통 사람보다 예민하고 걱정이 많고 그래서 미안해하지 않아도 될 일에 미안함을 느끼는 사람.

그 남자가 사라지고 몇 주쯤 뒤에 경은 사람들이 주고받는 대화를 우연히 들었고 동네에 거주하던 외국인들이 한밤중에 단속되어 본국으로 추방되었다는 사실을 알게 되었다. 2003년인가 2004년쯤, 불법 체류자 단속과 추방이 절정에 이르렀던 시점이었다고 했다. 그리고 일 년 뒤, 경은 어느 인터넷 뉴스에서 그 남자의 이야기를 읽었다. 그의 이름은 이니셜로 처리돼 있었으나 경이 살던 동네의 지명은 제대로 표기돼 있었고, 그가 한국인 여대생에게 데이트를 신청하려고 말을 건 뒤 신고에 의해 붙잡혀 본국으로 추방되었다는 기사였다고 했다. 그는 고국에서 어떻게든 다시 삶을 시작하려 했으나 계속되는 생활고의 무게와 추방되었을 때의 모멸감을 이기지 못하고 가족에게 미안하다는 말을 남긴 채 스스로 목숨을 끊었다.

처음에는 아닐 거라고 생각했어. 경은 말했다. 내가 아니고 그 사람이 아닐 거라고. 그 뉴스의 모호한 서술만으로 어떻게 확신할 수 있느냐고. 본 적은 없지만 동네 곳곳에 나와 비슷한 여대생들이 살고 있고, 그 사람과 비슷한 다른 사람들이 있었을 거라고. 그건 그 사람들 얘기일 거라고. 한번은 그런 생각까지 했어. 그 기사를 쓴 기자한테 전화를 걸어서 물어볼까 하고 말이야. 그런데 그럴 수 없었어. 너 같으면 그럴 수 있겠어? 난…… 겁이 났어.

그 뒤로 그 일이 시작되었다고 경은 말했다. 시간이 더이상 한 방향으로 흐르지 않았고 무슨 일을 해도 거짓처럼, 자신에게는 자격이 없는 것처럼 생각되었다고.

*

어느 날 검색창에 경의 이름을 쳐보았다가 나는 그 책을 발견했다. 특별한 이유는 없었다. 좋아하는 사람의 이름을 재미삼아 검색하는 건 누구나 하는 일이었고 굳이 이유를 찾자면 그런 이야기들까지 나누었는데도 나는 같은 병원 환자가 아닌 경에 대해, 이를테면 경이 다닌다는 회사—경이 들어가기를 부모님이 원하던 곳이었고 출장이 많다고 했다—같은 부분에 대해서는 아는 것이 그렇게 많지 않았으니까.

『쁘르뜨마난, 삼백육십 일의 기록』은 2009년에 나온 책이었다. 인권운동가 열두 명이 각각 삼십 일씩의 시간을 할애해 열두 군데의 이주노동자 작업장을 취재했고 거기서 만난 사람들의 이야기를 글로 써서 모아 묶었다. '친구인 상태, 우정'이라는 뜻의 인도네시아어를 넣은 제목에서 알 수 있듯 외국인 노동자들이 처한 부당하고 열악한 현실을 내세우기보다는 우리와 다를 바 없이 다양한 결을 갖춘 그들의 일상과 감정을 친숙하게 보여주자는 의도로 기획된 책이었다. 최경이라는 이름은 책의 속표지, 열두 명의 필자 소개 가운데 두 번째에 있었다. 인권운동가로서는 당연한 일인지 출생년도나 학교명 같은 것은 표기되어 있지 않았다. 대학 졸업 후 개인적인 계기로 이주노동자 문제에 관심을 갖게 되었고 몇 개의 단체를 거치며 일했다는, 내가 보기에는 지나치게 짧고 겸손해 보이는 소개글이 사진 없이 실려 있을 뿐이었다.

경의 글은 C시의 시멘트공장에서 일하는 세 명의 사람들의 이야기를 다루고 있었다. 간단한 소풍을 나온 것인지 나무들 사이에 자리를 펴고 도시락을 먹으며 웃음을 짓고 있는 세 남자를 담은 사진이 중간에 한 장 들어 있었다. 경은 한국에 와 절친한 친구가 되었다는 그들의 이야기를 담담한 어조로 서술했다. 불필요한 감정의 과잉 없이 극도로 절제된, 어찌 보면 다소 차가워 보이는 문장들이었으나 쓴 사람이 따스한 영혼을 가졌다는 사실을 깨닫기는 어렵지 않았다. 나는 그들의 친구가 될 수 있을까. 그게 그 글의 마지막 문장이었다.

나는 그 책을 학교 서점에서 샀다. 서점에 선 채로 연속해서 두 번 읽고 며칠이 지난 뒤에 한번 더 읽었다. 말들이 목으로 차올랐다. 아무래도 모른 척 지나갈 수 있을 것 같지는 않아서 그 주 상담이 있던 날에 경에게 얘기를 했다.

나는 끔찍하다고 생각했다.

경은 정면돌파를 한 것이었다. 외면하거나 멀리 돌아갈 수 있는 길이 얼마든지 있었는데도, 자신의 과오를, 죄책감을 향해 곧장 달려들어갔다. 부끄럽다고 말하는 사람은 많지만 정말로 그렇게 행동할 수 있는 사람이 세상에 몇이나 될까. 내 머릿속에는 자기소개서를 들고 인권단체 사무실의 문을 처음으로 두드리는 사회 초년생 경의 상기된 얼굴만이 반복해서 떠올랐다. 그 이후를 상상하는 건 내 한계를 벗어나는 일이었다. 경은 어떻게 그 일을 계속했을까. 하나의 얼굴 위에 다른 얼굴들을 겹쳐놓으면서, 이야기 위에 다른 이야기를 겹쳐 쓰면서, 도망치고 싶은 자신을 왜 끝끝내 바라보려고 했을까.

아니야, 딱딱하게 굳어진 얼굴로 경은 말했다. 이연아, 그 책을 쓴 건 내가 아니야. 다른 사람이야. 나는 그런 사람이 못 돼.

경의 얼굴은 창백했다. 창백하다는 말에 정말로 부합하는 얼굴을 나는 그날 처음 보았는데 그게 경의 얼굴이었다. 경은 슬프고 곤란한 얼굴로 아니라는 말을 반복하다가 가방을 들고 일어나 그대로 도망쳐버렸다. 아무리 전화를 해도 받지 않았다.

나는 한 사람이 그렇게까지 괴로워야 하는 이유를 이해할 수 없었다. 설령 바닥없는 구덩이에 빠지는 것 같은 그런 일을 겪었더라도 그건 그 사람 혼자만의 잘못이 아니었다. 사람들 모두가 나눠 져야 하는 짐이었다. 그런데도 경이 껴안고 다니는 피로한 강박을 나눠 들어주는 사람은 아무도 없었다.

나로 말하자면 경의 이야기를 듣기 전에는 이주노동자들이 우리나라에 들어와 있다는 사실조차 알지 못했다. 먹고사는 괴로움 말고는 별로 관심을 두는 일이 없는 부모님을 나는 이런저런 이유로 경멸했으나 나 역시 크게 다르지 않은 사람이었다. 내가 어른이어서 생계나 자리가 좌우되는 본격적인 이해관계로 얽혔다면 니 또한 피부색이 다른 사람들의 미래를 걱정하기보다는 그들이 불법체류자라는 사실을 우선적으로 고려하지 않았을까? 나는 P시에 살아본 적이 없었고 그들에 대한 몇 가지 추상적인 이야기와 이미지를 접한 것만으로 나라는 인간이 바뀌었다 믿으면서 그런 일은 없을 거라 잘라 말한다면 그것이야말로 기만일 거라고 그때의 나는 생각했다. 그렇지만 나는 내가 누구이며 몇 년 전에 무슨 일을 했는지는 정확하게 파악하고 있었다. 만약 경과 같은 일을 겪었더라도 나라면 어떻게든 합리화를 통해 스스로 방어할 길을 찾았을 것이다.

진짜가 아니면서 진짜 행세를 하는 것을 사이비나 짝퉁이라고 부른다면 그 반대의 개념을 가리키는 말도 있을까. 있다면 무엇일까. 적절한 단어를 찾지는 못했지만 내 눈에는 경이 그런 사람으로 보였다. 그렇게 힘든 시간을 보내며 대가를 치렀다면, 아니, 설령 그것이 정확히 그 사람의 죽음에 대한 대가를 치르는 일이 될 수는 없다고 해도 그렇게 의미 있는 일들을 했다면 경은 나아졌어야 했다. 그러나 그러지 못했다. 결코 쉽지 않았을 그 시간들을 스스로의 의지로 보낸 뒤에도 경은 여전히 기억의 병에 시달리고 있었다. 죽었다느니 다시 태어났다느니 하는 말을 중얼거리고, 자신의 좋은 부분조차 부정하고, 자기 이름을 똑바로 쳐다보지 못하는 사람이 되어 병원에 다니고 있었다.

끔찍하다고밖에 생각할 수가 없었다.

*

내가 정말 어떤 사람인지 너는 몰라.

몇 달이 지나 병원 대기실에서 경은 말했다. 나는 웃었다. 조금, 아주 조금 지겹다는 생각이 들었다. 그 마음을 누르고 나는 물었다.

언니, 미안해? 나한테 연락도 안 하고 잠수 타고, 뭐 한두 번도 아니지만, 그래도 너무 제멋대로잖아. 나한테 안 미안해? 미안하지?

응. 경은 작은 목소리로 대답했다.

그러면 우리 여행 가자. 언니 휴가 낼 수 있어? 나 방학인데, 언니 며칠만 휴가 내라.

여행?

응, 여행.

어디로?

글쎄, 일본 갈까?

그 순간 나는 무슨 생각을 하고 있었을까. 경에게 닿으려고 헛되이 애쓴 그 몇 달 내내 화가 나 있었다는 사실이 먼저 떠오른다. 일본, 이라고 말하면서 나는 무심결에 그 화를 뱉어낸 것인지도 모른다. 뱉어놓고 보니 뒤늦게 떠오르는 생각이 있었다. 하지만 경의 대답이 그것을 지워버렸다.

일본? 그럴까? 일본 어디? 오사카? 나라?

끊어져 있었다. 경의 표현대로라면 경은 또다시 다른 곳으로 옮겨진 것이었다. 그것이 나라는 사람과는 아무 상관없이 말 그대로 임의적인 것 같다는 생각이 들자 한편으로는 설명하기 힘든 분한 마음이 다시 차올랐고 다른 한편으로는 이래도 되는 걸까 싶어 조바심이 나기 시작했다. 그렇지만, 나는 생각했다. 이왕 이렇게 됐다면.

여기서부터 다시 가보는 것이다.

괜찮을 거라고 나는 생각했다.

그때는 몰랐다. 나는 경을 좋아하고, 동경하고 안쓰러워하고 있었으니까. 친구처럼, 언니처럼.

*

작은 카페처럼 보이는 아담한 사무실이었다. 열 개쯤 되는 책상이 두 줄로 붙어 있고 회의용으로 보이는 넓은 탁자가 놓여 있었다. 벽에는 포스터와 엽서 들이 빼곡하게 붙어 있었고 대여섯 명의 사람들이 분주하게 문서를 작성하거나 전화를 하거나 달력에 포스트잇을 붙이고 있었다.

약속을 하고 오셨나요? 최경 씨는 지금 안 계신데요. 외근중이세요.

약속은 하지 않았다고 말하자 직원은 조금 곤란한 표정을 지으며 무슨 일 때문이냐고 물었다. 무슨 일 때문일까. 나는 왜 여기 와 있을까. 뜨거워졌다 식는 일을 반복하는 집요하고 비틀린 마음을 안고 나는 인권운동단체 사무실에 서 있었다.

개인적으로 할 얘기가…… 책에 관해서 확인하고 싶은 게 있어서 그러는데요. 출판사에다 물어봐도 그분 연락처를 알 수가 없어서 이쪽으로 찾아왔습니다.

개인 연락처는 저희가 드릴 수가 없고요, 긴 머리를 단정하게 묶은 직원이 정수기 쪽으로 걸어가며 피곤하지만 상냥한 어조로 말했다. 정 그러시면 앉아서 조금만 기다리시겠어요? 전화를 걸어드릴게요.

그렇게 말한 그녀는 곧장 걸려온 다른 전화에 붙들렸다. 나는 녹차를 마시며 기다렸다. 다 마신 뒤에는 일어나서 벽에 붙은 포스터들을 구경했다. 영화제와 콘서트, 좌담회 포스터가 있었고 어디선가 한번쯤 들어본 적 있는 이름들이 적혀 있었다. 그 이름들을 타고 흐르듯 걸음을 옮기며 비어 있는 책상들 앞을 지났다. 그리고 스르르 전원이 켜지는 것처럼 나는 한곳에서 발을 멈췄다.

낯익은 사진이 파티션에 압정으로 고정되어 있었으므로 우선 그것부터 보았다. 경의 책에 들어 있던 세 사람의 사진이었다. 책 속에서는 흑백이던 사진이 컬러로, 좋은 화질과 두 배쯤 큰 사이즈로 인화되어 세 사람이 입고 있던 옷의 원래 빛깔과 그들의 피부 빛깔을 알 수 있었다. 명도가 조금씩 다른 무채색으로 보이던 그들의 셔츠는 각각 부드러운 크림색과 석류 같은 빨간색과 과묵해 보이는 푸른색이었다. 그들을 둘러싸고 있는 나뭇가지의 갈색과 잎사귀들의 연둣빛도 생생하게 살아 있었다. 세 사람 중 가장 나이가 많고 우쿨렐레 연주가 수준급이라고 했던 사람은 다른 두 명보다 얼굴색이 붉었다. 술을 마셨거나 기분 좋은 소식을 들은 것처럼 볼에 홍조를 띠고 있었다.

다른 사진들은 작았다. 일곱 장인가 여덟 장쯤. 보통의 3×5 사이즈였고 거기에도 서로 어깨를 감싸거나 옆 사람의 머리 뒤에 손가락으로 뿔을 만들거나 하며 다정하게 포즈를 취한 사람들이 찍혀 있었다. 함께 일했던 사람들일까. 경으로 보이는 얼굴은 없었다. 셀카로 보이는 사진이 꼭 한 장 있었다. 위에서 아래를 내려다보며 촬영한 것으로, 두 다리와 러닝화를 신은 발이 찍혀 있었다.

러닝화와 청바지. 내가 아는 경이 그런 톤으로 워싱된 청바지를 입은 적은 없었다. 언제나 엄격해 보일 만큼 단정한 스커트와 구두 차림이었다. 스트랩이 있는 메리제인 스타일로, 낡아서 앞코에 흠집이 몇 개 있던 그 구두는 경에게 제법 잘 어울렸다. 그런 걸 떠올리고 있자니 내가 삼류 추리소설에 나오는 탐정처럼 느껴졌다. 함께 있지 않을 때 경이 어떤 모습을 하고 있는지 나로서는 모르는 게 당연했다. 나는 경의 가족도 연인도 아니었으니까. 그런데 그 사실이 왜 그토록 거슬릴까. 처음에는 분명히 애틋한 마음이었던 것이 왜 이런 모양으로 자라났을까. 나는 궁금해하며 거기 서 있었다. 거긴 그런 걸 궁금해하라고 있는 자리가 아니었는데도 나는 멈추지 못했다.

무엇이었을까, 나를 들어 여기에 옮겨놓은 것은. 건강한 몸과 조용한 미소, 타인의 얼굴에 어린 빛을 알아보는 눈과 섬세한 마음을 지니고 있던 경. 그런 경을 좋아하고 닮고 싶어했던 나. 언제나 단아한 옷차림을 하고 있던 경. 거울을 보지 못하던 나. 출장이 많은 경. 비행기를 타보고 싶어 공항 사진들을 검색하던 나. 아주 많은 곳에 있었으나 한 사람으로 살고 싶어하던 경. 잠시라도 다른 사람이 되고 싶어 목에 손가락을 집어넣던 나. 같을 수 없다는 생각이 되살아났다. 근본적으로 같을 수 없었다.

통화하시겠어요? 전화 연결, 됐거든요.

나는 수화기를 받아들었다.

여보세요, 저편에서 그녀가 말했다. 비슷하다고 나는 생각했다. 그러나 맞다고 확신할 수는 없는 목소리였다.

최경 씨 되시나요?

네, 그런데요.

저 서이연인데요.

네? 조금만 크게 말씀해주시겠어요? 제가 지금 외부에 나와 있어서요. 누구시라고요?

언니, 나 이연인데.

감이 멀고 잡음이 섞여 있었다. 나는 목소리를 키웠다. 나 기억해? 병원에 같이 다녔던 이연이. 연락이 되지 않아서 전화했어요.

마이크의 하울링 같은 것이 날카롭게 귀를 찔렀다.

병원……? 병원에 누구랑 같이 다닌 적이 저는 없는데요.

없으시다고요?

네. 누구신지 저는 잘 모르겠는데, 죄송해요.

얼굴이 달아올랐다. 식었던 마음이 다시 끓어올라 나를 덮었다. 나는 큰 소리로 말했다. 저기요, 끊지 마세요. 하나만 여쭤볼게요.

*

경의 자리는 창가 쪽인 24A였다. 나는 24B였다. 내가 머리 위 수납 칸에 캐리어를 집어넣는 일을 끝냈을 때 자리에 먼저 앉아 있던 경이 나를 보며 물었다. 자리 바꿀까? 창가 자리가 더 좋지 않아?

나는 괜찮다고 했다. 화장실에 가기에는 복도 쪽이 편했다. 나는 코트를 벗고 자리에 앉아 안전벨트를 채웠다. 경은 내 손을 잡아 우우, 신난다! 하고 웃으며 조금 흔들고는 말했다. 겨울의 교토는 근사할까? 나는 여름에만 가 봤는데. 갈 때마다 좋았어, 여름에는. 아, 오랜만에 비행기 타니까 좋다.

좋아?

응. 넌 안 좋아?

나야 아직 모르지. 이게 처음 타보는 거니까.

창밖에는 우리가 탄 비행기보다 작은 Y항공 여객기가 허리춤에 탑승교를 붙인 채 손님들을 태우고 있었다. 귀엽다 저 비행기, 경이 말했다. 심장이 빠르게 뛰기 시작했다. 땀이 배어날 것 같아 나는 슬며시 경의 손을 놓았다. 기내방송이 나왔다. 드문드문 서 있던 승객들이 모두 자리에 앉았다. 찰칵, 찰칵, 벨트 채우는 소리가 연달아 들려왔다. 나는 창밖을 보다가 경의 갸름한 코로, 그 아래 인중으로 연결된 도톰한 입술로 시선을 옮겼다.

잊어버린 모양이었다.

비행기가 나오는 꿈을 꿔, 경은 그렇게 말했었다. 옛날 음악이 나오는 바에 나란히 앉아 늦게까지 술을 마신 밤이었다. 비행기? 나는 기침을 하며 물었다. 오랜만에 마신 보드카 때문에 머리가 아팠고 방금 토한 참이라 목구멍과 콧속에 매콤하고 서러운 기운이 남아 있었다. 응, 비행기. 조금 취했는지 느려진 목소리와 불그스름한 얼굴로 경이 대답했다.

언제나 같은 꿈이야. 비행기가 이륙하고, 스튜어디스가 카트를 끌고 천천히 기내에서 움직이며 서빙을 시작해. 풀코스 기내식일 때도 있고, 그냥 간단하게 플라스틱 컵에 든 주스랑 봉지에 든 커피맛 땅콩일 때도 있어. 굉장히 맛있어 보이는 음식들이다? 그런데 나는 먹을 수가 없는 거야.

먹을 수가 없어?

응. 나 가끔 먹을 수가 없잖아.

그 말을 듣는 순간 가슴이 두근거렸던 기억이 난다. 바에 남은 손님은 경과 나 둘뿐이었고, 바텐더는 무심한 얼굴로 잔과 접시를 정리하고 있었다. 음악은 십 년쯤 전에 유행했던 것으로, 모르는 사람과도 스스럼없이 어깨에 손을 올리고 춤추기 좋은 음악이었다. 그런 곡이 커다란 볼륨으로 흘러나오고 있어서 거기에 취기를 얹으면 무슨 말이든 할 수 있을 것 같았다. 하지만 어째선지, 그게 무슨 말이냐고 물을 수가 없었다. 그렇게 묻기에 경은 너무 예뻤고 나는 너무 엉망이었다. 나는 대신 물었다. 근데 꿈에서는 왜? 왜 못 먹는데?

스튜어디스가 그녀 앞에는 음식을 내려놓지 않기 때문이라고 경은 말했다. 음식을 받은 사람들이 플라스틱 포크와 나이프를 냅킨에서 꺼내고, 주스잔을 집어들어 편한 자리에 놓고, 포장을 풀어 천천히 음식을 입으로 가져가기 시작한다. 이 시점에서 경은 고개를 돌리는데, 창가 쪽 옆자리에는 언제나 그 사람이 앉아 있다.

밥, 없어요? 같이 먹을래요? 그가 자기 접시를 들어 보이며 이국의 억양이 섞인 한국어로 말한다. 그녀는 웃으며 고개를 끄덕일 수도, 사양할 수도 없다. 얼굴에 접착제가 끼얹힌 것처럼 고개도 입술도 움직이지 않는다. 그녀가 대답하지 않자 그는 이상하다는 듯 그녀를 쳐다보다가 자기 접시로 고개를 돌리고, 포크를 집어든다.

꿈속에서 난 처음부터 알고 있어. 그 비행기가 그런 비행기라는 걸. 그걸 먹으면 모두 흙으로 변하리라는 걸. 그걸 아는 사람도, 음식이 주어지지 않는 사람도 나뿐이야. 그런데 난 누구에게도 먹지 말라는 말을 할 수가 없어.

경은 말했다. 곳곳에서 비명이 들리고 울음이 시작되지만 그녀는 감히 어떤 것도 느낄 수 없다고. 그녀는 옆자리 남자의 손끝이 부서지고, 손바닥이 바닥으로 떨어지고, 손목이 사라지는 것을 본다. 그가 입고 있던 흰 셔츠가 바닥으로 펄럭이며 내려앉고, 바짓가랑이로 원래는 그였던 것이 빠져나오고, 그녀를 제외한 모든 사람이 흙으로 변해 통로로 흘러나오는 것을 그녀는 가만히 보고 있다.

그러고 나면, 경은 중얼거렸다. 내가 정말로 왜 그 비행기에 타고 있었던 건지 알게 돼.

안전벨트가 풀린다. 그녀는 자리에서 일어난다. 그러고는 통로를 걸어가, 맨 앞자리부터 시작한다. 흙이 된 사람들을 원래의 형체로 돌려놓는 것이 그녀의 일이다.

붉고 알갱이가 고운 흙이다. 검은 자갈과 반짝이는 조약돌 같은 것이 섞여 있을 때도 있다. 흙은 누군가 그 위에 물을 뿌려놓은 것처럼 드문드문 젖어 있다. 점성이 아주 없는 것은 아니지만 물기가 충분한 것도 아니어서 그것을 한데 그러모아 빚는 일은 쉽지 않다. 경은 그 일을 하면서 중간중간 머리 위에 걸린 스크린을 올려다본다. 비행기는 아무 일도 일어나지 않았다는 듯 운항중이고, 스크린에는 대륙과 바다와 조그만 비행기가 표시되어 있다. 목적지까지 남은 비행시간과 거리는 경이 바라볼 때마다 잘라낸 것처럼 줄어든다.

경은 스튜어디스가 남겨놓고 간 카트를 끌고 와 생수병을 연다. 물과 주스와 술을 부어 어떻게든 덩어리를 만들어보려고 한다. 코와 입술을 빚고 팔과 다리를 만들어 바닥에 떨어진 옷을 주워 입힌다. 그러나 경은 알고 있다. 자신은 신이 아니라는 것을. 그들은 사람이 아니라 이제 영혼이 빠져나간 진흙인형, 토우일 뿐이라는 것을. 한 사람을 만들 때마다 경은 그 사람의 손바닥에 자신의 이름을 새겨넣는다. 그것은 그녀의 의무다. 서명이 하나라도 빠지면 그녀는 징계를 받게 될 것이다. 비행기가 도착하면 그녀는 천천히 장례식장으로 그들을 인도할 것이다. 누군가 중요한 사람이 죽었고, 진흙으로 만들어진 사람들은 그의 무덤에 함께 부장될 예정이다.

꿈은 경이 이런 사실을 깨닫는 데서 끝난다. 출장으로 비행기를 타야 할 때마다 영화를 본다고 경은 말했다. 그 꿈을 떠올리지 않으려고 열심히 영화를 본다고.

나는 그날 밤 경에게 택시를 잡아주었다. 집에 와 잠을 잘 수가 없어서 그 대화를 처음부터 끝까지 다시 되새겨보았다.

경은 자신의 이야기를 했다. 그러나 아무리 생각해도 그건 나였다.

진흙인형이라는 비유를 입에 올린 것은 나였다. 그 몇 주 전의 일이었다. 참다 참다 배고픔을 이기지 못해 음식을 입에 넣을 때면 내가 먹을 자격이 없는 사람, 진흙으로 만들어진 사람이라는 생각이 든다고, 그런 바보같은 상상에 갇혀 있는 내가 싫다고, 힘들게 일하는 엄마를 떠올리면 스스로가 밥버러지 같은데 이런 지랄 같은 병에서 벗어나지 못하는 내가 혐오스럽다고, 나는 말했었다. 경은 아무 말 없이 내 손을 잡아주었다.

그 손의 온기가 그대로 있었다.

*

그 여행을 떠올리면 이해할 수 없을 정도로 즐거웠던 기억뿐이다. 기대한 대로 눈이 내리지는 않았지만 겨울비가 내렸고, 두꺼운 옷 때문에 몸이 무겁기는 했지만 걷는 일이 괴롭지는 않았다. 우리는 오사카에 숙소를 잡고 교토와 나라에 다녀왔다. 한 접시에 백 엔밖에 하지 않는 초밥집에 갔었고 기름종이를 파는 가게에 들어가 한 무더기나 되는 기름종이 세트를 샀다. 소리를 지르면서 사슴들에게 먹이를 주었고 아마도 '철학자의 돌'이 들어 있던 영화 제목 때문이었겠지만 엉뚱하게도 해리 포터 얘기를 하면서 철학자의 길을 걸었다. 장갑과 털모자를 샀고 대여섯 롤쯤 사진을 찍었다.

밤에는 술을 마셨다. 너무 많이 마셔서, 니조 성에 가기로 한 날은 둘 다 오후 한 시가 다 되어서야 겨우 눈을 뜰 수 있었다. 흐린 하늘에선 장대비가 쏟아지고 있었고, 그 비를 뚫고 굳이 성에 들어가는 건 무리라는 생각이 들었다. 그러기엔 너무 귀찮기도 했다. 경은 우산을 펴 들고 백화점 지하로 나를 이끌었다. 우리는 식품매장에서 가쓰동과 새우튀김과 연어가 들어간 주먹밥을 샀다. 숙소로 돌아와 맥주와 함께 그걸 먹었다. 그것이 그날의 유일한 외출이었다.

이러려고 여행을 온 거야? 내가 물었다.

원래 여행은 이러려고 오는 거야. 좋지 않아? 경이 대답했다.

나는 웃었다. 정말 좋았기 때문이었다. 어디에도 가지 않고 숙소에 틀어박혀 파자마 차림으로 빗소리를 들으며 따끈따끈한 튀김을 먹는 일이 그렇게 근사할 줄은 몰랐다. 말하지는 않았지만 비행기에서 있었던 일 때문이었을 거라고 나는 믿었다. 우리는 정말로 괜찮아진 거라고 말이다.

비행기가 이륙하고 스튜어디스가 기내식을 서빙하기 시작했을 때 경이 뒤늦게 무언가 생각난 표정으로 나를 보았다. 잊고 있었다는 듯, 미처 떠올리지 못했다는 듯 곤란해하는 얼굴이었다. 경의 시선을 느끼며 나는 천천히 샌드위치의 포장을 풀었다. 그러고는 붉은 햄과 인공적인 노란색을 띤 치즈가 든 빵을 한 입 베물었다. 씹고, 삼켰다. 마카로니 샐러드와 오렌지맛 젤리, 요거트와 조그만 쿠키 몇 개를 차례로 입에 넣었다.

경은 아무 말도 하지 않았다. 약간의 시간이 지나고 괜찮으냐고 경이 물었을 때, 나는 괜찮다고 대답했다. 그러면서 생각했다. 정말로 괜찮다고.

나는 토하고 싶지 않았다. 그래서 토하지 않았다. 경에게 그런 나를 보여주고 싶다고 늘 생각했었다. 봐, 괜찮잖아. 나는 아무것으로도 변하지 않아. 그러니까 그런 바보 같은 생각은 그만둬. 나는 그렇게 말하고 싶었다. 경이 내 마음을 알아주길 바랐다.

하지만 경은 무겁고 슬픈 눈으로 나를 바라보고 있을 뿐이었다. 왜 그렇게 무리를 하니? 그렇게 말하는 눈이었다. 넌 그럴 수 없잖아, 하고 말하는 것 같기도 했다. 기내식이 다 치워지고 난 뒤에도 경의 표정이 점점 어둡게 바뀌어가기만 해서, 나는 그녀의 손을 잡고 자리에서 일어났다.

경은 영문을 모른 채 통로 중간의 화장실까지 나를 따라왔다. 두 사람이 들어가기에는 너무 좁은 공간이었다. 승무원들은 다른 일로 바빴고 줄을 서서 기다리는 사람들도 보이지 않았다. 나는 문을 열었다. 경을 변기 위에 앉게 하고 HOT와 COLD라고 표시된 세면대 수도꼭지를 눌러 물이 나오는 것을 확인했다.

가방에서 꺼내온 비비크림으로 경의 손바닥 위에 나는 경이 말해준 그 사람의 이름을 썼다.

경은 가만히 있었다.

언니, 나는 말했다. 그 손을 물에 씻으면 언니는 흙으로 변할 거야. 그러면, 그러고 나면 다시 태어날 수 있을 거야.

나는 경이 기억하길 바랐다. 그렇게 바라던 대로 그녀가 자신이 누구인지, 어떤 노력과 수고 들을 했는지 떠올리고, 사람이 살아가는 동안에는 그런 일도 있을 수 있다는 사실을 납득하고, 이제 그 기억에서 자유로워지기를, 제대로 살아갈 수 있기를 바랐다. 한곳에서 다른 곳으로 과정을 모른 채 옮겨지기를 반복하는 그녀를, 그런 그녀를 의심하고 미워하기 시작했지만 좋아하는 마음에서 풀려나지 못하는 나를, 그런 불평등한 관계를, 할 수만 있다면 지워버리고 싶었다.

경은 수도꼭지와 자신의 손과 내 얼굴을 번갈아 보다가 마침내 그 이름을 기억해냈다. 내가 이끄는 대로 천천히 일어나 손을 씻었다. 그 이름이 지워지고, 그녀의 손이 녹아내리고, 팔꿈치가 끊어져나가고, 얼굴이 흘러내리기 시작하는 것을 나는 가만히 보고 있었다.

나는 손을 움직여 세면대에 흘러내린 그녀를 주워모았다. 붉게 젖은 흙으로 변한 그녀를 두 손바닥 가득 담았다. 변기에 앉은 채 울고 있는 그녀에게 그것을 내밀며 말했다.

이게 언니야. 언니, 이제 죽지 마. 이제부터는 나만 봐. 나만 기억해.

경은 그것을 받아들였다. 그러고는 마침내 웃었다. 웃으며 고개를 끄덕였다.

*

시간이 걸리기는 했으나 나는 몸무게가 늘었고, 생리도 다시 시작되었다. 마지막으로 상담을 받던 날, 나는 선생님에게 그동안 감사했다고, 사실은 먹지 않았는데 먹었다고 식사일지에 적은 날도 있었다고 말했다. 선생님은 알고 있었다고 말했다. 알고 있었다고. 그래도 나중에는 정말로 노력하지 않았느냐고.

그렇지만 허언증에 대해서는 아무것도 말해주지 않았다.

그녀는 내가 운 좋게도 아는 유일한 전문가였고, 그날 그 시간은 내가 자문을 구할 유일한 기회였다. 허언증이라는 건 보통은 부나 학력이나 유명한 사람들과의 친분 같은, 꾸며냈을 때 자신에게 득이 되는 부분을 지어내는 병이 아니냐고 나는 물었다. 다른 사람의 죄책감이나 부끄러움, 괴로움 같은 걸 훔치고 자신의 것인 양 착각하는 경우도 있느냐고. 그게 옳은 일이냐고, 남의 이야기를 더 풍부하고 생생하게 살아 있는 것으로 만들 수 있는 능력이 있다고 해서 그렇게 쉽게 다른 사람을 우스운 존재로 만들어버려도 되는 거냐고, 나는 물었다. 선생님의 얼굴에서 미소가 사라졌다.

나는 정말로 다른 사람이 되었다. 다른 사람들을 만났고, 다른 생활의 리듬에 몸을 실었다. 끊지는 못했으나 술을 줄였고 아르바이트를 시작했다. 서 있을 때 두 허벅지가 서로 붙지 않을 만큼 마른 사람들,

그 사람들의 쇄골과 손목과 허리를 찍은 사진들은 모두 버렸다. 더이상 내 몸을 미워하지 않았고, 맛이라는 것을 느낄 수도 있게 되었다. 누군가가 묻는다면 나를 이렇게 바꿔놓은 것은 그 여행이라고 대답해야 할 것이다.

나는 이제 경에게 연락하지 않는다.

그날 인권단체 사무실에서 나는 수화기 저편의 최경에게 그 사람을 아느냐고 물었다. 약간의 침묵이 흐른 후 최경은 알지 못한다고 대답했고, 나는 전화를 끊었다. 거기 서서 그런 질문을 하고 있는 내 얼굴이 어딘가에 비칠까 두려워 도망치듯 그 자리를 빠져나왔다.

여행에서 돌아와 시간이 지나면서 나는 점점 더 분명하게 알게 되었다. 경은 내 생각과는 다른 사람이었다. 모든 게 괜찮아질 거라는 내 믿음과는 반대로 상황은 점점 나빠졌다. 경은 어디까지가 자신의 몸인지, 자신의 생각인지조차 구별하지 못하는 것 같았다. 내가 예전에 한 이야기를 아무런 자각 없이 자신의 것인 양 되풀이했고, 조심스러워하던 표정조차 어느 순간 사라졌다. 경은 보통 사람처럼 음식을 먹는 나를, 다른 사람이 된 나를 기억했다. 그전의 나는 잊은 것 같았다. 내 이야기에서 사라진 섭식장애라는 화제가 이제는 그녀를 주어로 해서 그녀의 입에서 나왔고 나는 듣고 싶지 않아도 그것을 계속 들어야 했다. 더이상 무시하거나 그냥 넘길 수 없을 정도로 몇 번이나 그런 일이 반복되었기 때문에 나는 그 사무실까지 찾아가게 된 것이었다.

그녀가 최경의 삶에서 어디서부터 어디까지를 가져온 것인지는 알아내지 못했고 알고 싶지도 않았다. 알고 싶어하는 내가 무서웠다. 밤을 새우며 검색을 하고 정보를 모으고 대화들을 복기했으나 내게도 하염없이 그런 일을 계속하는 것이 사람이 할 일이 못 된다는 최소한의 자각은 있었다. 나는 처음에 경 한 사람만 의심하고 있었다. 그러나 이 제 내가 의심하는 것은 두 사람이었다. 내가 왜 만나본 적조차 없는 최경의 과거를 물어뜯고 그녀에게 있었는지 없었는지 알 수 없는 아픈 기억을 헤집어야 하는가? 그녀가 무슨 잘못을 했단 말인가? 모든 것이 경 때문이라는 생각이 들었다. 나는 예전에는 그런 괴물이 아니었던 것이다.

그러나 분노가 지나간 다음에도 그만두게 해야 한다는 생각은 사라지지 않았다. 경은 아픈 사람이었다. 이상한 모양으로 비틀린 자기애에서 빠져나오지 못하는 사람이었다. 하지만 거기까지는 그럴 수 있다고 쳐도, 내 이야기, 내 가장 은밀한 부분이 그녀의 입을 통해 재생산되어 다른 사람에게 전해질 수 있다고 생각하니 두렵고 불쾌했다.

그리고 요즘 들어 나는 가끔 떠올린다.

그 외국인의 이름이 떠오르지 않는다는 사실을 말이다.

경이 힘겨운 얼굴로 내게 말해주었고, 내가 추궁하듯 최경에게 아느냐고 물었고, 자격 같은 단어는 떠올려보지도 않은 채 경의 손바닥에 적어넣은 이름. 그렇게 세 번이나 잊기 힘든 과정을 통해 내게 각인되었으므로 잊을 거라고 생각조차 해보지 않은 그 이름이, 한국어로는 두 음절이었고 발음하기도 그리 어렵지 않았던 그 사람의 이름이, 도려낸 것처럼 사라져 아무리 떠올리려 해도 떠오르지 않는다. 경은 알 것이다. 그러나 나는 모른다.

생각이 여기에 이르면 나는 기이한 감정에 사로잡힌다. 그 감정 직전에는 그녀들이 정말로 두 사람이었을까, 그 모든 말들이 실은 진실이 아니었을까 하는, 이물질이 섞이지 않은 순수한 광증과도 같은 질문이 있고, 직후에는 버릇처럼 괜찮을 거라는 생각이, 그런 일도 있을 수 있다는 생각이 따라붙지만, 그 사이에 있는 감정이 어떤 것인지에 대해서는 나는 목에 무엇이 걸린 것처럼 잘 말할 수가 없다.

그것이 정말로 내 감정이라고 확신할 수가 없기 때문이다. ▪

이장욱

올드 맨 리버

1968년 서울 출생. 고려대 노문과와 동 대학원 졸업.
2005년 〈문학수첩작가상〉으로 등단.
소설집 『고백의 제왕』. 장편소설 『칼로의 유쾌한 악마들』 『천국보다 낯선』.
〈김유정문학상〉 수상.

올드 맨 리버

　내 팔에 있는 문신 〈Old Man River〉는 그저 노래가 아니라 몇 가지 뜻이 있다. 하지만 한 가지만 얘기해주겠다. 그 단어들은 영원한 것처럼 느껴진다. 그리고 내 삶은 그 강을 따라 노를 저어 내려가고 있는 것처럼도 느껴진다. 나는 내 길을 가고 있고 삶은 막 속도를 높이려 한다. 아마도 나는 속도를 늦추고 삶에 감사해야 할 것 같다……

　이렇게 말한 것은 히스 레저였다. 히스 레저는 호주 서부의 작은 도시 퍼스에서 태어나 배우로 활동하다 스무 살이 되던 해에 미국으로 건너갔다. 그는 마약에 빠지지도 않았고 스캔들로 만신창이가 되지도 않았다. 많은 사람들이 그렇듯이 그도 사랑을 했고, 아이를 낳았으며, 이혼을 했다. 그의 마스크는 태평양의 바닷바람을 머금은 듯 거칠면서도 신선하다는 평을 받았다. 그는 〈브로크백 마운틴〉의 동성애자 에니스였다가 〈아임 낫 데어〉의 가수 밥 딜런이었다가 〈다크 나이트〉의 악마 조커이기도 했다. 모든 배역의 가장 깊은 곳까지 들어갔기 때문에, 그는 수많은 인생들이 그의 내면에 살고 있다는 느낌을 받았다. 하지만 그것이 곧 인생의 풍요로움은 아니라는 것을 그는 알고 있었다. 인생은 아주 복잡하고 난해하면서도 한편으로는 배신감을 느낄 만큼 단순한 것이기도 하다.

히스 레저는 스물아홉 번째 생일이 지난 어느 날 밤, 맨해튼에 위치한 자신의 아파트에서 의사의 처방에 따라 몇 개의 알약을 삼켰다. 진통제와 수면제, 그리고 약간의 항불안제가 섞여 있었다. 식도를 넘어가는 알약을 하나하나 느끼면서, 그는 문득 자신의 인생이 언제든 끝날 수 있다는 생각이 들었다. 그것은 누구에게나 동일한 조건이기 때문에 우리에게 기묘한 평화를 준다……고 그는 생각했다. 그는 조금 웃었다.

*

이태원 뒷골목의 어두침침한 계단에 앉은 채 알렉스는 나지막하게 중얼거렸다. 내 오른팔에 있는 문신 올드 맨 리버는 그저 노래가 아니라네. 거기에는 몇 가지 뜻이 있지……로 시작해서, 나는 작은 보트를 타고 노를 저어 올드 맨 리버를 흘러가네……로 끝나는 문장이었다. 별다른 뜻은 없었다. 알에게는 생각이 많아질 때마다 중얼거리는 버릇이 있고, 요즘 입에 붙은 혼잣말이 우연히 그것이었을 뿐이다. 그에게 혼잣말을 하는 것은 이 세상에 자신이 고독하게 존재하고 있다는 것을 확인하는 가장 손쉬운 방법이었다. 죽은 사람들은 언제든 영화처럼 돌려볼 수 있어서 좋다……고, 알은 또 엉뚱한 말을 중얼거렸다. 생각이 먼저 있어서 말로 나오는 것이 아니라, 말이 나온 뒤에 생각이 만들어지는 것 같았다. 그는 생맥줏집의 스탭용 유니폼을 입고 있었고, 입에는 한국산 담배를 물고 있었다.

알렉스는 이태원의 밤하늘을 향해 연기를 내뿜었다. 동시에 낚싯대를 던지듯 허공을 향해 팔을 크게 휘둘렀다. 그의 몸이 만들 수 있는 가장 크고 활기찬 원이 잠시 허공에 새겨졌다가 사라졌다. 고요하고 평화로운 강물을 바라보며 찌가 움직이기를 기다리는 사람처럼, 알은 다시 몸을 웅크렸다. 그리고 내 오른팔에 있는 문신 올드 맨 리버는 그저 노래가 아니라네. 거기에는 몇 가지 뜻이 있지……로 시작해서, 나는 작은 보트를 타고 노를 저어 올드 맨 리버를 흘러가네……로 끝나는 문장을 읊조렸다. 골목 밖의 거리에는 한국인들과 외국인들이 뒤섞여 흘러가고 있었다. 그들은 취객이거나 관광객이었고, 취객이면서 관광객이기도 했다. 그들 너머로 해밀튼 호텔이라고 쓰인 백색 네온이 환하게 빛나고 있었다.

얼마 전에 스물네 살이 되었으며 미국 지방 소도시의 대학을 중퇴한 알이 이태원에 짐을 푼 것은 한 달 전이었다. 그는 거리의 모든 사람들이 자신과 비슷하게 생겼다는 사실을 어떻게 받아들여야 할지 다소 난감했다. 뉴욕의 코리아타운에 갔을 때도 경험하지 못한 느낌이었다. 하지만 알은 자신이 그렇게 예민한 사람은 아니라고 믿고 있었으며, 그런 난감함을 심각하게 여기는 유형은 아니라고 생각했다. 실제로 알은 피부색과 생김새가 비슷한 사람들이 넘치는 거리풍경에 곧 적응했다. 도시의 거리에는 도시의 거리를 걸어 다니는 사람들의 수만큼 많은 과거들이 흘러 다니는 것이다……라고 알은 중얼거렸다. 알은 그 말의 의미를 깊이 생각하지는 않았다.

알이 한국에 와서 처음 한 일은 텔레비전 방송국에 자신이 도착했음을 알린 것이었다. 미국에서 이미 출연을 결정하고 왔기 때문에 모든 것은 순조롭게 진행되었다. 머나먼 타국에 입양되었다가 성장한 뒤 부모를 찾아온 이들을 소개하는 프로그램이라고 했다. 알은 월세 400불을 내고 이태원 뒷골목의 민박집에 자리를 잡았다. 낮에는 정처 없이 서울의 거리를 돌아다녔으며, 밤에는 숙소 근처의 한 탭하우스에서 일하기 시작했다. 영어전용으로 운영하는 수제생맥줏집이었기 때문에, 그는 어렵지 않게 일을 얻고 어렵지 않게 일을 익힐 수 있었다. 쉬는 시간에 뒷골목에 나가 담배를 피우면서 그는, 이 세상에 자신이 완전히 혼자라는 사실과, 자신과 비슷하게 생긴 사람들이 거리에 흘러넘친다는 사실의 관계에 대해 생각했다.

한국의 어떤 영어학원은 학위가 없어도 강사로 일할 수 있다고 탭하우스 사장은 말했다. 원한다면 자신이 학원을 소개시켜주겠다고 덧붙이기도 했다. 키가 작고 머리가 정수리까지 벗겨졌으며 막 오십대가 된 사장은 직원들을 붙들고 많은 말을 했다. 이렇게라도 떠들어야 영어를 까먹지 않으니까. 사장은 크게 웃음을 터뜨리며 말했다. 그는 자기 인생을 시기별로 나누어 설명하기를 좋아했는데, 알을 포함한 스탭들은 홀 정리를 하면서 그의 인생을 간주곡까지 포함해서 감상해야 했다. 밤무대 가수였던 아버지를 따라 미군부대에 드나들던 유년시절의 이야기는, 그 아버지를 따라 LST 808함을 타고 베트남에 가서 위문공연을 구경하던 소년시절의 이야기로 이어졌으며, '나성'(로스앤젤레스를 이렇게 불렀다고 했다)을 거쳐 드디어 뉴욕에 진입해 영문학을 공부하던 시절에 닿았다. 윌리엄 포크너의 문장에 질려서 중도에 학업을 포기한 뒤 뉴욕 53번가에 공동투자로 저패니즈 레스토랑을 개업했다가 참담한 실패를 맛보았던 경험은 물론 하이라이트가 아니었다. 빈손으로 귀국하여 천신만고 끝에 이태원에 미국식 탭하우스를 열었고, 이번에는 보기 좋게 성공했다는 것이야말로 클라이맥스였다. 말하자면 사장은 지금 인생의 절정기를 살아가고 있는 셈이었다. 강한 바람과 물결에 몸을 싣고 가장 현대적인 자세로 파도를 타는 것. 사장은 자신의 인생이 바로 그런 종류의 것이었으며, 언젠가는 자기가 거쳐 온 모험적 삶에 대한 자서전을 쓸 수도 있을 것이라고 말했다. 고민되는 건 그 자서전을 영어로 쓸지 한국어로 쓸지 모르겠다는 점이다, 라고 덧붙이면서 사장은 호탕한 웃음을 터뜨렸다.

알은 한국어를 배우려고 한 적이 없으며 앞으로도 배울 계획이 없었다. 단 한 번 그 생각이 흔들린 적이 있었는데, 탭하우스에 작은 소동이 일어났을 때였다. 혼자 맥주를 마시던 중년 남자 하나가 울음을 터뜨린 사건이었다. 회색 점퍼 차림에 키가 작은 오십대 남자가 들어와 엉거주춤 바에 자리를 잡더니, 두 시간 동안이나 꼼짝도 하지 않고 맥주를 마셨다. 거기까지는 드문 일이라고 할 수 없었다. 서빙을 하던 알의 시선이 그의 눈과 마주쳤고, 알은 평소처럼 주문을 받기 위해 그에게 다가갔다. 하지만 이미 술에 취한 남자는 알의 얼굴을 물끄러미 바라보다가 뭐라뭐라 한국어로 말하기 시작했다. 알이 아는 한국어는 감사합니다, 죄송합니다, 맥주, 안주, 여보세요 등이 전부였는데, 남자는 그 단어들을 쓰지 않았다. 알이 영어로 말할 것을 청했지만 남자는 계속 한국어로 중얼거렸다. 뭔가를 설명하는 것 같기도 했고, 한탄하는 것 같기도 했으며, 애원하는 것 같기도 했다. 그러다 문득 눈물을 흘리기 시작하더니 급기야 울음을 터뜨렸던 것이다. 알은 그 앞에 멍하니

서 있을 수밖에 없었다.

한국어를 더듬더듬 할 줄 아는 흑인 바텐더가 황급히 나와 상황을 수습하려 했지만 남자는 울음을 그치지 않았다. 울음은 거의 통곡에 가까워졌다. 뒤늦게 달려온 사장이 건장한 스탭들을 동원해 남자를 밖으로 끌고 나간 뒤에야 탭하우스는 차분한 분위기를 회복할 수 있었다. 알은 매우 당황해서, 자신이 한국말을 알아듣지 못했기 때문에 손님이 울음을 터뜨린 것인지 바텐더에게 물었다. 바텐더는 웃으면서 고개를 저었다. 아마도 아주 슬픈 일이 있었겠지. 이제 막 인생이 끝나도 괜찮을 만큼. 바텐더는 그렇게 말했다. 알은 고개를 끄덕이면서 중얼거렸다. 하지만 그렇게 슬프다면 일반적으로 사람들은 맥주를 마시러 오지 않는데…….

알은 그 후 몇 마디의 한국어를 익혔다. 문법이 지나치게 어려웠기 때문에, 필요하다고 생각되는 몇 개의 문장과 단어만을 외우기로 했다. 무엇을 도와 드릴까요…… 울지 마세요…… 그렇지 않습니다…….

퇴근 뒤에 알은 어둠이 깔린 이태원의 밤거리를 오래 걸었다. 서울의 밤하늘은 화려하고 소란스러웠다. 별 몇 개가 네온들 사이에서 반짝이기는 했지만, 그것은 단지 지금이 밤이라는 것을 표시하기 위해 거기 있는 것처럼 보였다. 알은 시더래피즈의 밤하늘이 그립다고 생각하지는 않았다. 오래된 나무 창틀이 있는 집과 니콜라와 마시던 맥주 맛이 떠올랐지만, 그 기억은 아주 잠깐 그의 혀와 몸을 지나갔을 뿐이었다. 알은 이 낯선 세계에 도착해서 혼자 담배를 피우고 있는 자신의 인생에 별다른 불만이 없었다. 그는 이것이 아주 오래전에 지나간 다른 인생인 것처럼 느껴졌다.

이태원으로 오기 전에 알은 아이오와 주의 소도시 시더래피즈에 살았다. 시내를 통과하는 시더 강이 거꾸로 흘러도 아무도 모를 만큼 조용한 도시였다. 도시 외곽의 낡은 2층짜리 집에서 니콜라와 함께 오래 살아왔기 때문에, 알은 둘 외에는 아무도 없는 삶에 익숙했다. 니콜라는 항공사 승무원이라는 직업 탓에 자주 집을 비웠고, 알은 집 바깥에 펼쳐져 있는 옥수수 밭 풍경만큼이나 혼자라는 것에 익숙했다.

니콜라는 한국에서 알을 입양했을 때부터 그를 알렉스가 아니라 알이라고 불렀다. 류라거나 창수라는 한국 식 이름은 사용하지 않았다. 이름은 알렉스지만 알이라고 불러—알은 언제나 그렇게 자신을 소개했다. 이름이란, 아무렇게나 흐르지 않도록 사람을 붙들어두는 작은 닻 같은 것이라고 그는 생각했다.

알은 니콜라를 그냥 니콜라라고 불렀다. 언젠가부터 그는 파파나 파더 같은 호칭을 쓰지 않았지만, 알에게도 니콜라에게도 그건 별 문제가 아니었다. 알이 술을 마실 수 있는 나이가 되었을 때, 멋진 백발을 가진 니콜라는 간혹 알과 마주앉아 맥주를 마셨다. 니콜라는 귀가 때 집 근처 유기농 상점에서 에일맥주를 사오곤 했는데, 저녁에 알이 1층으로 내려오면 좁은 식탁에서는 니콜라가 혼자 맥주를 마시고 있었고, 알은 말없이 제 잔을 가져와 그 곁에 앉곤 했다.

그런 저녁에 니콜라는 숫자 나열하기를 좋아했다. 지구상에서 하루에 태어나는 인간은 30여만 명이고, 사망하는 인간은 17만 명 남짓이지. 오늘 30만 명이 죽고 17만 명이 태어나고, 내일 또 30만 명이 죽고 17만 명이 태어나고, 모레 다시 30만 명이 죽고 17만 명이 태어나는 거야. 우리는 매일 그 사이의 13만 명 중 하나로 살아가는 셈이란다. 니콜라의 산수는 어딘지 이상했지만, 알은 하릴없이 고개를 끄덕였다.

태어나자마자 하루를 넘기지 못하고 죽는 아기의 수가 연간 100만 명이라는군. 우리는 그 100만 명에 속하지 않았기 때문에 이렇게 맥주를 마실 수 있는 거야. 니콜라는 그렇게 덧붙이며 맥주를 권하곤 했다.

니콜라가 숫자를 입에 올리지 않는 것은 메릴에 대해 이야기할 때뿐이었다. 메릴은 알을 입양하고 얼마 뒤에 사망한 니콜라의 아내였다. 내 삶에는 나 자신도 설명할 수 없는 신비로운 사건이 세 가지나 있었지. 그 가운데 하나는 메릴을 사랑한 것이며, 다른 하나는 메릴과 결혼한 것이며, 마지막은 메릴을 잃은 것이란다. 니콜라는 취기가 돌면 그런 농담을 던지고는 옥수수 밭이 펼쳐져 있는 창밖을 바라보곤 했다. 그럴 때 웃음은 잔상만을 남기고 금방 니콜라의 얼굴에서 사라졌다.

알에게는 물론 메릴에 대한 기억이 없었다. 어쩌면 마마라고 부를 수도 있었던 여자의 과거와 죽음에 대해서 그가 특별한 감정을 가진 것은 아니었다. 다만 니콜라의 기억 속에 잠겨 있는 그녀의 이야기를 들을 때마다 이유를 알 수 없는 위안을 얻고는 했다. 그것이 누군가 이 지상에 존재했었다는 단순한 사실 때문인지, 아니면 니콜라라는 한 남자가 메릴이라는 한 여자를 깊이 추억하고 있다는 사실 때문인지는 확실치 않았다. 어쩌면 그저 오래 전에 죽은 사람만이 우리에게 줄 수 있는 적요함 때문인지도 몰랐다.

메릴은 버마(공식적으로는 미얀마지만, 메릴은 버마라고 불렀다고 한다)의 인권상황에 대한 조사업무를 진행하다가 경비행기 사고로 사망했다. 니콜라는 말했다. 랑군으로 향하던 경비행기가 추락할 때 메릴이 바라보던 것은 무엇이었을까. 그때 나는 미시시피 강에 낚싯대를 드리워 두고 흔들의자에 누워 강 저편의 하늘을 바라보고 있었지. 나는 강 너머의 허공에서 아무것도 느끼지 못했다. 허공이란 것은 다른 허공에는 아무것도 알려주지 않는 법이니까.

니콜라의 말투에 약간의 슬픔이 배어 있긴 했지만, 그것은 이미 익숙해져서 몸의 일부가 되었다고 해도 좋은 감정이었다. 그런 감정은 체온에 가까워서 아무리 반복해도 더 뜨거워지거나 차가워지지 않는다는 것을 알은 알고 있었다. 그래서 알은 니콜라의 이야기에 귀를 기울이면서도 라디오에서 흘러나오는 지미 로저스의 노래가 참 좋다고 생각하곤 했다. 그럴 때면 낡은 나무 창틀은 조금 열려 있게 마련이었고, 저녁의 낮은 공기와 가로등 불빛이 창틈으로 흘러들었다. 그런 저녁에 시더 강은 아무도 모르게 거꾸로 흘러갈 것이고, 알은 시더래피즈에서 그 사실을 아는 것은 자기뿐이라고 생각했다. 니콜라의 머리카락은 실내에서도 부드럽게 흔들렸다.

니콜라의 흰 머릿결을 볼 때마다 알에게는 비행기에서 일하는 니콜라의 모습이 떠오르곤 했다. 몇 해 전 남부여행을 다녀오는 길에 알은 디트로이트 공항에서 니콜라가 탑승한 비행기를 탄 적이 있다. 니콜라는 베테랑 승무원이었고, 알은 기내의 많은 승객들과 마찬가지로 젊은 대학생이었다. 니콜라의 중형 비행기는 디트로이트에서 시더래피즈로 날아오거나, 시더래피즈에서 디트로이트로 날아가거나 했다.

그때 니콜라는 승객석 쪽을 향해 서 있었다. 중후한 백발에 큰 키, 나이에 비해 균형 잡힌 몸매, 그리고 항공사의 로고가 찍힌 검은색 제복정장 차림이었다. 그는 유럽의 매력적인 노신사처럼 보였지만, 절도 있는 동작으로 두 손을 들어 제 입을 막는 시늉을 했다. 이어서 승객석 위의 짐칸을 가리킨 후, 손을 뻗어 산소마스크를 꺼냈다. 산소마스크에 붙어 있는 고무줄을 두 손으로 팽팽하게 당기고는, 줄을 뒤통수로 넘기는 동작을 하다가, 니콜라는 잠시 균형을 잃었다. 난기류를 지나느라 비행기가 조금 흔들렸기 때문이다. 그 모습을 물끄러미 바라보던 이들 중 몇몇이 미소를 지었지만, 대부분의 승객들은 니콜라에게 관심을 두고 있지 않았다. 그들은 눈을 감고 있거나 책을 읽거나 했다. 니콜라는 아랑곳없이 구명재킷 입는 모습을 시연했다. 팔을 들어 왼쪽의 비상구를 가리키고, 두 팔을 앞으로 쭉 뻗어 비행기 뒤쪽의 비상구를 가리켰다. 비상시의 탈출구가 그곳에 있다는 뜻이었다.

시범을 마친 니콜라는 출구 쪽의 접이식 의자에 앉았다. 겨우 엉덩이만 걸칠 수 있는 의자였는데, 허리를 곧게 펴고 앉은 니콜라의 얼굴에는 별다른 변화가 없었다. 인생의 대부분이 실은 반복적이며 기계적인 동작으로 이루어져 있다는 것을 알고 있는 사람의 얼굴, 혹은 아주 오래전부터 그런 표정을 하고 있었기 때문에 다른 표정에 대해서는 알지 못하는 사람의 얼굴 같았다.

앞쪽 자리에 앉은 알은 비행하는 내내 니콜라의 표정을 마주볼 수 있었다. 창밖의 구름을 바라보는 니콜라의 옆모습에는 품위 있는 주름이 새겨져 있었다. 저 얼굴에도 젊은 시절이 있었을까. 그런 의문이 들어도 이상하지 않을 만큼, 니콜라의 얼굴은 어떤 과거와도 연결되어 있지 않은 것처럼 보였다.

물론 니콜라에게도 젊은 시절이 있었다. 그때가 젊은 시절이었기 때문에 특별히 좋았다거나 한 것은 아니라고 니콜라는 말하곤 했다. 그는 인생의 기쁨이나 괴로움에는 총량이 정해져 있어서, 젊은 시절이든 노년이든 누구나 주어진 분량을 소비하면서 살아갈 뿐이라고 믿는 사람이었다.

니콜라는 미국에서 태어났지만 아버지 쪽은 마케도니아 출신이었다. 알은 마케도니아가 어떤 곳인지 전혀 알지 못했지만, 고대 그리스 풍의 이름이 마음에 들었다. 마케도니아가 실제로 고대 그리스의 도시국가 중 하나였으며 지금도 그리스의 인접지역이라는 건 나중에 알았다. 내 이름을 잘 음미해보렴. 니콜라는 말했다. 마케도니아에서는 키릴 문자를 쓴단다. 현재 전 세계의 언어는 6800개 정도인데, 그 가운데 키릴 문자를 쓰는 언어는 30여 개지. 키릴 문자에는 이상한 매력이 있다. 설명하기는 어렵지만 로마 문자에서는 느낄 수 없는 리듬이 배어 있다고 할까. 다른 문자에는 없는 리듬이 말이다.

거기에는 정말 영어에는 없는 무언가가 스며들어 있는 것처럼 느껴졌다. 니콜라…… 니콜라…… 하고 중얼거리기를 알은 좋아했다. 마치 차분하면서도 경쾌하게 비가 내리는 봄날의 정원 같은 느낌을 주었기 때문이다. 정원 저편으로는 지중해가 파랗게 펼쳐져 있을 것 같았다. 그 끝에는 바다와 하늘이 만나 수평선을 이루고 있을 것 같았다. 나중에 알게 된 것이지만, 마케도니아에는 어느 쪽으로 가도 바다가 없었다.

니콜라의 부모는 둘 다 미국에서 태어났으며, 모친은 물론이고 부친도 마케도니아에는 가보지 못했다고 한다. 니콜라의 부모는 서로 동갑이었고, 유쾌한 사람들이었으며, 히피였다. 두 사람은 열일곱 살이 되던 해에 니콜라를 낳았는데, 각각 배관공과 월마트 점원으로 일하던 그들은 니콜라가 중학교를 졸업하자마자 옥수수 밭이 보이는 시더래피즈의 집에 그를 남기고 떠났다. 어디로? 니콜라는 그걸 알 수 없었다. 니콜라가 학교에서 돌아왔을 때 집은 텅 비어 있었다. 1966년의 일이었다. 니콜라의 부모는 그 후 오랫동안 집으로 돌아오지 않았다. 여행하는 것과 노래하는 것과 사랑하는 것 외에는 아무것에도 관심이 없는 사람들이었지. 니콜라는 그렇게 말했다.

니콜라의 부모는 젊은 친구들을 따라 향기로운 담배를 피웠고, 벌거 벗은 청춘들과 텐트 안에서 섹스를 했으며, 베델의 농장에서 록밴드가 노래를 부르는 무대를 바라보았다고 한다. 그들은 그들 자신이 서른을 넘겼으면서도 '30대 이상은 믿지 말라'고 외쳤다. 그들의 삶은 부랑에 가까운 것이었다. 샌프란시스코에 머물기도 했지만 세상의 모든 곳이 그들의 경유지라고 해도 좋았다. 산타나에는 잠시 머물렀고, 뉴올리언 즈에서는 오래 시간을 보냈으며, 뉴욕이나 워싱턴에는 가지 않았다. 놀랍게도 그들은 유럽까지 가서 집시들과 함께 시간을 보내기도 했다. 영국의 닐 야드를 방문했고, 프랑스와 이탈리아를 거쳐 루마니아에까 지 흘러갔다. 어쩐 일인지 마케도니아에는 가지 않았고, 대신 소련을 여행했다. 비록 열광적으로 찬양할 수는 없었지만, 소련 사람들의 인 생은 그들의 마음에 깊은 인상을 남겼다. 어딘지 거칠고 성실하며 단 순한 인생인 것처럼 느껴졌다는 것이다. 그런 사연들을 담은 편지가 정기적으로 니콜라에게 도착한 것은 60년대의 막바지였다.

당시에는 철의 장막 때문에 소련을 여행하기 어려웠을 텐데 어떻게 된 것일까. 알의 질문에 니콜라는, 아마도 키릴 문자를 쓰는 이들이었 으니까 가능하지 않았을까? 키릴 문자는 러시아의 문자이기도 하니까 말야—라고 대답했다. 소련의 히피들? 히피들의 소비에트? 그렇게 말 하면서 니콜라는 웃음을 터뜨렸다. 니콜라답지 않게 아주 냉소적이고 적대적인 웃음이었기 때문에, 알은 그 후 오랫동안 그 표정을 잊을 수 없었다.

니콜라의 부모가 시더래피즈의 옥수수 밭으로 돌아온 것은 부친 쪽 이 암에 걸린 뒤였다. 니콜라는 굳이 그들을 만나려 하지 않았다. 그는 이미 옥수수 밭을 떠나 디트로이트 근교에서 혼자 생활하고 있었다. 서로 다른 삶들은 서로 다른 방식으로 흘러가면 되는 것이다―니콜라는 그렇게 덧붙였다.

당연하게도 니콜라는 공화주의자가 되었다. 그는 교회에 열심히 나갔고, 자유라는 단어를 경멸했으며, 마약과 동성애와 분방한 섹스를 혐오했다. 항공기 승무원이 되기 위해 지인에게 청탁을 넣은 일을 제외한다면, 법규를 위반하지 않는 자신의 삶에 자부심을 가지고 있었다. 니콜라는 보수적인 대통령에 투표했고, 사회주의에 대해 과도한 혐오감을 표하기를 좋아했으며, 미국의 군사적 영향력이 약화되는 국제정세가 우려스럽다는 의견을 자주 표명했다.

하지만 메릴을 만난 뒤부터 니콜라는 그저 강변에 나가 낚시하는 것을 좋아하는 남자가 되었다. 물의 흐름을 오래 바라보는 일과 비행기를 타고 창밖의 기류를 가만히 바라보는 것은 어딘지 비슷한 데가 있다고 그는 말했다. 키가 크고 잘생긴 니콜라는 로버트 레드포드의 영화 속 주인공처럼 낚싯대를 크게 휘둘러 먼 강물 쪽으로 찌를 던져 넣곤 했다.

*

스물다섯 살인 리엔은 베트남 출신으로 키가 작고 눈이 컸으며 조용한 성격이었다. 알이 그녀를 만난 것은 대학 근처의 세탁소에서였는데, 리엔의 아버지가 코인 세탁소를 운영하고 있기 때문이었다. 매일 저녁 아홉 시 반이 되면 리엔은 세탁소에 나가 청소를 했다. 다니던 대학이 시더래피즈에서 꽤 떨어져 있었기 때문에, 알은 학기 중에는 기숙사에 머물면서 정기적으로 코인 세탁소를 이용했다. 일주일에 두 번, 밤 아홉 시 무렵이었다.

그 시간의 세탁소는 절제된 기계음으로 가득했다. 하얀 반바지에 얇은 티셔츠를 걸친 채 커다란 물걸레로 바닥을 닦는 리엔의 모습을 알은 좋아했다. 리엔이 움직일 때면 인간이 저토록 작고 탄력 있는 생물이라는 것을 새삼 깨닫곤 했다. 우리가 살아가는 이 세계는 아마도 리엔이 청소를 하고 있는 커다란 우주의 일부에 불과한 것이 아닐까? 알은 그렇게 중얼거렸다.

알이 그녀를 시더래피즈의 집에 데려온 것은 어느 겨울 저녁이었다. 알과 리엔이 식탁에 앉아 맥주를 마시고 있을 때, 현관에 매달린 황금빛 종이 딸랑거렸다. 니콜라는 여느 때처럼 제복차림 그대로 집에 들어섰다. 균형 잡힌 몸매에 키가 크고 멋진 백발을 가진 노신사의 등 뒤로 부드러운 빛깔의 구름 몇 개가 떠 있었다. 알은 문가로 다가가 니콜라를 맞이했다. 리엔은 식탁에 앉은 채 그 모습을 바라보았다.

그 저녁, 니콜라는 말이 없었다. 리엔 역시 말이 없었다. 알은 혼자서 많은 말을 했다. 리엔의 세탁소에 대해서, 세탁소에 늘어선 기계들에 대해서, 윙윙거리는 기계음 속에서 읽은 윌리엄 포크너의 책에 대해서, 포크너를 읽을 때면 꼭 재방송되던 텔레비전 개그 프로그램에 대해서 말했다. 알은 윌리엄 포크너와 개그 프로그램이 기묘한 조화를 이루는 곳이 바로 세탁소라고 농담을 던지기도 했다. 분위기를 부드럽게 만들려는 것이었지만, 리엔과 니콜라는 작은 미소를 지었을 뿐 별다른 대꾸를 하지 않았다.

알은 평소와는 달리 자신이 조금은 들떠 있다고 느꼈다. 좀처럼 열리지 않던 그의 입에서 긴 이야기가 흘러나왔다. 리엔이 청소하러 오는 밤 아홉 시 반과 그 시간의 코인 세탁소에 대해 알은 장황하게 이야기했다. 코인 세탁소라는 곳은 하나의 우주 같아. 이 세상이 코인 세탁소의 일부가 아닐까 그런 착각이 들 정도라니까. 문을 열고 들어가면 모든 이들이 똑같은 자세로 똑같은 표정으로 앉아 있는 거야. 세탁소의 인류는 우선 빨아야 할 옷가지들을 세탁기에 넣어. 자동판매기에 50센트를 넣고 세제를 뽑은 뒤 옷 위에 뿌려. 25센트짜리 동전 8개를 코인슬롯에 넣고는 세탁의 종류를 선택하지. 그리고 잡지나 텔레비전 따위를 보며 기다리는 거야. 25분 정도가 지난 뒤에는 옷가지들을 꺼내 카트에 넣고 이동해야 해. 축축한 옷가지들을 건조기에 주섬주섬 넣고 다시 20분을 기다리는 거지. 끝으로 커다란 더플백에 깨끗이 마른 옷가지들을 넣어서 우주 밖으로 나가는 거야. 상상해봐, 전 인류가 똑같은 자세로 똑같은 표정으로 똑같은 동작을 반복하고 있는 풍경을 말이야.

자신이 그토록 무의미한 말을 길게 하고 있다는 것에 알은 약간의 놀라움을 느꼈다. 니콜라와 리엔은 여전히 침묵을 지킬 뿐 가타부타 말이 없었다. 알은 당황하여 다시 입을 열었다. 아, 맞다. 그 우주에서 내가 좋아하는 게 또 있어. 건조가 끝난 옷가지들에 남아 있는 따뜻한 촉감 말야. 나는 옷가지들을 쓰다듬을 때의 그 온기가 좋아. 갓 세탁이 끝난 따뜻한 섬유질만큼 기분이 좋아지는 건 없으니까. 아마도 어린 시절의 엄마 품 같은 것을 환기시켜주기 때문이 아닐까.

마지막에 튀어나온 말은 알 자신으로서도 뜻밖이었다. 어린 시절의 엄마 품이라니. 알은 그런 것을 단 한 번도 생각해본 적이 없었다. 그는 눈에 띄지 않게 한숨을 내쉬었다. 세 사람이 마주앉은 창밖으로 어둠이 내리고 있었다. 가도 가도 끝나지 않을 것 같은 옥수수 밭이 그 너머에 펼쳐져 있었다.

그 후로도 알은 리엔을 몇 개월 더 만났지만, 다음 해 여름이 되었을 때는 더이상 그녀를 볼 수 없었다. 리엔의 아버지가 세탁소에서 일하다가 사소한 시비에 휘말려 부상을 입었다고 했다. 한 손님의 인종차별적 농담이 부른 다툼이었고, 싸움을 말리던 리엔의 아버지가 입은 피해는 경미한 찰과상에 불과했다. 하지만 리엔의 아버지는 그 일 이후 놀라울 만큼 빠르게 미국에서의 삶에 의욕을 잃었으며, 심각한 수준의 우울증에 걸리기까지 했다. 그래서 리엔은 아버지를 위해 미국에서의 삶을 포기하고 베트남으로 돌아가기로 결정했다는 것이다. 리엔은 알에게 의견을 묻지 않았고, 알은 자신이 아무런 의견도 제시할 수 없다는 것을 깨닫고 있었다. 게다가 그때는 이미 그들의 관계에서 열기 같은 것이 빠져나간 뒤였다. 리엔은 알에게 이렇게 말했다. 그건 아마도, 따뜻하게 데워진 스프가 식탁 위에서 혼자 식어가는 일과 비슷한 게 아닐까.

리엔이 떠난 뒤 알은 학업을 중단하고 시더래피즈의 집으로 돌아왔다. 그리고 매일 늦은 아침에 혼자 식탁에 앉아 식은 스프를 떠먹곤 했다. 스프를 삼키면서 알은 리엔이 집을 방문했던 날의 어색한 침묵을 떠올렸다. 그날 알이 리엔을 배웅한 뒤 땅거미가 지는 길바닥에 담배꽁초를 던지고 집으로 돌아왔을 때, 벽에 걸린 낡은 사진들이 눈에 띄었다. 열두 개의 작고 오래된 사진틀이 벽을 장식하고 있었다. 그 틀에 담긴 흑백사진들은 니콜라가 전쟁에 나갔을 때 찍은 것이었다.

니콜라는 고등학교를 졸업한 후 곧바로 입대했다고 했다. 그리고 아직 전쟁 중이던 베트남에서 몇 번의 전투에 참가했다. 호치민이 세상을 뜨기 전이었고, 닉슨이 철군계획을 밝히기 전이었으며, 우기였다.

세상에는 어쩔 수 없는 것이 있다고 니콜라는 말했다. 군인이 사람을 죽이는 것 역시 마찬가지지. 니콜라는 자신이 베트남에 투입된 미군 55만 명 가운데 하나였을 뿐이며, 그 전쟁으로 죽은 사람은 300만 명이 넘는다고 말했다.

가령 진주만에서 미국인들이 죽었다는 것 때문에 일본인들을 증오해야 할까? 니콜라는 알을 바라보며 그렇게 물었다. 평소보다 맥주를 많이 마신 날이었다. 자살을 위해 폭격기를 몰고 돌진하는 건 일본군인들 개개인의 문제가 아니다. 그들 개인을 증오해서는 안 된다. 개인은 희생자일 뿐이니까. 그렇게 말한 뒤 니콜라는 덧붙였다. 자신이 베트남에서 세 명의 인간을 총으로 두 번, 칼로 한 번 살해한 것은 거대한 강물의 아주 작은 파동에 불과한 것이다……라고.

알은 니콜라의 말에 반감을 느꼈지만, 알의 입에서 새어나온 말은 스스로에게조차 엉뚱한 것이었다. 내가 세탁소에 앉아 있어. 이상하게도 갑자기 외롭다는 생각이 들지. 견딜 수 없어져. 모두가 나와 같은데 왜 외로워지는 걸까? 혹시 모두가 나와 같이 외롭기 때문일까?

니콜라는 말없이 알을 바라보았다. 알은 대답을 기다리지 않고 입에서 튀어나오는 대로 다시 지껄였다. 세탁소는 열한 시에 문을 닫지. 그건 언제나 리엔이 하는 일. 리엔은 개그 프로그램을 끄고 리엔은 세탁소의 불을 꺼. 그것도 리엔이 하는 일. 모든 기계가 멈추고, 기계들은 밤이 새도록 조용할 거야. 그것이…… 그것이 리엔이 하는 일이지.

니콜라는 알을 물끄러미 바라보았다. 한참의 침묵 후에 그는 맥주잔을 들어 마셨다. 옥수수 밭에서 불어온 바람이 창틈으로 스며들었다. 빛과 어둠이 서로에게 스미는 저녁이었다. 니콜라가 이윽고 입을 열었다. 쓸쓸한 어조였다. 디트로이트에 얼마 전까지 동거하던 여자가 있었다고 그는 말했다. 승무원으로서 디트로이트와 시더래피즈에서 각각 며칠씩을 보내는 생활을 오랫동안 해왔기 때문에, 그건 특별히 놀라운 일이 아니었다. 그런데 3년이 넘도록 니콜라와 동거하던 여자가 얼마 전 다른 남자를 만나 떠났다고 했다. 그의 목소리가 미세하게 떨렸다. 미국인들이 평생 만나는 섹스파트너는 평균 14.2명이지. 우리는 모두 그 14명 중의 하나로 살아가는 셈이랄까. 확률이란 그토록 정확한 거야. 우리를 찍어 누르지. 니콜라는 그렇게 말하면서 힘없이 미소를 지었다.

니콜라는 예순이 넘었으며, 여자가 떠난 뒤 승무원 일을 그만두고 퇴직을 했으며, 암에 걸려 있었다. 이미 다른 곳으로 전이되어 회복이 어렵다고 했다. 담배를 피우지 않아도 암에 걸립니다. 암은 가족력이 중요하죠. 중국계로 보이는 의사는 니콜라와 알에게 침울한 목소리로 말했다. 의사의 말을 들은 니콜라는, 맞아요, 암 발생은 유전적 요인이 큰데, 그게 몇 퍼센트라더라⋯⋯라고 중얼거렸다. 의사는 아무런 대답도 하지 않았다.

니콜라는 미시시피 강이 보이는 호스피스 병동에 입원했다. 그의 부친이 생을 마친 바로 그 병원이었다. 니콜라는 입원을 위해 직접 세면도구 등속을 챙기고, 집을 청소한 뒤에, 손수 낡은 웨건을 몰고 병원으로 갔다. 일부러 길을 우회해서 강변을 따라 오래 달렸다고 했다.

알이 병원에 찾아갔을 때, 니콜라는 침상에 누워 문득 리엔 얘기를 꺼냈다. 리엔이 방문했던 그 밤에 고요하고 기이한 지옥을 경험했다는 것이다. 넌 믿지 못하겠지만, 그날 식탁에 앉아 있는데 내 손에서 낯선 감촉이 느껴졌다. 분명 아무것도 쥐고 있지 않았는데도, 방아쇠를 당길 때의 손가락의 감각과, 칼을 사람의 몸에 꽂아 넣을 때 손목으로 전해져 오는 진동이 한꺼번에 느껴졌지. 그건 낚싯대 끝에서 전해지는 비릿한 떨림, 강물에서 건져 올린 물고기의 퍼득거림, 그 물고기의 피 묻은 입에서 낚싯바늘을 떼어낼 때의 기분과 비슷했다. 니콜라는 그렇게 말하면서 창밖을 바라보았다. 옥수수 밭이 펼쳐져 있는 대신 흙빛 강물이 흘러가고 있었다.

마지막으로 니콜라를 찾아온 사람은 디트로이트에서 니콜라와 동거했다는 흑인여자였다. 키가 크고 단정하며 밝은 표정의 그녀는 니콜라의 침대 머리맡에서 하루 반나절 동안 대화를 나누고 돌아갔다. 그 하루 반나절 동안 하나의 인생이 흘러갔을 거라고 알은 생각했다. 여자는 병원의 지하식당에 내려가 혼자 식사를 할 때를 제외하고는 내내 니콜라와 이야기를 나누었다. 그들의 이야기가 끝나는 순간에 니콜라의 숨이 조용히 멎을 것 같다고 알은 생각했다.

니콜라의 연인이 흑인이었다는 것에 알은 약간의 의아함을 느꼈지만, 하루 반나절이 지난 뒤에는 그 모든 것이 자연스럽게 느껴졌다. 병원을 나서면서 그녀는 알에게 말했다. 자신이 니콜라를 버리고 다른 남자와 살게 된 후에도 니콜라는 자신을 사랑해주었다고, 그 사랑이 지나치게 집요했기 때문에 니콜라는 부들부들 떨리는 손에 칼을 들었다고, 칼을 든 채 그녀의 집 앞 어둠 속에 오래 서 있기도 했다고, 그녀는 말했다.

그때 니콜라는 진실로 그녀를 죽이려고 결심한 상태였다고 한다. 하지만 그 어둠 속에서도 칼이 은빛으로 빛났기 때문에, 그녀는 죽지 않고 살아남을 수 있었다. 캄캄한 어둠 속에도 어딘가에는 빛이 있게 마런이지. 그것은 니콜라 자신이 나중에 한 말이라고, 그녀는 차분한 목소리로 설명했다. 힘없는 미소가 그녀의 얼굴에 떠올랐다가 사라졌다.

낡은 포드 자동차에 시동을 걸면서 그녀는 덧붙였다. 그때 니콜라가 암에 걸려 있다는 사실을 알았더라면 그를 떠나지 않았을까? 그럴 리가. 그래도 나는 니콜라를 떠났을 것이고, 니콜라는 취한 채 부들부들 떨리는 손에 칼을 들었겠지. 다음 생에도 이런 것은 반복될지도 몰라. 알은 병원 아래쪽의 산길로 천천히 사라지는 자동차를 오래 바라보았다.

그로부터 며칠 뒤 산책을 나간 니콜라는 미시시피 강을 가로지르는 다리에서 스스로 뛰어내렸다. 알에게 남긴 편지에는 짧고 간결한 몇 개의 문장만이 적혀 있었다. 밤마다 찾아오는 육체의 고통을 견디기 힘들구나. 나는 내게 쇠약한 몸이 있다는 것만을 진실로 깨닫고 있다. 그것이 지금 내 삶의 전부다. 이제 찌가 흔들리지 않는 강물을 오래 바라보는 일을 그만두려 한다…….

*

알은 니콜라의 유해를 강에 뿌렸다. 그리고 한국행 비행기에 몸을 실었다. 비행기가 이륙한 뒤 그는 노스웨스트의 여승무원들이 두 손을 들어 제 입을 막는 시늉을 하는 것을 멍하니 바라보았다. 여승무원들은 기내방송에 맞추어 선반 쪽을 가리킨 후, 거기서 산소마스크를 꺼냈다. 익숙한 동작으로 마스크에 붙어 있는 고무줄을 팽팽하게 당긴 뒤 손을 앞으로 쭉 뻗어 비상구의 위치를 가리켰다. 저 마스크로 산소가 공급되는 것일까? 아니면 단지 바깥의 오염된 공기가 차단되는 것일까? 알은 그런 엉뚱한 생각을 하고 있었다.

비행기는 난기류를 몇 차례 통과한 뒤 하네다 공항에 도착했다. 알은 공항의 기념품점을 돌아다니다가 복도 한 켠에 배낭을 베고 누워 쪽잠을 잔 후 인천행 비행기로 환승했다. 인천에서 서울로 들어오는 공항버스 안에서 그는 자신이 바깥 풍경에 놀랍도록 무심하다는 것을 깨달았다.

텔레비전 방송에 출연한 알은 땀을 많이 흘렸다. 양복은 방송국에서 빌려 입었는데, 두꺼운 옷과 조명의 열기 때문에 스튜디오에 서 있기가 어려웠다. 사회자는 어머니를 만나고 싶어 한국에 온 입양아로서의 감회를 물었다. 알은 어머니를 만나고 싶기는 하지만, 만일 어머니가 자신을 만나는 걸 불편해한다면 만나지 않아도 좋다고 대답했다. 사실 유년에 대해 아는 것이 아무것도 없다는 사실이 그리 불편한 것은 아니라고 그는 덧붙였다. 말끔한 정장을 차려입은 사회자가 매우 안됐다는 표정을 지어 보이는 것을 알은 바라보았다. 네, 어머니에 대한 그리움이 매우 사무친 분이군요—라고 사회자가 말했다. 약간 의아한 느낌이 들었기 때문일까, 알은 묻지도 않은 말을 내뱉었다. 저는 한국에 있을지도 모를 혈육에게 아무런 유감이 없습니다. 단지 부모가 어떤 이유로 아이를 버렸는지 확인하고 싶을 뿐입니다. 알의 말에 사회자는, 아마도 상황이 어쩔 수 없었겠지요—라고 애틋한 표정을 지으며 위로를 표했다. 알은 다시 고개를 갸웃거리며 입을 열었는데, 자신도 예상하지 못한 엉뚱한 말이 튀어나왔다. 하지만…… 하지만…… 물고기의 입은…… 피로 가득한 것이니까요.

사회자는 당황한 표정을 지었고, 알은 그 표정을 물끄러미 바라보았다. 물론 알의 말은 방송용으로는 부적절한 것이었다. 그가 말한 내용은 대부분 편집되어 텔레비전에 방영되었다. 녹화된 화면을 텔레비전으로 다시 보면서 알은 이상한 기분에 사로잡혔다. 자신이 부모를 찾고 싶어서 한국에 온 것은 아니라는 느낌이 강하게 들었던 것이다. 나는 왜 이곳에 온 것일까? 그는 고개를 흔들었다.

퇴근 후 탭하우스를 나온 알은 언제나처럼 새벽 한 시의 이태원 거리를 걸었다. 해밀튼 호텔에서 횡단보도를 건너 아랍인들의 거리와 이슬람성당을 지나 좁은 골목으로 접어든 후 가파른 계단을 내려갔다. 사람의 왕래가 적은 길을 택해 작정 없이 걷다가 그는 문득 커다란 강이 제 앞에 펼쳐져 있다는 것을 깨달았다. 자동차들이 윙윙거리며 달리는 새벽의 한강변이었다. 알은 미시시피 강보다 더 검고 더 짙은 강의 물결을 내려다보았다. 벨벳을 깔아놓은 것 같은 수면이었다. 천천히 다리를 건너면서 그는 바닥에 침을 뱉었다. 자동차 매연과 먼지가 입에 고였기 때문이었다. 요즘에는 중국에서 날아온 미세먼지가 서울에 가득하지. 거리를 다니려면 마스크를 꼭 착용하도록 해, 가급적 산소마스크로. 사장은 그런 농담을 던지고는 호탕하게 웃음을 터뜨렸다. 노란 가로등 불빛들이 줄지어 강물에 비치고 있었다.

다리의 중간쯤에 이르렀을 때, 알은 난간 한켠에 누군가 서 있다는 것을 깨달았다. 한 남자가 전화기를 귀에 대고 통화를 하고 있었다. 휴대전화가 아니라 공중전화였다. 전화는 다리 가운데 설치돼 있었는데, 그게 일반 공중전화가 아니라 상담용 전화라는 것을 알은 이미 알고 있었다. 검은 강물의 유혹에 끌려 투신하는 사람들이 많기 때문에 설치된 것이라고 했다. 전화기에는 아무런 번호도 표시되어 있지 않다.

단지 녹색버튼을 누르면 누군가와 통화를 할 수 있다는 것이다. 서울과 한강에 대해 인터넷을 검색하다가 읽은 내용이었다. 한국은 OECD 국가 중 자살률 1위이며, 여전히 미친 듯이 성장에 매달리는 나라라고 했다. 빈부격차가 심해져 이제 더이상 이 상태로는 지속이 어려울 정도라고 했다. 하지만 더 많은 생명의 전화를 설치하고 다리 난간을 높이면 된다고 주장하는 국회의원도 있다는 것이다.

알은 남자를 지나쳐 걷다가 걸음을 멈추었다. 전화기를 붙들고 있는 남자가 어딘지 낯익다는 것을 깨달았기 때문이었다. 회색 점퍼 차림에 키가 작은 오십대였다. 알은 그가 탑하우스에서 울음을 터뜨렸던 그 남자라고 생각했지만, 이곳에는 닮은 사람들이 많기 때문에 확신할 수 없다는 생각이 동시에 들었다. 죽음을 선택할 것인가 말 것인가는 저 남자의 의지이므로, 내가 개입할 문제는 아니다. 나는 태평양을 건너 머나먼 이국에 도착한 이방인일 뿐이다. 알은 그렇게 생각했지만, 자신도 모르게 가만히 뒤를 바라보았다. 남자가 수화기를 든 채 알을 마주보고 있었다. 알이 지나갈 때까지는 아무 말도 하지 않겠다는 듯 입술이 일자로 다물어져 있었다. 아주 오래전부터 그런 표정을 하고 있었기 때문에 다른 표정에 대해서는 전혀 알지 못하는 사람의 얼굴 같았다.

알은 가만히 서서 남자를 바라보았다. 남자의 발밑으로 가로등과 아파트의 빛들이 가득 떠 있는 강물이 보였다. 저 수많은 불빛들이 강물의 풍요로움인 것은 아닐 것이다. 저 강물 속에는 죽은 사람의 팔과 죽은 사람의 얼굴과 죽은 사람의 발이 흘러가고 있을 것이다. 그렇게 생각하다가 알은 자기도 모르게 입을 열었다. 그의 입에서 엉뚱한 한국어가 튀어나왔다.

감사합니다. 죄송합니다. 맥주. 안주. 이것을 주세요…….

알은 자기가 말한 문장의 뜻을 떠올리려고 했지만, 어떤 단어가 어떤 뜻인지 분간이 가지 않았다. 알은 어쩐지 다급해진 목소리로 다른 문장들을 내뱉었다.

여보세요…… 울지 마세요…… 그렇지 않습니다…….

남자는 알의 말을 이해하기 위해 귀를 기울이는 듯하다가, 이내 얼굴을 찌푸렸다. 그리고 수화기를 내려놓더니 알을 바라보며 가만히 고개를 흔들었다. 그러고는 몸을 돌려 반대편으로 걸어가기 시작했다. 마치 다른 시간 속으로, 다른 세계 속으로 걸어 들어가는 사람 같다고 알은 생각했다. 남자가 멀어져 가는 것을 알은 물끄러미 바라보았다.

알은 난간에 붙박여 있는 전화기로 시선을 돌렸다. 전화기를 향해 다가갔다. 두 개의 버튼이 보였다. 119라고 쓰여 있는 빨간 버튼과 한국어로 뭐라고 적혀 있는 녹색 버튼이었다. 아마도 상담용 버튼이라는 뜻일 것이다. 알은 녹색 버튼을 눌렀다. 전화기 저편에서 여자의 목소리가 들렸다.

혹시 저 강을 뭐라고 부르는지 알아?

그렇게 물은 것은 리엔이었다. 강이 내려다보이는 식당에서였다. 날이 흐리고 어두운 흙빛으로 강물이 흘러가고 있었다. 알은 잠자코 있었다. 그것을 미시시피 강이라고 부른다는 것은 누구나 알고 있다. 리엔이 희미한 미소를 지으며 입을 열었다. 올드 맨 리버라고 부른대. 미시시피 강의 별칭이라던데.

리엔의 미소가 리엔의 얼굴에 떠올랐다가 사라지는 순간을, 알은 물끄러미 쳐다보았다. 리엔은 문득 휴대전화를 꺼내들고 뭔가 검색을 했다. 인생은 아주 복잡하고 난해하면서도 한편으로는 배신감을 느낄 만큼 단순한 것인가봐. 리엔은 그렇게 말하며 작은 화면을 알에게 보여주었다. 약물오용으로 요절한 히스 레저의 사진이 화면에 떠 있었다. 요절한 배우의 오른팔에 문신이 새겨져 있었다. 리엔은 사진 아래 있는 문장을 중얼거리듯 읽기 시작했다.

내 팔에 있는 문신 올드 맨 리버는 그저 노래가 아니라네. 거기에는 몇 가지 뜻이 있지. 나는 무언가를 기억해야 할 때는 몸에 문신을 새겨. 지금 내가 그대에게 할 대답은 하나. 나는 이 강에 무언가 영원한 것이 있다고 느낀다네. 나는 작은 보트를 타고 노를 저어 올드 맨 리버를 흘러가네……

그것은 히스 레저가 어느 인터뷰에서 했다는 말이었다. 리엔은 마치 노래를 하듯 그 구절을 읊조렸다. 리엔이 말을 마친 뒤 침묵하자, 이번에는 알이 뭔가를 중얼거렸다. 리엔이 뭐? 하고 되물었지만, 알은 입을 다물었다. 알은 당황스러운 느낌이 들었다. 자신이 뭐라고 했는지 알 수 없었다. 자신의 입에서 튀어나온 문장은 영어가 아니라 자신도 잘 모르는 다른 나라의 말 같았다.

리엔은 별 관심 없다는 듯 다시 휴대전화 화면으로 시선을 돌렸다. 알은 방금 자신이 뱉은 문장의 뜻을 잃어버린 채, 까마득히 저 아래를 흘러가는 강물을 바라보았다. 누군가 알의 귀에 여보세요, 여보세요, 무엇을 도와 드릴까요, 라고 말하는 소리가 들렸다. 아주 먼 곳에서 들려오는 여자의 목소리였다. 알은 그것이 무슨 뜻인지를 이해하기 위해 눈을 가늘게 떴다. ∎

최수철

거제, 포로들의 춤

1958년 춘천 출생. 서울대 불문과와 동 대학원 졸업. 1981년 『조선일보』로 등단.
소설집 『공중누각』 『화두, 기록, 화석』 『내 정신의 그믐』 『분신들』
『모든 신포도 밑에는 여우가 있다』 『몽타주』 『갓길에서의 짧은 잠』.
장편소설 『고래 뱃속에서』 『어느 무정부주의자의 사랑』(4부작) 『벽화 그리는 남자』
『불멸과 소멸』 『매미』 『페스트』 『침대』 『사랑은 게으름을 경멸한다』.
〈윤동주문학상〉 〈이상문학상〉 〈김유정문학상〉 〈김준성문학상〉 등 수상.

거제, 포로들의 춤

Island of Korea, A camp for North Korean prisoners of war

1. 거제도, 1952년

지금 나는 사진 한 장을 유심히 들여다보고 있다. 1952년의 어느 겨
울날, 거제도 포로수용소의 한 광장에서 포로들이 춤을 추고 있다. 사

진 설명으로는 그들이 추는 춤이 스퀘어댄스라고 한다. 뒤쪽으로는 '자유의 여신상'이 보인다. 미국 뉴욕 항의 리버티 섬에 세워진 바로 그 여신상을 그대로 본뜬 것이다. 언뜻 보기에도 비례가 맞지 않아서 다소 엉성하고 조잡하다는 인상을 준다. 아마도 공구나 재료가 변변찮은 열악한 환경에서 만들어진 탓일 것이다. 그러나 두 팔을 한껏 벌리고 가슴을 활짝 펴고 머리를 약간 뒤로 젖힌 과장된 자세가 더욱 강한 호소력을 발휘하고 있다.

그림자가 짧고 희미한 것으로 보아, 흐린 날씨에 시간은 한낮인 듯하다. 둥글게 원을 그리고 있는 포로들은 일곱 명인데, 모두가 새로 지급받은 듯한 미군 군복 차림에 넥타이까지 매고 있다. 그리고 하나같이 섬뜩한 느낌을 주는 가면을 쓰고 있다. 사진상으로는 종이로 만든 것인지, 천으로 만든 것인지 식별할 수 없다. 몸의 자세를 자세히 보면, 춤 솜씨가 제법이라는 것을 알 수 있다. 상대방에게 몸을 옆으로 기울이며 바깥쪽 다리를 자신 있게 들어 올리는 동작은 결코 어설프게 흉내를 내고 있는 게 아님이 분명하다.

그 뒤로 앉거나 서서 그들의 춤을 지켜보고 있는 사람들이 보이고, 그 한가운데에 한 남자가 뒷짐을 지고서 오만한 자세로 서 있다. 유독 혼자 외투를 걸친 그 사내는 그들의 행동 하나하나를 감시하고 있는 것처럼 보인다. 사진 오른편으로는 예닐곱 명의 사내들이 등을 보인 채 일렬로 서 있는데, 머리에는 흰색 두건을 쓰고 있다.

이 사진은 스위스 출신 사진작가 베르너 비쇼프가 1952년에 거제도에서 찍은 것이다. 대표적인 현대 보도 사진작가 그룹인 '매그넘 포토스Magnum Photos' 소속의 비쇼프는 2년 후 페루 안데스 계곡에서 자동차 추락 사고로 38세의 나이에 세상을 떠났다.

2. 크리스 베르티에

　내가 이 사진을 처음 접한 것은 3년쯤 전에 크리스 베르티에를 통해서였다. 베르티에는 나의 프랑스인 친구였다. 그는 파리 서쪽 외곽에 위치한, 주로 아시아와 아프리카를 대상으로 하는 작은 사진 박물관의 관장이었다. 자베르-칸 뮤지엄이라는 이름의 그 박물관은 원래는 개인 재단으로 설립되었으나, 심각한 경영난을 겪은 후에 이미 오래전부터 그 지역의 도청에서 소유권을 넘겨받아 운영하고 있었다.

　박물관 건물 앞의 넓은 부지에는 프랑스, 영국, 보스니아, 일본 등 여러 나라의 양식이 다양하게 혼재된 정원이 꾸며져 있었다. 세계 평화를 염원한다는 취지에서 조성된 그 독특한 정원으로 인해 박물관의 이름도 꽤 알려진 편이었다. 정원 자체의 규모는 그리 크지 않았지만, 다양한 풀과 나무, 꽃과 돌, 작은 연못들이 정적으로 어우러져 있어서, 그 이국적인 정취가 낯설지 않게 다가왔다. 처음 그곳에 발을 들여놓았을 때, 문득 한국 담양에 있는 소쇄원이 머리에 떠올랐다. 소쇄원 양식으로 이곳에 작은 정원을 하나 꾸민다면 잘 어울릴 듯싶었다. 정원 한쪽 옆으로 대나무 숲을 꾸며도 좋을 것 같았다.

　베르티에는 나와 동갑내기였는데, 프랑스 출판계에서는 인문 교양서의 저술 및 기획 분야에서 아시아 전문가로 알려져 있었다. 내가 그를 처음 만난 것은 어느덧 10여 년 전으로 거슬러 올라간다. 그해 가을에 나는 잠시 파리에 머물고 있었다. 그 무렵에 나는, 비록 그다지 성공적이라고는 할 수 없었지만, 나름대로 몇 권의 장편소설과 소설집을 출간하면서 작가로서 입지를 굳혀나가고 있었다.

　파리행을 결심한 것도 명목상으로는 새 장편소설을 위한 자료 조사를 위해서였다. 그러나 사실상 그때부터 아내와의 별거가 시작되었다. 방을 따로 쓰기 시작한 건 훨씬 오래전부터였는데, 어느 날부턴가 아내와 나 사이에 갑자기 말도 사라졌다. 말이 사라지자 몸짓만 남았다. 말은 대화를 유도하지만, 말이 배제된 몸짓은 신호나 지시, 심지어 명령을 전달할 뿐이었다. 우리는 서로에게 신호하고 지시하고 명령하면서 한동안 팬터마임 같은 삶을 살았다. 서로를 정면으로 보기를 피했으므로, 어차피 표정은 중요하지 않았다. 시간이 흐를수록 상대방의 시선을 끌기 위해 몸짓이 점점 더 커졌다. 어쩔 수 없이 우리는 서로를 곁눈으로 살펴야 했다. 흘겨보는 그 눈길로 인해 서로를 감시한다는 느낌이 들었던 것은 어찌 보면 당연한 일이었다. 우리가 몸 담고 있는 서울의 작은 아파트는 우리에게 수용소와 다를 바 없었다. 결국 우리는 한동안 떨어져 지내기로 합의를 보았다. 우리의 별거는 3년 후 이혼할 때까지 계속되었다.

대학에서 프랑스 문학을 전공했지만, 프랑스 방문은 그때가 처음이었다. 샤를드골공항에 도착하여, 처음 이틀은 파리 교외의 호텔에 머물다가, 외환은행 파리 지점에 근무하는 대학 동기의 도움을 받아 파리 13구에 작은 스튜디오를 얻었다. 보름쯤 지나 어느 정도 파리 생활에 자리를 잡아가기 시작할 무렵에, 한 여자에게서 전화를 받았다. 그녀는 자신의 이름이 한수영이고, 내 3년 아래 대학 후배라고 밝혔다. 머릿속으로 가만히 이름을 되새겨보니, 간간이 강의실과 캠퍼스에서 마주치던, 말수는 적었지만 조금은 당돌한 인상을 주던 여학생의 모습이 눈앞에 떠올랐다. 그 후로 그녀를 다시 본 기억이 없었다.

인사말이 오간 뒤에 그녀는 아시아 연구소를 겸한 자베르-칸 재단의 연구원인 크리스 베르티에라는 사람이 나와 만나고 싶어 한다고 말했다. (그때만 해도 베르티에는 연구원이었고, 박물관 관장이 된 것은 5년쯤 전이었다.) 그녀는 대학 졸업 후 나의 경력을 어느 정도 알고 있는 것 같았다. 아마도 외환은행에서 일하는 동기에게서 내가 파리에 와 있다는 사실을 전해 들은 모양이었다. 우리는 다음 날 베르티에와 함께 셋이 팡테옹 근처의 카페에서 만나기로 했다.

전화를 끊고 났을 때, 문득 눈과 코에 통증이 느껴졌다. 내 감각의 기억 속에 내장된 매캐한 최루탄 냄새가 코를 찔렀기 때문이었다. 대학 시절, 늘 반정부 시위가 끊이지 않았던 터라, 캠퍼스 어디에서든 보도블록을 밟으면 그 틈에 내려앉아 있던 최루탄 가스가 먼지와 함께 풀썩거리며 피어올랐다. 그 시절을 떠올릴 때면 그 냄새가 가장 먼저 다가왔다. 그때 초점이 잘 맞지 않아 흐릿한 장면 하나가 천천히 눈앞에 떠올랐다. 도서관 앞에서 학생들이 기습적으로 시위를 벌이고 있었다. 어느새 나타났는지 소위 백골단이라고 불리던 사복 전투경찰들이 그들을 덮쳤다. 도주와 추격과 구타와 비명, 그 와중에 한 여학생이 전투경찰의 우악스런 손아귀에 옷자락이 잡힌 채 질질 끌려가고 있었다. 이제 그 장면은 선명해졌다. 그녀는 한수영이었다. 그날 나는 먼발치에서 그 광경을 보며 내 눈을 믿을 수 없었다. 그녀는 한 번도 데모에 가담한 적이 없기 때문이었다.

베르티에와 나 사이의 인연은 그렇게 시작되었다. 그는 연한 흑발에 체격이 크지 않아서, 크고 둥근 눈을 제외하고는 전체적으로 동양인을 연상시키는 외모였다. 술에 대해서도 프랑스인답지 않게 무척이나 절제된 모습을 보였는데, 그 때문인지 열성적이면서 진지한 눈빛이 더 강한 인상을 주었다. 첫 만남의 자리에는 수영도 동석했다. 그녀에게는 놀라울 정도로 예전 모습이 거의 남아 있지 않아서, 내게는 낯선 사람과 다를 바 없었다. 그녀는 화장기가 전혀 없는 얼굴에, 마치 막 목욕탕에서 나온 사람처럼 머리카락에 윤기가 흐른다는 점을 제외하고는 수수하고 평범해 보였다. 그녀는 코디네이터로 일하면서, 베르티에와도 자주 공동 작업을 하고 있다고 했다. 그녀는 우리 사이에 오가는 대화에 무척 관심을 보였다. 내가 말이 막히면 그녀가 나서서 열띠게 이야기를 늘어놓곤 했다. 그러나 그날 이후로 그녀는 우리가 만나는 자리에 다시 모습을 나타내지 않았다.

베르티에의 말에 따르면, 지금까지 주로 남아메리카와 일본과 중국에 관심을 가져왔던 프랑스 출판계는 이제 한국으로도 눈을 돌리고 있다고 했다. 한국의 오랜 역사와 정치적으로 특수한 상황, 그리고 최근에 보여준 놀라운 경제적 발전을 고려한다면, 예술과 문화에 있어서도 주목할 만한 성과가 있었으리라는 것이었다. 그런 취지에서 베르티에는 가장 먼저 한국의 젊은 작가들을 중심으로 단편소설 앤솔러지를 기획하고 있었다. 그는 작가와 작품을 선정하는 일로 내게 도움을 청했고, 나는 선선히 승낙했다. 나중에 한국의 작가들에게 연락해서 섭외를 하고 계약을 하는 일도 내가 맡기로 했다.

프랑스 측에서는 우선적으로 폴 로랑 출판사가 번역 및 출간에 적극적으로 나섰다. 그 후로 프랑스에 한국 소설들이 정기적으로 소개되었다. 베르티에는 내 장편소설도 고려의 대상이라고 했지만, 시간이 흘러도 출판 계약은 이루어지지 않았다. 아마도 한국적인, 가장 한국다운 문학을 찾으려는 그들의 입장에서, 현대인들의 심층 심리를 주로 다룬 내 소설들은 다소 까다로운 대상이었던 모양이었다. 때문에 베르티에로서도 난처해하는 것 같았고, 그 점을 잘 알고 있었기에 나도 말을 꺼내기를 피했다.

5년 전에 베르티에는 바라던 대로 박물관의 관장이 되었고, 이듬해 봄에 한국을 방문했다. 프랑스에서 열리는 '세계의 정원' 전시회 때 소개하기 위해 유서 깊은 한국 정원들을 다큐멘터리로 제작하려는 의도에서였다. 베르티에는 제작진 세 명을 대동했는데, 놀랍게도 수영이 그중 하나였다. 나는 그들과 함께 오랜만에 소쇄원을 찾았다. 늦은 봄이라 소쇄원에는 은은한 향기와 온갖 종류의 맑은 소리가 가득했다.

두 명의 사진작가가 사진을 찍고 비디오 촬영을 하느라 바쁘게 움직이는 동안, 베르티에와 수영은 나란히 서서 정원을 거닐었다. 그 뒤를 따라 천천히 걷던 중에 나는 그들이 그저 일 관계로 만나는 사이가 아님을 뒤늦게 알아차렸다. 베르티에는 늦은 나이에 결혼하여 실비라는 이름의 어린 딸을 두고 있었고, 수영은 줄곧 혼자 지내고 있었다. 수영에게서는 불행해하는 기색이 보이지 않았다. 나는 그들 둘이 은밀하게 눈빛을 교환하는 장면을 여러 차례 볼 수 있었다. 그러나 그 눈빛에는 비밀스런 사랑을 하는 사람들 사이에서 오가는 애틋함과 간절함은 담겨 있지 않았다. 수영 쪽에서 짧고 날카롭게 노려보고 베르티에는 먹먹한 눈길로 그녀를 마주 바라보곤 했다. 그 순간 그들 사이에서는 애정보다는 미움과 분노가 느껴질 정도였는데, 오히려 그 때문에 서로 쉽게 떨어질 수 없이 끈끈하게 엮여 있다는 느낌을 주기에 충분했다.

지방 여행을 하는 동안, 호텔에 투숙할 때마다 모두 다섯 개의 방을 얻곤 했는데, 나는 베르티에와 수영이 한 침대에서 잠든다는 사실을 모르지 않았다. 두 명의 사진작가도 그 점을 알면서도 개의치 않는 기색이었다. 그 무렵에 나는 이혼을 하고 독신으로 지내고 있었기 때문에, 나도 모르게 수영을 유심히 바라보곤 했다. 만약 수영이 베르티에와 깊은 관계를 가지고 있지 않았다면 그녀에 대한 내 감정이 어땠을까 궁금했기 때문이었다. 그러나 이미 나로서는 베르티에 없이 수영을 생각할 수 없었고, 수영 없이 베르티에를 생각할 수도 없었다. 내가 5월 말의 어느 날 두 사람을 공항으로 배웅하는 동안, 그들은 언뜻언뜻 행복한 연인처럼 보이기도 했다.

그 후 우리 사이에는 1년가량 연락이 오가지 않았다. 얼마 전부터 폴로랑 출판사에서는 더이상 한국 소설 출판을 고려하지 않는 탓에, 베르티에와 내가 함께할 일도 없었다. 그러다가 그해 겨울, 그러니까 3년 전 겨울에 그에게서 이메일이 도착했다. 거기에 바로 이 사진이 첨부되어 있었고, 사진 파일의 제목은 '재교육 캠프에서의 스퀘어댄스, 거제도, 한국, 1952'였다.

메일의 내용은 대략 다음과 같았다.

"「한국의 정원」이라는 다큐멘터리 필름을 공개하면서, 한국에 관한 사진전도 함께 열자는 의견이 있었네. 전체적인 방향을 잡아보기 위해, 한국에 관한 중요한 기록 사진들을 검토하던 중에 이 사진을 발견했지. 한국 공산군 포로들이 가면을 쓰고 춤을 추고 있어. 그런데 왜 한국인들이 미국의 민속춤을 추고 있을까. 포로수용소를 미국이 관리하고 있기 때문이라고 막연히 짐작할 수 있을 뿐이어서, 자세한 내막이 궁금하군. 독일군이나 일본군에게 포로가 된 미국 군인들이 독일이나 일본의 춤을 출 것인가. 그리고 왜 가면을 쓰고 있을까.

물론 포로가 된 한국의 군인들, 특히 북한군(북한 출신의 인민군과 남한 출신의 의용군)들의 입장이 무척 복잡했다는 걸 어느 정도 알고 있어. 지금 이들은 북으로 돌아가느냐, 남쪽에 남느냐, 아니면 중립국을 택하느냐의 기로에 놓여 있지. 아마도 공산주의를 버리고 민주주의를 택하려는 사람들이 이 춤을 추고 있을 거야. 그래도 이 사진 속에는 뭔가 더 복잡한 드라마가 들어 있을 듯해. 이들에게 춤을 가르쳐준 사람은 누구일까.

문득 떠오르는 이야기가 있어. 남아메리카에서 혁명의 바람이 불던 시절, 원주민 인디언들은 축제를 맞아 춤을 출 때 전통적인 가면을 착용했는데, 이 가면들은 게릴라들이 신분을 감추는 수단으로 자주 이용되었다더군. 그 때문에 정부군에 의해 한 마을이 지구상에서 완전히 사라지기도 했다는 거야. 언젠가 아시아 관련 자료를 뒤지다가 퐁피두 센터 도서관에서 '한국의 가면'에 대한 사진첩을 본 적이 있지. 어쩌면 이들은 미국 민속춤을 추는 시늉을 하면서 실제로는 한국의 탈춤을 추고 있는 건 아닐까."

3. 매그넘 포토스

나는 그 사진에 대해 자세히 조사해보고서 알려주겠다고 답장을 보냈다. 처음에는 나 역시 사진 속 장면에 강한 호기심을 느꼈다. 전후 사정을 캐들어가다 보면 충분히 흥미로운 이야깃거리도 얻을 것 같았다. 그동안 거제도 포로수용소를 생각할 때면 내 머릿속에는 항상 같은 이미지가 떠오르곤 했다. 반공포로와 친공포로가 한데 뒤섞여 서로 세력을 차지하기 위해 목숨을 걸고 싸우는 상황이, 하나의 함정 속에 천적 관계인 두 집단이 동시에 떨어져서 서로 잡아먹고 잡아먹히는 상황과 겹쳐지는 것이다. 누군가 그들을 떼어놓지 않는 한 한쪽이 말살되거나 아니면 양쪽이 다 말살될 때까지.

그러나 나는 잠시 마음만 동했을 뿐, 자료를 뒤지는 작업에 선뜻 착수하지 못했다. 왜 그랬을까. 너무 힘든 일이 되리라 생각했기 때문일까. 아니면, 지금까지 한국의 과거사를 가지고 소설 쓰는 일에는 한 번도 관심을 두지 않았던 탓이었을까. 어쩌면 사진 속 상황이 액면 그대로일 뿐일지도 모른다는 생각이 들었기 때문일 수도 있다. 반공포로들이 춤을 추는 것은, 공산주의에 대한 민주주의의 우월성을 선전한다는 미국 측의 방침에 적극적으로 협조하기 위한 수단일 뿐인 것이다. 어차피 포로수용소 관리뿐만 아니라 한국동란 자체의 주체가 미국이지 않았는가. 한국군은 독자적인 작전권이 없었고 휴전회담에서도 발언권이 없이 참관인 자격으로 참석해야 하지 않았는가.

나는 답장을 차일피일 미뤘고, 시간은 빠르게 흘러갔다. 세계의 정원 전시회는 여러 사정으로 무기한 연기되었다. 몇 달 후 베르티에는 「한국의 정원」 다큐멘터리 필름을 담은 비디오테이프를 보내주었다. 우리는 그 일로 이메일을 주고받았지만, 어느 쪽도 사진 이야기를 다시 꺼내지 않았다.

내가 그 사진과 다시 마주친 것은 지난 달 말로 어느새 3년이 지난 후였다. 그날 나는 「매그넘 사진전」을 관람하기 위해 한가람 미술관 3층의 전시회장을 찾았다. 2월도 며칠 남지 않아서 봄이 멀지 않았지만 날씨가 한겨울 못지않게 몹시 추웠고, 미술관 마당에는 싸락눈이 깔려 있었다.

나는 '매그넘 포토스'에 대해 아는 바가 많지 않았다. 그래도 로버트 카파나 카르티에 브레송 같은 유명한 사진작가들에 관한 책은 몇 권 읽은 적이 있었다. 브로슈어를 보니, '매그넘 포토스'는 2차 대전 후부터 동시대의 현실을 휴머니즘적인 시선으로 생생하게 담아낸 가장 정통적이면서도 자유롭고 개성이 강한 보도 사진작가 그룹이라고 적혀 있었다.

전시장 안은 어두운 편이었고, 사진 한 점마다 독립적으로 조명이 설치되어 있어서 그 속에 담겨 있는 광경이 더욱 강한 인상을 불러일으켰다. 나는 가급적 천천히 걸음을 옮겼다. 하지만 마음속으로는 각각의 작품 앞에서 충분히 시간을 보내고 싶은 욕구와 빨리 다음 작품으로 넘어가고 싶은 충동 사이에서 끊임없이 갈등하고 있었다. 역사란 무엇인가. 우리 삶의 리얼리티란 무엇인가. 사진 속 장면은 리얼리티였지만, 사진 그 자체는 리얼리티가 아니었다. 단지 보여줄 거리, 볼거리일 뿐이었다. 그렇다면 우리는 역사의 리얼리티를 어떻게 경험해야 하는가.

나는 두 시간쯤 후에 전시장을 나와서 뮤지엄 숍으로 갔다. 딱히 뭔가를 사고 싶어서가 아니라, 건물을 나서기 전에 잔뜩 긴장된 내 머릿속의 기압을 바깥의 기압과 맞추기 위해서였다. 막 숍 안으로 들어섰을 때, 진열대 오른쪽 가장자리에 놓인 크고 두툼한 사진첩이 눈에 들어왔다. 그 책은 '매그넘 포토스' 소속 사진작가들의 렌즈로 포착한, 20세기의 역사를 담은 사진집이었다. 제목은 '현장에서 만난 20세기'였다. 나는 그 책을 집어 들고 무심코 책장을 들추었고, 그때 바로 그 사진, 포로들이 가면을 쓰고 춤을 추고 있는 그 사진이 눈앞에 펼쳐졌다.

베르너 비쇼프가 '매그넘'의 일원이라는 것을 전혀 몰랐던가. 나는 멍하니 사진을 내려다보았다. 3년 만에 다시 그 사진을 대하고 있다는 생각이 들자, 지나간 시간의 흐름이 생생하게 느껴지면서 귓속이 먹먹해졌다. 나는 미간에 힘을 모아서 사진 밑에 붙어 있는 글귀들을 읽어 내려갔다.

"한국의 거제도, 1952년." "'정말로 잘못된 장소에서 잘못 택한 적군을 상대로 벌인 잘못된 전쟁이었다.' 미국 총사령관 브래들리 장군."

"한국전쟁은 냉전 시대를 특징짓는 중요한 사건 중 하나라고 할 수 있다. 북한 측 전쟁포로들이 수감되어 있는 수용소를 찍은 이 사진에서, 포로들은 자유의 여신상 모형 앞에서 미국의 민속춤 '스퀘어댄스'를 추고 있다."

넓은 책장의 하단에는 베르너 비쇼프의 얼굴 사진이 실려 있었다. 얼굴이 약간 긴 편이어서 그런지 선량하면서 장난기도 조금 느껴지는 인상이었다. 그러나 넓은 이마와 깊은 눈매에서는 차분함과 진지함이 느껴졌다.

그 밑에는 비쇼프가 직접 쓴 사진에 대한 설명이 붙어 있었다. "거제도에서는 모든 것이 조작되었다. 모든 사람들에게 지시가 내려졌고, 사진을 찍는 우리들 앞으로는 그럴듯한 사람들만이 지나가도록 계획되었다. 이 사람들은 '보도 사진'에 찍히기 위해 포즈를 취했다. 나는 이게 진정으로 수용소에서의 생활인지 끊임없이 자문하지 않을 수 없었다."

그 글을 읽고 나서 나는 책의 무게도 잊은 채 눈을 돌려 오랫동안 창밖을 내다보았다. 나무와 건물과 간판이 어우러진 바깥의 풍경은 한 덩어리로 꽝꽝 얼어붙어 있었다. 비쇼프의 글에 따르면 사진 속 장면은 의도적으로 연출되었다는 것이었다. 나는 책을 떨어뜨리듯 내려놓고서 밖으로 나왔다. 택시를 타고 집으로 돌아오는 동안, 내 머릿속에서는 브래들리의 말이 계속하여 울림을 일으켰다. '한국동란은 정말로 잘못된 장소에서 잘못 택한 적군을 상대로 벌인 잘못된 전쟁이었다.' 그렇다면, '실로 적절한 장소에서 적절하게 택한 적군을 상대로 벌이는 적절한 전쟁'이 있다는 말인가. 대체 어떤 전쟁이 그런 전쟁일까. 그런 전쟁이 있다면 나 또한 정말로 그 전쟁터에 뛰어들고 싶었다.

그제야 비로소 나는 깨달았다. 처음 그 사진을 보고서 강한 호기심을 느꼈을 때, 나는 그 장면에서 흥미로운 이야깃거리를 찾고 있었다. 그 사진에 대한 관심이 이내 시들해진 까닭은, 나 자신이 사진 속 상황을 단지 이야깃거리로 대하고 있음을 자각하고서 무의식적으로 부끄러움을 느꼈던 탓이었다. 언젠가부터 나는 무엇을 대할 때마다 그럴듯한 이야깃거리인가 아닌가 하는 잣대로 가치를 재고 있었다. 진실을 찾는 건 내 능력을 넘어서는 일이었고, 따라서 나의 소관이 아니었다. 그런데 이제 그 사진이 다시금 나를 강하게 끌어당기고 있었다. 분명 내게 뭐라고 말을 건네고 있었다. 아직은 그 말을 알아들을 수 없었지만, 이제 나는 전쟁터에 나선 병사의 심정으로 그 사진을 바라보고 있었다.

다음 날부터 나는 거제도 포로수용소에 대한 자료를 모으기 시작했다. 가장 먼저 열화당 사진 문고로 출판된 베르너 비쇼프의 사진첩이 손에 들어왔다. 그 책의 87면에 실린 그 사진의 제목은 '재교육 캠프에서의 스퀘어댄스, 거제도, 한국, 1952'였다. 베르티에가 사진 파일에 붙인 바로 그 제목이었다. 그 옆에는 다음과 같은 설명이 붙어 있었다. "이 수용소의 첫째 목적은 북한과 중국 포로들에게 서구식 생활 방식과 가치를 가르치는 것이었다. 이는 무엇보다도 배경에 보이는 자유의 여신상 같은 서구적 이미지의 수용, 혹은 일종의 민속 활동으로서 스퀘어댄스를 배우는 것이었다. 이 사진에서는 포로들이 종이 가면을 씀으로써 자기들 나름의 모습을 덧붙였다."

비쇼프의 사후에 출간된 이 책의 편집자는 클로드 쿡맨이었다. 그가 해설도 썼으니 사진 설명도 그가 붙인 것으로 보아야 할 것이다. 그런데 그는 포로들이 각기 자기 스타일대로 가면을 만들어 썼다고 믿고 있었다. 과연 그럴까. 지금 이들이 일종의 가면무도회 분위기를 내고 있다는 말인가. 그렇게 보기에 가면들은 하나같이 흉측할 정도로 거칠고 기괴해 보이지 않는가.

이 책에는 거제도와 관련하여 비쇼프가 찍은 또 한 장의 사진이 실려 있었다. 제목은 '가장 어린 포로, 거제도, 한국, 1952'였는데, 이런 설명이 붙어 있었다. "나이 많은 동료들과 같은 군복을 입은 일고여덟 살가량의 소년이 포로수용소에서 자기 몫의 국과 김이 모락모락 나는 밥을 받아 들고 있다." 배식 시간이 되어 길게 늘어선 포로들의 행렬, 그중에서 군복에 군모 차림의 한 아이가 막 국과 밥을 타가지고 어딘가로 걸어가고 있다. 그는 얼굴에 만족스런 미소를 짓고 있다. 이목구비가 분명하고, 뺨은 토실토실하다. 지금 이 소년은 어떻게 되었을까. 분명 어딘가에 살아 있지 않을까. 살아남지 않았을까.

나는 책방과 온라인 서점과 도서관과 RISS(학술연구정보 서비스)를 뒤져서 책들을 구했다. 돈을 주고 구입한 책들 중에는 중고 서적도 적지 않았다. 자료들을 정리해나가는 동안 거제도 포로수용소에서 벌어진 그야말로 피비린내 나는 일련의 역사적 사건들이 내 앞에서 천천히 윤곽을 드러냈다. 거제도 포로수용소는 1951년 2월부터 포로들을 수용한 이후로, 반공포로와 친공포로를 분류하기 시작하였고, 1952년 4월에는 이미 대부분의 반공포로들이 제주도, 부산, 광주, 논산, 마산 등지에 새롭게 건설된 수용소로 이송되어 수감되었다. 그러나 분류작업이 몇 달 동안 더 계속된 점을 감안한다면, 대략 1년 반 동안 반공포로들과 친공포로들 사이에 밤낮으로 목숨을 건 싸움이 벌어졌다고 볼수 있다. 정확한 사망자 수에 대해서는, 거제도 포로 공동묘지에 4천여 기의 무덤이 있고 그 외에도 적지 않은 시신이 유기되었다는 점을 염두에 두어야 할 것이다.

양 진영은 대외적으로도 극명한 대비를 보였는데, 반공포로들은 수용소 당국의 방침이나 정책에 적극적으로 동조했고, 친공포로들은 철저히 거부하고 방해 공작을 펼쳤다. 수용소 당국에서는 원칙적으로 친공포로들을 반공포로로 회유하려는 의지를 가지고 있었으나, 제네바 협정에 따른 자율적 판단과 자치적인 활동을 허락했다. 비쇼프가 찍은 '스퀘어댄스' 사진은 그 대립의 한 단면을 가장 극적으로 드러내주고 있는 것이다.

4. 아버지

소설가로 살아가는 나의 삶은 최근 들어 그다지 행복하지 않았다. 어쩌다 글을 발표하거나 책을 출간하고 나면, 오히려 나 자신이 세상과 채널을 제대로 맞추지 못하고 있다는 사실을 절감하곤 했다. 그건 책이 많이 팔리고 안 팔리고 하는 것과는 별개의 문제였다. 깊은 산에 들어가서 크게 외치는데, 메아리가 돌아오지 않거나 돌아온다 하더라도 전혀 다른 목소리가 들리는 것이었다.

그래서인지 언젠가부터 나는 신화와 종교의 영역을 헤매고 있었다. 제주의 궤네깃또 신화를 바탕에 두고서 4·3사건을 풀어나가는 데 몰두하거나, 바퀴를 테마로 삼아서 이른바 현대적인 불교 설화를 쓰려 하거나, 성당의 고해실 의자 이야기로 기독교적 신성의 세계에 다가서려 하고 있었다. 말하자면 나는 인간 세상에 제대로 적응하지 못하고 유령처럼 떠돌고 있었다.

나는 오래전부터 내 오랜 친구로 가장 먼저 나의 아버지를 꼽았다.

내가 사춘기를 겪을 무렵부터 아버지와 나 사이에 갈등이 적지 않았다. 그러나 늘 결정적인 파국은 피할 수 있었고, 그 점은 전적으로 아버지의 넉넉한 성품 덕분이었다. 아버지는 지금 위독하여 벌써 몇 달째 병원 신세를 지고 있었다. 평생 성실한 중등학교 교사로 조용히 살아온 아버지는 나이 일흔이 넘은 후부터 갑자기 역마살이라도 낀 듯 전국 방방곡곡을 돌아다녔다. 누군가가 말리려 들면, 늙는 것과 늙은이처럼 사는 것은 다르다는 모호한 말을 습관처럼 되풀이했다.

그러다가 결국 일이 생기고 말았다. 어느 날 강원도 철원 부근에서 산에 오르다 쓰러져 응급조치를 받은 후 서울에 있는 대학병원으로 이송되었다. 쓰러질 때 뇌에 충격을 받아 뇌진탕이 왔는데, 다행히 그런대로 회복이 되었다. 왼쪽 다리에 약간의 마비 증상이 왔지만 거동을 하는 데 큰 불편함이 없었다. 나는 아버지에게 푸른색 티타늄 지팡이를 사드렸다. 그러나 아버지는 지팡이를 짚는 것을 싫어했다. 한 달에 한두 번 가족 모임이 있을 때 아버지 손에는 매번 지팡이가 들려 있지 않았다. 내가 걱정도 하고 짐짓 화도 내보았지만, 아버지는 아랑곳하지 않았다. 아마도 지팡이를 짚는 것이야말로 늙은이처럼 사는 것을 의미한다고 여겼던 모양이다.

우려했던 대로 아버지는 어느 겨울날 집 앞 인도의 불규칙한 보도블록에 왼쪽 발이 걸려 다시 넘어졌다. 또 머리를 부딪혔는데, 이번에는 상태가 훨씬 심각했다. 아버지는 장시간에 걸쳐 뇌수술을 받은 후에 깨어났다. 그러나 말이 어눌했고, 거동은 거의 불가능했다. 그 후로 수차례에 걸쳐 다시 수술을 받았다. 의사들 말로는 뇌에 자꾸 피가 고이기 때문이라고 했다. 그러나 피를 빼면 다시 피가 고였다.

그 상태로 일주일이 지났을 때, 나는 형과 함께 병원 휴게실에서 상조회사 직원들을 만났다. 검은 양복을 맵시 있게 차려입은 두 명의 젊은 남자가 근심 어린 표정으로 우리를 맞았다. 우리는 유언과 수의에 대해, 그리고 장례 절차에 대해 차분하게 이야기를 나누었다. 우리 네 사람에게 아버지는 이미 죽은 사람이었다. 그들이 매고 있는 검은색 넥타이에 눈길이 닿았을 때, 문득 춤추는 포로들 사진이 눈앞에 떠올랐다. 포로들은 모두 검은 넥타이를 매고 있었다. 그중 앞쪽에서 혼자 춤을 추고 있는 사내의 넥타이가 가볍게 너풀거리고 있었는데, 마치 몸통이 짧고 가는 뱀처럼 보였다.

그러자 이번에는 눈앞에서 흰 꽃과 붉은 꽃이 어른거렸다. 중공군 포로들 콤파운드(포로수용소 내의 작은 단위의 수용소들을 부르는 이름)에서 상당수의 포로가 경비대와 무장 투쟁 중에 사망했을 때, 중공군들은 성대하게 장례식을 치르기로 결정했다. 그들은 관리 당국 측에 흰 휴지 뭉치와 머큐로크롬을 요구했고, 그것들로 흰 꽃과 붉은 꽃을 만들었다. 휴지와 빨간약으로 만든 것이라 하더라도, 죽음을 애도하기 위해서는 반드시 꽃이 필요한 것일까. 문득 두 명의 상조회사 직원이 아버지의 죽음을 위해 마련된 두 송이의 검은 꽃처럼 보였다.

나는 혼자 조용히 일어나서 병실로 돌아왔다. 아버지는 여전히 깊이 잠들어 있었다. 아버지는 매사에 좋고 싫음이 분명했지만, 그렇다고 완고하거나 편협하진 않았다. 그는 항상 웃음을 잃지 않았고, 눈에 보이는 모든 것이 그에게는 그럴듯한 유머의 대상이 되었다. 가족들을 웃음거리로 삼는 일도 자주 있었지만, 그로 인해 불화가 생긴 적은 한 번도 없었다.

내가 이혼한다는 뜻을 밝혔을 때, 아버지가 말했다.

"네 경우는, 결혼을 하고서 후회를 했으니, 이혼을 하고서 후회하는 일은 없기를 바란다."

결혼은 해도 후회하고 안 해도 후회하듯이, 이혼 역시 해도 후회하고 안 해도 후회한다는 말을 아버지는 그렇게 돌려 표현한 것이다.

겨울이었지만 실내는 약간 후텁지근했다. 아버지의 몸에서 담요가 옆으로 흘러 내려와 있었고, 환자복의 아랫배 쪽 앞섶이 약간 벌어져 있었다. 그 사이로 배에 난 흉터가 눈에 들어왔다. 아버지가 군대에서 받은 복막염 수술 자국이었는데, 얼핏 보면 철조망 문양처럼 보이는 그 흉터는 배꼽 아래부터 거의 명치까지 일직선으로 이어져 있었다.

아버지는 강원도 봉평의 한 초등학교에서 교편을 잡고 있다가 한국 동란 중에, 더 정확히 말해서 9·28 수복 직후에 군대에 징집되었다. 남쪽으로 이송되어 곧바로 해병대에 배속되었고, 진해 훈련소에서 훈련을 받았다. 아버지 나이 스무 살 때였다. 2주 동안의 훈련이 끝나갈 즈음에, 아버지는 훈련소 철조망 너머로 낯이 익은 중년의 아낙을 보았다. 놀랍게도 그녀는 아버지의 어머니, 나의 할머니였다. 할머니가 아버지를 면회하기 위해 음식을 싸 들고서 그 험한 시절에 그 먼 길을 온 것이었다. 아버지는 그 일을 떠올릴 때면 눈시울을 붉히며 기적이나 다를 게 없는 일이었다고 말하곤 했다. 그 후로는 보따리를 머리에 인 여자를 보면 모두 할머니처럼 보였다는 말도 덧붙였다.

아버지는 전선에 배치되기 위해 대기하던 중에 복막염에 걸렸다. 복막에 염증이 생겼는데, 원인은 다양하지만 뭔가 날카로운 것에 찔려 세균이 침투한 경우도 적지 않다고 했다. 군의관은 아버지가 훈련 중에 철조망에 찔린 상처를 보고서 그때 감염되었다고 결론을 내렸다. 아버지는 수술을 받은 후에 부산 근처의 의무대로 이송되어 그곳에서 회복기를 보냈다.

병원은 포로수용소와 크게 다를 바가 없었다. 병자들이긴 해도 군인들이었으므로, 탈영을 막기 위해 곳곳에 초소가 세워져 있었고 철조망이 반원형으로 둘러쳐져 있었다. 바다 쪽으로는 열려 있었는데, 환자들은 날마다 철조망 근처나 바닷가를 배회하며 먹을 것을 구하기 위해 애썼다. 조개나 낙지 같은 것들이 간혹 그들의 허기를 달래주었다. 식량이 턱없이 부족한 상황이라, 배식을 맡은 사람들은 막강한 권력자였다. 그들은 환자들에게 무조건의 복종과 충성을 표시하는 뜻으로 밥을 타기 전에 원숭이처럼 왼손을 머리 위에 얹고 있도록 했다. 그렇게 아버지는 살아남았고, 그곳에서 휴전 소식을 들었다. 아버지의 훈련소 동기들은 거의 대부분 전장에서 목숨을 잃었다.

5. 자유의 여신상

나는 계속해서 거제도 포로수용소 관련 책자를 읽고 인터넷 문서를 뒤졌다. 그러던 중에 유엔군 민간정보교육국에서 CI&E(Civil Information and Education) 프로그램을 마련하여 포로들에게 교육적이고 문화적인 활동을 적극적으로 유도했다는 사실을 알았다. 어느 반공포로 출신의 증언에 따르면, 군악대의 연주가 거제도 상공에 높이 울려 퍼지는 가운데, 포로들이 팀을 짜서 축구, 농구, 배구 시합을 통해 마음껏 기량을 겨루었다고 했다. 한국군 헌병사령관 원용덕 장군 (훗날 반공포로 석방의 주역)이 시찰 나와 단상에 앉아서 흡족한 표정으로 그 광경을 지켜보았다는 기록도 있었다.

포로들의 문화 활동은 체육 분야에 국한된 게 아니었다. 이와 관련된 사진 자료들을 여러 책에서 확인할 수 있었다. 그중에는 외부에서

초빙된 여자 아나운서들의 도움을 받아 방송 프로그램을 짜는 방송부원들을 찍은 사진도 있었다. 그리고 승공 플래카드를 제작하는 미술부원들의 사진도 있었는데, 사진의 배경에는 링컨의 얼굴 그림과 예수 조각상이 자리를 차지하고 있었다. 그런가 하면 국악기와 양악기가 혼합된 교향악단의 사진, 「즐거운 나의 집」을 노래하는 합창부원들의 사진도 볼 수 있었다. 연극 공연 장면을 찍은 사진은 찾을 수 없었는데, 기록에 따르면 73 콤파운드의 연극부에서 「춘향전」을 무대에 올렸고, 춘향이 역을 맡은 남자 배우의 뛰어난 연기에 모두가 넋이 나갔다는 것이다.

그러나 춤에 대해서는 전혀 언급이 없었다. 스퀘어댄스가 아니더라도, 왈츠든 포크댄스든 하다못해 탈춤이나 사당패 춤 같은 것을 추었다는 기록은 어디에도 없었다. 그래도 문제의 사진 속 배경에 우뚝 솟아 있는 '자유의 여신상'에 접근할 수 있는 단서는 찾을 수 있었다.

1951년 가을, 역시 CI&E 프로그램의 일환으로 반공포로들의 박람회가 열렸는데, 손재주가 뛰어난 포로들이 만든 다양한 공예품과 예술품들이 전시되었다. 빈 통조림 깡통이 기관차의 차량이 되어 궤도 위를 달리고 C레이션 식료품 상자가 벽걸이 시계로 변신했다. 쌀 포대와 밀가루 포대로 만든 멋진 신사복과 우아한 숙녀복들, 그리고 조각 판화와 풍경화도 있었다. 그 외에 호랑이, 말, 곰, 독수리 등의 목공예 조각상들도 선을 보였는데, 그중에 뉴욕의 자유의 여신상도 들어 있었던 것이다.

마침 거제도 포로수용소를 시찰 중이던 미 육군참모총장 콜린스 대장과 유엔군 사령관 리지웨이 대장이 포로수용소장 도드 준장의 안내를 받으며 삼엄한 경계 속에서 박람회를 관람했다. 그들은 도구도 변변치 않은 상태에서 보잘것없는 재료로 만들어낸 멋진 작품들을 보고 놀라지 않을 수 없었다. 여기까지는 목격자들의 증언이다. 아마도 그때 미군 장성들은 나무로 조각된 '자유의 여신상'의 미니어처를 보았을 것이다.

나는 상상한다. 며칠 후, 한 반공포로 콤파운드의 지부단장이 관리당국에 요청한다. 칭찬을 받은 목공품들 중에 '자유의 여신상'을 대형 입상으로 제작하고자 하니, 지원을 해달라는 것이다. 도드 소장은 흔쾌히 승낙한다. 여신상은 미국적 민주주의의 표상이다.

수용소 내에서 포로들에 대한 자활기술 교육은 철물 공작, 목공, 구두 수선, 양복 재단, 이발 등 여러 분야에서 이루어지고 있었다. 계속하여 나는 상상한다. 저 높이 솟아 있는 여신상 제작에 솜씨 좋은 장인들이 모두 동원된다. 그들 중에는 철물공작소에서 익힌 솜씨를 발휘해 지도부의 요구대로 각종 무기를 열심히 만들어낸 의용군 출신의 포로도 있다. 친공포로 측과 반공포로 측 사이에서 수시로 학살극이 벌어지던 시기에, 친공 측은 물론이고 반공 측에서도 수많은 무기를 만들었다. 그 무기들을 한데 모아 놓았다면 기념비적인 무기 박람회가 되었을 터이다.

이제 그 중년의 포로는 낮에는 자유를 상징하는 여신상의 철골 구조물을 세운다. 그리고 밤이면 드럼통 뚜껑을 떼어내어 날을 갈고 나무 자루를 끼워서 창을 만드는가 하면, 군화 바닥을 뜯어 끄집어낸 쇠를 갈아 단도를 만든다. 철조망을 잘라내어 나무 막대에 칭칭 감아서 철퇴처럼 휘두르게 한 것도 그의 발상이다. 온갖 살상용 무기를 만들던 손으로 여신상의 동체를 쓰다듬는다. 그는 단지 장인일 뿐, 자신이 만든 작품들이 어떻게 쓰이는지 따지는 건 그의 능력을 넘어서는 일이고, 따라서 그의 소관이 아니다.

지금 나는 인터넷에서 검색한 자유의 여신상을 모니터에 띄워놓고 가만히 바라본다. 높은 받침대 위에 선 여신은 부드럽게 흘러내리는 옷을 걸치고 머리에는 일곱 개 대륙을 상징하는 뿔 달린 왕관을 쓰고 있다. 오른손으로는 '세계를 비추는 자유의 빛'을 상징하는 횃불을 높이 쳐들고, 왼손에는 '1776년 7월 4일'이라는 날짜가 새겨진 독립선언서를 들고 있다. 일곱 대륙을 상징한다는 여신상 머리의 뿔은 검투사의 투구처럼 섬뜩한 느낌을 준다. 좀더 주의 깊게 들여다보면 예수가 썼던 가시 면류관처럼 보이기도 한다. 그 가시가 철조망으로 변한다. 철조망으로 만든 관을 쓴 예수의 두상이 마치 화면보호기의 영상이 떠오르듯 천천히 스크린을 가린다.

6. 철조망

틈이 날 때마다 인터넷을 검색하던 중에, '세계와 한국의 사진작가들'이라는 사이트에서 비쇼프가 찍은 새로운 사진 10여 장을 발견했다. 그 중에는 거제도 포로수용소 사진도 세 점이 들어 있었다.

그중 하나는 강당에서 진행되고 있는 교육 장면을 담고 있었다. 날마다 저녁 식사 전 4시부터 5시까지는 정치 교양 시간이었다. 만약 이 사진이 반공포로들의 콤파운드를 찍은 것이라면, 왼팔을 90도로 쳐들고 오른손을 옆구리에 붙인 채 등을 보이고 서 있는 사진 속의 인물은 이승만과 맥아더의 이름을 입에 담으며 미국적 민주주의의 가치를 역설하고 있을 것이다. 만약 이 인물이 친공세력의 선동가라면, '영명한 지도자'로 시작해서 소비에트 사회주의 10월 혁명과 강철 같은 인민군의 위업에 대해 열변을 토한 뒤 '간악한 미제국주의자들'에 대한 성토로 끝을 맺을 것이다.

또 다른 두 장의 사진에는 철조망이 화면 대부분을 차지하고 있다. 한 장의 사진에서는 철조망이 시야를 가로막고 있고, 그 위에 포로들의 빨래가 널려 있다. 그 너머에서 포로들이 하나같이 주머니에 손을 찌르고서 카메라 렌즈를 노려보고 있는데, 눈빛에서 적의가 느껴진다. 모처럼 바람이 없고 햇살이 따뜻한 날, 거지들이 빨래한다는 날을 맞은 모양이다. 철조망에 어지럽게 걸려 있는 젖은 옷들은 거칠게 잘린 인간의 몸통을 떠올리게 한다.

또 한 장의 사진에서는 머리에 보따리를 이고 걸어가는 한 아낙의 모습이 전면에 포착되어 있고, 그 뒤로 수용소의 철조망과 감시탑이 보인다. 햇살이 낮게 깔려 감시탑을 통과하고 있는 것으로 보아 아침녘으로 보인다. 철조망 너머에서는 벌써부터 포로들이 여기저기 몰려서서 웅성거리고 있다. 나는 그 사진에서 아버지가 훈련소 철조망 너머로 보았던 할머니의 모습을 다시 발견한다.

아버지는 복막염에서 회복된 뒤 의가사제대를 했다. 자칫 치명적이었을 병이 그를 살렸다. 배에 길게 난 상처는 생존자를 위한 훈장이자 철조망 모양의 낙인이 되었다.

어느 날 아버지는 자신의 삶이 마침내 말년에 이르렀음을 자각했다. 그 순간 그의 마음속에서 뭔가가 변했다. 그는 이제부터라도 다른 삶을 살고 싶었다. 어떻게든 다른 삶을 살아서, 죽기 전에 자신의 흔적을 이 세상에 남기고 싶었다. 그러기 위해 그가 택한 일은 곳곳에 함부로 버려져 있는 철조망을 수거하는 일이었다. 전국 방방곡곡을 돌아다닌 것도 그래서였다. 나는 그 사실을 뒤늦게야 알았다. 그는 자신의 흔적을 남기기 위해 철조망을 없애야 했다. 철조망의 흔적을 없애는 것이, 그에게는 자신의 흔적을 남기는 방법이었다.

사실, 불과 얼마 전까지만 해도 우리 주변에 철조망이 얼마나 많았던가. 산길에서, 강가에서, 바닷가에서, 사유지에서, 공원에서, 골프장 부근에서, 어디에서든 철조망이 우리 앞을 가로막았다. 온통 철조망투성이인, 가히 철조망 제국이라고 불러도 지나치지 않았다. 이 또한 한국동란이 남긴 후유증들 중 하나였다. 그 후유증은 아직 완전히 가시지 않았다. 게다가 이제는 가시 철조망 대신 그보다 훨씬 효과적인 면도날 철조망이 대세를 이루고 있다.

어렸을 적에 내가 살던 집은 봉의산이라는 높지도 낮지도 않은 산의 남쪽 자락에 있었다. 당연히 그 산은 나와 내 친구들의 주된 놀이터였다. 한번은 정상까지 올라갔다가 북동쪽 사면을 타고 소양강 쪽으로 내려가보기로 했다. 그쪽은 너무 가팔라서 등산로 같은 것도 아예 없었다. 하지만 초등학교 상급반이었던 우리는 높은 축대나 절벽 타기를 꽤 즐겼다. 밤에 잠을 자다가 절벽 중간에 매달린 채 올라가지도 내려가지도 못하는 악몽을 꾸고서 가위눌린 적이 한두 번이 아니었다. 그러나 낮이 되면 다시 가파른 언덕을 기어 올라갔다.

소양강을 내려다보며 강변도로를 3, 40미터가량 앞둔 곳까지 내려왔을 때, 우리 앞을 녹슨 철조망이 가로막았다. 둥글게 말린 그 철조망은 전쟁 중에 남하하는 공산군에 대항하여 국군이 소양강 방어선을 폈던 흔적이었다. 다른 아이들은 돌아가자고 했지만, 나는 조심스레 앞으로 나아갔다. 워낙 오래된 철조망이라 군데군데 틈이 벌어져 있었다. 나는 그중 가장 넓어 보이는 곳으로 과감하게 상체를 들이밀었고, 다음 순간 더이상 꼼짝도 할 수 없다는 사실을 깨달았다. 조금만 몸을 움직여도 곳곳에서 날카로운 통증이 느껴졌다. 너무도 순식간에 일어난 일이라 어이가 없고 기가 막혔다. 그러나 가시들로 이루어진 괴물의 손아귀에 갇혀버린 건 분명한 사실이었다. 빠져나가려 하면 내 몸이 먼저 비명을 질렀다. 나는 무엇보다도 내 몸이 저주스러웠다. 가시들은 눈에 보이는 듯하면서도 보이지 않았고, 보이지 않는 듯하면서도 분명히 눈에 보였다. 결국 나는 상처 입은 짐승처럼 울부짖었고, 친구들도 나처럼 눈물을 철철 흘리며 가시 달린 쇠줄에 매달렸다. 나는 거의 한 시간 만에 간신히 철조망에서 벗어났는데, 옷이 너덜너덜했고 여기저기에 살이 찢겨 피가 흐르고 있었다. 그날 나는 철조망이 무엇이고, 갇힌다는 게 무엇이고, 포로라는 게 무엇인지 절감했다.

아마 아버지도 그때 일을 잊지 못했을 것이다. 자세히 기억나지는 않았지만, 아버지는 내 몸에 난 상처를 보고서 속으로 눈물을 흘렸을 것이다. 이제 아버지는 몇몇 민간단체에 적극적으로 참여하여 철조망 수거에 앞장서고 있었다. 한강변을 따라 설치되어 있던 철조망 철거에 많은 시간을 보냈고, 얼마 전에는 지리산 바래봉 인근에 남아 있던 철조망과 지주대를 모두 제거하는 데 힘을 썼다. 이 철조망과 지주대는 오래전에 양 떼 목장 주위에 둘러쳐놓은 것이었는데 목장이 폐쇄된 후에도 지금까지 방치되어왔던 것이다. 국립공원관리공단의 협조를 받아 걷어낸 수 톤의 철조망은 재활용 업체에 매각되었고 그 수익금은 불우이웃돕기 성금으로 쓰었다. 아버지는 비무장지대 내에 뒹구는 녹슨 철조망을 수거하여 상품으로 제작하고 판매하는 사업에서도 큰 역할을 했다. 하지만 그 상품은 기대했던 만큼 인기를 얻지 못했다. 아무리 우리 역사의 실상을 증언하는 물건이라 하더라도, 철조망 조각을 포장하여 벽에 걸어놓고 싶어 하는 사람들은 그리 많지 않았다.

철조망은 지구상에 처음 모습을 드러냈을 때부터 이미 악마의 밧줄 혹은 악마의 모자 끈 같은 섬뜩한 이름으로 불렸다. 10여 년 전 파리 생활을 접고 귀국하기 직전에 나는 유럽 여러 곳을 돌아보았다. 그때 폴란드 남부의 오슈비엥침, 독일 이름으로 아우슈비츠라는 도시에 들렀고, 수용소를 방문했다. 무엇보다도 나는 그곳을 둘러싸고 있는 높다란 철조망에 압도되었다. 철조망 울타리는 흔히 투명한 공포를 불러일으킨다고 했다. 벽이나 말뚝 울타리와는 전혀 달리, 철조망은 사람을 완전히 가둬두면서도 그 너머를 거의 투명하게 내다볼 수 있게 하기 때문이었다.

한 감방 벽에는 예수상이 새겨져 있었다. 설명에 따르면 손톱으로 파서 만든 것이라고 했다. 가만히 보니, 가시 면류관뿐만 아니라 예수상 자체가 철조망 가시들로 이루어진 듯한 느낌을 주었다. 수용소 내의 박물관에는 그곳에 수감되었던 사람들의 가방과 신발, 안경, 심지어 머리카락을 모아둔 전시관도 있었다. 가방 전시관 앞을 지나던 나는 나도 모르게 우뚝 걸음을 멈추었다. 아무렇게나 쌓여 있는 가방들 중에서 갈색 가죽 가방 하나가 내 눈길을 끌었기 때문이었다. 나치는 유대인들의 가방을 빼앗을 때 나중에 돌려주겠다고 거짓말을 하며 가방에 이름과 주소를 쓰라고 했다. 그 갈색 가죽 가방 위에는 분명 'Marie Kafka, Prag'라고 씌어 있었다. 프라하의 마리 카프카. 프란츠 카프카는 1924년에 프라하에서 41세의 나이로 죽었다. 그렇다면 20년 쯤 후에 아우슈비츠에서 죽은 마리는 프란츠와 어떤 관계였을까. 아무도 알 수 없는 노릇이었다.

프란츠 카프카가 병약하여 유대인 박해가 본격적으로 시작되기 전에 죽었다는 것은 실로 다행한 일이다. 그런데 왜 나는 늘 카프카가 강제수용소에서 죽었다고 여기고 있는 것일까. 어쩌면 카프카가 소설을 쓰기 위해 자신을 유폐시킨 골방이 내게는 수용소처럼 느껴지기 때문이 아닐까.

박물관을 나서자 철조망이 바람에 떨리며 미세하게 금속성을 냈다. 어찌 들으면 새 울음소리 같기도 했다. 그때 문득 나 자신도 내내 철조망의 감각과 이미지에 갇혀 있는 포로 같다는 느낌이 들었다. 나는 포로였다.

7. 치명적인 유머

거제도 포로수용소의 비사를 다룬 책들을 계속 읽어나가는 중에 특히 인상적이었던 것은 '허니 바케스'였다. 허니 바케스는 원래 뜻은 꿀통이지만 포로들에게는 똥통 혹은 거름통을 의미했다. 정기적으로 각 콤파운드의 작업소대 포로들은 2인 1조가 되어 '허니 바케스'라고 불리는 분뇨통을 하나씩 나무 장대에 매달아 어깨에 짊어졌다. 그러고는 경무장한 한국군 경비대의 호위와 감시를 받으며 수용소를 빠져나와 고현 앞바다에 오물을 버렸다.

어떤 기록에 따르면, 한국인들이 그 똥통을 허니 바케스라고 부른다는 말을 듣고서, 도드 장군이 한국인들의 유머 감각에 감탄했다는 내용이 있다. 이 대목을 읽으면서 나는 실소를 머금지 않을 수 있었다. 허니 바케스는 원래 허니 버킷honey bucket이라는 미국의 속어를 한국식으로 바꾸어놓은 표현이기 때문이었다. 포로들이 미군들에게서 배운 말임이 분명하니, 오히려 우리야말로 똥통을 꿀통이라고 부르는 미국인들의 유머 감각에 감탄해야 할 노릇이었다.

그러나 미군들이 오랫동안 몰랐던 사실이 있었다. 그 허니 바케스 안에는 수시로 인간의 잘린 팔, 다리, 심지어 머리까지 들어 있었다. 수용소 안에서 살인이 벌어지면 시체를 토막낸 뒤 허니 바케스에 숨겨 밖으로 빼돌려 바다에 던져버린 것이었다. 그런 줄도 모르고 한번은 거제도의 한 농부가 포로들이 한눈파는 틈을 타서 거름통을 가져다가 밭에 뿌렸는데, 그때 통에서 사람의 머리가 굴러 나와 까무러치게 놀랐다는 기록도 있다.

게다가 허니 바케스는 정치적, 군사적으로도 결정적인 역할을 했다. '겁 없는 프랭크' 도드 장군이 친공포로들과 면담을 하고 있을 때, 바다에 허니 바케스를 비우고 돌아오던 포로들이 장군을 에워싸고 자기들 콤파운드로 밀어 넣었던 것이다. 삽시간에 분뇨 처리반 포로들에게 납치를 당한 도드 장군의 군복에서는 아마도 똥냄새가 진동했을 터이다.

꿀통이라는 이름의 똥통 속에 사람의 조각난 몸이 들어 있었다는 것, 그리고 그 똥통으로 미국 군대의 명예에 말 그대로 똥칠을 했다는 것, 이것이야말로 한국 역사의 가장 비극적인 상황이 빚어낸 가장 극적이고도 치명적인 유머 감각이 아닐까.

처음 한동안 나는 비쇼프의 사진 설명에 '1952년 거제도'라고만 되어 있어서, 정확히 몇 월이었는지 궁금했다. 긴팔 옷에 장갑을 끼고 있고 목도리도 두르고 있는 것으로 보아 사진 속의 계절은 분명 겨울이었다. 그렇다면 1952년 1월경일까 아니면 1952년 12월경일까. 1952년 4월 말에 대부분의 반공포로가 거제도를 떠나 다른 곳으로 이송되었으니, 아마도 1월경이라고 생각해야 할 것이었다.

그런데 그 시기에는 아직 반공과 친공의 분리 수용이 제대로 이루어지지 않은 상황이었던 터라, 각각의 콤파운드 안에서 좌우의 폭력적인 대립이 정점에 달해 있었다. 실제로 친공포로들이 크리스마스 준비를 하던 반공포로를 습격하여 수많은 사망자와 부상자를 낸 사건이 발생했고, 그 후로 친공포로들과 미군 사이에서도 수시로 대규모 충돌이 발생하고 있었다.

그러나 비쇼프의 사진에서는 그런 극렬한 분위기가 전혀 감지되지 않는다. 보도 통제를 당한 것일까. 아니면 모범적이고 안정적인 반공 콤파운드 몇 곳만 취재할 수 있도록 허락되었던 것일까. 그래서 비쇼프 자신도, '거제도에서는 모든 것이 조작되었다. 나는 이게 진정으로 수용소에서의 생활인지 끊임없이 자문하지 않을 수 없었다'고 노골적으로 불만 섞인 글을 썼던 것일까. 그 글은 곧 자신이 찍은 사진이 실상과는 전혀 다른 꾸며진 상황을 담고 있을 뿐이라고 스스로 밝히고 있는 게 아닌가.

그렇다면 다시, 포로들은 왜 스퀘어댄스를 추고 있는가. 가면은 왜 쓰고 있는가. 쿡맨은 자기들 딴에는 멋을 부리려 했다고 말했다. 그러나 아무리 보아도 가면들은 서로 비슷비슷해서, 개성을 살리기보다는 얼굴을 가리려는 의도가 더 커 보인다. 반공포로들이 목숨을 걸고 춤을 추면서 신변의 안전을 조금이나마 도모하기 위해 가면을 썼던 것일까. 아니면, 장차 남쪽으로 전향한 자기들 얼굴이 보도되었을 때 북한에 있는 가족에게 피해가 가지 않게 하려는 배려였을까. (반공포로의 대부분이 남한 출신 의용군이지만, 인민군 포로도 적지는 않았다.) 혹시 반공포로들과 친공포로들이 한데 섞여 가면을 쓰고 춤을 추었다고 가정할 수는 없을까. 하지만 이 경우에는 상당한 상상력이 필요할 듯하다.

지금 나는 잠정적으로 이렇게 결론을 내린다. 그들의 춤과 가면 또한 허니 바케스처럼 치명적인 유머 감각의 극치였다.

8. 임진강

나는 육군 보병 장교로 군 생활을 했다. 그 시절을 돌이켜볼 때면 어김없이 가장 먼저 떠오르는 기억이 있다. 삼사관학교에 입소하여 5개월 동안 훈련을 받은 뒤 전방에 파견되어 교육을 받을 때의 일이었다. 나는 훈련소 동기 하나와 보름 동안 임진강 하안 경비 중대에 배속되어 실습 소대장 자격으로 경계 임무를 수행했다. 계절은 겨울이었고, 그해 겨울은 몇십 년 만의 한파라고 할 정도로 유난히 추웠다.

임진강변을 따라 길게 참호가 구축되어 있어서, 나는 밤낮으로 경계근무 등급에 맞춰 참호 순찰에 나섰다. 우리 앞에는 철조망이 처져 있었고, 그 너머는 강이고, 그 너머는 공동경비구역이었다. 저녁이나 새벽에 내무반을 나설 때는 옷을 여러 벌 껴입어서 마치 뚱뚱한 눈사람처럼 어기적거리며 걷곤 했다. 이틀에 한 번은 날이 샐 때까지 어둠 속에서 눈에 보이지 않는 철조망을 응시하며 참호 안에 꼼짝 않고 앉아 있기도 했다.

중대 막사 뒤쪽으로는 넓게 개활지가 펼쳐져 있었고, 주민들이 그곳에서 논밭을 일구고 있었다. 북쪽으로는 철조망과 강물, 그리고 남쪽으로는 논밭과 그 너머로 마을의 평화로운 정경이 눈에 들어왔다. 그 기이한 대비에 나는 자주 머리가 먹먹했다. 열흘쯤 지났을 때, 새벽 근무 후에 모처럼 내게 개인 정비 시간이 주어졌다. 오후 근무 때까지 다섯 시간 동안 나는 자유였다.

점심 식사를 하고서 연병장 주변을 산책하던 중에, 눈길이 자꾸 마을 쪽으로 향했다. 근무지 무단이탈은 중대한 범죄였다. 하지만 주변에 아무도 없이 나는 혼자였고, 망루 위의 병사들도 내게 등을 돌리고 있었다. 내 상관인 중대장은 별로 말이 없고 내성적인 성격이었는데, 사격에서만은 누구에게도 뒤지지 않았다. 그날도 그는 사격장에서 병사들과 내기를 걸고서 사격 시합을 하고 있었다.

그런저런 생각이 머리를 스치고 있을 때, 어느새 나는 초소를 지나 마을 쪽으로 천천히 걸음을 옮기고 있었다. 병사들의 눈에 띄지 않을까 걱정할 필요도 없었다. 바람은 쌀쌀했지만, 햇살이 화사했다. 일단 마을 안으로 들어서자 마음이 더 느긋해졌다. 이제 세 시간 안에 조용히 귀대하면 아무 문제도 없을 것이었다. 나는 책방에 들러 책들을 뒤적이고 중국집에서 짜장면도 먹고 다방에 들러서 커피도 마셨다. 돌아가는 길에 가게에 들러 싸구려 양주 여러 병을 사서 군복 주머니들을 채웠다. 밤에 근무가 끝난 후 병사들과 함께 마시기 위해서였다.

해가 막 지기 시작할 무렵에 나는 다시 개활지로 나섰다. 저 앞에 중대 초소가 보였다. 나는 심호흡을 하고서 가급적 상체를 낮추어 천천히 걸음을 옮겼다. 그런데 10여 미터가량 앞으로 걸어 나갔을 때, 여기저기에서 철모들이 불쑥불쑥 솟아올랐다. 그와 거의 동시에 완전무장한 병사들의 모습이 눈에 들어왔다. 그들이 사방에서 나를 향해 달려왔는데, 총구는 정확히 나를 겨냥하고 있었다. 5분대기조가 출동한 것이었다. GOP에서 실습교육을 받을 때, 나도 5분대기조의 일원이 되어 완전군장을 한 채 5분 안에 출동하기 위해 내무반에서 명령을 기다린 적이 몇 번 있었다.

그때 맨 앞에서 달려오던 중위 계급장을 단 장교가 내 앞으로 바싹

다가서더니 총구를 들이밀며 손들라고 소리쳤다. 나는 엉거주춤하게 서서 두 손을 쳐들었다. 순간, 중위의 얼굴에 실망한 기색이 짙게 어렸다. 그는 허탈한 표정으로 총을 내리더니 무전기를 꺼내 들었다. 그가 본부에 보고를 하는 동안, 내 귀에는 '병아리 한 마리, 병아리 한 마리 확인'이라는 말이 들렸는데, 그 의미는 나중에 알 수 있었다. 아직 임관을 하지 않은 실습 소대장들은 소위 계급장이 노란색이기 때문이기 때문에 병아리라는 은어로 불렸던 것이다. 5분대기조가 출동한 까닭도, 이상한 계급장을 단 군인 하나가 마을을 돌아다니는데 군용 차량이 나타나면 슬그머니 골목으로 숨곤 한다고 마을 사람들이 신고를 했던 탓이었다.

신분 확인이 끝나고 병사들이 물러간 뒤, 나는 혼자 개활지를 마저 가로질러 곧장 화장실로 갔다. 그곳에서 몸에 지니고 있던 술병들을 재래식 화장실의 똥통 속으로 모두 던져버렸다. 중대장실로 가기 위해 내무반 안으로 들어섰을 때, 갑자기 하사관 하나가 오른손에 탄띠를 말아 쥐고서 죽여버리겠다고 소리치며 나를 향해 달려왔다. 나는 그 자리에 멈춰 서서 멍하니 그를 바라보았다. 그때 병사들이 그를 붙들며 말렸고, 내 훈련소 동기가 내 팔을 잡고 막사 밖으로 끌고 나갔다.

그날, 중대장은 끝내 나에게 한마디 말도 하지 않았다. 마치 자기와는 상관없다는 듯, 내게 화를 내지도 않았고 내 사과를 받아들이지도 않았다. 그날부터 당장 경계 근무의 강도가 최고로 높아져서 중대원 전체가 24시간 참호에 투입되어야 했다. 식사도 참호에서 했다. 삼사관학교의 대대장이 내게 전화를 해서 불호령을 내렸고, 나는 어쩌면 이대로 옷을 벗어야 할지도 모른다고 생각했다. 그럴 경우에는 올가을에 사병으로 다시 입대해야 했다.

사흘 동안 나는 내내 철조망을 바라보며 시간을 보냈다. 밤마다 달이 밝아서, 철조망은 달빛을 받아 금빛으로 빛났다. 때로는 철조망이 녹아내릴 것처럼 보이기도 했다. 나와 함께 경계근무를 서던 병사들 중 몇몇은 내게 위로의 말을 건넸다. 그러나 대부분 원망이 담긴 싸늘하게 날선 눈빛으로 나를 노려보았다. 때문에 내게는 그들 또한 철조망의 일부처럼 여겨졌다. 그들의 시선이 눈에 닿을 때마다 나는 철조망의 가시에 찔리는 고통을 느꼈다. 어렸을 적 봉의산에서 그랬던 것처럼, 나는 철조망에 갇힌 포로였다. 모든 군인은 포로였다.

9. 한수영

베르티에에게서는 여전히 아무 소식도 없었다. 처음에는 그의 침묵이 왠지 심상치 않게 여겨졌는데, 가만히 생각해보니 오히려 내 쪽에서 침묵을 지키고 있는 것으로 여겨질 수도 있겠다 싶었다. 미안한 마음도 들고 하여 얼마 전에 출간한 수필집을 녹차 두 봉지와 함께 국제우편으로 그에게 보내주었다. 그동안 써온 잡문들을 한데 모은 것이었다. 그는 한글을 읽지 못해도 책 선물 받기를 좋아했다. 그런데 박물관 주소로 보낸 그 책이 돌아왔다. 그에게 이메일을 써서, 책이 돌아왔는데 무슨 일이냐고 물었지만, 내내 수신 확인이 되지 않았다. 휴대폰으로 전화를 걸어보아도, 없는 번호라는 메시지만 돌아왔다.

답답한 마음에 구글로 그의 이름을 검색해보았다. 검색 목록 중에서 가장 최근 것은 자베르-칸 뮤지엄에서 열린 티베트 사진전 전시회의 동영상이었다. 베르티에는 정장 차림으로 개막 연설을 하고 있었는데, 그 동영상도 이미 2년 전에 찍은 것이었다. 그래서인지 화면 속에서 베르티에는 무척 젊은 모습을 보여주고 있었다.

생각 끝에 박물관으로 전화를 걸었다. 접수계 여직원은 잠시 호흡을 가다듬더니 베르티에 씨는 작년 가을 중국 출장 중에 자동차 사고로 사망했다고 말했다. 나는 얼떨결에 알겠다고 하고서 전화를 끊었다. 그러고는 하루 종일 황막한 가슴을 가라앉히느라 애써야 했다. 베르티에가 죽고 나서 이미 계절이 두 번 바뀌었는데, 전혀 그런 줄도 모르고 있었다. 포도주 한 병을 따서 책상 앞에 앉아 마시고 소파에 누워 잠들었다가 깨어났을 때는 새벽 2시경이었다. 프랑스는 아직 저녁 8시였다.

나는 약간 혼몽한 정신으로 베르티에의 집 전화번호를 눌렀다. 젊은 여자의 목소리가 전화를 받았다. 베르티에의 딸 실비로 짐작되었지만, 나는 마리와 통화할 수 있느냐고 물었다. 베르티에의 아내 마리는 내가 건네는 위로의 말을 담담하게 받아들였다. 그녀가 고맙다고 말하고 나자, 우리 사이에는 더이상 할 말이 없었다. 수화기를 내려놓자마자 졸음이 밀려들었다.

다음 날 저녁 메일함을 열어보니, 마리가 보낸 이메일이 도착해 있었다. 예전에 그녀는 잠시 폴 로랑 출판사의 일을 도운 적이 있었고, 그때 우리 사이에 이메일이 몇 번 오간 터였다.

"최 선생님 전화받고, 내가 조금 당황했던 모양입니다. 전혀 예상하지 못한 일이라, 다소 무례하게 여겨졌더라도 양해 바랍니다. 사실 크리스와 나는 작년 봄부터 별거 중이었습니다. 그래도 크리스는 실비를 보러 간간이 들렀고, 우리는 서로 친구처럼 대했지요. 아시겠지만, 그이는 중국 윈난 성 지역의 사진작가 그룹과 만나는 일로 출장을 갔다가 자동차 사고를 당했습니다. 윈난 성의 쿤밍 시 외곽에서 과속으로 달리다가 길가의 가로수를 들이받고 현장에서 숨을 거뒀습니다. 그런데 운전석에는 최 선생님의 후배인 한수영이 앉아 있었답니다. 베르티에는 중국어를 잘하고 현지 사정도 밝았으니까, 아마도 차를 렌트했겠지요. 아시다시피 두 사람은 오래전부터 가깝게 지냈지요. 두 사람이 실제로 어떤 관계였는지는 잘 몰라도, 내가 보기에 결코 사랑하는 사이는 아니었습니다. 수영은 얼마 전부터 무척 히스테릭해져서 크리스에게 수시로 까다로운 주문을 했어요. 하지만 크리스는 수영의 요구라면 거의 대부분 순순히 들어주었습니다. 지난번 중국 여행도 사실은 수영이 억지로 성사시킨 거나 다름없었지요. 왜 하필 쿤밍이었을까요. 쿤밍은 얼마 전부터 지진과 테러로 이곳 신문에서도 자주 오르내렸지요. 수영이 그곳의 사진에 관심을 가진 것도 아마도 그래서였겠지요. 나는 수영에 대한 크리스의 태도를 이해할 수 없었어요. 곁에서 지켜보다 못해 내가 한마디 하면, 크리스는 늘 이렇게 대꾸했어요. 아마 자기들은 전생의 업 같은 것으로 엮여 있는 게 아닌가 싶다고 말이지요. 서양인이면서도 그이는 그런 사람이었어요. 크리스는 수영에게 나로서는 도저히 이해 못 할 책임감과 죄책감을 느끼고 있었지요. 그러나 이제 모두 지난 일입니다. 부디 두 사람이 카르마에서 벗어나 서로를 자유롭게 해주기를 바랄 뿐입니다."

메일을 읽고 나자, 문득 8년쯤 전에 파리에서 베르티에의 가족을 만났던 일이 기억났다. 그 무렵에 실비는 막 사춘기에 들어선 약간 통통한 금발 소녀였다. 딸에 대한 베르티에의 사랑은 각별해 보였다. 그러나 아내와는 그리 사이가 좋은 것 같지 않았다. 그때도 막연하게나마 어쩌면 그들 사이에 한수영이라는 존재가 자리 잡고 있는 건지도 모른다는 생각이 들긴 했지만, 확신은 없었다.

수영은 백골단 사건이 있은 후 학교에 모습을 드러내지 않았다. 아버지가 외교 분야의 고위 공무원이라 구치소에서 금방 풀려났지만, 몸과 마음에 큰 충격을 받은 모양이었다. 그 후에 들려온 소식으로는, 학교도 마치지 않고 프랑스로 건너가서 대학 문과 학부 과정에 신입생으로 입학했다는 것이었다. 그 후로 지금까지 프랑스에서 20년 가까이 홀로 살고 있었다. 뛰어난 프랑스어 실력을 인정받아 대학과 정부 부처로부터 여러 가지 제안을 받았으나 모두 거절했다고 했다. 단 한 번, 미술전을 기획하여, 한국과 프랑스의 젊은 화가들을 중심으로 「한불 현대 미술 초대전」을 서울에서 열려고 한 적이 있었다. 그러나 수영은 도중에 계약을 파기하고 프랑스로 돌아가버렸다. 그리고 얼마 지나지 않아 수영이 자살을 기도했다는 소문이 돌았는데, 수영의 아버지가 친아버지가 아니라는 사실이 대학 동문 사이에 알려진 것도 그 무렵이었다.

문득 몇 년 전에 동료 작가 둘과 함께 실크로드를 여행하던 기억이 났다. 중국에 도착한 지 사흘째 되는 날, 우리 셋은 늦은 밤에 택시를 타고 도로를 달리고 있었다. 개발이 덜 된 지역이어서 그런지, 차도에는 가로등이 전혀 없었다. 대신 가로수에 사람 키 높이만큼 흰 페인트가 두텁게 칠해져 있었다. 지금도 나는 그것이 병충해로부터 나무를 보호하기 위한 것인지, 아니면 흰색 페인트로 전조등 불빛을 반사시켜 가로등 대용으로 삼은 것인지 알지 못한다. 여하튼 자동차가 빠른 속도로 내달리는 동안, 길 양쪽에서 아름드리나무들이 수시로 흰빛을 번쩍거리며 눈앞으로 달려들었다. 그때마다 우리는 날카롭게 찌르고 들어오는 그 강한 빛에 꼼짝없이 걸려든 나방이 되어버렸다. 그 빛은 어둠 속에서 길의 방향을 알려주어 우리를 앞쪽으로 인도하는 게 아니라, 오히려 우리의 눈을 멀게 해서 자기 쪽으로 강력하게 끌어당기고 있었다.

이제 나는 안다. 베르티에와 수영 또한 죽음의 순간 직전에 날카롭게 찌르고 들어오는 그 강한 빛의 철조망에 걸려들어 두 마리 나방처럼 타버렸음을. 또한 나는 안다. 베르티에가 비쇼프의 사진에 대해 내게 문의했을 때, 그 뒤에는 수영이 있었다. 한국 사진 전시회도 수영의 발상이었다. 수영은 나의 힘을 빌려 그 사진의 비밀을 알고 싶었다. 내가 지난 몇 달 동안에 한 작업을 그녀는 이미 오래전부터 해오고 있었던 것이다. 그녀는 베르티에를 졸라서 함께 아우슈비츠에도 다녀왔을 것이다. 그녀 역시 철조망이라는 끔찍한 존재에 일찌감치 눈을 떴을 것이다. 그렇다면 그녀는 자신이 원하는 답을 얻었을까. 아니면 새로운 질문을 던지기 위해 윈난 성으로 간 것일까. 그 새로운 질문의 끝에서 스스로 죽음을 택한 것일까. 이미 오래전부터 더이상 내 도움은 필요 없었던 것일까.

10. 멜랑콜리아

출판사 사람들과 번역 일로 만나 저녁 식사를 하고 돌아오던 길에 아버지 집에 들렀다. 비밀번호를 눌러 문을 열고 안으로 들어서자, 텅 빈 거실에서 은은하게 묵향이 풍겼다. 어머니가 3년 전에 타계한 후로, 아버지는 파출부도 마다하고 혼자 집 안을 청결하게 유지해왔다.

아버지는 잠시 정신이 돌아왔다가 다시 깊은 잠에 빠졌다. 깨어났을 때도 심하게 말을 더듬었다. 의사의 말로는 회복된다 하더라도 언어 능력을 상당 부분 상실할 것이라고 했다. 머리에 고이는 피는 양이 많이 줄었다. 그러나 뇌의 혈관은 여전히 피를 흘리고 있었다.

나는 서재로 들어가서, 불도 켜지 않고 방 한가운데에 우두커니 서 있었다. 한때 소설가 지망생이었던 아버지는 책에 대한 욕심이 대단했다. 나는 창문 쪽을 빼고 삼면의 벽을 가득 채운 책들을 천천히 둘러보았다. 이제 이 책들은 내가 물려받을 것인가, 아니면 도서관에 기증할 것인가. 나 또한 아버지를 닮아 책에 대한 욕심만은 대단했지만, 왠지 이 책들을 감당할 자신이 생기지 않았다.

이제 아버지는 죽음의 철조망에 칭칭 감겨 있었다. 문득 아버지는 혹시 마지막으로 철조망에 대한 소설을 쓰고 싶었던 게 아닌가 하는 생각이 들었다. 아무 책이나 뽑아 들어 책장을 넘기면 책갈피에서 신문과 잡지에서 오려낸 철조망과 관련된 자료들이 쏟아져 내릴 듯했다. 그러면 그것들이 나를 이 방 안에 영영 가둬버릴 것 같았다.

휴대폰의 벨이 울렸다. 나는 방의 불을 켜고 전화를 받았다. 형의 목소리가 낮고 느리게 귓전을 울렸다. 아버지가 코마 상태에 빠졌고, 의사 말로는 쉽게 깨어나지 못할 것 같다고 했다. 형의 목소리에는 피로가 배어 있었다. 그러나 내게 묵직하게 전해지는 그의 피로감에는 위엄이 있었다.

지난 몇 년 동안 나는 심각한 우울증에 걸려 있었다. 처음에 나는 내 우울증이 단지 나 자신의 개인적인 문제에서 비롯되는 것으로 생각했다. 언젠가 '나태 분열증'이라는 희한한 병에 대해 들은 적이 있었다. 구소련에서 반체제 활동가들을 탄압하기 위해 이 병명을 붙였다는 사실을 알았을 때, 나는 나야말로 심각한 나태 분열증 환자라고 스스로 낙인찍었다. 길을 걷다가 주인과 함께 산책 나온 개들을 보면, 크든 작든, 귀엽든 흉하든, 한 발에 걷어차고 싶은 충동을 간신히 억제해야 했다. 산길을 걷다가 딱따구리를 보게 되면, 나 자신이 언젠가부터 벌레 찾는 능력을 잃어버려 부리로 아무 가지나 마구 두드려대는 딱따구리가 된 기분이 들었다. 잠을 자고 싶은데 정신이 말똥말똥해서 미칠 지경이 되듯이, 미치고 싶은데 정신이 말똥말똥해서 미칠 지경이 되기도 했다.

고등학교 동창 중에 정신과 의사로 일하는 친구가 있는데, 그는 내게 프로작이나 팍실 같은 항우울제 복용을 권했다. 그러나 적어도 아직은 화학물질을 섭취해서 내 속에 변화를 일으키는 일이 그리 내키지 않았다. 대신 마음 수행을 통한 영적인 치료에 나서거나, 아니면 반대로 우울증에 대해 과학적인 접근을 시도했다. 예를 들어, 명상 센터에 등록하여 몇 달 동안 티베트 펄싱 요가를 집중적으로 배워보았다. 그런가 하면 몇 번에 걸쳐 아이리딩Eye-Reading이라는 것을 받아본 적도 있었다. 눈의 홍채를 관찰하여 피시술자의 심리적 장애나 트라우마를 파악하고 개선하는 요법이었다. 그러나 어떤 방식으로도 마음의 평안은 얻어지지 않았다. 심지어 아이리딩을 할 때는, 내 눈 속에서 철조망이 보인다는 소리를 듣지 않을까 터무니없는 걱정을 하기도 했다.

그런 저런 경험을 하고 나서, 몇 달쯤 전 어느 날 아침에 아무 생각 없이 집 뒷산에 올랐다가 예기치 못한 경험을 했다. 덤불 속에 종이 한 장이 구겨진 채 떨어져 있는 걸 보고서 처음에는 그냥 지나치려 했다. 그런데 얼핏 보기에 종이에 인쇄된 활자나 그림이 왠지 산에서 흔히 보는 홍보용 종잇장과는 다른 것 같았다. 나는 걸음을 멈추고 몸을 굽혀 종이를 집어 들었다. 흙이 묻고 얼룩지고 가시에 찔려 곳곳에 구멍이 뚫려 있었는데, 그 위에는 이렇게 씌어 있었다. '미상 무인비행체를 발견 시 신고를 생활화합시다. 사진 촬영 가능 시 실제 사진을 찍어서 보내주시기 바랍니다. 포상: 부대장 표창 수여, 소정의 포상. 제 5708 부대장.' 이러한 문구와 더불어, 파주 추락 무인기와 백령도 추락 무인기의 사진이 실려 있었고, 그 밑에는 신고 전화번호와 신고 요령이 자세히 적혀 있었다.

순간, 머릿속이 아찔했다. 4, 50년 전과 달라진 게 전혀 없었다. 우리가 어렸을 적에도 비행기가 수시로 하늘 높이 떠서 삐라라고 부르는 전단을 뿌렸고, 아이들은 하늘에서 은빛으로 반짝이며 떨어지는 삐라를 줍기 위해 논밭으로 산으로 쫓아다니곤 했다. 그 전단을 가지고 뭘 어쩌려는 게 아니고, 단지 그것을 손에 넣는 행위가 더할 나위 없이 흥미진진한 게임이었다. 누구든 더 많이 얻는 아이가 승자였다. 때문에 전단을 주우려다가 나무가시에 긁히거나 철조망에 찔려 피가 나는 일 정도는 그리 대수로운 일이 아니었다.

나는 머릿속으로 피가 몰리면서 다시금 우울증이 온몸을 오그라뜨리는 것을 느꼈다. 4, 50년 전에는 간첩이라는 존재가, 그리고 지금은 무인비행체라는 존재가, 그 실체도 모호한 존재들이 우리를 압박하고 있었다. 과학의 발전만이 이루어지고 있을 뿐, 서로 총을 겨누고 있는 동족 간의 거리는 조금도 좁혀지지 않았다. 한국의 자살률이 OECD 국가 중에서 8년째 1위라는 건 어쩌면 당연한 일이었다. 구한말의 혼란, 일제 강점기, 나라의 분할, 동족상잔의 전쟁, 휴전, 군부 독재 정권, 그리고 여전히 휴전 상태. 지금도 휴전선 250킬로미터를 따라 몇 겹으로 경계를 갈라놓고 있는 철조망. 우리는 여전히 철조망이 둘러쳐진 수용소 속에 살고 있으니, 우리가 어찌 정상적일 수 있겠는가. 너무 오래 지속된 긴장이 우리 마음의 근육 무력증을 유발하고 있었다.

우리는 지금도 거제도 포로수용소 속에 들어 있었다. 거제도는 아우슈비츠와 달랐다. 아우슈비츠에서 포로들은 어느 날 불려 나가 목욕실로 끌려가서 가스 중독으로 죽음을 맞게 되리라는 두려움에 시달렸을 것이다. 그러나 거제도에서는 오늘 이 초라한 침상에서 잠들었다가 내일 온전히 깨어날 수 있을지 보장받을 수 없었다. 단지 잠깐 동안의 소강상태가 있을 뿐, 전쟁은 매 순간 계속되고 있었다. 게다가 적은 우리 자신 속에 정체를 감춘 채 숨어들어 있었다. 살아남기 위해서는 내 쪽에서 저들을 죽여야 했다. 내가 저들을 죽여야 하기 때문에 저들도 나를 죽여야 했다. 내가 저들의 적이었고, 내가 곧 나 자신의 적이었다.

나는 우울하고 무기력한 수용소의 죄수처럼 한 손에 삐라를 들고 터덜터덜 산을 내려왔다. 마치 나 자신이 정처 없이 밤거리를 배회하는 외로운 게이처럼 느껴지기도 했다. 명색이 작가인 나는 분단으로 인해 수천만의 한국어 독자를 빼앗긴 가련한 소설가였다. 그렇다면 독자를 되찾기 위해, 그리고 만성적인 우울증에 걸려 쥐가 난 근육을 풀어주기 위해 뭔가를 써야 하는데, 무엇을 써야 하는지 알 수 없었다.

내가 비쇼프가 찍은 사진 속 장면, 가면을 쓰고 춤을 추는 포로들의 모습을 보고 또 보고 다시 들여다본 것도, 무엇을 써야 하는지 그 답을 얻기 위해서였다. 그 장면을 수없이 들여다보면서 나는 오랜 여행을 했다. 그 오랜 여행 끝에 다시 이 장면 앞으로 돌아온 지금, 비로소 나는 나 자신이 바로 이 순간 막막한 공포를 가면으로 간신히 억누르며 경쾌하게 몸을 놀리는 포로라는 사실을 깨닫는다. 이제 나는 사진의 안팎을 넘나든다. 내가 포로가 되고, 또 비쇼프가 된다. 그리하여 마침내 나는 아버지가 쓰고자 했던 소설, 한수영이 시작했던 그 소설을 계속해서 써나가기 위해, 이 사진 한 장이 내게 허락한 짧고 치명적인 꿈 속으로 깊이 빠져든다.

11. 포로들의 춤

막사 밖에서는 군악대(정확히 말하면 포로 악단)의 군가 소리가 울려 퍼지고 있다. 포로들로 이루어진 악단이어서 음정과 화음이 자주 틀리지만, 소리만은 우렁차다. 나는 검은 휘장을 걷고 '가면들의 방'으로 들어간다. 지금 내 앞에는 작고 낮은 탁자가 놓여 있고, 그 위에 골판지나 얇은 천으로 만든 가면 수십 개가 아무렇게나 쌓여 있다. 하나같이 모양이 썩 좋아 보이지 않지만, 이렇게라도 만들 수 있었다는 게 놀라운 일이다. 나는 그중 몇 개를 들춰보다가, 공기가 잘 통할 것처럼 보이는 종이 가면을 집어 든다. 처음에 가면은 찬바람을 막아주지만, 나중에는 입김이 맺혀서 차갑게 얼어붙기 때문이다.

나는 가면을 쓰고, 문 옆에 매달려 있는 거울 앞으로 다가가서 넥타이를 바로잡는다. 거울 속의 나는 지옥의 사자처럼 근엄하고 무시무시해 보이지만, 다른 한편으로는 멍청한 도깨비처럼 우스꽝스럽기도 하다.

이제 춤출 준비가 끝났다. 나는 반대편 쪽문으로 나간다. 그곳에는 나처럼 가면을 쓴 자들이 어정쩡한 자세로 서 있다. 우리는 모두가 모인 것을 확인하고서 스스로 정렬을 하고 운동장으로 나간다. 오늘 우리는 모두 스무 명이다. 날은 흐린 편이지만, 다행히 바람은 거의 불지 않는다. 운동장 상공에는 만국기가 매달려 있다.

우리가 운동장 한가운데로 나가서 둥글게 둘러서자 갑자기 음악이 멈춘다. 이제 포로 악단이 우리를 위해 연주해줄 차례다. 곧 음악이 다시 시작된다. 미국 민요 「밀짚 속의 칠면조」다. 계속해서 「힝키 딩키 파리 부」「오 수재너」「캡틴 징크스」「켄터키 옛집」이 연주될 것이다.

이 노래들은 이미 예전에 내가 하모니카로 능숙하게 불던 것들이다. 물론 내가 남쪽의 한 섬에 갇혀서 이 노래들에 맞춰 미국 춤을 추게 되리라고는 상상도 못했지만 말이다.

나는 잠시 혼자 제자리걸음을 하며 박자를 맞춘다. 어느새 내 앞에서 두 명의 남자가 서로 팔짱을 끼고 거침없이 빙글빙글 돌아가고 있다. 키가 약간 작은 쪽이 몸이 날렵해서 춤 동작도 자연스럽고 민첩하다. 나는 저자가 누군지 모른다. 대충 짐작이 가기는 하지만, 함부로 추측하는 건 금물이다. 잘못 판단했다가는 나중에 크게 후회할 일이 생길 우려가 있다. 때문에 춤추는 동안 우리 사이에는 결코 대화가 오가지 않는다.

나는 황해도 해주에서 인민군에 징집되었다. 내 나이 열아홉 살 때였다. 고등학교를 졸업한 뒤 초등학교 교사가 될 준비를 하던 중이었다. 나는 함께 입대한 해주 출신 청년들과 보름 동안 훈련을 받은 후 전투에 투입되었다.

총 쏘는 데 남들보다 서툴렀던 나는 곧바로 철조망 돌파조에 소속되었다. 우리는 전방에 철조망이 나타나면 그 밑으로 막대탄을 밀어 넣어 폭파시키거나, 그게 여의치 않으면 우리 몸으로 철조망을 덮어야 했다. 우선 철조망에 담요를 걸친 뒤, 두터운 솜을 넣은 누비옷을 여러 겹 껴입은 우리가 그 위에 엎드리면 다른 병사들이 우리 등을 밟고 넘어가는 방식이었다. 얼굴을 보호하는 게 특히 어려웠는데, 두꺼운 천으로 만든 보호대를 뒤집어쓰고서 두 팔에 단단히 묻는 수밖에 달리 도리가 없었다. 그 와중에 철조망 가시에 몸이 찔리는 경우도 있었지만, 다른 병사들의 심각한 부상에 비하면 아무것도 아니었다. 처음에 나는 그 일을 영웅적으로 해냈다. 남들보다 키가 큰 편이라는 점도 유리하게 작용했다. 곧 훈장을 받게 될 거라고 여럿이 나를 추켜세울 정도였다.

그런데 철조망 돌파는 공격을 할 때뿐만 아니라 후퇴를 할 때도 필요하다는 점이 문제였다. 왜관 일대에 이르기까지 나는 매번 남쪽을 향해 엎드렸다. 하지만 다부동 전투에서 인민군 주력부대가 큰 타격을 입고 인천상륙작전으로 퇴로가 끊긴 후로는, 자주 북쪽을 향해 엎드려야 했다. 남쪽을 향할 때는 병사들이 나를 넘어간 후에 내 몸을 스스로 추스를 시간이 있었다. 그러나 이제는 병사들이 퇴각한 후 나 혼자 남아 허둥거리며 그들 뒤를 따라야 했다. 게다가 비록 담요와 누비옷이 있다 하더라도 혼자 철조망을 넘어가는 것은 결코 쉬운 일이 아니었다.

그러다가 마침내 나는 춘천 부근에서 철조망 위에 붙박인 채 미군에게 붙잡히고 말았다. 어쩌나 많은 병사들이 나를 밟고 넘어갔는지, 사위가 조용해져 몸을 일으키려 하는데 꼼짝도 할 수 없었다. 겨우 고개만 들어서 두리번거리는 게 고작이었다. 소리를 질러보았으나 아무런 대답도 들리지 않았다. 그제야 가슴과 팔다리에서 통증이 느껴졌다. 밟히고 밟히고 또 밟힌 나머지, 누비옷 속의 솜이 얇게 다져져서 철조망 가시가 담요와 솜과 천을 꿰뚫고 살 속까지 파고든 모양이었다. 문득 이대로 있다가 들개라도 나타나서 발을 물어뜯으면 어쩌나 싶었다. 하지만 다행히 주변에 시체들이 널려 있었다.

이윽고 해가 지고 희끄무레한 달이 떠올랐을 때, 마침내 나는 엉엉 울기 시작했다. 그때 미군들이 나타났다. 그들은 철조망에 명태처럼 꿰인 내 모습을 보고서 모두가 동시에 웃음을 터뜨렸다. 그들은 총구로 내 몸을 쿡쿡 찌르고 손전등으로 내 얼굴을 비췄다. 나는 덫에 걸린 짐승처럼 울부짖는데, 그들은 허리를 접어가며 웃고 있었다.

나는 미군 의무대에서 한 달 이상 항생제 치료를 받아야 했다. 철조망 가시에 찔려 생긴 상처들로 온몸이 퉁퉁 부어올랐기 때문이었다. 다행히 심각한 감염 증상은 보이지 않았다. 퇴원 후에 나는 여러 곳의 수용소를 전전하다가 1951년 3월 미 해군 LST에 실려 거제도로 이송되었다.

내가 수감된 76콤파운드는 특히 강력한 친공 캠프였다. 나는 아직 부상이 완치되지 않은 척하며 최소한으로 말하고 최소한으로 행동했다. 그러다 보니 멍하니 철조망을 바라보며 시간을 보낼 때가 많았다. 그제야 사람이란 누구나 일단 철조망을 보고 나면 마음속에 우울증과 공포심이 생기지 않을 도리가 없다는 사실을 깨달았다. 나는 그 끔찍한 것을 바라보며 내 끔찍한 현실을 간신히 버텨나갔다.

수용소 안의 생활은 하루 종일 이념 교육, 정신 교육, 군사 교육으로 바쁘게 돌아가고 있었다. 어린 나이에도 내 눈에는 그 모든 게 우스꽝스런 장난처럼 여겨졌다. 그러나 사실 달리 선택의 여지가 없었다. 이 좁은 곳에 수백 명의 장정이 갇힌 상태에서 그런 우스꽝스런 장난 외에 딱히 할 수 있는 게 무엇이 있겠는가.

다른 모든 콤파운드와 마찬가지로, 우리에게도 교회가 있었다. 다른 곳에서는 미국인 군목이 주일마다 찾아와 예배를 집전하고, 포로들 중에서 신앙 경력이 있는 독실한 신도가 교화 활동을 하고 있다고 들었다. 그러나 우리 경우에는 공산당 세력이 워낙 강해서 교회는 유명무실했고, 단지 수용소 당국의 비위를 맞추기 위해 형식적으로 문을 열어 놓은 정도였다.

어느 날, 나는 교회 천막 앞을 지나다가 반쯤 벌어진 문틈으로 무심코 안을 들여다보았다. 해주에서 살 때 마을 한쪽에 교회가 있어서 친구들 손에 이끌려 두 번 예배에 참석해본 적이 있었다. 때문에 교회는 그리 낯설지만은 않았지만, 그렇다고 친숙하게 여겨질 정도는 아니었다. 그래도 교회 앞을 지날 때면 나도 모르게 그쪽으로 눈길이 갔다.

천막 안은 그늘이 져서 약간 어두웠는데, 멍석을 깔아놓은 바닥에 한 남자가 등을 보이고 앉아 있는 게 보였다. 몇 발짝 다가가서 살펴보니, 미국인 군목이었다. 그가 텅 빈 예배당 안에 혼자 앉아 기도와 묵상을 하고 있었다.

목사는 다음 주 일요일 오후에도 같은 시각에 교회를 찾았다. 나는 그가 경비 초소를 지나 운동장을 가로질러 교회 천막 안으로 들어가는 것을 지켜보았다. 잠시 후, 나도 모르게 발길이 그쪽으로 향했다. 아마도 지난번에 혼자 외롭게 앉아 있던 그 미국인 목사의 모습이 내게 조금 안쓰럽게 여겨졌던 모양이었다. 내가 안으로 들어서자 목사는 고개를 돌려 나를 보고서 약간 놀란 표정을 지었다. 그러나 이내 환하게 웃더니 왼쪽으로 돌아앉으며 나를 맞은편에 앉게 했다.

그는 한국에 오래 살아온 선교사 출신의 군목이어서 한국말이 능숙했다. 그러나 우리에게는 그리 많은 말이 필요하지 않았다. 우리는 침묵을 지키다가 간간이 서로를 바라보며 미소를 지었다. 우리는 연민의 눈길로 서로를 바라보며 힘든 상황이라 어려움이 많겠다고 똑같은 말로 상대방을 위로했다. 헤어질 때 그는 나를 다시 만날 수 있으리라 믿는 눈치였다. 그러나 나는 그럴 자신이 없었다.

다음 날 아침, 식사 배급을 받기 위해 줄을 서 있는데, 누군가가 내 뒤로 바짝 다가서면서 낮은 목소리로 중얼거렸다. 내가 처단 대상 반동분자 명단에 올랐으니 주의하라는 것이었다. 그러고는 목소리를 더 낮춰서, 평소에 내가 당의 활동에 미온적으로 참여해서 눈엣가시였던 데다가, 어제 목사와 만나 이야기를 나눴다는 게 보고되었다는 말도 덧붙였다.

순간, 나는 머리에서 피가 마르는 듯한 느낌을 받았다. 그러나 뒤를 돌아보고 싶은 충동을 간신히 내리눌렀다. 잘못하면 내게 귀띔을 해준 사람도 위태롭게 할 수 있기 때문이었다. 사실 내게 친공이냐 반공이냐 하는 건 중요하지 않았다. 몸 보전 잘해서 전쟁이 끝나면 고향으로 무사히 돌아가겠다고 막연하게 생각해왔을 뿐이었다. 그런데 이제는 사정이 전혀 달랐다. 나는 내가 얼마나 중대한 실수를 저질렀는지 절감했다. 속으로 나 자신에게 수없이 욕을 퍼부었지만 이미 엎질러진 물이었다.

처음에 나는 이미 모든 게 끝났다고 생각했다. 저들이 한번 결정을 내리면 얼마나 가차 없이 실천에 옮기는지 나 자신이 누구보다 더 잘 알고 있었다. 그러나 다음 날부터 포로 분류 심사가 시작되어 수용소 안팎이 어수선해지면서 내게 다소 시간의 여유가 생겼다. 일주일이 금방 지나갔다. 나는 일요일 오후를 기다렸다가 사람들의 눈을 피해 일찌감치 교회 천막 안으로 숨어들었다. 목사는 나를 보고 반가워했지만, 내 표정이 그의 얼굴에서 미소를 지워버렸다. 나는 자초지종을 밝히고서, 오늘 밤 당장 이곳을 벗어나지 못하면 죽게 되었다고 말했다.

목사는 한동안 고개를 주억거리며 생각에 잠겼다. 아무리 친공포로들에게 냉대를 당하기는 해도, 그들에게 완전히 등을 돌리는 행위를 하는 건 그리 현명하지 않다고 생각하는 기색이었다. 잠시 후, 그가 내 왼쪽 팔을 움켜쥐고서 목소리를 낮추어 말했다. 이제 곧 해가 질 테니 그때까지 기다렸다가 자기와 함께 이곳을 나가자는 것이었다. 나는 미간을 찌푸렸다. 초소 경비병들이 순순히 문을 열어줄 것 같지 않았기 때문이었다. 그러나 시간을 더 끌 수도 없는 상황이었고, 목사가 요구하면 문이 열릴지도 모른다는 생각이 들었다.

겨울이라 해가 일찍 떨어졌다. 날이 어둑어둑해진 후, 목사가 먼저 천막을 나가서 철망 문 쪽으로 천천히 걸어갔다. 나는 천막 뒤쪽의 터진 틈으로 빠져나와 철조망을 따라 옆걸음으로 슬금슬금 그 뒤를 따라갔다. 저녁 식사 시간을 맞아 포로들은 취사 천막 앞에 몰려 서 있었다. 목사가 문 앞에서 걸음을 멈췄을 때, 나는 그의 오른쪽 옆구리에 바싹 붙어 섰다. 철조망 너머에 서 있던 두 명의 한국인 경비병이 나를 향해 눈을 부릅뜨며 물러서라고 소리쳤다. 목사가 그들에게, 특별한 용무가 있어서 내가 데리고 나가는 것이니 문을 열라고 말했다. 그러자 상병 계급장을 단 경비병이, 상부의 허가가 없으면 포로를 내보낼 수 없다고 잘라 말했다. 목사가 자신이 모든 걸 책임지겠다고 했지만, 둘 중에서 선임으로 보이는 상병은 단호히 고개를 저었다. 목사가 계속해서 호통도 치고 달래기도 하는 동안, 망루에서는 유사시에 대비해 나를 향해 총구를 겨누고 있었다.

그때 갑자기 망루에서 총소리가 울렸다. 허공에 대고 쏘는 위협사격이었다. 이상한 기분이 들어 뒤를 돌아보니, 어느새 상당수의 포로가 우리 쪽으로 우루루 몰려들고 있었다. 적의를 품고 나를 노려보는 모습이, 당장이라도 달려들어 나를 자기들 쪽으로 끌고 갈 기색이었다. 목사가 목소리를 높였고, 경비병들도 당황하여 문에 바싹 붙어 섰고, 포로들은 점점 더 가까이 접근했고, 나는 뒷걸음질을 쳐서 철망문에 등을 붙였다. 두 번 더 위협사격이 있었다. 맨 앞에 서 있던 세 사내가 주머니에서 뭔가를 꺼내들며 불쑥 앞으로 나섰다. 문이 열렸고, 우리는 재빨리 열린 문으로 빠져나왔다. 문이 닫혔다. 이중 철조망을 모두 빠져나왔을 때, 나는 온몸이 땀에 흥건히 젖어 있었다.

한국군 헌병들이 나를 데려간 곳은 73콤파운드였다. 번호가 7로 시작하니 그곳도 인민군 포로들을 수용하는 곳이었다. 그러나 76콤파운드보다는 친공 세력이 강하지 않아서, 친공과 반공 양측이 서로 팽팽하게 대립하고 있는 상황이었다. 말할 것도 없이 이제 나는 그곳에서 친공포로들이 호시탐탐 목숨을 노리는 대상이 되었다.

미군 방첩대 CIC에서 나를 호출한 것도 나의 그런 사정을 알았기 때문이었을 것이다. 방첩대 천막 안의 한 방에서 머리카락이 붉은 젊은 미군 대위는 내게 자기들을 돕지 않겠느냐고 단도직입적으로 물었다. 나는 그 말이 무슨 뜻인지 잘 알고 있었다. 미군 측에 '변절 작전 Operation Turn coat'이라는 게 있는데, 인민군 포로들을 차출하여 대우를 잘해준 뒤 전향시켜 간첩이 되도록 하는 게 목적이라는 말을 들은 적이 있었다. 포로들의 사망 신고서를 허위로 작성하여 포로수용소 밖으로 빼돌린 뒤 북한이나 중국에 침투시킨다는 것이었다. 대위의 말대로 그렇게 하면 목숨을 건질 수 있었다. 지금 당장은 살아남는 게 가장 중요한 일이었다.

그러나 나는 고개를 저었다. 이 결정으로 인해 곧 죽을지도 모르지만, 민간인으로 돌아가서 평범한 삶을 살 수 있는 기회를 완전히 버리고 싶지는 않았다. 대위는 붉은색 머리카락만큼이나 얼굴을 벌겋게 상기시키며, 협조하지 않는다면 76콤파운드로 돌려보낼 수 있다고 말했다. 통역을 하던, 옆머리가 희끗희끗한 중년의 포로는 대위의 으르렁거리는 듯한 어조를 그대로 흉내 냈다. 나는 그저 쓸쓸히 웃어 보였다.

73콤파운드의 철망문을 지나 막사 쪽으로 걸어가는 동안, 이제 모든 게 막막하면서도 동시에 매 순간이 더할 나위 없이 절박하다는 생각이 들었다. 그러나 내 쪽에서 할 수 있는 일은 아무것도 없었다. 반공 진영에서 나를 자기들 편으로 가담시키려 했지만, 이번에도 나는 미온적인 반응으로 일관하며 쓸쓸히 웃어 보였다.

나와 가까이 지내는 사람은 장 목사라고 불리는 평양 출신의 포로밖에 없었다. 대대로 기독교인 집안에서 태어난 장 목사는 신학교를 운영하는 미국 선교사 밑에서 목사 교육을 받던 중에 공산당의 기독교 탄압 정책으로 집안이 풍비박산 나는 것을 막기 위해 인민군에 자원입대했다. 따라서 그는 아직 목사가 아니었지만, 모두가 그냥 장 목사라고 불렀다. 그는 내가 죽을 뻔했다가 군목에 의해 구출되었다는 것을 알고 있었던 터라, 처음부터 내게 친근감을 표했다. 나는 그가 싫지 않았으나, 그가 믿고 있는 신과 나 사이의 거리는 여전히 너무도 멀었다.

모처럼 바람이 없고 햇살이 따뜻했던 어느 날, 거지들이 빨래한다는 날, 우리도 빨래를 해서 철조망 울타리에 널었다. 철조망에 어지럽게 걸려 있는 젖은 옷들은 거칠게 잘린 인간의 몸통을 떠올리게 했다. 철망 너머에서 금발의 잘생긴 서양 청년이 우리 쪽으로 렌즈를 향하고서 사진을 찍고 있었다. 나는 웃어 보이고 싶었지만, 오히려 주머니에 손을 찌른 채 노려보듯 그를 바라보았다.

이제 우리가 뭘 할 수 있을까요. 내가 장 목사에게 물었다. 장 목사가 대답했다. 글쎄, 우리 그냥 춤이나 출까요? 서로를 죽이는 것보다 함께 춤을 추는 게 보기도 좋잖아요. 내가 말했다. 좋군요. 그런데 무슨 춤을 출까요? 장 목사가 말했다. 우리가 한데 뒤섞여서 우리 춤을 덩실덩실 추면 미군들이 겁을 먹겠지요? 저들을 안심시키려면 모두가 함께 질서 있게 움직이는 춤을 추어야지요. 스퀘어댄스가 좋겠어요.

신학교에서 선교사들에게서 배웠어요. 소박하면서도 화려한 춤이에요. 둘이 쌍을 이루어 빙글빙글 도는 게 기본동작인데, 미국 서부시대의 개척 정신을 표현한다더군요.

장 목사는 갑자기 말을 멈추고서 내게 다가서더니 내 오른팔을 자기 팔에 끼고서 빙글빙글 돌기 시작했다. 그러나 두 바퀴도 돌지 못해서 우리는 발이 얽혀 바닥으로 쓰러졌다. 우리는 얼음장처럼 차가운 바닥에 누운 채 한참 동안 소리 내어 웃었다. 어쩌면 장 목사의 말이 맞는지도 몰랐다. 그것밖에는 달리 아무것도 할 게 없었다. 그리고 어쩌면 춤을 추면서 우리는 이 지옥을 조금은 견딜 만한 곳으로 만들 수 있을지도 몰랐다.

그날부터 장 목사는 포로들에게 춤을 가르치기 시작했다. 처음에는 포로들 대부분이 춤사위가 민망하다고 꽁무니를 뺐다. 그러나 장 목사와 내가 열심히 설득해서 춤을 배우는 사람들의 수를 차츰 늘려나갔다. 그들은 대부분 반공포로였다. 그러나 그 속에 친공 진영의 프락치도 들어 있음을 우리는 모르지 않았다. 반공이든 친공이든, 자기편의 세포망을 확대하고 정보를 수집하기 위해 수단과 방법을 가리지 않았기 때문이었다. 그렇게 보자면 반대편의 중요 인물을 제거하는 데 춤이 이용되거나, 춤을 추는 도중에 우발적으로 충돌이 일어나서 칼부림이 날 수도 있는 노릇이었다.

장 목사가 가면을 쓴다는 발상을 하게 된 것도 그 점을 우려해서였다. 그는 포로 공작소에 특별히 의뢰하여 가면 30개를 만들어 왔다. 가면들은 조잡하고 보기도 흉했지만, 모양은 그다지 중요한 문제가 아니었다. 어느덧 포로들의 춤 솜씨도 훨씬 나아져서 대외적으로 선보일 만했다. 이제 준비는 모두 갖춰졌다.

어느 날, 장 목사는 춤을 배운 50여 명의 포로를 한데 모았다. 그 중에서 선착순으로 20명이 차출되었다. 나도 그중 하나였다. 우선 우리는 옷에서 신분을 식별할 수 있는 모든 표지를 제거했다. 그 과정에서 포로 세 명은 새 옷으로 갈아입어야 했다. 그러고서 차례로 막사 뒤에 마련된 작은 천막 속으로 들어갔다. 장 목사가 '가면들의 방'이라고 부르는 그곳에서 우리는 각기 가면 하나를 골라 쓰고 밖으로 나왔다. 천막을 나올 때 가면을 쓴 우리는 다른 사람이 되었다. 나는 너를 모르고, 너는 나를 모르고, 그렇게 우리는 하나가 되었다.

우리가 운동장 한가운데로 나가서 둥글게 둘러서자 갑자기 음악이 멈춘다. 이제 포로 악단이 우리를 위해 연주해줄 차례다. 곧 음악이 다시 시작된다. 미국 민요 「밀짚 속의 칠면조」다. 돌이켜보면 그동안 긴 여행을 했다는 생각이 든다. 그 여행의 끝에서 지금 나는 가면을 쓰고 나의 파트너와 팔짱을 끼고서 빙글빙글 돌고 있다.

숨이 차다. 가면 안에 맺힌 수증기가 차갑게 식어서 얼굴이 시리다.

언젠가 아우슈비츠 강제 수용소에 대해 들은 말이 있다. 그곳에서는 아침부터 밤늦게까지 음악이 연주되었는데, 그 음악은 대규모 사기극의 일환이라고 했다. 그 아름다운 가락은 가스실에서 죽어가는 사람들의 비명 소리를 잠재우는 한편, 아직 죽지 않은 사람들이 자신들의 운명을 예측하지 못하도록 마비시키는 소리였기 때문이었다.

어쩌면 지금 우리가 추고 있는 춤 역시 지금 이 순간 어디에선가 죽어가는 사람들의 비명 소리를 잠재우고, 다가오는 죽음을 예측하지 못하게 하는 연극적인 기만에 불과할지도 모른다. 저 경쾌한 가락이 악마의 트릴처럼 들리기도 하는 것이다.

그러나 나와 팔과 팔로 연결되어 있는 이 남자는 결코 기만이 아니다. 그에게서 체온과 체취가 느껴진다. 이 냄새와 열기가 나와 그가 인간임을 알려준다. 이 절실한 느낌보다 더 진실한 것이 어디에 있겠는가.

순간, 나는 나 자신도 추스를 수 없는 충동에 휩싸여 갑자기 그를 으스러지게 부둥켜안는다. 그가 깜짝 놀라 나를 밀어낸다. 그러나 나는 그를 놓아주지 않고 더 힘껏 그를 내 쪽으로 끌어당긴다. 그러자 놀랍게도 그의 몸에서 저항이 사라지더니 그 또한 나를 끌어안는다.

적대감을 가질 때 인간들은 서로에게 치명적인 철조망이 된다. 가볍게 스치기만 해도 상처가 생긴다. 그러나 그 철조망을 넘어서기 위해서는 끌어안을 수밖에 없다. 담요도 누비옷도 없이 맨몸으로 끌어안아야 한다. 그렇게 내 몸의 상처와 내 속의 피로 가시를 녹여버려야 한다.

우리는 서로 몸을 꼭 붙인 채 발을 질질 끌며 천천히 돈다. 이 춤은 더이상 스퀘어댄스가 아니다. 이제 우리는 서로를 놓아주고 탈춤 춤사위로 덩실덩실 춤을 추고 있다. 우리가 가면을 벗었던가. 모르겠다. 악단이 잠시 연주를 멈추었다가 이내 우리 음악을 연주하기 시작했던가. 그것도 모르겠다. 운동장에 있던 모든 사람이 우리와 함께 덩실덩실 추는 춤 속으로 어우러졌던가. 그것 역시 모르겠다. 그런데 이 춤은 언제 끝날 것인가. 아니, 영원히 계속될 수는 없는 것일까. 지구상에 존재하는 모든 것이 이 춤의 시간 속으로 빨려 들어와 있었다. ▪

최은미

라라네

1978년 강원도 인제 출생. 동국대 사학과 졸업.
2008년 『현대문학』으로 등단.
소설집 『너무 아름다운 꿈』.

라라네

라라를 보신 적이 있나요? 키 백십 센티미터에 몸무게 십칠 킬로그램. 분홍 파자마 차림에 맨발입니다. 금발 머리 마론 인형을 안고 있을 거예요. 십 초에 한 번 정도는 머리를 긁을 겁니다. 라라의 머리카락 길이는 오십 센티미터. 라라는 구불거리는 머리카락을 허리까지 늘어뜨리고 있습니다. 옆쪽을 쥐가 조금 파먹었어요. 그래도 안 파먹힌 쪽은 길고 풍성할 것입니다. 지금 이 시간에도 조금씩 자라고 있겠지요. 얼마나 자랐을까요. 라라의 머리카락 말입니다.

긴 머리를 좋아하는 아이, 라라를 못 보셨나요? 라라는 높은 곳에 삽니다. 사람들은 그곳을 탑이라고도 부르고 고층이라고도 부르지요. 개구리 울음소리도 매미의 노랫소리도 들려오지 않는 곳입니다. 잠자리도 올라오지 못하지요. 그래도 라라는 심심하지 않습니다. 라라의 방에는 호랑이도 살고 펭귄도 삽니다. 사연이 기구한 공주들이 선반에 모여 있고 쌀통에선 쌀벌레가, 좁쌀베개에선 좁쌀벌레가 삽니다. 이불솜에선 진드기 가족이 파티를 열고 화분 흙에선 실지렁이가 꼬물대지요. 안방에서는 엄마가 살고 냉장고에서는 살모넬라균이 삽니다. 벽을 따라 피어난 곰팡이 홀씨들이 작은방에서 큰방으로 날아다니고 창밖으로는 새 떼들이 줄지어 비행합니다. 라라네 식구들은 이것들과 오래도록 같이 살아왔습니다.

라라가 커다란 브러시를 들고 인형과 앉아 있습니다. 인형의 머리를 빗겨주고 있네요. 라라의 빗질은 오래 걸립니다. 라라가 머리를 빗겨주는 게 라푼젤이기 때문이지요. 종알거리며 빗질을 하는 라라의 뒷모습이 어여쁩니다. 누가 다가오는 것도 모르고 라라는 흥얼거립니다. 유리는 살금살금 다가갑니다. 라라한테서 무언가를 발견했기 때문이지요. 그것은 작고 핏빛이며 빠릅니다. 냉장고나 이불이나 벽에서 살아오던 것이 아닙니다. 라라에게도 유리에게도 낯선 것입니다. 라라와 유리가 태어나기 전에 이 땅에서 자취를 감췄던 생명체, 사라지기 전보다 더 강해진 채로 그것은 다시 돌아왔습니다. 왜 온 것일까요. 유리는 약통을 들고 라라에게 다가갑니다.

전나경은 딸의 비명 소리를 듣고 잠에서 깹니다. 유리나 라라 둘 중 하나겠지요. 여섯 살 라라보다는 스무 살 유리의 비명일 가능성이 높습니다. 잠이 부족한 전나경은 다시 잠에 빠집니다. 전나경은 마흔 하고도 일곱 살을 더 먹었습니다. 그녀는 딸의 휴대폰에 '전나'라고 저장돼 있지요. 전나경은 서른일곱에 첫 번째 결혼생활을 끝냈습니다. 십대로 들어선 딸과 둘이 사는 동인 진나경헌데는 남지가 끊이지 않았습니다. 그간의 고생을 보상받겠다는 듯 전나경은 마음껏 연애를 즐겼지요. 유리의 말에 따르면, 이혼 후 마흔이 될 때까지 전나경은 총 네 명의 남자와 사백이십 회 정도의 섹스를 했다더군요. 전나경이 그걸 멈춘 건 다섯 번째 남자와 피임에 실패하고부터였습니다. 남자의 아이를 임신하자 전나경은 남자의 조상을 위해 고기를 굽고 전을 부치기 시작했습니다. 아이는 곧 태어났지요. 전나경의 둘째 딸이자 유리의 씨 다른 자매가 말입니다.

아침은 여섯 살 여자아이의 발소리로 시작됩니다. 라라는 아침잠이 없습니다. 눈을 뜨면 삼십 분 정도 이불 속에서 꼼지락댑니다. 그러다 소리 없이 일어나 집 안을 걸어 다니지요. 사악사악. 라라의 맨발이 바닥에 끌리는 소리입니다. 다들 자고 있네요. 라라는 자기 방으로 돌아갑니다. 식구들 대신 인형들을 깨웁니다. 라라는 분홍 싱크대에서 요리를 시작합니다. 도마질 소리가 들리고, 손바닥만 한 접시들이 상에 놓입니다.

"밥 먹어, 애들아."

악어와 공룡과 개와 애벌레가 라라가 차린 밥상에 둘러앉습니다. 밥을 먹다 흘린다고 라라는 공룡한테 꿀밤을 줍니다. 늦게 먹는다고 숟가락으로 개의 뺨을 한 대 치네요. 호랑이를 품에 안고는 '누가 애를 이렇게 잘 키웠나' 엉덩이를 두드려줍니다. 애벌레의 더듬이를 잡고는 '어느 집 여자가 애를 이렇게 키웠어' 혀를 찹니다. 라라는 편도선이 부은 악어의 입에 약을 흘려 넣으며 으이구, 으이구, 한숨을 쉽니다.

인형들 밥을 다 먹인 라라는 디즈니 공주 피규어들을 꺼내 일렬로 줄을 세웁니다. 어린이집 놀이가 끝나고 유치원 놀이가 시작된 것이지요. 공주들의 대장이자 선생님한테 항상 칭찬을 받는 건 라푼젤입니다. 백설공주와 벨공주와 오로라공주와 인어공주가 돌아가면서 라푼젤의 절친 역을 합니다. 악역을 맡는 건 뮬란과 자스민과 포카혼타스입니다. 드레스가 예쁘지 않기 때문이지요. 포카혼타스가 새치기를 하는군요. 오로라와 인어공주가 선생님한테 이릅니다. 선생님은 라푼젤을 칭찬하네요.

유치원 놀이가 끝나도 아침 일곱 시가 되지 않습니다. 라라는 동물 인형들을 바구니에 담고 공주 피규어들을 교구장에 정리합니다. 라라는 침대에 눕혀놓았던 마론 인형을 데려옵니다. 인형의 금색 머리카락은 바닥에 끌리고도 남을 정도로 깁니다. 인형은 다 큰 라푼젤이 아니라 어린 라푼젤입니다. 무릎 아래까지만 내려오는 파자마를 입었고 맨발입니다. 라푼젤은 입술을 쫑긋 내밀고 턱을 당긴 채 위를 올려다보고 있습니다. 무언가를 궁금해하는 것도 같고 무언가를 감추고 싶어하는 것도 같습니다. 뾰로통해 보이기도 하고 별생각이 없어 보이기도 합니다. 여섯 살 라라의 표정과 똑같습니다. 라라는 브러시로 라푼젤의 나일론 머리카락을 빗겨 내립니다. 유리 방에서 알람이 울립니다.

날은 아침부터 덥고 습합니다. 유리가 덜 뜨인 눈으로 화장실로 들어갑니다. 유리는 변기에 앉아 세차게 소변을 보고 나옵니다. 안방 문이 반쯤 열려 있습니다. 라라 친부의 자리는 비어 있고 전나경만이 쓰러져 자고 있습니다.

"전나 처자네."

유리는 국을 레인지에 올려놓고 라라 방으로 갑니다. 놀아 달라고 떼쓰지 않는 라라. 혼자 노는 라라. 유리가 가장 좋아하는 라라의 모습입니다. 핑크색 방의 핑크빛 라라는 더없이 사랑스럽습니다. 종달새 같은 목소리, 고사리 같은 손, 진주알 같은 이빨. 유리는 몇 년 동안 전나경 대신 라라를 키우다시피 했습니다. 공식적인 신분은 고교 자퇴생이었지만 유리는 라라의 보모나 다름없었다고 생각합니다. 흘리면 닦아주고 싸면 씻겨주고 울면 때려줬습니다. 어린이집 등하원도 도맡아하고 유치원 입학식에도 갔지요. 라라의 엄마라는 오해도 받았습니다. 학교 그만두고 애 키우는 미혼모래. 중학생 때 낳았다던데? 사람들은 탑층을 올려다보며 거기 사는 여자들에 대해 수군댑니다.

유리는 상관하지 않습니다. 이 세상에 단 하나뿐인 동생, 라라를 위협하는 것들로부터 라라를 지키는 것이 유리의 사명입니다. 홈키퍼도 그래서 집어 든 것이지요. 유리는 라라에게 가까이 다가갑니다. 라라의 머리카락을 헤집으며 유리는 홈키퍼를 뿌립니다. 내추럴 허브 향의 강력 살충제가 분사됩니다. 라라는 라푼젤을 끌어안고 쓰러집니다. 라라의 목뒤로 깨알 같은 것들이 기어 나옵니다. 유리는 홈키퍼를 내던지며 비명을 지릅니다.

"요만큼만 자르자."
유리가 애원합니다.
"싫어."
라라가 도리질을 합니다.
"왜 싫어?"
"공주는 머리가 길어야 돼."
"너 변기에 앉으면 머리 닿을락 말락이잖아. 그러다 똥 묻어."
"앞으로 넘기면 돼."
"그러면 오줌 묻을걸?"
"감으면 돼."
유리가 키를 낮추며 라라의 눈을 들여다봅니다.

"김라라. 니 긴 머리 일일이 감겨주는 게 누구지? 이 더운 날에 드라이기로 삼십 분 넘게 말려주는 게 누구야."

"언니."

"고마워, 안 고마워?"

"고마워."

"언니가 말 안 들으면 어떻게 한다고 했지?"

"머리를 확 잘라버린다고 했어."

유리는 정기적으로 라라에게 머리를 자르자고 말합니다. 라라가 거부할 걸 알기 때문이지요. 라라가 도리질을 할 때마다 유리는 한발 물러서며 언니가 봐주었다는 걸 각인시킵니다. 그러다 결정적인 순간이 왔을 때 협박을 하는 것이지요. 머리를 안 잘라버리는 대신으로 라라는 언니의 행동을 엄마한테 이르지 않고, 언니가 시키는 건 토 안 달고 합니다.

"엄마."

주말 저녁 식탁에서 라라가 모처럼 엄마를 부릅니다.

"왜."

전나경은 반찬을 집어 먹으며 고개도 들지 않고 대답합니다.

"오늘 김준현이 내 머리카락을 이렇게 이렇게 만졌어."

"왜?"

"몰라."

"기분이 나빴으면 만지지 말라고 해."

유리가 얘기합니다.

"안 나빴어. 좋았어."

전나경이 수저질을 멈추고 라라를 쳐다봅니다.

"좋았어? 좋긴 뭐가 좋아. 무조건 만지지 말라고 해."

"왜?"

"엄마가 밥상머리 앞에서 머리 풀지 말라고 했지. 보기 싫어. 가서 묶고 와."

유치원 얘기는 그렇게 마무리됩니다. 그 아이는 요새도 라라의 머리카락을 만질까요? 긴긴 여름이 계속되는 구월, 라라의 유치원에서 안내문 하나가 날아옵니다. 여름방학을 마치고 온 아이들한테서 기생충이 창궐한다는 내용이었습니다. 회충이나 십이지장충처럼 사람 몸속에 사는 기생충이 아니었습니다. 아이들의 두피에 붙어 피와 조직액을 빨아 먹는 외부 기생충이었습니다.

"머릿니? 이 말이야? 서캐 낳는 그 이?"

안내문을 보여주자 전나경은 추억에 잠긴 듯한 얼굴로 떠들어댑니다.

"나 어렸을 때 말이야, 달력 펴놓고 거기다 이 털었거든. 머리 숙이고 참빗으로 빗으면 이가 막 떨어졌어. 도망가는 놈 손톱으로 누르면 하얀 달력에 피가 찍 묻어났는데. 니네 외할머니가 말이야, 화장솜에다가 홈키파 뿌려서 축축하게 만든 담에, 거 있잖아, 스트레이트파마 하는 것처럼 내 머리에다 붙여놓고 그랬어. 이 잡는다고. 근데 때가 어느 땐데 머릿니야. 너 키울 때도 이는 없었잖아?"

전나경이 유리의 머리카락으로 손을 가져갑니다. 유리가 인상을 쓰며 전나경의 손을 쳐냅니다. 라푼젤을 품에 안은 라라가 멀찍이서 둘을 쳐다봅니다. 턱을 당긴 채 입을 내밀고 눈을 동그랗게 올려 뜬 라라. 전나경은 라라한테는 눈길을 주지 않고 알약을 털어 넣습니다.

유리가 라라한테 뿌린 건 유명 모기 살충제 '홈키파'가 아니라 머릿니 제거제 '홈키퍼'입니다. 머릿니가 유행할 걸 알고 있었다는 듯 약국에는 여러 종의 머릿니 살충제가 진열돼 있었습니다. 라라의 머리에서 이를 보았기 때문일까요. 유리는 세상이 머릿니 얘기만 하고 있는 듯 느껴졌습니다. '어린이집 유치원 머릿니 기승' '시 보건소 머릿니 박멸에 박차' '잊혀진 곤충 삼십 년 만의 귀환'. 사람들은 고온다습해진 기후와 영유아들의 집단생활 증가에 대해 얘기했습니다. 영유아의 엄마들은 머릿니의 번식을 막기 위해 머리를 싸맸습니다.

라라 아빠는 언제 오는 걸까, 유리는 생각합니다. 전나경이 머리를 싸매는 것까진 바라지 않습니다. 라라를 좀 더 쳐다봐주기를 바랄 뿐입니다. 라라는 오늘도 디즈니 공주 피규어들을 늘어놓고 놉니다. 백설공주와 벨공주와 오로라공주와 인어공주가 모입니다. 그들은 이제 라푼젤과 절친이 아닙니다. 라푼젤은 한쪽에 떨어져서 혼자 책을 봅니다. 선생님이 머리를 짧게 자르고 온 백설공주를 칭찬합니다. 뮬란과 자스민과 포카혼타스도 백설공주 주위에 모입니다. 신나게 잡기놀이를 하는 공주들을 라푼젤은 쳐다만 봅니다. 침대에 있던 마른 인형 라푼젤이 혼자 앉아 있는 피규어 라푼젤을 봅니다. 라라는 두 라푼젤을 가까이 앉혀줍니다. 그러는 동안에도 라라는 쉬지 않고 머리를 긁습니다.

서너 마리만 보였던 머릿니들은 며칠 새 몇 배로 늘어납니다. 머릿니들은 주로 라라의 귀 뒤쪽에 알을 낳습니다. 그곳이 따뜻하기 때문입니다. 라라의 귀 쪽 머리카락을 들춰보면 서캐가 하얗게 몰려 있습니다. 하얀 서캐는 갓 낳은 따끈따끈한 알입니다. 거무스름한 건 곧 머릿니로 부화할 알이지요. 부화한 머릿니들은 처음엔 멀건 빛을 띕니다. 아직 피 맛을 못 본 아이들입니다. 한껏 흡혈을 하고 내장이 붉어진 머릿니들은 다리를 버둥대면서 빛을 피해 도망갑니다. 라라의 머리를 들추다 붉은 머릿니를 발견하면 유리는 그 자리에서 손톱으로 즉사시킵니다. 머릿니는 톡 소리를 내며 터집니다. 아파 언니. 유리의 손톱이 두피에 박힐 때마다 라라는 눈을 감습니다.

"안녕하세요, 라라 어머님."

늦은 오후에 유치원에서 전화가 걸려옵니다.

"저 라라 엄마 아니에요. 언니예요."

"아아, 네에 언니분! 안녕하세요."

앳된 코맹맹이 소리입니다. 유리는 학기 초에 봤던 라라 담임을 떠올려봅니다. 유리보다 두어 살밖에 안 많아 보이는 얼굴이었습니다. 새하얀 피부에 여리여리한 콧소리. 유리가 학교 다닐 때 재수 없어 하던 타입이었습니다. 유리는 먼저 치고 나가야겠다고 생각합니다.

"머리가 길다고 꼭 이를 옮기는 건 아니잖아요? 우리 라라도 다른 애한테 옮아온 게 분명하다고요. 라라는 머리 맨날 감아요. 이틀에 한 번 감는 머리 짧은 애들보다 깨끗할걸요?"

"저어, 언니분, 머릿니 때문에 전화를 드린 게 아니구요……."

유치원 담임이 뜸을 들입니다.

"라라가 혹시 집에서 혼자 지내는 시간이 많나요?"

"우리 라라 혼자서도 잘 놀아요."

"네에. 저…… 라라가 유치원에서 말인데요. 아, 어떻게 말씀드려야 할지. 너무 놀라진 마시구요."

뮬란이 공주들을 앉혀놓고 얘기합니다. 여자는 모서리에 앉는 거 아니야. 뮬란은 유치원 원장 선생님입니다. 왜요, 선생님? 공주들은 궁금해하며 묻습니다. 뮬란은 반복해 말합니다. 여자는 모서리에 앉는 거아니라니까. 라라의 놀이를 보고 있던 유리는 친구 도미한테 전화를겁니다. 검색할 거 다 해서 빨리 뛰어 와.

유치원 담임과 통화를 한 날 밤 유리는 결심했습니다. 라라의 머릿니부터 없애야겠다고 말입니다. 도미가 들고 온 건 마요네즈 통과 비닐 랩입니다. 유리와 도미는 거실에 신문지를 깔고 라라를 앉힙니다.도미가 마요네즈를 듬뿍 짜 라라의 두피와 머리카락에 바릅니다. 마요네즈로 끈끈해진 머리카락을 틀어 올린 뒤 비닐 랩으로 감쌉니다. 라라는 커다란 터번을 쓴 듯 보입니다.

"이게 요새 프랑스에서 유행하는 민간요법이야. 내가 「세계는 지금」에서 봤어."

도미가 얘기합니다.

"그래도 살충제 뿌리는 게 낫지 않을까?"

유리가 미심쩍어합니다.

"그러면 머릿니만 더 강해져요. 내가 검색해본 바에 따르면 말이지,요새 나온 머릿니들은 화학 살충제에 유전자 내성이 생긴 애들이야.번식력 생존력이 최강이래. 삼십 년 전의 찌질한 이들이 아니라는 거지."

도미가 휴대폰 검색창을 엽니다.

"참빗은 전동 참빗이 좋대. 전기 충격으로 머릿니를 감전사시키는거지."

"오, 그래?"

유리와 도미는 마요네즈 냄새가 나는 라라를 소파에 앉힌 뒤 디즈니주니어 채널을 틀어줍니다. 라라는 멍하니 앉아 티브이를 봅니다. 유리와 도미는 저희들끼리 시시덕대다 두 시간이 지나자 라라의 머리를 감깁니다. 도미는 고데기를 가져와 전원을 연결합니다. 뜨끈해진 고데기로 라라의 머리카락을 펴내립니다.

"마요네즈로는 이만 죽지 알은 안 죽거든. 이백 도씨 열로 알까지 지져 죽여야 돼."

라라는 머리숱이 많아 고데기 작업은 오래 걸립니다. 라라는 지쳐서 꾸벅꾸벅 좁니다. 교대근무를 나가던 전나경이 난장판인 거실과 라라를 처다봅니다.

"적당히 해라. 애 잡겠다."

전나경이 현관문을 열고 나갑니다.

"알 까는 것들은 전나 싫어."

유리가 현관을 보며 중얼거립니다.

"근데 니네 집 왜 이렇게 찜통이야?"

도미가 선풍기에 배를 대고 티셔츠를 부풀립니다.

"탑이잖아. 여름엔 전나 덥고 겨울엔 전나 추워. 곰팡이 전나 많고 수압도 전나 약해. 그중에서도 제일 짜증 나는 게 뭔 줄 아냐?"

"뭔데, 뭔데?"

"마녀가 산다는 거야. 전나 늙은 마녀."

라라는 잠이 들고 유리와 도미는 거실에 앉아 맥주를 마십니다.

"니네 엄마 옛날엔 예쁘지 않았나?"

"옛날 얘기지. 라라 낳고 끝났어."

전나경은 마흔까지도 윤기 있는 얼굴에 가녀린 몸매를 유지했습니다. 갑자기 늙은 건 라라를 낳고부터였습니다. 노산에 무리한 자연분만의 부작용으로 자궁이 내려앉고 뼈가 틀어지고 신진대사가 엉키면서 면역력이 약해졌습니다. 정기적으로 병원에 가야 하고, 일도 해야 하고, 남편도 감시해야 합니다. 성생활이 전무한 여자의 퍼석함과 신경질이 눈가에 고여 있고, 군살이 균형 없이 붙어 뭔가 부조화스럽고 망가져 보입니다. 유리가 거실 탁자 밑에서 전나경의 검진결과서를 꺼냅니다. 거기에는 근종, 자궁경부, 질, 염증, 세균 같은 단어들이 적혀 있습니다.

"다 헌 거 보이냐? 아 씨발, 썩은 내가 여까지 나."

유리가 더러운 것이라도 만진 듯 종이를 떨어뜨립니다.

"니네 엄마는 라라 낳고 안 아픈 데가 없구나."

도미가 검진결과서를 보며 고개를 흔듭니다.

"전나 쳐댄 벌이지."

유리가 맥주를 들이켭니다. 유리와 도미는 초등학교 때부터 친구였습니다. 전나경이 유리의 친부와 이혼을 할 때도 도미는 유리 곁에 있었습니다. 전나경이 이혼 후 남자를 데려와 밤을 보낼 때도 유리는 도미와의 전화통화 덕에 긴 밤들을 견딜 수 있었습니다. 유리가 혼자 노는 데 지쳐 학교를 그만둘 때도 도미는 유리를 찾아와 놀아주었습니다. 도미는 유리의 친구이자 해결사입니다. 유리는 고민 끝에 라라 얘기를 꺼냅니다. 유치원 담임이 그러는데 말이야.

유리는 다른 날보다 일찍 깹니다. 물 내리는 소리가 클까봐 화장실도 가지 않습니다. 유리는 라라의 방으로 갑니다. 라라의 방문은 활짝 열려 있습니다. 안에서 쌕쌕 소리가 들립니다. 가쁜 숨소리입니다. 분홍 파자마를 입은 여섯 살 라라가 침대에 누워 있습니다. 파자마는 허리께까지 올라가 있고 라라는 눈을 감은 채 두 다리를 힘껏 뻗고 있습니다. 오른손을 팬티 위에 가져간 라라가 손가락으로 성기를 누르는 것이 보입니다. 라라는 팬티 천을 성기 속으로 꼭꼭 밀어 넣더니 가랑이 사이에 마론 인형을 끼우고 끙끙댑니다.

라라가요, 유치원 담임이 얘기합니다. 유치원 책상 모서리에 자꾸 성기를 비벼요. 연필을 다리 사이에 끼우고요, 얼굴이 새빨개질 때까지 힘을 줍니다. 심심하거나 불안하면 아이들이 자위행위를 하기도 해서요, 다른 애들이랑 놀이를 붙여주려고 해도요, 머리에 이가 많다고 아이들이 라라 옆에 안 옵니다.

높고 높은 탑층, 라라네 아침은 여섯 살 여자아이의 신음 소리로 시작됩니다. 유리는 전나경이 라라를 보게 될까봐 조마조마하면서도 화가 납니다. 화가 라라에게 나는 것인지 전나경에게 나는 것인지 알 수 없습니다. 도미가 휴대폰 창을 읽어줍니다.

"자연스러운 것이니 의연하게 대처하라."

"그게 다야?"

"많이 놀아줘라."

유리가 한숨을 쉽니다.

"솔직히, 우리가 쟤 나이 땐 안 그러지 않았나?"

"기억 안 나."

도미가 잡아뗍니다.

"요새 애들이 빠른가?"

도미의 마요네즈 요법은 효과가 길게 가지 못합니다. 구월의 태양은 뜨겁고 라라의 두피는 땀 때문에 젖어 있습니다. 며칠 조용하던 머릿니들은 다시 라라의 머리에서 교미를 하고 산란을 하고 흡혈을 합니다. 이런저런 약과 요법을 쓰고 난 뒤에는 이도 잠잠해지지만 라라도

시름시름해집니다. 약효가 사라지고 머릿니들이 활개를 치면 라라도 살아납니다. 가려워서 머리는 긁어댈지언정 눈에 생기가 돕니다. 유리는 도미 몰래 살충제도 써보지만 마찬가지입니다. 약이 약하면 머릿니가 안 죽고 약이 강하면 라라도 아픈 것이지요. 이를 없애겠다고 스트레스를 줄수록 라라의 자위행위는 잦아집니다. 라라는 이제 틈만 나면 성기에 손을 가져갑니다. 티브이를 볼 때도 소파 모서리에 다리를 걸치고 성기가 닿도록 움직입니다. 양반 다리를 하고 앉아서 발뒤꿈치로 성기를 비빕니다.

유리는 라라가 혼자 잠들 때와 혼자 잠에서 깰 때 더 몰두한다는 걸 알게 됩니다. 유리는 라라가 잠들 때 옆에 있어주어야겠다고 마음먹습니다. 그러나 라라는 옆에 누가 있든 상관이 없어 보입니다. 한 손으로는 성기를, 한 손으로는 머리를 긁습니다.

"너 뭐하냐?"

유리는 부러 태연한 말투로 묻습니다.

"잠지 운동."

"재미있어?"

"응. 막 쉬야가 나올 것 같고 엄청 재밌어."

"머리도 가려워? 이 기어가?"

"응. 엄청 가려워."

라라가 할딱이기 시작합니다. 라라는 파자마 자락을 꼬깃꼬깃 뭉쳐서 가랑이 사이에 끼웁니다. 라푼젤의 머리카락을 꽈배기처럼 꼬아서 가랑이로 가져갑니다. 유리의 손바닥도 세워서 가져갑니다. 잡히는 건 다 가져가서 끼워 넣더니 라라는 힘을 줍니다. 엄청난 힘에 놀라서 유리는 손을 뺍니다. 라라는 땀을 삐질삐질 흘리면서 얼굴이 새빨개집니다. 숨이 가빠지면서 눈이 희미하게 풀립니다. 그렇게 몇 번 더 끙끙대던 라라는 언제 그랬냐는 듯 잠이 듭니다. 이제야 무언가 안심이 된다는 듯이, 울음 끝에 잦아드는 숨처럼 떨리는 숨을 한 번 내뿜고, 라라는 평온한 얼굴로 쌔근쌔근 잡니다. 유리는 라라의 뺨에 손등을 대봅니다. 혼자 노는 라푼젤, 모서리를 좋아하는 여자아이. 유리의 눈에 눈물이 맺혔다 들어갑니다.

유리는 꿈일 거라고 꿈속에서도 생각합니다. 블라인드를 걷자 거실로 햇빛이 쏟아져 들어옵니다. 햇빛을 보자마자 머릿니들이 흩어집니다. 머릿니들은 어둡고 습한 곳으로 숨어 들어가 알을 낳습니다. 라라가 노래합니다. 이가 한 마리, 이가 두 마리, 이가 세 마리 네 마리 다섯 마리. 머리를 메두사처럼 풀어 헤친 라라가 누군가의 몸 위에 앉아 움직입니다. 라라가 뒤를 돌아봅니다. 라라가 썩은 미소를 날립니다. 서캐를 매단 머리 타래가 라라의 다리를 감습니다. 머릿니들은 다리 사이로 옮아갑니다. 무성한 머리털. 자세히 보니 그것은 전나경의 음부입니다. 전나경의 음모 가닥가닥마다 머릿니들이 알을 깠습니다. 그 알은 전나경을 거쳐갔던 남자들의 정액입니다. 그중에서도 제일 더럽고 냄새나는 정액은 유리의 아버지 것입니다. 유리는 꿈이 아니라는 걸 꿈속에서도 압니다. 알코올을 사랑하는 남자. 취할 때마다 자격지심으로 무장되는 남자. 무장될 때마다 아내에게 시비를 거는 남자. 시비 끝에는 아내를 강간하는 남자. 자존감 낮고 충동적이며 늘 억울함을 호소하는 남자. 그 남자에게서 부화한 자신을 봅니다.

유치원에서 돌아온 라라가 현관에 서 있습니다. 유리는 라라를 표정

없이 바라보다 고개를 돌립니다. 언니가 술을 마시고 있고, 언니가 기분이 좋지 않다는 걸 라라는 알아차립니다. 라라는 소리 안 나게 신발을 벗고, 화장실로 가 손을 씻고, 거실 한쪽에 인형들을 펼칩니다. 라라는 말소리를 죽이고 가만가만 인형들을 데리고 놉니다. 텁고 무거운 공기가 집 안을 누릅니다. 유리가 티브이를 틉니다. 개그 프로그램이 나옵니다. 티브이를 보던 유리가 큰 소리로 웃음을 터뜨립니다. 언니가 웃자 라라의 표정이 밝아집니다. 라라도 언니를 따라 소리를 내며 웃습니다. 유리가 티브이를 끄고 라라를 부릅니다.

"웃었어?"

라라가 고개를 끄덕입니다.

"왜 웃었어?"

"……."

"웃겨?"

"……."

"대답 안 하지."

"……언니가 웃어서 웃었어."

"언니가 웃는다고 웃냐? 니가 웃겨야 웃는 거야, 병신아."

유리가 소파에 머리를 기대며 눈을 감습니다. 라라는 자리로 돌아가 인형들을 재웁니다. 유리가 눈을 뜹니다. 유리가 맥주 캔을 들어 라라의 인형들 위로 집어던집니다. 공주들의 침실이 박살납니다. 라라가 겁에 질린 얼굴로 유리를 올려다봅니다.

"너 이리 와봐."

라라가 다가갑니다.

"내가 언제 가라고 했어?"

"언니가 졸린 줄 알았어…….."

"다시 말해봐. 왜 웃었어?"

"……잘못했어, 언니."

"헐. 이게 니 잘못이야?"

라라가 울기 직전의 얼굴이 됩니다.

"말해봐. 왜 웃었어?"

라라 얼굴에서 눈물 두 방울이 떨어집니다.

"울어? 웃을 땐 언제고 울어?"

유리는 소파에 등을 기댄 채 절대 풀어주지 않을 것 같은 얼굴로 라라를 봅니다.

"더 가까이 와봐."

라라가 다가갑니다. 유리가 라라의 머리카락을 귀에 걸어주더니 라라의 귀를 잡고 얼굴을 들여다봅니다.

"왜 웃었어?"

유리는 지금 몸도 마음도 힘이 듭니다. 그래서 라라를 가만히 둘 수가 없습니다. 유리는 라라를 처음 때렸던 때가 생각납니다. 유리는 무슨 일 때문이지 화가 치밀었고 탁상 달력으로 라라의 머리를 두 번 후려쳤습니다. 라라는 울음을 터뜨렸습니다. 유리는 우는 라라를 안아주었습니다. 유리는 울음이 잦아든 라라에게 밥을 먹여주었습니다. 자신한테 맞아서 울고, 자신이 달래서 울음을 그치고, 결국에는 자신이 주는 밥을 받아먹는 라라를 보자 유리는 라라가 진정 자기 것이 되었다는 생각이 들었습니다. 그때의 전율을 유리는 다시 느껴보고 싶다는 생각이 듭니다. 유리가 이러는 건 아주 오랜만입니다. 유리는 아무 때나 라라를 때리지 않습니다. 힘들 때만 때립니다.

"진짜 마지막으로 물어볼게. 니가 날 무시하는 게 아니면 대답을 해야 될 거야."

유리는 라라의 두 귀를 잡고 라라의 고개를 들어 올립니다.

"왜 웃었어?"

라라가 울먹입니다.

"웃겨서…… 웃었어."

라라가 대답합니다.

"웃긴단 말이지."

유리가 피식 웃더니 주먹으로 라라의 뺨을 칩니다.

"니 눈엔 내가 웃겨? 웃겨? 웃겨?"

유리의 주먹 힘이 점점 세집니다. 라라가 휘청입니다. 그때 누군가 유리의 등을 내려칩니다. 탑에서 유리에게 이런 힘을 쓸 수 있는 사람은 전나경뿐입니다. 유리는 전나경한테 잡힌 채 방으로 끌려갑니다. 유리는 술기운 때문에 반격할 기회를 놓치고 패대기쳐집니다.

"어떻게 니 아빠가 하던 짓을 그대로 하니. 어쩌면 그렇게 똑같아!"

아빠랑 똑같다는 말은 전나경이 유리한테 할 수 있는 가장 센 악담입니다.

"니 아빠 개자식이야. 평생 니 아빠처럼 살다 죽어. 라라만 건드리지 마!"

유리는 입술을 씹으면서 생각합니다. 어떻게 하면 전나경을 더 돌게 할 수 있는가를. 전남편의 행동을 재현해주는 것으로는 부족합니다. 그보다 몇 배는 끔찍한 지옥으로 전나경을 보내버릴 수 있는 방법. 유리는 그것을 생각합니다.

며칠이 평온하게 흘러갑니다. 유리와 도미는 미용실로 가 머리를 자릅니다. 라라한테서 이가 옮았기 때문입니다. 둘은 운전면허 학원에 등록합니다. 면허를 따면 차를 렌트해 달려보자고 약속합니다. 라푼젤은 하루에 한 번은 엄마 자스민에게 얘기합니다. 엄마, 유치원 가기 싫어. 백설공주와 벨공주와 오로라공주와 인어공주가 라푼젤을 둘러싸고 히죽댑니다. 김라라 머리에는 이가 백 마리. 김라라 머리에는 이가 백 마리.

공사 현장 일이 마무리된 라라의 친부한테서 곧 집에 오겠다는 연락이 옵니다. 유리는 라라의 방에 공주 시트지를 붙여주겠다며 라라의 방을 공사판으로 만들어놓습니다. 라라는 전나경의 침대에서 전나경과 둘이 자게 됩니다. 상황은 유리의 계획대로 되어갑니다. 이른 아침, 전나경은 이상한 기척을 느낍니다. 빠르고 반복적인 움직임. 거친 숨소리. 전나경은 자신의 옆에 누운 여섯 살 딸아이가 무슨 짓을 하는지를 보게 됩니다. 그즈음 라라의 자위행위는 성기를 만지고 물건을 끼우는 것에서 그치지 않고 더 좋은 자극을 찾기 위해 과감해져갑니다.

전나경의 반응은 유리가 예상했던 것을 뛰어넘습니다. 전나경은 라라가 열이 끓어도, 머릿니가 끓어도 유리에게만 맡겨놓던 사람입니다. 라라가 거짓말을 하고, 친구의 예쁜 물건을 가져오고, 유치원에 안 가겠다고 떼를 써도 애들은 다 그러면서 크는 거라던 사람입니다. 그러던 전나경이 단 하나, 라라의 자위행위만은 보아 넘기지 못합니다. 전나경은 휴가까지 냅니다.

"엄마가 거긴 소중한 곳이라고 했지."

전나경은 이성적인 여자인 척 말을 시작합니다.

"니가 자꾸 만지면 괴물 같은 병균들이 모여들어. 그러면 너 병원에 가서 죽을 때까지 주사만 맞아야 될지도 몰라."

전나경은 겁을 줍니다.

"니가 함부로 만지면 다른 놈들도 함부로 대하게 되는 거야. 너 자꾸 그러면 이상한 놈들이 나쁜 짓 할지도 몰라. 그땐 어떡할 거야!"

라라는 이제 방문을 열어놓지 않습니다. 재미있다며 해맑게 웃지도 않습니다. 라라는 전나경의 눈빛과 말투만으로도 자신이 나쁜 짓을 하고 있다고 생각하게 됩니다. 엄마한테 들킬까봐 숨게 됩니다. 공포감과 죄책감 속에 빠져들게 됩니다.

"여섯 살짜리가 벌써부터 밝히면 나중에 뭐가 되려고 그래. 너 중학교 교복도 벗기 전에 임신하고 싶어? 다른 애들이 학원 찾아다닐 때 낙태할 병원 찾으러 다닐래? 너 살인자 되는 거야."

전나경은 라라가 다리만 긁어도 그 짓을 하는 거라며 쫓아갑니다. 가서 윽박지르고 추궁합니다. 라라는 불안해합니다. 불안할수록 자위행위에서 위안을 찾으려 합니다. 자위행위를 하고 있는 라라는 작은 악마처럼 보입니다. 평상시의 라라와는 다른 인격체인 것만 같습니다. 볼 때마다 충격적이고 어떻게 봐도 예뻐 보이지가 않습니다. 전나경은 멈추지 못하는 라라를 잡고 몸을 흔듭니다. 자신을 왜 괴롭히는 거냐며 전나경은 흐느낍니다.

전나경은 성性으로 일어날 수 있는 최악의 상황들을 가정하는 데서 그치지 않습니다. 전나경은 라라의 자위행위에서 자신의 불행과 그 불행의 원인을 봅니다. 생식기관이 있기 때문에 겪어야 했던 고통들과 맞닥뜨립니다. 고통이 끝나지 않고 되풀이될 것이라 전나경은 생각합니다. 유리는 전나경이 하루하루 깊은 지옥 속으로 빠져드는 것을 봅니다.

라라의 친부가 도착합니다. 전나경은 며칠간의 눈물 자국을 찬물로 닦고 옷을 갈아입습니다.

"입 닫고 조용히 있어."

전나경이 유리에게 얘기합니다. 탑 밑의 공기를 묻혀 온 라라 아빠가 라라를 부르며 들어옵니다. 어두운 얼굴로 라푼젤만 안고 있던 라라는 아빠를 보자마자 달려갑니다. 라라 아빠는 라라를 안고 빙글빙글 돕니다. 라라의 친부가 자신의 친부와는 다른 종류의 인간이라는 걸 유리는 압니다. 투박해 보여도 심성이 착하고 따뜻한 사람입니다. 라라를 보는 눈빛을 보면 알 수 있습니다.

"바지가 그게 뭐야. 허벅지가 훤하잖아."

저녁 준비를 돕는 유리에게 전나경이 말합니다.

"내 집에서 뭐가 어때서. 왜, 라라 아빠가 쳐다볼까봐 신경 쓰여? 그러게 평소에 좀 가꾸지 그랬어."

전나경이 대꾸도 하기 싫다는 듯 양념 통을 꺼냅니다. 탈모가 진행돼 정수리 머리카락이 늘어진 전나경은 오늘따라 더 늙어 보입니다. 등과 팔뚝에 군살이 올라 미련해 보이고 팔을 움직일 때마다 겨드랑이에서 식초 냄새가 납니다. 유리는 확신합니다. 이제 전나경은 성적으로도 체력으로도 유리한테 상대가 되지 못합니다.

해물전골을 앞에 두고 네 식구가 둘러앉습니다. 라라 아빠는 새우 껍질을 까서 라라 밥 위에 놓아줍니다. 라라가 매워하자 물을 먹여줍니다. 아빠가 전골을 먹으면서 땀을 흘리자 라라는 휴지를 뽑아다 아빠의 이마와 턱을 닦아줍니다. 라라 아빠는 유리에게도 친절한 질문을 던지지만 전나경한테는 시선을 주지 않습니다. 아무리 착한 남자라도 늙고 징징대고 자신을 의심만 하는 여자를 좋아할 리 없습니다. 라라 아빠가 먼 곳의 공사 하청만 받아 집을 떠나 있는 것도 전나경 때문인지 모릅니다. 전나경은 라라 문제 때문에 자신이 얼마나 힘들었는지를 얼굴에 그대로 드러내고 있습니다. 요리를 하느라 땀범벅이 된 전나경이 손바닥을 목에 뗐다 붙였다 합니다. 쩍쩍 소리가 납니다. 전나경은 늘어난 티셔츠의 목을 잡아당겨 그 안으로 후후 입바람을 넣습니다. 라라의 친부는 쉰 중반이 다 되어가지만 쉰이 안 된 전나경보다 젊고 건강해 보입니다.

"우리 라라 좀 창백해지지 않았어요?"

유리가 말을 꺼냅니다.

"어디 보자, 우리 딸. 그동안 어디 아팠나?"

라라 아빠가 라라의 이마를 짚어봅니다.

"라라 피를 빨아 먹는 것들이 좀 많아야죠."

유리가 전나경을 쳐다보며 얘기합니다.

"이런. 우리 마을에 뱀파이어가 나타났나?"

라라 아빠가 웃음을 터뜨립니다. 그러나 라라도 전나경도 유리도 웃지 않습니다. 라라는 아빠와 붙어 있으면서도 유리의 눈치를 살핍니다. 라라의 유치원 부모들 중에는 라라의 부모보다 나이가 많은 사람이 없습니다. 라라는 자신의 부모가 늙었다는 것을 압니다. 그게 자신의 생존에 불리하게 작용할 거라는 것도 본능적으로 느끼고 있습니다. 부모와 보낼 날보다 언니와 보낼 날이 더 많다는 것도 알고 있습니다.

유리는 당찬 몸짓으로 일어나 냉장고로 걸어갑니다. 라라 친부의 시선이 자신의 뒷허벅지에 꽂히는 것과 전나경의 시선이 라라 친부한테 꽂히는 것을 유리는 동시에 느낍니다.

"얘 유치원에서 따 당해요."

유리가 식탁에 물 잔을 내려놓으며 말합니다. 무슨 말이냐는 듯 라라 아빠가 전나경을 봅니다.

"라라가 머릿니가 좀 있어요."

전나경이 변명하듯 얘기합니다.

"그거보다 더한 문제가 있지 않나?"

"박유리!"

전나경이 수저를 내려놓으며 유리를 쏘아봅니다. 전나경이 '유리'가 아니라 '박유리'라고 말하는 순간 유리가 앉은 자리가 도려내집니다. 자신의 가족을 건드리지 말라는 전나경의 경고입니다. 유리는 전나경이 좀 더 도발하길 바라지만 전나경은 다시 밥을 먹습니다. 전나경이 이전에 만났던 남자들은 유리를 보고 떠나갔습니다. 정확히 말하면 유리와 전나경이 싸우는 것을 보고 떠났습니다. 유리는 자신이 전나경의 실체를 까발려 그 남자들을 구제해주었다는 자부심을 갖고 있습니다. 그러나 아이가 생겨버린 남녀 사이는 구제할 길이 없습니다. 라라 아빠와 라라와 전나경은 같이 전골 속으로 숟가락을 집어넣습니다. 개자식의 딸이 된 유리는 식탁을 박차고 일어납니다.

유리는 동네를 어슬렁거리다가 동네 여자들의 눈이 퀭해진 것을 발견합니다. 여자들은 삼삼오오 모여 탄식을 합니다. 시월이 되어도 날은 서늘해지지 않습니다. 라라는 아빠가 다녀가고 나면 아빠가 보고 싶어서 며칠을 앓습니다. 라라는 아프면 유치원에 안 가도 되기 때문에 계속 아팠으면 좋겠다고 말합니다. 전나경은 라라의 자위행위를 금지하는 것에만 신경을 쓸 뿐 라라가 유치원에서 친구들과 어떤 시간을 보내는지 알려 하지 않습니다.

동네 여자들의 동태를 살피던 유리는 라라를 유치원으로 데리러 가는 대신 유치원 버스를 타고 오게 합니다. 아이들이 올 시간이 되면 땀과 피로에 찌든 여자들이 하나둘 나타납니다. 벤치에 주저앉아 있던 여자들은 유치원 버스가 도착하면 아이한테 달려가 머리카락을 뒤져봅니다. 동네에는 남자아이든 여자아이든 머리가 긴 아이가 하나도 없습니다. 유치원 버스에서 마지막 아이가 내립니다. 라라입니다. 아이 엄마들은 머리가 허리까지 치렁치렁한 라라를 보며 한 발짝씩 물러납니다. 양손으로 머리를 긁어대는 라라를 보며 걸음을 서두릅니다. 커트 머리를 한 여자아이들은 라라의 긴 머리를 부러운 듯 쳐다보다 엄마한테 이끌려 집으로 들어갑니다.

유치원에서 전화가 걸려옵니다. 유치원 담임은 전나경에게 상담 요청을 합니다. 라라 언니가 아니라 라라 어머니여야 된다고 담임은 얘기합니다. 동네는 지금 머릿니와 전쟁을 치르고 있습니다. 유치원에 머릿니가 돌고 난 뒤 아이 엄마들은 하루도 마음 편히 쉬지 못했습니다. 이불과 옷을 살균하느라 종일 세탁기가 돌아갑니다. 효과가 있다는 제품들을 아이 머리에 뿌리고 바르느라 생활비가 거덜 납니다. 누나가 동생한테 옮기고 동생이 아빠한테 옮기고 아빠가 강아지한테 옮깁니다. 머릿니가 없어지지 않자 여자들은 집 안을 통째로 삶다시피 합니다. 아이만 안 삶을 뿐입니다. 잠시 안 보이는가 싶어 숨을 돌리면 머릿니들은 수를 불려 다시 나타납니다. 여자들은 지쳐갑니다. 지금보다 더럽게 살던 시절에도 이 정도는 아니었잖아. 여자들은 친정엄마한테 하소연합니다.

아이들은 집에 돌아와 유치원 놀이를 합니다. 지쳐 있던 엄마들의 귀에 한 여자아이의 이름이 들려옵니다. 아이들은 낄낄대며 노래합니다. 김라라 머리에는 이가 백 마리. 김라라 머리에는 이가 백 마리. 아이 엄마들은 유치원 버스에서 내리던 라라라는 아이를 떠올립니다. 유치원에서 머리를 자르지 않은 유일한 아이, 일을 하는 엄마 대신 성이 다른 언니 손에서 자란 아이, 혼자서 책을 보다가 지겨워지면 책상 모서리에 성기를 비비는 아이. 그런 김라라의 머리에는 이가 백 마리입니다.

아이 엄마들은 다 같이 모여 의논하고 행동합니다. 김라라가 그 상태로 유치원에 계속 나오면 자신의 아이를 안 보내겠다고 얘기합니다. 김라라의 엄마를 뺀 모든 엄마들이 유치원 등원 거부 의사를 밝힙니다.

유치원 담임을 만나고 돌아온 전나경은 말없이 주방으로 갑니다. 저벅저벅 걸어가는 전나경을 거실에 있던 유리와 도미가 쳐다봅니다. 라라는 한쪽에서 인형들 옷을 갈아입히고 있습니다. 전나경이 가위를 들고 걸어옵니다.

"김라라."

전나경이 가윗날을 벌리고 라라 앞에 섭니다. 머리카락이 위험에 처한 걸 직감한 라라가 라푼젤을 안아 들고 벽에 붙습니다.

"라라야?"

전나경은 침착하려고 마음먹은 것 같지만 화가 눌러지지 않아 얼굴이 씰룩댑니다. 전나경은 라라에게 다가갑니다.

"너 유치원 계속 다니려면 머리 잘라야 돼."

라라가 고개를 흔듭니다.

"머리 안 자를 거야. 유치원도 안 다닐 거야."

"엄마가 다 알아. 엄마가 이해해."

가윗날이 라라의 머리 쪽을 향해 갑니다. 유리는 소파에 앉아 인상을 쓰며 입술을 씹습니다. 도미가 일어나 모녀 쪽으로 다가갑니다.

"니가 자꾸 잠지 만지는 거, 심심해서 그런 거 알아. 유치원에서 혼자 노는 거 힘들지? 머릿니만 없어지면 친구 생길 거야. 머릿니를 없애려면 라라야, 머릿니가 사는 집인 머리카락을 없애야 돼. 엄마 말 무슨 말인지 알겠어?"

라라는 옆으로 밀려가며 도리질을 합니다. 전나경은 더 가까이 다가갑니다.

"머리만 자르면 너는 잠지 만지고 싶은 생각이 싹 달아날 거야. 응? 머리를 잘라야 니가 그 사악한 짓을 안 한다고!"

전나경은 순식간에 라라를 덮쳐 눕힙니다. 라라가 비명을 지릅니다.

"팔 잡아!"

전나경이 옆에 와 있던 도미에게 소리칩니다. 전나경의 서슬에 놀란 도미가 얼떨결에 라라의 양팔을 잡습니다. 전나경은 무릎으로 라라의 배를 누르며 라라의 하체를 압박합니다. 라라가 발버둥을 칩니다.

"싫어. 싫어. 싫어어."

라라의 얼굴은 땀과 눈물과 콧물과 침 범벅이 됩니다. 젖은 얼굴에 붙은 머리카락이 라라의 입과 콧구멍에서 엉킵니다. 숨을 쉬기 어려워진 라라가 기진하듯 꺽꺽거립니다. 전나경의 가윗날이 라라의 머리카락에 무차별적으로 내리꽂힙니다. 눈앞에서 뾰족한 게 왔다 갔다 하자 라라의 눈이 공포로 번들거립니다. 그럴수록 라라는 몸을 더 비틉니다. 도미는 라라의 팔을 놓지도 어쩌지도 못하고 사색이 되어 있습니다. 라라가 고개를 흔들수록 가윗날은 라라의 귀 쪽으로 눈 쪽으로 아슬아슬하게 비껴갑니다.

"그만해!"

유리의 고함과 동시에 전나경이 반대쪽으로 나가떨어집니다. 방바닥은 잘려나간 머리카락과 널브러진 라라와 끈끈한 액체로 엉망입니다. 잘린 머리카락에 붙어 있던 머릿니 몇 마리가 침대 밑으로 도망칩니다.

"이보세요, 아줌마."

유리가 방바닥에 엎어진 전나경을 내려다보며 이죽댑니다.

"뭘 모르시나 본데요. 심심해서 하는 게 아니라 좋아서 하는 거예요. 잘 아시는 분이 왜 그러세요?"

전나경이 땀투성이 얼굴로 유리를 올려다봅니다.

"그게 왜 좋은데."

"……."

"왜 좋냐고."

"헐."

유리가 천장을 보며 목을 꺾습니다.

"그걸 왜 나한테 물어. 몸이 그렇게 생겨먹은 걸 왜 우리한테 지랄인데."

"그러니까 몸이 왜 그렇게 생겨먹은 거냐고. 왜 그렇게 생겨먹은 건데에에에에에에."

전나경이 생떼를 쓰는 아이처럼 바닥을 칩니다. 유리는 어이가 없어서 입이 벌어집니다. 도미가 라라를 소파로 데려가 얼굴을 닦아줍니다. 전나경이 유리의 다리를 잡고 흔듭니다.

"좋아서 하면, 좋아서 하면 어쩔 건데."

유리가 썩은 표정으로 전나경을 내려다봅니다.

"애 낳겠지, 씨발."

전나경의 얼굴이 일그러집니다.

"전나 처넣겠지."

전나경이 일어납니다.

"내가 너 이발 저발 하는 건 넘어가도 전나는 못 넘어간다고 했지.
더는 안 봐줘."

전나경은 유리의 머리채를 휘어잡더니 싱크대로 끌고 갑니다. 전나
경은 개수대에 유리의 머리를 처박고는 물을 틉니다. 숨이 막혀 컥컥
대던 유리가 팔꿈치로 전나경의 명치를 가격합니다. 라라를 진정시키
고 있던 도미가 놀라서 뛰어옵니다. 냉장고 앞까지 밀려갔던 전나경이
달려들어 유리의 머리를 꺼듭니다. 유리는 전나경의 팔을 꺾어 비틀고
는 헤딩을 하듯이 전나경을 밀어버립니다. 도미는 말릴 틈을 잡지 못
하고 발을 구릅니다. 전나경은 끝장을 보겠다는 듯이 이쪽저쪽으로 꾸
준히 달려듭니다. 그때마다 유리의 날래고 탄탄한 몸 앞에서 허탕을
칩니다.

주방 조명등 아래, 밀고 밀리는 육박전은 끝나지 않을 듯 보입니다.
거실 저쪽에서 누군가 그들을 지켜보는 사람이 있습니다. 아이는 산발
입니다. 산발인 머리를 쥐가 파먹었습니다. 눈을 올려 뜨고 그들을 바
라보던 아이가 금발 머리 라푼젤을 집어 듭니다. 아이가 도어록 버튼
을 누릅니다. 주방에서 뒤엉킨 사람들은 아무 소리도 듣지 못합니다.
한 칸, 또 한 칸. 아이는 맨발로 기다란 계단을 내려갑니다. 계단 창에
서 불어오는 바람에 분홍 파자마 자락이 나부낍니다. 아이는 수백의
머릿니 군단을 거느리고 여왕처럼 걸어갑니다. 어디로 가는 것일까요.
누구 아이를 본 사람 없나요? 나이는 여섯 살, 이름은 라라. 가까이 가
면 이가 옮을지도 모릅니다. 낯 뜨거운 행동을 하더라도 당황하지 마

세요. 신고는 탑으로 해주시기 바랍니다.

아이 엄마가 아이를 애타게 찾고 있어요. ▪

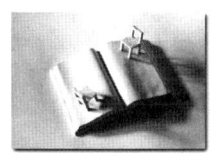

역대 수상작가 최근작

도루코면도기와 프로야구시즌
김 숨

아홉 번째 파도
김 인 숙

평균율 4번
박 성 원

김 숨

도루코면도기와 프로야구시즌

1974년 울산 출생. 1997년『대전일보』, 1998년『문학동네』로 등단.
소설집『투견』『침대』『간과 쓸개』.
장편소설『백치들』『철』『나의 아름다운 죄인들』『물』
『노란 개를 버리러』『여인들과 진화하는 적들』.
〈허균문학상〉〈현대문학상〉〈대산문학상〉 수상.

도루코면도기와 프로야구시즌

1

간호사가 등장한 것은, 미선이 환자복으로 갈아입고 침대 위로 올라가 누운 지 십 분쯤 지나서였다. 그때까지 남편으로부터 답신 문자가 없었다. 간호사의 손에는 도루코면도기와 비닐위생장갑, 일회용 기저귀가 들려 있었다. 그때까지만 해도 그녀는 분홍색 코끼리가 프린트된 기저귀가 자신의 그곳에 채워질 거라는 사실을 미처 깨닫지 못했다. 도루코면도기를 보고 자신의 집 욕실 서랍장 속 한 무더기나 되는 도루코면도기를 떠올렸을 뿐이었다. 남편이 면도를 하고 세면대 위에 아무렇게나 놓아둔 도루코면도기로 그녀는 겨드랑이 털이나 종아리에 난 털을 밀고는 했다. 면도날이 녹슨 줄 모르고 겨드랑이 털을 밀다 벤 적도 있었다. 피는 옆구리를 타고 흘러 젖꼭지를 앵두처럼 빨갛게 물들였다.

간호사가 바리게이트를 치듯 하늘색 커튼을 빙 둘러 그녀가 누워 있
는 침대를 가렸다. 그녀를 향해 엎드리듯 몸을 숙이더니, 환자복 바지
와 팬티를 순식간에 무릎 아래까지 끌어내렸다. 간호사의 무표정하다
못해 심해어처럼 무감각해 보이는 얼굴 아래, 자신의 가랑이가 적나라
하게 드러난 것을 깨닫고 그녀는 당황했다. 이마가 불룩 튀어나오고
양미간이 벌어진 간호사의 얼굴은 심해어 실러캔스를 떠올리게 했다.
병실 천장 형광등 불빛이 흐릿해서인지, 그녀는 태양광선이 닿지 못해
한 치 앞도 분간 못할 정도로 캄캄한 무광층의 시간 속에 들어와 있는
기분이었다. 수온이 빙점에 가까운 어둡고 차가운 시간 속에. 간호사
가 그녀에게 엉덩이를 들라는 명령을 해왔다.

"뭐라고요?"

"엉덩이요."

엉덩이밖에 더 있냐는 투로 간호사가 말했다. 괜히 무안해진 그녀가
엉덩이를 들자마자 간호사가 그 밑으로 기저귀를 밀어 넣었다. 파란색
도루코면도기가 들린 간호사의 손이 그녀의 얼굴 위로 지나간 것은 그
다음이었다. 순간 그녀는 도루코면도기에 박힌 면도날이 이마를 획 긋
고 지나가는 듯한 통증을 느꼈다.

"저기…… 다 밀 건가요?"

그녀는 애써 무덤덤한 투로 묻고 천장 형광등을 노려보았다. 형광등
좀 제발 꺼달라고 주문하고 싶었지만 꾹 참았다. 그녀가 하는 말을 못
들었는지 간호사는 대꾸가 없었다. 도루코면도기에 음모가 밀리는 것
이 느껴졌다. 그제야 그녀는 간호사가 왜 자신의 까발려진 엉덩이 밑
에 기저귀를 댔는지 이해했다. 도루코면도기를 휘두르는 간호사의 손

놀림은 일 초가 하루처럼 길고 지루하게 느껴질 만큼 굼떴다. 아니라고 했지만, 그녀는 어쩐지 간호사가 음모를 한 오라기도 남기지 않고 밀어버릴 것 같았다.

"아직 멀었나요?"

"다 밀었어요……."

"다요?"

"네, 다요."

간호사의 손놀림이 갑자기 분주해졌다. 음모를 전부 다 밀었다는 것인지, 아니면 거의 다 밀었다는 것인지 혼란스러워하고 있는데, 간호사의 손이 그녀의 엉덩이 밑으로 쑥 들어왔다. 그 밑에 받치고 있던 기저귀를 빼내더니 둘둘 말아 쓰레기통 속에 버렸다. 무릎까지 끌어내려진 환자복 바지와 팬티를 미처 끌어올리기 전에 간호사가 커튼을 거두었다. 허둥허둥 병실을 둘러보던 그녀는 소스라치게 놀랐다. 비어 있던 옆 침대 위에 어떤 여자가 누워 있어서였다. 눈이 마주치려는 찰나 여자가 벽을 향해 돌아누웠다. 발육이 더딘 중학생처럼 작고 통통한 여자의 발치께 환자복을 더듬는 그녀의 눈길이 잠시 흔들렸다.

"수술이 3시 아니었나요?"

병실 시계는 3시 10분을 지나고 있었다.

"수술이 아직 안 끝나서요. 수술 끝나는 대로 들어가실 거예요."

"수술이요?"

그녀가 되묻는 말을 못 들은 것인지, 대꾸할 필요가 없다고 판단한 것인지 간호사가 서둘러 병실을 나갔다. 수술이 또 있단 말인가. 어떤 수술인지 그녀는 알 것도, 모를 것도 같았다. 벌써 끝났어야 할 수술이 아직 안 끝난 걸까. 3시로 잡힌 자신의 수술을 지연시키고 있는 수술이 끝나지 않기를 그녀는 문득 간절히 바랐다.

그녀는 넙치처럼 펼친 손바닥으로 배꼽 아래를 문지르다 지그시 눌렀다. 16주로 막 접어든 태아의 심장이 뛰지 않는다는 진단을 받은 것은 2주 전이었다. 여자가 일어나 앉더니 허물을 벗듯 원피스를 벗었다. 달랑 브래지어만 찬 여자의 상반신이 드러났다. 녹슨 못이 뽑히는 듯한 한숨을 토하더니 주섬주섬 환자복으로 갈아입었다.

그녀는 병실 창밖 로터리로 눈길을 주었다. 대형마트 지하 주차장으로 진입하려는 차들이 도로 3차선을 점령하고 있었다. 지난 일요일 그녀는 남편과 대형마트에서 장을 보았다. 지하 1층부터 4층까지 만차여서 그들은 차를 몰고 지하 5층까지 내려가야 했다. 고둥의 유선형 나탑 속에 갇힌 듯한 기분이 들 만큼 나선형의 통로는 지나치게 좁고 경사가 심했다. 여름휴가가 절정이었다. 그녀가 세제를 고르는 동안 남편은 도루코면도기 서른 개와 AAA사이즈 건전지를 50개나 샀다. 쓰지 않은 건전지가 신발장이나 싱크대 서랍 속에 있을 거라는 그녀의 말을 그는 듣지 않았다. "한 개에 백 원꼴이야. 사 두어서 나쁠 것 없잖아." 그녀는 건전지에 집착하는 남편을 이해하기 어려웠다. 식품매장 정육 코너에서는 영계 2만 마리를 2500원에 팔고 있었다. 한정 수량의 영계를 사려는 사람들이 줄을 지어 서 있었다. 한쪽에서는 다시용 멸치와 홍합, 보리새우 등 다시용 해물을 분쇄기에 갈아 팔고 있었다. 그녀는 홍합을 한 근 분쇄기에 갈아달라고 주문했다. 분쇄기에서 홍합이 갈아지는 동안 그는 젓갈을 시식했다. 그가 어리굴젓을 이쑤시개로 집어 입으로 가져갈 때, 분쇄기 뚜껑이 열리고 미세하게 갈린 홍합 가루가 황사 먼지처럼 날렸다.

수술실에 들어갈 때까지 남편이 오지 않을까 봐 그녀는 걱정되었다.

그는 대구에 출장을 갔다 서울로 올라오는 중이었다. 그녀는 그의 휴대전화로 전화를 넣었다. 어디쯤인지 물으려는데 그는 대뜸 휴가를 떠났다 돌아오는 차들 때문에 경부고속도로 곳곳이 정체라고 투덜거렸다. "3시에 수술이야." 이미 3시가 지났다는 것을 깜박하고 그녀는 그렇게 말했다. "3시에……." 3시가 지났다는 것을 그가 깨닫기를 바라면서 그녀는 중얼거렸다. "그래 알아, 알고 있다구." 도리어 짜증을 내는 그에게 그녀는 3시가 벌써 지났다고 알려 주려다 말았다. 수술이 늦어지고 있었지만 그녀는 이유를 몰랐다. 아무도 그녀에게 수술이 늦어지는 이유를 설명해주지 않았다. 병실에는 그녀와 여자뿐이었다. 여자가 벗은 원피스는 발치께에 아무렇게나 뭉쳐져 있었다. 자신이라면 절대로 저런 원피스를 사 입지 않을 거라고 그녀는 생각했다. 린넨 소재의 하늘거리는 원피스는 자잘하고 노란 꽃무늬가 산만하게 프린트되어 있어 어딘가 촌스러웠다.

병실 벽시계의 초침바늘이 한 칸 한 칸 이동하는 것을 멍하니 눈으로 쫓던 그녀는, 남편이 오늘 꼭 출장을 다녀와야만 했는지 문득 궁금한 생각이 들었다. 독일제 주방용품을 파는 회사에 다니는 그는 한 달에 한 번 꼴로 전국의 백화점을 다니면서 입주 매장을 관리했다. 출장 날짜가 조정 가능하다는 것을 그녀는 알고 있었다. 작년 가을, 남편은 심지어 문학야구장에서 열리는 한국시리즈 2차전 경기를 관람하기 위해 출장 날짜를 바꾸기까지 했다. 대구와 부산 쪽 출장이 잡혀 있던 날 그는, 문학야구장 1루 내야 지정석 다구역 N 3번 자리에 앉아 있었다. 4번 자리에는 영만이 앉아 있었다. 영만은 그의 중학교 동창이었다. 삼성과 SK가 맞붙는 2차전 경기를 관람하기 위해 남편은 중고나라라는 사이트에서 암표를 구매할 정도로 열과 성의를 다했다.

2

태아의 심장이 뛰지 않는다는 진단을 받은 것은 4주 전이었다. 병원에서 뜻밖의 진단을 받고 집으로 가던 길에 그녀는 고구마줄기 껍질을 까고 있는 노인을 보았다. 황기처럼 비쩍 마른 노인이 횡단보도 신호등 옆에 돗자리를 펴놓고 그 위에서 고구마줄기 껍질을 까고 있었다. 횡단보도 신호가 파란불로 바뀌었지만, 노인의 펜치처럼 맞물린 손가락이 고구마줄기 껍질을 벗기는 것을 구경하느라 그녀는 건너지 못했다. 신호대기 중인 7022번 버스가 노인 옆에서 무서운 열기를 내뿜고 있었다. 노인은 4차선 도로 위를 내달리는 차들이 발산하는 열기와 매연, 소음에 고스란히 노출되어 있었다. 노인의 손에 들린 고구마줄기가 그녀는 탯줄 같았다. 노인이 탯줄을 부여잡고 잃어버린 모체母體를 찾고 있는 것 같았다. 수정란에 불과하던 자신이 아홉 달 동안 끈덕지게 깃들어 이목구비뿐아니라 오장육부와 손발가락을 갖춘 모체를 애타게 찾고 있는 것 같았다. 노인 앞에 수북이 쌓인, 껍질을 싹 벗긴 고구마줄기들 또한 그녀는 탯줄만 같았다. 아홉 달을 미처 채우지 못하고 심장 박동이 멎은 태아들에게서 거둔 탯줄들만.

노인의 손가락은 허방을 짚듯 더듬더듬 그러나 깐질기게 고구마줄기 껍질을 벗겼다. 국숫발보다 얄따란 보랏빛 껍질이 갈래갈래 벗겨지면서 연둣빛 속살이 드러났다.

'탯줄 같아……!'

탄식처럼 내지른 소리를 알아들었는지 노인이 그녀를 쏘아보았다. 갈색이 도는 노인의 두 눈동자는 잉걸불 같은 빛을 발하고 있었다. 그녀의 시선이 노인의 누런 메리야스밖에 걸치지 않은 깡마른 가슴패기에 고정되었다. 그녀는 그 아래서 버젓이 뛰고 있을 심장을 떠올렸다. 가슴패기를 손으로 짚고 심장이 일 분에 몇 회나 뛰는지 세고 싶은 충동을 간신히 억누르고 그녀는 노인에게 물었다.

"얼마예요?"

3000원. 노인이 복화술 하듯 입을 거의 벌리지 않고 중얼거리더니 고구마줄기를 손에 잡히는 대로 집어 검정비닐봉지 속에 쑤셔 넣었다. 고구마줄기를 살 마음이 없던 그녀는 얼떨결에 노인이 내미는 검정비닐봉지를 받아들었다.

이튿날 그녀는 두 군데의 산부인과를 더 찾아 진료를 받았고, 마찬가지로 태아의 심장이 뛰지 않는다는 진단을 받았다. 소파수술을 받지 않으면 어떻게 되는지 그녀는 의사들에게 묻고 싶었다. 한 달, 두 달 무턱대고 시간을 끌다가 아홉 달을 채울 때까지 수술을 받지 않으면 어떻게 되는지, 심장이 멎어 더는 자라지 않는 태아를 자궁에 품은 채 살아가면 어떻게 되는지.

그녀는 태아의 심장이 어째서 멎었는지 의아했다. 그 무엇이 그녀 자신이 미처 의식 못하는 사이에 태아의 심장을 멎게 한 것인지. 그녀는 소스라칠 정도로 놀라거나 격한 운동을 한 기억이 없었다. 심지어 15주차에 받은 검사 때만 해도 의사는 그녀에게 쌍둥이일 가능성을 내비쳤다. 16주로 접어들면서 멀쩡히 잘 뛰던 태아의 심장을 멎게 한 원인이 무엇인지 알고 싶어 하는 그녀에게, 의사는 서둘러 수술을 받아야 한다는 경고만 앵무새처럼 반복했다. 16주에 접어든 정상 태아의 크기는 16~18센티로, 심장이 분당 160회 뛰었다. 자두보다 조그만 심장이 분당 160회나 뛴다는 사실이 그녀는 신기했다. 그토록 격한 박동을, 그토록 조그만 심장이 견디어 낸다는 것이 놀라웠다.

심장이 뛰지 않는다는 사실을 그녀는 남편에게 알리지 않았다. 자신의 자궁 속 태아의 심장이 뛰지 않는다는 사실을 그녀는 자신 말고는 아무도 모르기를 바랐다. 그 누구도 모르는 채로 출산예정일이 조용히 지나갔으면 했다. 대신에 그녀는 벽시계 건전지를 빼버렸다. 퇴근해 집에 돌아온 남편은 벽시계가 가리키는 시간이 2시 19분에 고정되어 있는데도 이상하게 생각하지 않았다. 3회 말이던 프로야구 야간경기가 11회 초 연장전까지 이어지도록 2시 19분에 집요하게 고정되어 있는 데도.

임신 사실을 안 지 일주일이나 지났을까. 그녀는 남편이 영만 부부에게 하는 소리를 들었다. 잠실야구장에서였다. 프로야구 정규시즌이 시작된 주이기도 했다. 비둘기들이 잠실야구장 허공을 점령하고 있었다. 그날 그녀는 자신들이 살고 있는 도시에서 비둘기가 유해 동물로 지정되었다는 사실을 알았다. 그것은 인간이 설령 비둘기를 돌로 쳐 죽여도 문제 삼을 수 없다는 걸 의미했다. "완전 사기야, 사기 임신이 라구. 술 취해 인사불성인 날 덮쳐서 임신한 거라니까." 2회 말 선발투수는 2아웃 3볼 상황에서 9개째 파울볼을 던지고 있었다. 그녀는 2회 말이 언제까지 끝나지 않을 것 같았고, 태아의 심장이 아니라 자신의 심장이 멎은 것이 아닌가 하는 의심에 사로잡혔다.

3

음모를 밀어서인지 그녀는 가랑이가 간지러웠다. 간호사의 손에 들려 있던 도루코면도기를 떠올리다 욕실 서랍장 속 서른 개나 되는 도루코면도기를 덩달아 떠올리던 그녀는 불현듯, 전날 우편취급소 소장이 두 눈을 면도날처럼 가늘게 뜨고 중얼거린 말이 생각나 고개를 저었다.

"하여간 물 한 방울 만들지 못하는 인간 주제에……."

나흘씩이나 휴가를 내고 싶어 하는 그녀 때문에 소장은 신경이 곤두서 있었다. 우편취급소에 직원이라고는 달랑 그녀뿐이었다. 그녀가 휴가를 내면 소장 혼자 밀려드는 우편물을 감당해야 했기 때문에 그녀는 나흘 이상 휴가를 낸 적이 없었다. 나흘씩 휴가를 내야만 하는 불가피한 사정에 대해 말해주지 않는 그녀를 그는 못마땅해했다.

"뭐 그리 잘났다고 떠들어대는지."

모 일간지에 실린 기사를 처음부터 끝까지 한 글자도 빠뜨리지 않고 읽으면서 특정 정치인이나 기업인을 향해, 혹은 불특정 다수를 향해 그렇게 구시렁거리는 것이 낙이라는 걸 잘 알면서도 그날따라 그녀는 소장이 중얼거리는 소리가 거슬렸다.

"인간이요?"

말꼬리를 잡고 늘어지는 심정으로 그녀는 불쑥 물었다.

"물 한 방울 만들어내지 못하는 인간 주제에 밤낮 서로 잘났다고 떠드니……."

"그 인간을 만들어내잖아요…… 그 인간을……."

말끝을 흐리고 그녀는 혀를 질끈 깨물었다. 그가 말하는 '인간'과 자신이 말하는 '인간'이 어쩐지 동일한 존재가 아니라 차원이 다른 존재만 같아서였다.

"인간? 아무짝에도 쓸모없는 인간이나 만들어내니까 더 큰 문제 아니야?"

그녀가 임신한 사실을 뒤미처 깨닫고 아차 싶었는지 그는 입을 다물고 신문을 넘기는 척하더니 오늘의 운세를 소리 내어 읽어 내려갔다.

"재물 보통, 건강 보통, 사랑 짝사랑…… 내 나이가 몇인데 짝사랑이야? 길방吉方은 동남. 46년생 여러 가지 경우를 생각할 것…… 경우라…… 그러나저러나 미스 최, 내가 혹시나 싶어서 하는 말인데. 배속에서 어련히 알아서 잘 크고 있는 애 말이야, 괜히 서둘러 꺼낼 생각은 추호도 말라구."

그렇게 말해서 그녀는 깜짝 놀랐다. 그 누구에게도, 남편에게조차 털어놓지 못한 비밀을 소장이 알고 있는 것 같아서였다. 우편취급소를 인수하기 전 우체국에서 30년 넘게 근무한 그는 눈치가 빨랐다.

"미스 최, 내가 하는 말 명심하라구."

서울 사대문 안에서 나고 자란 것을 자부심으로 여기는 소장은 서울 토박이 특유의 억양으로 그녀를 미스 최라고 불렀다. 그녀가 결혼하기 전부터 일해 미스 최라는 호칭이 입에 의치처럼 박혔는지, 꼬박꼬박 미세스가 아니라 미스 최라고 불러 그녀를 혼란스럽게 했다.

"그게…… 무슨 말씀이세요?"

혹시나 싶어 그녀는 묻지 않을 수 없었다.

"내가 한 말의 요지가 뭐냐 하면 말이야. 미스 최 배 속에서 지금 애가 자라고 있으니까 하는 말인데, 그 애가 하루가 다르게 클 거 아니야? 그럼 미스 최가 힘들어지겠지. 안 그래? 애가 크면 미스 최 배도 무섭게 부를 거고……. 미스 최 덩치가 큰 것도 아니고, 신우대처럼 비쩍 말라가지고…… 중학생인 우리 손녀보다 몸집이 쪼그마해서는 원…… 키가 150센티는 되나? 아무튼 그렇다고 그 애를 제날짜보다 일찍 꺼낼 생각 같은 건 눈곱만치도 하면 안 된다…… 그 소리야."

마치 이해력이 떨어지는 초등학생을 가르치듯 말해서 불쾌했지만 그녀는 내색하지 않았다. 더구나 그의 설명이 길어질수록 그녀는 도대체 무슨 말을 하려는 것인지 혼란스러웠다.

"제날짜보다 일찍요? 무슨 말씀을 하시는 건지……."

"그거 참, 이해력이 그렇게 떨어져서야. 어떻게 된 게 여섯 살배기 우리 손자보다 못할까? 하긴, 요즘 애들이 좀 영악해? 하여간 배 속에 가졌을 때부터 조기 교육을 극성스럽게 시켜서인지 어지간한 어른 뺨치게 말을 잘한다니까. 앞니는 다 빠져서 어쩌나 말을 잘하는지, 전도를 하도 하고 다녀서인지 말 잘하기로 소문난 지 할머니보다 잘한다니까. 지 할머니가 오죽하면 못 당하겠다고 혀를 내두를까. 꼴좋지 뭐, 뛰는 놈 위에 나는 놈 있다구, 꼭 그 꼴이지, 안 그래?"

소장은 그녀가 아닌 신문에 고개를 고정시키고 중얼거렸다. 녹슬어 빡빡한 문고리가 돌아가듯 그의 눈동자가 굼뜨게 구르는 것이 느껴졌다. 그녀는 그가 자신의 머릿속에 떠오르는 생각이 아니라, 신문에 난 기사를 마냥 읽고 있는 것 같은 기분이 들었다. 참새보다 입이 싸다고 소장 사모가 직원인 그녀 앞에서 투덜거린 적도 있을 정도로 그는 한번 말을 시작하면 그치지 못했다.

그녀의 눈길이 우편취급소 출입문 쪽에 탑처럼 쌓인 소포상자들을 더듬었다. 무게를 달고, 내용물과 수신인 주소를 확인한 소포상자들이었다. 우편취급소 업무가 끝날 즈음 우편물 수거 차량이 와서 한꺼번에 실어갈 것이었다. 다른 날보다 한가한 편인데도 소포상자가 꽤 되었다. 맨 위 누런 박스테이프를 빈틈없이 두른 소포상자를 의심스런 눈빛으로 살피고 있는데 소장의 목소리가 또다시 들려왔다.

"미스 최, 내가 이해하기 쉽게 설명해줄 테니까, 잘 들으라구. 그게 그러니까 말이야, 예를 들자면 말이야, 애가 태어날 날이 15일이라고 치자고, 말하자면 제날짜가 15일인데 보름이나 앞서 1일에 꺼낼 생각 같은 건 애당초 하면 못쓴다, 그 말이야."

"1일에요?"

"태어날 날짜가 15일인데 보름 앞서 1일에 꺼냈다고 치자구. 15일이 아무것도 아닌 것 같지만, 그게 아니지. 15일이면 열닷새. 딱 보름인데, 보름이 뭐야? 이지러진 달이 차서 둥그레지는 데 필요한 날수가 보름 아니야? 머리가 있으니, 생각을 해봐. 머리는 두었다 뭐해? 폼으로 달고 다니는 건 아닐 테구, 요럴 때 요긴하게 쓰라고 달린 거 아니겠어? 이지러져 낫 같던 달이 세숫대야처럼 둥글게 부푼다는 게 어디 보통 일이야?"

"1일이 아니라 6일이에요."

그녀는 자신이 소파수술을 받기로 한 날 날짜가 6일이라는 사실을 상기하면서 중얼거렸다.

"6일?"

소장이 신문에 고개를 고정시키고 물었다.

"6일이요……."

"미스 최가 말귀를 도대체 잘 못 알아듣는 것 같아서 특별히 해주는 말인데 말이야, 우리 집사람한테는 절대 비밀이야. 우리 집사람이 첫째를 낳은 게 1972년, 둘째를 낳은 게 1974년인데 그 시절에 제왕절개를 다 하지 않았겠어? 소망산부인과라고 시청 앞에 3층짜리 산부인과 병원이 있었는데 그 시절에 아주 유명했지. 둘째 예정일이 8월 29일이었는데…… 입덧이 가라앉지 않는 데다, 삼복더위를 날 자신이 없었는지 애를 일찍 꺼냈으면 하지 뭐야. 어차피 제왕절개해서 꺼낼 거, 의사가 괜찮다고 하면 당장이라도 꺼내고 싶다고 떼를 쓰는 거야. 집사람도 원하고, 장모하고 처제들이 한통속으로 합세해서 그렇게 하자고 어찌나 부추기던지…… 등쌀에 못 이겨 한 달 일찍 애를 꺼내면 안 되겠냐고 상의를 했더니 의사가 선뜻 그렇게 하자고 하지 뭐야. 발육 상태가 양호해서 한 달 일찍 꺼내도 별 문제 없을 거구."

"한 달 일찍이요?"

믿기지 않아 그녀는 고개를 저었다.

"원래 태어날 날은 8월 29일인데, 8월 1일에 애를 꺼냈지 뭐야. 그게 그런데 말이야, 막상 애를 꺼냈는데 숨을 안 쉬는 거야. 괜히 한 달 일찍 꺼내려다가, 여덟 달 내내 뱃속에 애지중지 잘 품고 있던 애를 허무하게 보낼 뻔했잖아. 그 한 달을 못 참고 억지로 꺼내려고 했으니…… 나중에 집사람 얘기 들어보니까 수술 내내 마취가 잘 안 돼서 계속 마취 주사를 놓는 것 같았다더군."

그녀는 소장의 둘째 아들을 여러 번 보았다. 제날짜보다 한 달 일찍 태어나는 바람에 생사의 고비를 넘겼다는 소장의 말이 거짓으로 생각될 만큼 그는 건장했다. 기왕이면 좋은 사주를 타고나도록 태어날 날짜와 시간을 골라 제왕절개로 애를 낳는다는 산모들이 더러 있다는 이야기는 들었어도, 산모가 배 속에 품고 있기 힘들어 한 달이나 일찍 애를 꺼냈다는 이야기는 금시초문이었다.

"내 말의 요지는 그러니까, 미스 최도 아무리 힘들어도 아홉 달 꽉 채우란 말이야. 제날짜에 태어나야지, 제날짜가 아닌 날 태어나면 기필코 탈이 나게 돼 있다니까. 하다못해 짐승도 어미 배 속에서 꼬박 채워야 하는 날수가 정해져 있는데, 인간은 오죽하겠어? 인간은 아홉 달, 돼지는 넉 달, 소도 아홉 달, 염소는 다섯 달, 토끼는 한 달이던가? 햄스터는 글쎄 20일도 안 되더라구. 미스 최도 햄스터 키워 봤나? 우리 손자가 햄스터를 키우는데 말이야, 20일도 안 되는 데다, 한번 낳으면 대여섯 마리씩 낳으니까, 그것도 처치 곤란이지 뭐야. 내 생일날 선물이라고 햄스터 새끼를 두 마리 우체국 소포상자에 넣어서 들고 왔지 뭐야. 햄스터라면 딱 질색인데 말이야. 할아버지 생신 선물이라고 들고 온 걸 안 받을 수도 없구…… 일단 받아두었다가 손자 녀석이 가자마자 벽장 속에 냉큼 처박아두었지…… 저런…….”

소장이 고개를 들었다. 생판 모르는 사람을 바라보듯 자신을 쳐다봐서 그녀는 당황스러웠다. 그의 눈가가 떨리는 것이 그녀에게 느껴졌다.

“왜요?”

“소포상자를 벽장 속에 처박아 둔 걸 깜박했지 뭐야. 생전 벽장 열일이 있어야 말이지. 고장 난 선풍기나 처박아 두는 벽장을 열 일이 뭐가 있겠어? 쓸데없이 열면 손가락만 아프지, 안 그래? 미스 최도 나이 들어봐, 숟가락 드는 것도 어쩔 때는 힘이 부친다니까. 우리 집사람은 서서 밥 한 공기 푸는 것도 힘이 부친다니 말 다했지. 주걱으로 두서너 번만 푸면 되는 걸, 밥 한 공기 푸는 게 힘이 부친다니 하기야 나는 칫솔질 하는 것도 귀찮아 차라리 이빨이 없었으면 싶을 때가 다 있으니.”

그의 생일은 두 달도 더 전이었다. 두 달이면, 소포상자 속 햄스터는 벌써 죽었을 것이었다.

“새끼나 싸질러 놓은 건 아닌지 모르지. 햄스터들이 소포상자 속에 새끼를 한 무더기…….”

그녀는 어쩐지 누런 박스테이프를 빈틈없이 두른 소포상자 속에 햄스터가 들어 있을 것 같은 의심이 들었다.

“하여간 미스 최는 아무리 힘들어도 아홉 달 배 속에 잘 품고 있다

세상에 내놓으라구."

"미스가 아니에요."

"뭐?"

"미스가 아니라 미세스……."

"가만있자…… 오늘이 동창 모임이 있는 날이지…… 오늘 저녁은
갈비를 뜯게 생겼군. 냉면이나 한 대접 먹었으면 싶지만, 임플란트를
해 넣은 친구가 갈비 한번 실컷 뜯는 게 소원이라고 해서 말이야. 임플
란트 해 넣는데 천만 원이나 들었다지 뭐야? 천만 원이나 하다니, 말이
된다고 생각해? 늙으면 이빨이 금은보화야. 금보다 귀한 게 이빨이라
구."

"이빨이 없었으면 싶을 때가 있다면서요."

그녀는 쏘아붙였다.

"이빨이 그나마 성할 때 실컷 뜯어야지."

소장은 그녀의 말은 전혀 들으려 하지 않고, 자신이 하고 싶은 말만
중얼거렸다. 분홍색 야구 모자를 눌러쓴 여자가 우편취급소 문을 거칠
게 열고 들어섰다. 여자가 상하이로 보내는 우편물을 처리한 뒤 그녀
는 제과점으로 달려가 기름과 설탕 범벅인 꽈배기를 3000원어치 사왔
다. 입덧이 시작될 즈음 돌연 태아의 심장이 멎으면서 그녀는 시도 때
도 없이 허기를 느꼈다. 꽈배기 하나를 통째로 입에 넣고 우물우물 씹
다 말고 그녀는 중얼거렸다.

"아홉 달 다 채우고 싶어도 못 채울 수 있잖아요…… 그럴 수도 있
는 거잖아요."

소장은 동창 모임에 가기 위해 자리를 정리하고 있었다.

"가만있자…… 오늘 운세가 어떻게 나왔더라?"

소장이 기껏 접은 신문을 도로 펼치더니 오늘의 운세를 다시 읽어 내려갔다.

"아홉 달을 못 채울 수도 있는 거잖아요."

"길방 북北…… 가만있자…… 모임 장소가 북쪽이던가…… 강동이면 동쪽이지…… 46년생, 해도 그만 안 해도 그만이다…… 별 요상한 운수도 다 있군. 별 뜨뜻미지근한 운수도 다 있어. 해도 그만 안 해도 그만이라니. 하라는 거야, 말라는 거야?"

소장은 혀를 찼다. 그녀는 혼란스러웠다. 그가 아까 읽은 오늘의 운세와 방금 읽은 오늘의 운세가 달라서였다. 아까 읽을 때는 길방이 동남이었던 것을, 46년생의 오늘의 운세가 '여러 가지 경우를 생각할 것'이었던 것을 그녀는 기억하고 있었다.

"미스 최, 해도 그만 안 해도 그만이면 도대체 하라는 거야, 말라는 거야?"

"아까는 여러 가지 경우를 생각하라면서요."

그러나 소장은 벌써 우편취급소 밖으로 사라지고 없었다. 꽈배기를 먹느라 설탕과 기름이 묻은 손가락을 분홍색 블라우스에 문질러 훔치고 그녀는 몸을 일으켰다. 누런 박스테이프를 친친 감은 소포상자를 집어 들었다. 그녀는 어쩐지 그 안에 햄스터들이 우글거릴 것 같았다. 그가 벽장 속에 처박아 두었다는 소포상자가, 자신이 지금 들고 있는 소포상자인 것 같았다. 그렇잖아도 압박붕대를 감듯 박스 전체를 박스테이프로 친친 둘러 내용물이 영 의심스러웠다. 그 소포상자를 들고 우편취급소를 찾았던 남자의 태도도 도무지 의심스러웠다. 내용물이 무엇이냐는 그녀의 질문에 남자는 얼른 대답을 못하고 우물쭈물했다. "혹시 깨지는 거 아니에요? 깨지는 거면 못 보내요." 소장이 다그치자 남자는 깨지지 않는 거라고, 절대로 깨지지 않는 거라고 변명하듯 중얼거렸다. 배송 도중 파손되는 소포 물건 때문에 간간이 골치를 썩는 탓에, 그는 소포나 택배 내용물에 대해 민감했다. 절대로 깨지지 않는 것? 절대로 깨지지 않는 게 이 세상에 있던가? 의식 못하는 새 그녀의 손이 박스테이프를 뜯고 있었다. 우편물 수거 차량이 우편취급소 앞으로 미끄러져 들어오고 있었지만, 박스테이프를 뜯느라 그녀는 미처 깨닫지 못했다. 우글쭈글 뜯긴 박스테이프가 그녀의 손에 찰거머리처럼 들러붙었다.

소장이 끝끝내 나흘 휴가를 내려는 그녀의 사정을 이해 못했기 때문에, 그녀는 이틀만 쉬기로 하고 수술 당일에는 오후 반차를 냈다. 오늘 아침 그녀는 여느 날처럼 아침 8시 40분에 집을 나서 우편취급소로 향했다. 분실 신고 전화가 걸려 온 것은 오전 10시쯤이었다. 우편취급소 전화기가 울릴 때 소장은 신문을 읽고 있었고, 그녀는 전기포터에 물을 데워 커피를 타고 있었다.

"길방 북, 46년생 먹을 복이 생긴다…… 좋네, 좋아. 말복 날 먹을 복이라. 뭘 먹을 복이 생기려나?"

오늘의 운세 난을 읽으면서 혼잣소리를 하던 그가 전화를 받았다.

"뭐요? 분실이요? 그럴 리가 없는데…… 포항으로 보내는 소포요? 포항으로 보내는 소포물이 한두 개인 줄 알아요? 어디요? 포항시 남구 대주요? 대조하다 할 때 대조요? 대조? 틀림없이 소포로 보냈어요?"

그녀는 일회용 종이컵에 탄 커피 두 잔 중 한 잔은 소장의 책상에 놓아주고, 한 잔은 자신의 자리로 가지고 갔다. "거, 내용물이 뭡니까? 뭐요?" 그가 통화하는 소리를 귀담아 들으면서 그녀는 커피를 홀짝였

다. 샌들을 벗고 양말도, 스타킹도 신지 않은 두 발을 책상 밑 텅 빈 소
포상자 속에 한 짝 한 짝 집어넣었다.

"글쎄, 내용물이 뭐냐구요, 내용물 말이에요, 내용물…… 내용물 몰
라요? 분실신고 하려면 내용물을 알아야 할 것 아닙니까."

소장의 목소리가 높아지고 있었다. 1호 소포상자는 맞춘 듯 그녀의
두 발에 꼭 맞았다. 그래서인지 그녀는 두 발뿐 아니라 자기 자신이 통
째로 1호 소포상자 속에 들어와 있는 것 같은 기분이 들었다. 실오라기
만 한 빈틈도 없이 누런 박스테이프를 친친 두른 1호 소포상자 속에 들
어, 심장이 멎은 태아를 품고 공벌레처럼 웅크리고 있는 것 같았다.

"말귀를 통 못 알아들으시네. 그러게 소포상자에 뭘 넣었냐구요."

"저요……"

덜 녹은 커피 알갱이가 떠다니는 커피를 입으로 홀짝홀짝 흘려 넣다
말고 그녀가 중얼거렸다.

"우리 여직원 바꿔줄 테니까, 그쪽하고 이야기하세요…… 미스 최,
전화 좀 받아봐."

소장이 그녀 자리에 놓인 전화기로 전화를 돌렸다.

"저라니까요."

그녀는 1호 소포상자 속 발가락을 꼼지락거리면서 중얼거렸다.

"미스 최, 전화 좀 받아보라니까. 말복 날 먹을 복이 생긴대서 삼계
탕이라도 얻어먹으려나 잔뜩 기대했더니만…… 제대로 맞는 날이 없
다니까."

"그 내용물 말이에요…… 저요, 저…… 저라구요……."

그녀가 우체국을 나선 것은 1시가 지나서였다. 수술을 받기 위해 산

부인과병원에 오는 길에 그녀는 노인을 찾아갔다.

노인은 똑같은 자리에 못처럼 박혀 고구마줄기 껍질을 벗기고 있었다. 노인 앞에는 껍질을 벗긴 고구마줄기가 지난번보다 더 수북이 쌓여 있었다. 그녀는 노인 곁으로 바짝 다가가 웅크리고 앉았다.

"심장…… 심장을 만져도 될까요?"

대못을 박는 심정으로 그녀는 노인의 강팔진 가슴패기를 노려보았다. 포도나무 줄기 같은 갈비뼈들이 당장 살갗을 찢고 튀어나올 것 같았다. 그 밑에서 심장이 뛰고 있다는 사실이 그녀는 믿기지 않았다. 자신의 자궁 속 태아의 심장과 마찬가지로 노인의 심장 또한 뛰지 않고 멎어 돌멩이처럼 굳었을 것만 같았다.

"심장을 만지게 해주면 이걸 다 살게요."

그녀는 가방에서 지갑을 꺼내 1000원짜리와 5000원짜리, 만 원짜리가 뒤섞여 들어 있는 지갑을 벌려 보였다. 심장을 만지게 해주면……. 그녀는 노인의 가슴패기로 손을 뻗었다. 러닝셔츠 안으로 파고드는 자신의 손가락들이 그녀는 주워 먹을 낟알 한 알 없는 땅에 착지한 새의 다리만 같았다. 그녀는 한순간 손바닥을 가슴에 밀착시켰다. 끈적끈적한 땀이 아교처럼 그녀의 손바닥에 들러붙었다.

"심장이 뛰지 않아요."

심장이 뛰지 않아……. 신호가 바뀌기를 기다리던 사람들이 그녀와 노인을 흘끗거렸다. 노인이 입을 벌려 침과 악취에 찌든 욕설을 그녀의 얼굴에 뱉었다. 지하철이 지나가는지 일대가 지진에 휩싸인 듯 흔들렸다.

4

간호사가 그녀를 데리러 온 것은 5시가 다 되어서였다. 수술이 두 시간이나 늦어진 이유에 대해 간호사는 그녀에게 아무 설명을 해주지 않았다. 시치미 떼듯 입을 꾹 다물고 있는 간호사가 그녀는 도루코면도기로 그녀의 음모를 제거한 그 간호사 같기도, 전혀 다른 간호사 같기도 했다. 그때까지 남편은 오지 않고 있었다. 20분 전쯤 마지막으로 통화했을 때 남편은 서울 톨게이트를 지나고 있다고 했다. 배터리가 나갔는지 남편의 휴대전화 전원은 꺼져 있었다. 배터리 충전을 제때 못해 휴대전화 전원이 나가는 일은 종종 있었다. 배터리 충전도 제대로 못하면서 대형마트에 장을 보러 갈 때마다 강박적으로 건전지를 사들이는 그가 이해되지 않았지만, 따지고 보면 이해되지 않는 일은 많았다.

병실을 나서기 전 그녀는 옆 침대 여자에게 부탁했다.

"혹시 제 남편이 오면, 수술 들어갔다고 알려주겠어요?"

잠든 것인지 여자는 아무 대꾸가 없었다.

"수술이 늦어서 5시에 수술 들어갔다고……."

"5시요? 5시 수술이면 난데…… 나."

여자의 얼굴에 억울해하는 표정이 다분해 그녀는 새치기를 한 것 같은 찝찝한 기분이 들었다.

"원래는 3시였는데, 늦어져서 5시에 수술 들어갔다고."

새치기가 아니라는 것을 여자에게 납득시키기 위해 그녀는 부러 그렇게 말했다.

"5시 수술이면……."

"저기요, 내 잘못이 아니잖아요."

그녀는 여자에게 쏘아붙이고 병실을 나왔다. 간호사의 안내를 받으면서 복도를 걸어가던 그녀는 분만실 자동문이 활짝 열려져 있는 것을 보았다. 분만실은 복도 끝에 있었다. 그 문으로 아무도 걸어 들어가지도, 아무도 걸어 나오지도 않았다. 어두침침한 복도와 달리 분만실은 환하게 불이 켜져 있었다. 그녀는 자신이라도 그 안으로 걸어 들어가고 싶은 충동을 느꼈다. 분만실 수술대 위에 누워 두 손을 가슴 위에 얌전히 포개 모으고, 눈물을 흘리고 싶었다.

"국물 있는 음식을 먹으라고 했는데……."

"네?"

간호사가 그녀를 흘끗 돌아다보았다.

"오늘의 운세가 글쎄 '따뜻하고 국물 있는 음식을 먹을 것'이라지 뭐예요?"

11시쯤 부동산을 하는 친구로부터 삼계탕을 먹으러 오라는 전화를 받은 소장은 기분이 풀어져서는 그녀에게 오늘의 운세를 읽어주었다. "오늘의 운세가 들어맞기는 맞았네. 가만있자, 미스 최가 82년생이지?" 그는 간혹 그녀에게 오늘의 운세를 읽어주었다.

"무슨 그런 운세가 다 있대요? 그것도 운세라고 할 수 있나?"

더구나 그녀는 82년생이 아니었다. 소장은 며칠 전에는 83년생의 운세를 읽어주었다. 그녀는 83년생도 아니었다.

"저는 오늘의 운세가 '헷갈리지 말 것'이었던 적도 있는걸요."

걸음을 빨리하는 간호사의 뒤를 졸졸 따라가던 그녀는, '수술실'이라고 쓴 초록색 불빛을 보고 멈칫 서버렸다. 내 잘못이 아니야, 내 잘못이…… 되뇌던 그녀는 자신의 깊은 곳에서 그 무엇인가가 콩닥콩닥

뛰는 것을 느꼈고, 혹시나 태아의 멎었던 심장이 뛰고 있는 게 아닌가 싶어 배꼽 아래로 손을 가져갔다. 간호사가 그녀에게 재촉하는 눈빛을 보내왔다.

"심장이 다시 뛰는 것 같아요."

"네?"

심장이 다시 뛰는 것 같다니까요. 조그만 소리로 중얼거리면서 그녀는 초록색 불빛을 향해 발을 내딛었다.

그녀는 공포심과 두려움과 수치심이 뒤섞여 요동치는 감정과 달리, 팔다리가 석고처럼 굳는 것을 느꼈다. 흰 마스크로 입과 코를 가린 간호사의 얼굴이, 그녀의 얼굴 위에서 어른거렸다. 도루코면도기가 훑고 지나간 자리를 적나라하게 드러낸 채 그녀는 수술대 불빛 아래 누워 있었다.

"일부터 열까지 천천히 세보세요."

파란 마스크로 가린 입으로 주문을 해오는 간호사가 그녀는 도루코 면도기로 자신의 음모를 제거한 간호사일지 모른다는 생각이 들었다.

"남편이 올 거예요……."

그녀는 남편이 벌써 수술실 밖에 와 있는지 모른다고 생각하려 애썼다. 그녀를 가운데 두고 의사와 간호사가 나누는 소리가 벽 너머에서 들려오는 소리처럼 멀었다. 고구마줄기 껍질을 벗기던 노인의 모습이 가물가물 흐려져 불투명 유리 같아진 그녀의 의식 위로 떠올랐다.

"일부터 열까지 세보세요."

간호사가 재차 주문을 해왔다.

"하나 둘…… 저기…… 손 좀 잡아줄래요?"

"천천히 열까지 세보세요."

"손 좀……."

간호사의 손이 머뭇머뭇 그녀의 손을 잡았다.

"무서워서 그래요…… 수술이 처음이거든요…… 도루코면도기로…… 그때부터 무서웠어요…… 도루코면도기로 밀 때부터 무서웠어요…… 손이라도 잡아주면 덜 무서울 것 같아요…… 누구라도 손을 잡아주면…… 그러니까 제발 내 손 좀 잡아줘요."

그녀는 간호사가 자신의 손을 놓지 못하게 손가락들에 힘을 주려고 애썼다. 의식을 잃은 뒤에도 간호사가 자신의 손을 놓지 못하게 단단히 깍지를 끼고 싶었지만, 그녀의 손가락들은 이미 굳고 있었다.

"하나 둘 셋 넷…… 심장이 뛰는 것 같…… 심장이 다시 뛰……."

5

몽롱하게나마 의식이 돌아왔을 때 그녀는 병실 침대 위에 누워 있었다. 남편이 그녀를 내려다보고 있었다. 마취 후유증인지 온몸이 멍투성이가 되도록 자갈밭 위를 구른 듯 욱신거렸다.

"정신이 좀 들어? 팔을 주무르라더군."

왼팔은 제쳐두고 오른팔만 집중적으로 주무르던 남편은 화장실에 다녀오겠다면서 병실을 나갔다. 5분쯤 지나서야 돌아온 그가 그녀에게 말했다.

"0대 0이네. 휴게실에 마침 TV가 있지 뭐야."

그제야 그녀는 오늘도 어김없이 프로야구경기가 있다는 것을 깨달았다. 목이 마르다고 호소하려는데 그가 선수를 쳤다.

"참, 심장은 왜?"

"심장?"

"심장을 만지게 해달라고 졸랐잖아. 수술실에서 병실에 오는 내내 심장을 만지게 해달라고 졸랐던 거 기억 안 나?"

그녀는 기억을 떠올리려 애썼다. 일곱이었다. 일곱까지 세다 그녀는 의식을 잃었다. 열까지 세라고 했으니까 열까지 세야지. 그녀는 말 잘 듣는 아이처럼 속으로 마저 숫자를 셌다. 수술대에서 끌어내려지던 장면, 남편의 부축을 받으면서 도살된 개처럼 병실까지 질질 끌려오던 장면, 침대 위로 올라가 눕던 장면이 퍼즐 조각들처럼 띄엄띄엄 조각 난 채로 그녀의 머릿속에 떠올랐다. 그러나 남편에게 심장을 만지게 해달라고 조른 기억은 없었다.

"내가 왜 그랬는지 정말 몰라서 묻는 거야?"

그녀는 시치미를 떼고 물었다.

"그러게, 내가 아는 게 있어야지." 그는 곤란한 입장에 놓일 때면 하는 대답을 앵무새처럼 중얼거렸다. 그렇다고 궁금해하는 표정도 아니었다. "어쩜 이렇게 아는 게 없는지, 나도 나 자신이 한심해 죽을 지경이라구." 그는 중얼거리면서 마른 귤껍질 같은 얼굴을 두 손으로 문질렀다. 자학에 가까운 자기 경멸이 난처할 때마다 써먹는 비열하고 빤한 수법이라는 걸 잘 알았지만, 그녀는 더는 그를 몰아붙이지 않았다. 어이없어하는 그녀를 남겨두고 남편은 또다시 병실을 나갔다.

병실을 둘러보던 그녀는 침대가 바뀌었다는 것을 깨달았다. 그러니까 그녀는 수술실에 들어가기 전까지 누워 있던 창가 쪽 침대가 아니라 벽 쪽 침대 위에 누워 있었다. 그녀는 창가 쪽 빈 침대를 물끄러미 바라보았다. 침대는 비어 있었다. 그 침대에 누워 팬티가 무릎 아래까지 끌어내려진 채 도루코면도기에 음모가 밀리는 자신의 모습이 그려졌다. 어째서 침대가 바뀐 것인지, 자신이 수술실로 가기 전까지 벽 쪽 침대에 누워 있던 여자는 어디를 간 것인지 그녀는 혼란스러웠다. 남편의 실수로 침대가 바뀌었다고밖에 그녀는 달리 생각이 들지 않았다. 고개를 돌리던 그녀는 깜짝 놀랐다. 도루코면도기가 그녀의 눈에 들어와서였다. 도루코면도기는 대충 숨겨놓은 숨은 그림처럼 사이드 테이블 위 두루마리 화장지 옆에 놓여 있었다.

남편이 돌아오기를 기다려 그녀는 말했다.

"침대가 바뀌었어."

"그래? 어차피 다 똑같은 침대인걸, 뭐."

그녀는 그가 얼마 전에도 똑같은 말을 자신에게 했다는 것을 깨달았다. 집에서였다. 프라이를 해먹으려고 냉장고 문을 열고 달걀을 꺼내려던 그녀는 얼어붙은 듯 멍해졌다. 가스레인지 위 프라이팬이 달구어지면서 미리 두른 식용유가 타들었다. "뭐 해?" 식탁에서 계란 프라이가 날라져 오기를 기다리던 그가 그녀를 다그쳤다. 달걀 프라이는 그가 스팸 다음으로 좋아하는 반찬이었다. 노릇노릇하게 구운 스팸과 달걀 프라이만 있으면 그는 밥 두 공기도 거뜬히 해치웠다. "어떤 달걀을 골라야 할지 모르겠어." "고르기는 뭘 고른다는 거야. 다 똑같은 달걀인데." "다 똑같은 달걀이 아니니까 그러지……." 식용유 타드는 냄새가 부엌에 진동했다. 그가 냉장고로 걸어오더니 플라스틱 통 속 달걀들 중 하나를 꺼냈다. 달걀에는 농장과 출하 날짜가 찍혀 있었다. "자, 잘 봐. 초원농장 9월 12일." 스무 알이 넘는 달걀을 하나하나 꺼내 보이면서 그는 그녀에게 똑똑히 확인시켜주었다. "초원농장 9월 12일, 초원농장 9월 12일, 초원농장 9월 12일, 초원농장 9월 12일, 초원농장

9월 12일…… 똑같은 농장에서, 똑같이 생긴 닭들이, 똑같은 조건에서, 똑같은 날 낳아, 똑같은 날 출하한 똑같은 달걀이라구." 남편은 그리고 검은 연기가 피어오르는 프라이팬에 대고 달걀 한 알을 톡 깨뜨렸다. 달걀이 두 동강이 나면서 그 안의 노른자와 흰자가 울컥 쏟아졌다. 흰자위는 프라이팬에 닿자마자 마분지처럼 누렇게 말리면서 타들었다.

"아니…… 다 똑같은 달걀이 아니야."

그녀는 그때 미처 못했던 말을 뒤미처 남편에게 했다. 똑같은 농장에서, 똑같이 생긴 닭이, 똑같은 날, 똑같은 조건에서 낳은 달걀들이라고 해도, 빛깔과 크기와 무게가 설사 똑같다고 해도 결코 똑같은 달걀일 수 없다고 그녀는 생각했다. 달걀들이 부화해 병아리가 되고, 그 병아리가 자라 닭이 되는 상상을 하면 다 똑같은 달걀이라고 생각할 수 없었다. 그녀는 초등학교 때 문방구에서 파는 병아리를 세 마리 사다 기른 적이 있었다. 연필 한 자루 값도 안 되던 병아리들은 생긴 게 똑같았다. 그런데 한 마리는 나흘 만에 죽고, 한 마리는 시름시름 보름쯤 버티다 죽었다. 남은 한 마리는 잘 자라 닭이 되었다. 그녀는 똑같은 병아리인데, 어째서 한 마리는 일찍 죽고, 한 마리는 조금 늦게 죽은 것인지, 또 한 마리는 잘 자라 닭이 된 것인지 이해가 안 되었다.

"다 똑같은 달걀이 아니야, 다 똑같은 달걀이……."

"달걀?"

"당신이 그랬잖아. 다 똑같은 달걀이라구."

"무슨 소리를 하는 거야, 내가 언제 다 똑같은 달걀이라고 했어? 다 똑같은 침대라고 했지. 마취가 아직 덜 깬 거야?"

그는 며칠 전 자신이 했던 말을 전혀 기억 못하는 것 같았다. 똑같은 달걀이라고 믿는 달걀을 그는 무려 세 알이나 프라이해 먹었다.

"다 똑같은 달걀이라고 그랬잖아…… 초원농장 9월 12일, 초원농장 9월 12일, 초원농장 9월 12일, 초원농장 9월 12일, 초원농장 9월 12일……."

남편은 그러나 또다시 병실을 나가고 없었다. 병실을 하도 들락거려 그녀는 그가 마치 무대 위에 등장하자 퇴장하는 역할을 맡은 배우 같았다. 그녀는 일부터 열까지 세는 심정으로 '초록농장 9월 12일'을 중얼거렸다. 수술대 위에서 간호사의 주문을 받고 일부터 열까지 셀 때야말로 그녀는 똑같은 숫자를 반복해서 세고 있는 것 같은 기분이 들었다. 하나, 둘, 셋, 넷, 다섯 하고 셀 때 그녀는 하나를 반복해서 세고 있는 것 같았다. 그녀는 자신이 열까지 다 세기는 셌는지, 일곱까지밖에 세지 못한 것은 아닌지 궁금했고, 그렇다면 마저 세야 하는 것은 아닌가 하는 강박을 느꼈다. 만약 다 세지 못했다면 도루코면도기에 음모가 밀리고 수술대 위에 올라가 열까지 세야 하는 것은 아닌가 싶었다.

"병신들! 아직도 0대 0이야. 7회 말인데 어떻게 한 점도 못 낼까? 면도기잖아? 집에서 가져온 거야? 면도기는 왜?"

그는 그녀의 손에 들린 도루코면도기가 집 욕실 서랍장 속에 쟁여놓은 도루코면도기들 중 하나라고 생각하는 것 같았다.

"밀어버리려고. 털을 전부. 한 가닥도 남기지 않고. 눈썹도 싹."

얼굴이 심해어 같던 간호사가 도루코면도기로 자신의 음모를 밀었다는 사실을 그녀는 그에게 털어놓지 않았다. 그는 계속 병실을 들락거렸고, 점수가 아직도 0대 0이라는 것을 그녀에게 알려주었다. 그녀는 도루코면도기를 손에서 놓지 않고 있었다.

"여보…… 마지못해서 잡아주었을까? 그랬는지 모르지…… 내가 손 좀 잡아달라고 하도 부탁하니까 마지못해서…… 내가 그 간호사였어도 거절 못했을 거야…… 손이 작았어…… 그렇게 작은 손으로 어떻게 간호사가 되었을까 싶게 아주 작았어…… 세상에 그렇게나 작은 손이 또 있을까 싶게 작았다니까…… 초경도 안 지난 여자아이의 손처럼 작은 손으로 어떻게 산부인과병원 수술실에서 일을 할까 싶었어. 간호사가 내게 일부터 열까지 세라고 했어. 하나, 둘, 셋, 넷, 다섯…… 간호사가 내 손을 놓아버리는 것을 느낄 수 있었어…… 흘리듯 내 손을 놓아버리는 걸…… 마른 모래를 허망하게 흘려버리듯 내 손을 놓는 걸…… 3초…… 아니 1초…… 그래 1초만 더 내 손을 잡아주었더라면 몰랐을 텐데. 그토록 작은 손이, 바퀴벌레는커녕 개미 한 마리 못 죽일 것 같은 손이 뿌리치듯 야멸치게 내 손을 놓아버리는 것을 몰랐을 텐데……."

그녀는 문득 노인으로부터 산 고구마줄기들을 떠올렸다. 베란다에 널어놓은 고구마줄기들은 햇볕을 받아 철사처럼 말라비틀어졌을 것이었다.

"1초만 더 내 손을 붙잡아주었어도……."

6

간호사가 와서 그녀에게 퇴원해도 된다고 알려주었다. 간호사는 그녀가 아니라 남편을 보고 말했다. 그녀는 역시나 방금 병실을 다녀간 간호사가 도루코면도기로 자신의 음모를 제거한 그 간호사 같기도, 전혀 다른 간호사 같기도 했다. 도루코면도기로 자신의 음모를 제거한 간호사와 수술실까지 자신을 안내한 간호사, 수술실에서 마지못해 자신의 손을 잡아주던 간호사, 방금 병실을 찾아와 퇴원해도 된다고 알려준 간호사. 그 네 간호사가 서로 다른 간호사인지, 아니면 동일한 간호사인지 그녀는 도무지 분간이 가지 않아 멀미가 나도록 혼란스러웠다.

퇴원 절차를 끝내고 주의사항이 적힌 종이를 흔들면서 병실로 돌아온 남편에게, 그녀는 깜박 잊고 있던 소식을 전하듯 말했다.

"아무래도 싹 밀어버린 것 같아⋯⋯."

"잘하면 점수가 날 것 같아. 아직 7회 초이니까, 서두르면 8회 말부터 거실 소파에 드러누워 볼 수 있겠어."

그가 그녀의 발치에 허물처럼 뭉쳐져 있는 원피스를 들어 내밀었다. 여자가 벗어놓은 원피스였다. 프로야구경기에 정신이 팔려 자신이 들고 있는 원피스가 그녀의 것이 아니라는 사실을, 그는 깨닫지 못하는 듯했다. 그녀의 원피스는 창가 침대에 딸린 사물함 속에 걸려 있었다.

"내가 갈아입혀줄까?"

원피스를 물끄러미 바라보기만 하는 그녀에게 그가 물었다. 한낱 다른 여자의 원피스가 아니라 운명을 받아들이는 심정으로, 그녀는 여자의 원피스를 받아들었다. 원피스를 입는 순간 자신의 운명이 아니라 여자의 운명을 살게 될 것 같은 막연한 두려움에 떨면서 그녀는 두 손으로 원피스를 꼭 움켜쥐었다.

"안 갈아입어?"

병원에서 집으로 가는 동안에 프로야구경기가 끝날까 봐 조바심이 나는지 그가 그녀를 재촉했다.

"갈아입어야지."

그녀가 원피스로 갈아입는 그 새를 못 참고 그는 휴게실에 다녀왔다. 그녀는 환자복 바지를 끌어내렸다. 수술이 끝나고 기저귀가 채워진 가랑이에서 비릿한 피 냄새가 올라왔다. 오한이 나면서 구역질이 올라왔다. 그녀는 따뜻하고 국물 있는 음식이 몹시 먹고 싶었다.

"여보, 지퍼 좀 올려줘……."

"여전히 0대 0이지 뭐야…… 잘하면 연장전까지 가겠어."

그가 지퍼를 올리기 위해 그녀의 등 쪽으로 손을 뻗었다. 잘 올라가지 않는지 그는 반쯤 올린 지퍼 쇠고리를 내리고 다시 올렸다. 중간쯤까지 무리 없이 올라간 지퍼 쇠고리가 더는 올라가지 않았다.

"어라, 안 올라가네."

그가 투덜거리자마자 지퍼가 쑥 올라갔다. 순간 그녀는 자신의 것으로 받아들이기로 마음먹은 운명 속에 갇힌 듯한, 단단히 봉인 처리된 듯한 기분에 사로잡혔다. 지퍼에 촘촘히 박힌 금속 재질의 이들이 어긋난 데 없이 맞물려 있는 것이 느껴졌다. 클 줄 알았는데 원피스는 그녀에게 얼추 맞았다.

"못 보던 원피스네? 언제 산 거야?"

"작년 여름에도…… 재작년 여름에도 입었던 옷이야…… 여름 내내…… 여름이 다 가도록…… 지겹도록 입었던."

그녀는 그의 부축을 받으면서 침대에서 내려갔다.

"그래? 왜 처음 보는 옷 같지?"

그녀는 여자가 벗어 둔 검정 통굽샌들에 발을 밀어 넣었다. 그녀의 샌들은 창가 침대 밑에 가지런히 놓여 있었다.

"잘 어울리네."

건성으로 내뱉는 말에서 이상하게 진심이 느껴져 그녀는 울컥했다.

휴게실 앞을 지날 때 남편은 통유리 너머 벽걸이 티브이를 들여다보았다. 티브이 앞에 줄 지어 놓인 검정 소파들은 비어 있었다. 아무도 보는 사람이 없는데 티브이 복도까지 그 소리가 울리도록 볼륨이 크게 틀어져 있었다. 그가 한껏 높여 놓은 것이 틀림없었다. 티브이에서는 프로야구경기가 생중계 중이었다.

"아직도 0대 0이야…… 어라? 2사 만루네?"

소파들이 비어 있어서인지 그녀는 야구선수들이 관중 한 명 없이 자기들끼리 점수도, 승부도 나지 않는 경기를 하고 있는 것 같았다.

"아무래도 점수가 났을 것 같아."

엘리베이터 안에서 그가 그녀에게 말했다. 산부인과병원 문을 나서자마자 그는 택시를 잡기 위해 도로를 향해 손을 흔들었다. 빈 택시가 그들 앞으로 와서 섰다. 택시에 오르는 그녀의 손에는 도루코면도기가 들려 있었다. ▪

김인숙

아홉 번째 파도

1963년 서울 출생. 연세대 신방과 졸업. 1983년『조선일보』로 등단.
소설집『함께 걷는 길』『칼날과 사랑』『유리 구두』『브라스밴드를 기다리며』
『그 여자의 자서전』『안녕, 엘레나』등.
장편소설『핏줄』『불꽃』『79-80 겨울에서 봄 사이』『긴 밤, 짧게 다가온 아침』
『그래서 너를 안는다』『시드니 그 푸른 바다에 서다』『먼길』『그늘, 깊은 곳』
『꽃의 기억』『우연』『봉지』『소현』『미칠 수 있겠니』등.
〈한국일보문학상〉〈현대문학상〉〈이상문학상〉〈이수문학상〉〈대산문학상〉〈동인문학상〉 수상.

아홉 번째 파도

1

　여자는 남자에게 헤어지자는 말을 하지 않았다. 남자도 마찬가지였다. 둘은 보통 때와는 달리 좀더 냉담한 표정으로 한동안 앉아 있었고, 남자가 먼저 지갑과 핸드폰을 챙겨들며 '간다'고 말했고, 여자가 대답 대신 핸드폰만 들여다보고 있었을 뿐이다. 남자가 먼저 떠난 후 여자는 한동안 창이 넓은 커피숍에 그대로 앉아 있었다. 가을 무렵이었다. 거리의 햇살은 맑고 넉넉했다. 짙은 선글라스를 낀 남자와 맨얼굴의 여자 하나가 그늘 한 점 없는 거리 한복판에서 이야기를 나누고 있었다. 보이지 않는 남자의 눈을 바라보며 웃는 거리의 여자 얼굴이 햇살만큼이나 환했다.

　죽어라고 담배를 못 끊는, 혹은 안 끊는 남자 때문에 여자의 자리는 그때에도 흡연석이었다. 그녀는 남자의 흡연을 극도로 혐오했는데, 남자와 냉담하게 앉아 있던 동안에는 담배 냄새를 느끼지조차 못했다. 남자가 떠난 후에도 얼마간의 시간이 흘러서야 그녀는 자신이 여전히 담배연기로 자욱한 흡연실 한가운데에 앉아 있다는 것을 깨달았다. 그녀는 자신이 담배연기처럼 남겨졌다고 생각했다. 그리고 남자는 어쩌면 담배를 끊는 것보다 여자를 끊는 것이 더 쉬운 일이라고 여길지도 모른다고 생각했다. 어쩔 수 없이 여자는 테이블 위에 놓여 있는 재떨이를 다시 한번 바라보지 않을 수 없었는데, 수많은 여자가 그 속에서 완전히 다 탄 꽁초가 되어 짓이겨져 있거나 혹은 다 타지도 못한 채 침과 구취와 커피 찌꺼기와 함께 젖어 있었다.

왜 헤어지자는 말을 하지 않았을까. 여자는 생각했다. 못했을까가 아니라 안 했을까였다. 여자는 그 말을 슬픔과 연민에 차서 할 수 있었고 울화와 분노로 가득차서 말할 수도 있었을 것이다. 짙은 선글라스를 낀 남자의 보이지 않는 눈을 바라보며 햇살처럼 환하게 웃는 거리의 여자처럼, 아니 그 여자와는 완전히 다르게 남자의 눈을 송곳으로 찌르듯이 바라보며 말할 수도 있었을 것이다. 그러나 그녀는 그렇게 하지 않았다. 그녀는 흥분하면 윗입술을 씰룩이는 버릇이 있었는데, 그 버릇은 남들에게 그녀의 인상을 매우 우스꽝스럽게 만들었다. 그녀는 늘 자신의 윗입술을 신경썼고, 그러느라 흔히 결정적인 타이밍을 놓쳤다.

그러나 헤어지자고 말하지 않은 것은 입술 때문이 아니었다. 실은 그 무엇 때문도 아니었을 것이다. 이유가 있다면 그들이 이제는 그런 말조차 필요가 없는 사이라는 것일 터였다. 새삼스러운 것은 아니었다. 그러나 그녀의 기억이 맞다면 적어도 얼마 전까지는 '그들은 이제 헤어지자는 말조차도 필요 없는 사이가 되어' 있었다. '되어가는' 것과 이미 '되어' 있는 것은 달랐다. 그들의 관계에도 진전이라는 게 있다면, 결국 이 지경인 것이다.

남자는 여자에게 연락하지 않을 것이다. 여자도 마찬가지일 것이다. 그러나 남자는 언젠가 자신이 여자에게 다시 전화를 걸 수도 있으리라고 생각할 것이고 그것은 여자 역시 마찬가지였다. 그것이 하루가 될지 한 달이 될지 혹은 일 년이 될지는 알 수 없었고, 그사이에 그들이 어떤 시간을 보내게 될지는 더욱 알 수 없었지만, 오히려 그래서 다행인지도 몰랐다. 시간이 흘러도 달라지는 것은 없을 것이다. 헤어져 있는 시간 동안 몇 킬로쯤 체중이 늘고 머리 스타일이 조금 달라지고 오래 벼르던 명품가방을 중고로 사고 또 신발을 새로 사도 남자는 그것을 알아차리지 못할 것이다. 여자 역시 마찬가지였다. 남자가 여전히 같은 직장을 다니고 월급이 아주 조금쯤 오르고 그의 어머니가 고혈압 약을 먹기 시작했다고 하더라도 그게 여자에게 대체 무슨 상관이란 말인가.

그렇더라도 그녀는 가끔 그들이 서로 연락하지 않았던 시간 동안 남자가 만났을, 혹은 만났던 다른 여자가 궁금했다. 남자는 어떤 여자를 만나 어떤 연애를 했었을까. 다른 파트너와 섹스를 했다고 하면, 정말로 열심히 하기만 했다면 백 번, 수백 번도 넘게 할 수 있는 시간이 흘러가기도 했었다. 그러나 그 시간은 그들이 계속해서 만났다면 그 삼분의 일이나 될까 말까 한 시간이기도 했다. 삼분의 일이라니…… 오분의 일이나 십분의 일일지도 모른다. 어쩌면 그녀가 궁금해하는 것은 남자가 만났던 여자가 아니라 그 여자와 한 섹스인 것 같았는데, 그즈음에 들어서는 섹스의 횟수 말고는 달리 찾을 수 있는 열정의 지표가 없었기 때문이었다. 혹은 권태의 지표라고 말해도 좋겠다.

불행히도 남자와 만나지 않는 동안 여자에게는 변변한 다른 연인이 없었다. 몇 번의 기회가 있기는 했지만 서로 결정적으로 맞물리지는 못했었다. 그리하여 단 한 남자가 아니라 세상의 모든 남자들로부터 상처를 받아야 했던 시간들 동안 그녀는 혼자 술을 마시고 혼자 취중에 연애라는 단어를 국어사전에서 찾아보는 일 따위로 시간을 메꾸는 것이 고작이었다. 국어사전으로 찾아본 후에는 백과사전도 찾아볼 작정이었으나 그러지 않아도 좋을 만큼 국어사전의 결과가 통렬했다.

연애01 명사 물방울과 티끌이라는 뜻으로 아주 작은 것을 이르는 말.
연애02 명사 연기와 아지랑이를 아울러 이르는 말.
연애03 명사 맷돌.
연애04 명사 불쌍하게 여겨 사랑함.
연애05 명사 연인관계인 두 사람이 서로 그리워하고 사랑함.
연애06 명사 옛말 '이내01'의 옛말.

그러니까 연애는 아주 작은 것이며 연기와 아지랑이처럼 흩어지는 것이며 한때는 맷돌과 같아서 서로를 불쌍하게 여겨 온몸을 비벼대고 갈아대었겠으나 결국에는 옛말이 되어버릴 물방울이나 티끌처럼 아주 작은 것이 되어버릴 연인관계인 혹은 연인관계였던 두 사람의 일이라는 뜻이다.

한때 그들 역시 맷돌이었다. 암쇠와 수쇠를 단단하게 박아 끼워 온몸을 악착같이 비벼대던. 그러나 이제 그들의 맷돌은 헐거워졌다. 맷돌이 너무 오래되어버린 것이다.

2

여자에게는 연애만큼이나 구제불능으로 낡은 것이 또하나 있었다. 중고로 사서 십 년 넘게 탄 차가 그랬는데, 그녀는 그 차를 맷돌이라 부르기로 결심했다.

그 맷돌의 트렁크에 여자는 낚싯대를 싣고 다녔다. 여자에게 낚시 취미가 있어서는 아니었다. 사실 여자는 낚시를 해본 적조차 없었다. 그러나 낚싯대가 생긴 후부터는 연못이나 저수지 같은 물가에 관심이 가기 시작했다. 운전을 하다가 그런 곳을 발견하면 일부러 차를 세워놓고 그 주변을 서성거릴 때도 있었다. 기분이 괜찮았다. 저수지나 낚시터를 배회하는 것은 혼자 바닷가를 거니는 것보다 덜 처량맞았고 혼자 공원을 산책하는 것보다 잡생각이 훨씬 덜 드는 일이었다.

남자와 함께 차를 타고 가다가 호젓한 낚시터를 지나친 적이 있었다. 웅덩이같이 볼품없는 작은 저수지였는데 낚싯대를 드리운 남자들의 등이 일렬로 빼곡했다. 쏟아지는 햇살 아래 남자들의 등은 초라하고, 고요했다.

"뭐야?"

남자가 물었다. 여자가 낚시터에 정신을 팔고 있는 것을 눈치챈 모양이었다. 그런데 "뭐야?"라니. 여자에게는 남자의 그 물음이 빈정거림처럼 여겨졌다. 뭐야, 네가 왜 저런 데에 신경을 써? 이젠 별짓을 다 하는구나. 그 정도로 심심하냐, 너? 남자가 그중의 어느 한마디도 입밖에 내지 않았음에도 여자는 갑자기 부아가 나기 시작했다.

남자에게는 남을 깔보는 듯한 말투가 있었다. 연애초기에는 그 '시니컬한' 말투가 멋있게 여겨졌었다. 그러나 남자도 이제는 나이가 들었다. 그리고 그런 말투가 여전히 어울릴 만큼 돈을 벌거나 성공을 한 것도 아니었다. 그러니 남자는 "뭐야?"라고 짧게 끊어 묻는 대신 다정하거나 공손하게 묻는 화법을 배워야 했을 것이다.

남자가 그녀의 차 트렁크에서 낚싯대를 발견했을 때에도 마찬가지였다. 남자는 그때에도 단도직입적으로 "뭐야?"라고 물었는데, 여자가 낚싯대를 말하는 거냐고 되물었을 때는 그 말을 그냥 대답으로 간주해버렸다. 이상하기 짝이 없는 대화가 아닐 수 없었다. "뭐야?" "낚싯대?"가 아니라 "뭐야?" "낚싯대"가 되어버린 대화라니. 남자는 설마 정말로 낚싯대가 무엇인지 몰라서 물어보았단 말인가? 낚싯대라는 것이 누군가는 몰라볼 정도로 기이한 물건은 아니지 않은가? 그것의 정체성은 너무나 확실해서 온몸으로 나 낚싯대라고 말하는 물건이 아니었던가? 더군다나 그 낚싯대는 바로 남자의 것이었다. 그녀가 말도 없이 그의 집에서 가져온, 말하기에 따라서는 훔쳐온.

문제는 낚싯대도 낚시터도 아니었다. 말하자면 그것은 대화와 관심의 문제였다. 그때 그녀는 부아가 나는 대신 깊이 상심했다. 그녀는 남자에게 자신의 차 트렁크에 실려 있는 낚싯대에 관한 이야기를 영원히 할 수 없으리라고 예감했다. 그러니까 '너의 낚싯대'를 내가 왜 싣고 다니는지. 그러자 그걸 싣고 다닌 이유가 오직 남자에게 그걸 발견당할 기회를 기다려서였다는 생각이 들기도 했다.

내가 너와 다투었을 때, 너와 연락하지 않았을 때, 너와 헤어져 있었을 때, 내 마음이 얼마나 깊이 아팠는지. 얼마나 쓸쓸했는지. 얼마나 숨이 막힐 듯했는지. 너는 그걸 아니? 너의 오래전 모습들을 일일이 기억하고 있으면 책갈피 사이에 말려두었던 단풍잎에 다시 물이 오르는 것처럼 내 뺨이 간절히 붉어졌던 것을 너는 아니?

만일 그녀가 그렇게 말한다면 남자는 감동할까? 그녀만큼 깊이 아프진 않더라도 가슴속 어디께가 찌르르해오기는 할까? 그래서 그녀의 손을 문득 잡거나 그녀의 어깨를 끌어당겨 가만히 품에 안을까. 아닐 것이다. 십중팔구 그는 이 '오래된 맷돌'의 고백이 너무나 어색한 나머지 담배를 꺼내 물기부터 할 것이다.

그러니 그녀는 누구에게 그 낚싯대 이야기를 할 것인가.

3

긴 여행을 간 적이 있었다. 비행기로 열 시간을 타고 날아가서 돌아올 때는 열두 시간을 타고 날아와야 하는 곳이었다. 비행이나 항로에 대해서는 아무것도 알지 못했지만 그녀는 그 비행시간의 차이가 마음에 들었다. 자신의 생에 감쪽같이 사라지는, 혹은 감쪽같이 등장하는 두 시간이 있다는 것도 괜찮은 기분일 것 같았다. 여행을 앞두고는 모든 것이 근사하게 여겨지게 마련이었다. 아니면 그러려고 기를 쓰거나. 여행은 불안을 동반하는 일이었고, 특히나 혼자 하는 긴 여행은 더욱 그러했다.

여자가 다니는 회사는 근속휴가를 길게 주기로 유명한 곳이었다. 적은 월급과 열악한 근무조건에도 불구하고 이직자가 적은 이유는 오직 그 때문일지도 몰랐다. 적어도 그녀는 그랬다. 적금을 붓듯이 회사를 다녔다. 해약의 충동은 만기이자에 대한 기대보다 원금 유지를 위한 악착같은 인내심으로 대체되었다. 그녀는 심각하고 진지하게 여행 계획을 짰다. 나중에는 너무 심각해진 나머지 그것이 여행 계획이라기보다는 무슨 자살 계획처럼 여겨질 지경이었다.

수많은 여행 계획 중에 비행기로 열 시간을 타고 날아갔다가 열두 시간을 타고 돌아와야 하는 도시를 선택한 것은 실은 그곳에서 살고 있는 친구에게 한 달 동안의 귀국 예정이 있다는 사실을 알게 되었기 때문이었다. 휴가는 돈을 버는 일이 아니라 돈을 쓰는 일이었으므로 숙박비를 절약하는 일이 중요했다.

친구의 페이스북에서 많은 사진을 보기는 했지만 그녀는 친구가 사는 도시에 가본 적이 없었다. 사진 속 풍경처럼 아름다운 해안도시였다. 아침마다 도시의 전철역까지 날아오는 갈매기들을 볼 수 있었다. 그녀가 자주 이용하는 전철역은 지하에서 지상으로 연결되는 구조였는데, 갈매기들이 지하의 선로를 따라 어두운 터널 속으로 날아가는 풍경은 매번 그녀를 홀렸다. 갈매기들은 땅속으로 빨려들어가는 것처럼 보였다. 마치 저항할 수 없는 매혹이 땅속에 있는 것처럼. 그래서 땅의 중심을 향해 돌진하지 않을 수 없는 것처럼.

갈매기들이 날아온 바다에는 부두가 있고 그 부두에는 긴 잔교가 있었다. 잔교는 그 도시의 명소였고 도시를 소개하는 많은 인터넷 사이트의 배경화면이기도 했다. 어느 사진이나 햇살이 환했는데, 과연 친구의 아파트에서 그곳까지 가는 동안 맑고 뜨거운 햇살이 두피를 뚫을 듯했다. 명소는 명성과는 다르게 한산했다. 산책객도 관광객도 보이지 않았고, 잔교 중간에서 낚시를 하는 남자 하나가 보일 뿐이었다. 소년인지 청년인지 중년인지 알 수 없는 남자가 집요하게 낚싯대를 바라보고 있었다. 바람이 불지 않는 바다에 흔들리는 것은 아무것도 없었다. 부두에 정박해 있는 요트들도, 잔교에 매인 듯 앉아 있는 갈매기들도, 그리고 낚싯대의 찌도.

여자는 잔교 끝까지 가서 바다 사진을 몇 장 찍었다. 그러고는 더는 할 일이 없었으므로 무료하게 돌아섰을 때였다. 하이, 하는 소리가 들려 바라보니 역광을 받고 서 있는 남자가 보였다. 낚시를 하던 남자였다. 부신 햇살 때문에 얼굴 윤곽이 거의 보이지 않았는데도 묘하게도 표정만큼은 선명했다. '햇살처럼 환한' 표정이라고 여자는 생각했다.

남자가 손으로 무슨 시늉을 해 보였는데 사진을 찍어주겠다는 의사 표현인 것 같았다. 혼자 있는 그녀가 외로워 보이기라도 했던 것일까. 아니면 안쓰러워 보였을까. 무슨 일이든 벌어졌으면 좋겠다는 심정인 것만은 사실이었다. 부두에서 만난 낚시꾼과 짜릿한 연애, 그런 것…… 여자는 자신의 핸드폰을 내밀었고 남자는 손을 흔들어 여자에게 뒤로 물러서라는 표시를 했다. 두어 걸음쯤 그녀가 뒷걸음을 치는 동안 남자는 골똘히 여자의 핸드폰을 들여다보고 있었다. 여자의 핸드폰에는 비밀번호가 없었고 낯선 남자에게 들키면 안 될 비밀 같은 것도 없었다. 더군다나 곧 연애를 하게 될지도 모를 남자에게 들킬 비밀은.

남자는 핸드폰을 들여다보면서도 손짓을 멈추지 않았다. 그녀는 다시 조금 더 뒷걸음질을 치다가 나중에는 아예 등을 돌려 걸었다. 그리고 돌아섰을 때 이번에는 남자가 등을 돌리고 걷고 있었다. 소년인지 청년인지 중년인지 모를 남자의 뒷모습이 역광을 받으며 작아져갔다.

저렇게 멀어지다가는 내 모습이 콩알만해지겠는걸…… 개미만해지는 건 아닐까…… 이런 아예 보이지도 않겠는데…….

남자의 걸음이 갑자기 달음박질로 바뀐 것이 바로 그 순간이었다.

어 어…… 어 어 어…….

도무지 사태를 파악할 수가 없었다. 그건 그러니까 마치 장난 같았던 것이다. 남자는 바람을 가르듯이 달려가다가 다시 바람처럼 달려오지 않겠는가. 그러고는 햇살처럼 환한 표정으로 그녀에게 묻지 않겠는가.

깜짝 놀랐지? 널 위해 내가 준비한 선물이야. 네가 너무 외로워 보여서 말이지. 나도 어찌나 입질이 없던지 말이야. 그나저나 재미있었어? 내 농담이?

4

하나도 재미있지 않았다. 핸드폰 없이 견뎌야 하는 여행은 재미있지 않을뿐더러 끔찍하기까지 했다. 그녀는 핸드폰과 함께 길을 잃어버린 듯했다. 자신은 이제 구글맵을 탐색할 수도 없고 택시를 부를 수도 없고 누군가에게 전화를 걸어 내가 어디에 있는지 날 찾아달라고 말할 수도 없다는 사실을 매순간 상기해야만 했다. 갑자기 여행지 전체가 위험으로 가득찬 것처럼 여겨졌다. 사실을 말하자면 그녀는 길치가 아니었고 방향치도 아니었으며 대부분의 경우 누구보다 길을 잘 찾는 사람이었음에도 그랬다.

좋은 점도 있기는 했다. 핸드폰을 잃어버린 후 그녀는 여행객의 책무로부터 벗어났다. 그야말로 오랜만에 누구에게도 방해받지 않고, 말하자면 자기 자신으로부터도 방해받지 않고 길고 편안한 늦잠을 잘 수 있었던 것도 핸드폰을 잃어버린 후의 일이었다. 아침부터 저녁까지 도시의 구석구석을 훑고 다니고 티켓을 예매하고 버스를 타고 기차를 타는 일들이 얼마나 피로한 일이었는지를 그녀는 새삼스레 깨달았다. 여행을 떠나온 이래 처음으로 그녀는 숙소 바깥으로 한 발짝도 나가지 않고 방 안에만 머물며 뒹굴거렸다. 비로소 휴가 같은 느낌이 들었다.

무료한 느낌이 들 때면 낚싯대의 릴을 돌렸다. 도둑의 낚싯대였다. 뜻밖에 낚싯대의 릴을 돌리는 일은 재미있었다.

차르륵 차르륵 릴이 돌아가는 소리는 전화기의 다이얼이 돌아가는 소리처럼 들렸다. 복고적인 향수를 일깨우는 소리이기도 했다. 그녀가 아주 어렸을 때 가졌던 장난감 중에 다이얼 전화기가 있었다. 차르륵 차르륵 릴을 감으며 그녀는 어린 시절을 떠올렸다. 차르륵 차르륵, 여보세요, 거기 누구 없나요?

만일 그 여행을 남자와 함께 갔다면 그녀가 그런 식의 청승맞은 놀이를 혼자 하고 있었을 리는 없다. 부두의 잔교에 혼자 갈 일도 없었을 것이고 핸드폰을 도둑맞는 일도 없었을 것이다. 그리고 물론 아무짝에도 쓸모없는 낚싯대와 어망을 숙소까지 가져오는 일도 없었을 것이다.

낚싯대와 어망을 들고 낯선 도시의 거리를 걸어 숙소로 돌아오면서 그녀는 남자를 생각했다. 그녀의 휴가 계획에 처음부터 남자가 들어 있지 않았던 것은 아니었다. 남자가 그녀처럼 긴 휴가를 쓸 수는 없겠지만 적어도 그중의 며칠은 그녀와 함께 있을 수 있을 거라고 믿었다. 티켓을 알아봐야 할 일이 있을 때 숙소를 예약해야 할 일이 있을 때 그녀는 동시에 남자의 스케줄을 챙겼다. 그런데 휴가가 시작되기 직전에 마치 그때를 별러오기나 했던 것처럼 남자가 여자에게 이별을 통보한 것이다. 어쩌면 남자는 여자가 먼저였다고 생각할지 모르지만. 아무러나 그런 건 상관없었다. 그녀는 정말로 화가 났고 너무나 화가 난 나머지 남자와 헤어지게 된 이유 같은 것은 하나도 중요하지가 않았다.

그녀의 휴가 계획에는 실연당한 여자의 처량맞은 모습 같은 것은 결코 없었다. 핸드폰을 도둑맞은 후 그녀가 가장 먼저 하고 싶었던 일은 당장 공중전화로 달려가 남자에게 욕을 퍼붓는 것이었다. 공중전화는 어디에도 없었다. 그래서 그녀는 숙소에 앉아 차르륵 차르륵 릴을 감으며 말했다.

말해봐. 왜 나와 헤어진 건데? 왜 하필이면 그때 헤어진 건데? 그때 헤어질 거면 그동안은 왜 만났던 건데?

릴을 감으면서는 할 수 있는 그 말을 정작 당시에는 하지 못했었다. 남자는 핸드폰과 지갑을 챙기며 "간다" 말했고 그녀는 핸드폰만 들여다보고 있었던 것이 전부였다. 담배 피우는 남자 때문에 그때에도 커피숍의 흡연실에 앉아 있던 그녀는 자신이 담배연기나 꽁초처럼 버려졌다고 생각했다.

그러다가 불현듯 일어서 남자를 쫓아 달려나갔다. 짙은 선글라스를 낀 남자의 보이지 않는 눈을 바라보며 햇살처럼 웃는 거리의 여자 곁을 지나쳐 남자를 따라잡았다. 남자는 그때 광화문 한복판을 걷고 있었다. 그녀가 남자의 팔을 낚아챘을 때 남자는 무슨 생각을 하고 있었는지 마치 전혀 모르는 사람에게 팔을 잡힌 것처럼 어리둥절하고 놀란 얼굴이었다.

"그래도 여행은 가."

"뭐?"

"그래도 여행은 가자고!"

"너 미쳤니?"

"그래. 미쳤으니까 여행은 가자고. 여행갔다 와서 헤어지자고!"

남자는 갑자기 지긋지긋한 얼굴이 되었다. 달라붙은 껌을 떼어내고 싶은 얼굴이기도 했다. 남자가 그녀를 가볍게 밀어냈을 때 그녀는 마치 엉덩방아라도 찧을 듯이 거칠게 떼밀렸다. 그것은 손의 힘이 아니라 어떤 중력의 힘 같은 것이었는데, 그 중력에도 이름이 있다면 '지겨움'일지 몰랐다. 광화문 한복판에서 길을 걷던 사람들이 마치 지축이 흔들리기라도 한 것처럼 깜짝 놀란 얼굴로 그들을 쳐다보았다.

5

핸드폰을 도둑맞은 후 여자는 한동안 잔교에 머물러 있었다. 시간이 흘러도 상황이 이해되지 않기는 마찬가지였는데, 그것은 도둑이 남기고 간 낚싯대 때문이기도 했다. 낚시를 하다 말고 핸드폰을 훔치는 도둑이라니…… 자기 낚싯대는 버려두고 남의 핸드폰을 훔치는 도둑이라니…… 이게 도대체 말이 되는 일인가. 친구는 그녀에게 아파트를 비워주면서 여러 가지 경고를 했었는데, 그중에는 소매치기에 관한 것도 있었다. 잘 기억이 나지는 않지만 특히 핸드폰에 관한 경고도 있었을지 모르겠다. 그녀는 대수롭지 않게 들었다. 그런 일은 어디에서나 있을 수는 일이고, 이 나라는 운 나쁘면 지갑이나 핸드폰을 도둑맞기에 앞서 총을 맞을 수도 있는 나라이기 때문이었다.

그녀의 핸드폰은 최근에 바꾼 것이었다. 그 핸드폰을 갖기 위해 그녀는 예약접수를 했고 접수 안내원이 지시한 정시에 구입 확인을 했으며 또 상품을 수령하기 위해 이른 아침부터 줄을 섰다. 그러느라 그녀는 회사에 지각을 했었다. 그 정도로 갖고 싶은 핸드폰이어서가 아니었다. 남자와의 연락이 끊긴 후 시간이 너무 많이 남아서였을 뿐이었다. 구형 핸드폰에 들어 있던 연락처와 사진들과 문자메시지들을 일일이 새 전화기로 옮겼다. 그러는 동안 약간의 시간이 분노 없이, 혹은 상심하는 마음 없이 흘러갔다.

낯선 나라, 낯선 곳에서 핸드폰을 도둑맞은 후에는 시간이 예측할 수 없게 흘러갔다. 그녀는 도둑의 낚싯대 앞에 하염없이 쭈그리고 앉아 있었는데, 그 모습은 마치 누가 도둑의 낚싯대를 훔쳐가기라도 할까봐 악착같이 지키고 있는 것처럼도 보였다. 그녀는 낚시에 대해 아는 것이 아무것도 없었다. 도둑의 낚싯대가 값이 얼마나 하는 것인지는 물론 얼마나 낡은 것인지도 알지 못했다. 적어도 자신의 핸드폰보다는 값싼 물건이리라. 그렇더라도 이렇게 함부로 버려져도 좋을 만큼 형편없는 것일까. 반대로 자신의 핸드폰은 그 정도로 귀한 것이었을까. 방금 전까지도 수심을 향해 던져지던, 어쩌면 세상의 가장 깊은 곳을 향해 던져지던 낚싯대와 그 낚싯대의 꿈을 버려도 좋을 만큼?

도둑은 돌아오지 않았다. 대신 늙은 낚시꾼 하나가 다가와 그녀의 곁에 자리를 잡았다. 낚싯대 앞에 가만히 쭈그려 앉아 있기만 하는 그녀를 몇 번 힐끔거리더니 무슨 일이냐고 그녀에게 말을 걸었다. 무슨 일이 있는 사람은, 특히나 무언가를 잃어버린 사람은 티가 나기 마련인 모양이었다. 핸드폰을 잃어버렸다고, 그녀는 대답했다.

"나도 바다에 빠뜨린 게 많지."

늙은 낚시꾼의 말이었다.

"빠질 수 있는 건 전부 다 빠뜨렸다고 보면 되니까."

그녀는 대꾸 없이 들었다.

"오죽하면 마누라도 빠뜨렸으니까!"

그녀는 깜짝 놀라 늙은 낚시꾼을 바라보았다.

"아니 오해는 말고. 죽기는 암으로 죽었지만 내가 낚시를 하는 동안 눈을 감아버렸으니까 내가 빠뜨린 셈이나 마찬가지란 소리야. 그래도 그렇지. 그걸 조금만 못 참고 그사이에 죽어버리나? 이놈의 영감탱이 한번 당해봐라, 하는 것도 아니고. 하기야 그러고도 남을 마누라기는 했지."

그녀는 점점 더 늙은 낚시꾼의 말에 빨려들었는데, 낚시꾼의 영어가 귀에 들리는 것이 신기했기 때문이었다. 그녀의 영어 실력은 결코 그 정도가 아니었다.

"그러고 보니 내 목숨도 빠뜨릴 뻔했군. 허구한 날 그랬지. 혹시 아홉 번째 파도라는 거 아나? 그런 게 있다네. 파도가 점점 더 거세지다가 아홉 번째에 이르면 사람을 삼켜버릴 정도로 대단해지거든. 그걸 조심해야 한다네. 낚시보다 먼저 배워야 하는 게 파도라는 거야. 낚시는 천천히 배워도 파도는 먼저 배워야 한다네."

늙은 낚시꾼의 말이 길어지는 동안 그녀는 자신이 그의 영어를 알아듣고 있는 게 아니라 자신이 듣고 싶은 말을 듣고 있다는 것을 알아차렸다. 특히나 '내 목숨도 빠뜨릴 뻔했군'이라는 말이 아주 마음에 들었는데, 그 부분이야말로 자신의 상상력이 만들어낸 말일 것이 틀림없었다. 그러고 보면 혹시 이 모든 게 다 상상 속에서 일어난 일은 아닐까. 그랬으면 좋겠다는 생각이 들었다. 문득문득 죽고 싶다는 생각이 드는 것도 다 상상 속에서나 있었던 일이었으면.

그녀는 몸을 일으켜 바다를 깊이 내려다보았다. 핸드폰을 도둑맞은 게 아니라 바다에 빠뜨린 게 사실이기나 한 것처럼. 도둑맞은 핸드폰 속에 저장되어 있던 천 장이 넘는 사진들, 천 개가 넘는 아는 사람과 알지 못하는 사람의 전화번호들, 명함파일들, 동영상과 이북과 잡지와 가득찬 장바구니가 들어 있는 온갖 쇼핑몰의 어플들…… 기록되어 있지는 않으나 남자와 맷돌이 헐거워질 정도로 오랜 세월 주고받았던 통화의 내용들이 바닷속의 해초처럼 흔들흔들 부유하고 있었다. 어지러웠다. 이제는 숙소로 돌아가야 할 시간인 것 같았다.

"낚싯대 안 가져가나?"

그녀가 잔교에서 떠나려고 할 때 늙은 낚시꾼이 말했다. 도둑의 낚싯대를 가져갈 생각은 조금도 없었지만 낚싯대를 남겨두고 갈 자신도 없었다. 그러려면 늙은 낚시꾼에게 그 사연을 전부 설명해야 할 텐데 그러느니 차라리 갖고 가는 게 수월할 것 같았다. 결국 낚싯대는 그녀에게 남겨진 것이었고, 도둑이 그녀의 핸드폰과 바꾼 것인 셈이었다. 그녀는 주섬주섬 낚싯대를 챙기기 시작했다. 낚싯대를 던질 줄도 모르고 거둘 줄도 모르는 여자를 늙은 낚시꾼이 도와주었다. 여자가 고맙다고 말하자 늙은 낚시꾼이 이를 활짝 드러내며 웃어 보였다. '햇살처럼 환한 웃음'이었다.

"그런데 그거 갯바위 낚싯대인 거는 아나? 많이 낡긴 했지만 꽤 좋은 낚싯대인걸."

여자는 또 한번 깜짝 놀라 늙은 낚시꾼을 쳐다보았다.

"이거 비싼 거예요?"

늙은 낚시꾼은 여자의 질문에 대답하는 대신 말했다.

"아홉 번째 파도를 조심하게. 특히 갯바위에서는."

6

여자의 차 트렁크에 실려 있는 낚싯대는 도둑의 것이 아니다. 그녀는 도둑의 낚싯대를 친구의 집 쓰레기통 옆에다가 버려두고 돌아왔는데, 귀국해서 얼마 지나지 않아 친구는 그 낚싯대로 팔뚝만 한 물고기를 잡은 사진을 보내왔다. 놀랍게도 친구는 정말로 갯바위 위에 서 있었고, 친구의 뒤편으로는 어마어마한 파도가 친구와 물고기를 한순간에 덮칠 듯이 일어서 있었다.

친구의 사진을 받던 날 아침, 여자의 새 핸드폰으로 남자의 전화가 걸려왔다. 새 전화기에는 그에게 걸려왔던 통화 정보가 없었는데, 그 것이 전화기를 바꾼 까닭인지 아니면 그가 그동안 한 번도 전화를 안 했던 까닭인지 알 수 없었다. 아무려나 별 상관은 없었다. 그녀는 다시 남자를 만났고, 이럴 거면서 하필이면 여행 전에 자신과 헤어졌던 남 자에게 다시 부아가 치밀었고, 섹스를 하는 와중에도 그 부아가 완전 히 삭지는 않았으며, 먼저 등을 돌리고 자는 남자를 내려다보면서 이 쓸모없는 맷돌로는 더는 아무것도 갈거나 비벼대고 싶지 않다고 생각 했다.

베란다에 놓여 있는 남자의 낚싯대를 발견한 것이 그때였다. 남자에 게 낚시하는 취미가 있었던가? 취미를 자주 바꾸는 남자였다. 자신에 게 가장 오래된 것이 여자라고 말을 한 적도 있었다. 남자보다 먼저 남 자의 집을 나서야 했던 여자는 말없이 그 낚싯대를 챙겼다. 대신에 자 신의 핸드폰을 침대 옆 테이블에 놓아두었다. 다른 이유는 없었다. 그 녀는 다만 여행지에서 일어났던 일들을 남자에게 이야기하고 싶었을 뿐이었다. 여자의 새 핸드폰 배경화면은 여행지에서 찍은 사진이었다. 그 사진을 찍은 핸드폰은 잃어버렸지만 사진은 클라우드에 자동저장 되어 있었다.

남자에게서는 그날 오후에 회사로 전화가 걸려왔다. 너 핸드폰 놓고 갔더라? 그리고 또 말했다. 핸드폰 버리고 다니는 거 취미냐? 남자는 자신의 낚싯대가 사라졌다는 것은 모르고 있었고, 여자의 핸드폰 배경 화면에도 관심이 없었다. 배경화면에도 관심이 없는 그는 그녀의 핸드 폰 속에 들어 있는 어떤 비밀에도 관심이 없을 것이며, 말하자면 그녀에게 어떤 관심도 없을 것이었다. 다시 만나 다시 잤고 다시 지겨움의 시작인 것이다. 오직 그뿐인 것이다. 남자의 전화를 받는 내내 여자의 윗입술이 맹렬하게 떨렸다. 검지손가락으로 윗입술을 누른 채 그녀는 생각했다. 그녀가 하고 싶은 말을, 혹은 꼭 해야 할 말을.

'너 아니? 난 단 한 순간도 널 사랑하지 않은 적이 없었어.'

간신히 윗입술의 떨림이 진정되면서 빙그레 웃음이 떠올랐다. 자신이 그런 말을 한다면 그가 어떤 반응을 할지 알기 때문이었다. 그는 그야말로 놀라 자빠질 것이 틀림없었다. 도대체 내가 너한테 어떻게 했길래 그런 무서운 말을 하느냐고 할지도 모를 일이다. 그만큼도 감정이 남아 있지 않다면 또 담배만 뻑뻑 빨다가 슬그머니 도망을 칠지도. 그리고 이번에야말로 다시는 전화하지 않으리라고 결심하고 또 결심할지도. 그렇더라도 그는 평생 동안 그녀의 그 말을 떠올릴 것이며, 때때로 후회와 안도와 슬픔과 공포와 고독에 총체적으로 휩싸일 것이며, 결국 그녀를 잊지 못하게 될 것이었다. 괜찮은 복수의 방식이었다.

그들은 늙은 연인들이었다. 그들이 얼마나 늙은 연인들인지를 모르는 사람은 자신들이 얼마나 늙었는지를 알고 싶어하지 않는 그들 자신들뿐이었다. '늙은 연인'이거나 '낡은 연인'이거나 다른 것은 없었다. 남자와 함께한 낡거나 늙은 시간들 동안, 그들은 수도 없이 헤어졌다가 만났고, 그사이에 다른 남자 다른 여자와 결혼을 했었고, 아이를 낳았고, 바람을 피웠고, 이혼을 했었고, 또다른 연인을 만나 변변하거나 변변치 않은 연애를 했었다. 그러는 동안 그들은 몇 번이나 아홉번째 파도를 만났었을까. 아홉 번의 아홉 번쯤이 아니었을까? 아니면 아직도 늘 여덟 번째에 머물러 있는 것일까.

그날 오후 여자는 남자에게 핸드폰을 돌려받기 위해 커피숍에서 만났다. 먼저 도착한 그녀는 담배를 피우는 남자 때문에 흡연석에 자리를 잡았고, 잠시 후에 도착한 남자는 자리에 앉자마자 담배부터 꺼내 물었다. 한 손으로 담배를 피우며 한 손으로 주머니에서 여자의 핸드폰을 꺼내 테이블 위에 올려놓았다. 여자는 자신의 핸드폰을 끌어당겨 이상이 있나 없나 살피듯이 시작화면을 켜보았다. 비밀번호 없이 배경화면이 떴다. 그것은 자신의 뒷모습이었다. 도둑이 찍은 그 사진을 그녀는 클라우드에서 발견했다. 그녀는 잔교 위에서 바다를 향해 걷고 있었고, 갈매기들이 그녀를 바라보고 있었다. 도둑은 혹시 사진작가가 아닐까 여겨질 정도로 사진을 잘 찍었다.

도둑이 찍은 사진은 한 장 더 있었다. 붉은 머리카락을 가진 스무 살쯤 되어 보이는 여자의 사진이었다. 도둑의 여자친구일까. 혹은 딸일까, 누이일까. 사진 속의 여자가 어찌나 햇살처럼 환하게 웃고 있는지 그녀의 마음까지 환해졌다. 도둑은 아마도 이 여자를 위해 물고기를 잡으러 나왔으리라. 물고기가 잡히지 않자 대신 사진을 찍어주고 싶었으리라. 그리고 말하고 싶었으리라.

너 아니. 난 단 한 순간도 널 사랑하지 않은 적이 없었어.

여자의 얼굴에 흐뭇한 미소가 번진다. 도둑의 모든 것이 이해될 것 같은 기분이었다. 그때 담배를 피우던 남자가 일어섰고, 핸드폰과 지갑을 챙겼고, 간다라고 말했다. 여자는 그때에도 핸드폰만 들여다보고 있을 뿐이었다. ▪

박성원

평균율 4번

©백다흠

1969년 대구 출생. 동국대 문창과 대학원 졸업.
1994년 『문학과사회』로 등단.
소설집 『이상異常 이상李箱 이상理想』 『나를 훔쳐라』 『우리는 달려간다』
『도시는 무엇으로 이루어지는가』 『하루』.
〈오늘의 젊은 예술가상〉 〈현대문학상〉 등 수상.

평균율 4번

    남자가 출장길에 오른 것은 수요일 오후였다. 금방이라도 비가 내릴 것처럼 구름들이 뭉쳐 있었지만 출장지에 도착했을 때는 반듯한 노을이 하늘에 가득했다. 고속열차 세 시간에 다시 자동차로 두 시간이 걸리는 거리였다. 계약은 되었나요? 네. 잘되었군요. 이 건은요? 아니요. 음, 힘들게 되었군요. 그러게요. 남자가 하는 일의 대부분이 그랬다. 시작과 끝만 있는 일들이 대부분이었다. 과정을 알면 좋았고 몰라도 그만이었다. 남자는 역에서 렌터카를 인수받아 회사에서 예약한 호텔로 갔다. 호텔은 특급이었고 바닷가에서 그리 멀지 않은 곳에 위치해 있었다.

    남자는 늦은 저녁을 먹고 호텔 주변을 산책했다. 돌아오는 길에 수입맥주를 서너 병 샀다. 편의점에서 맥주병에 묵묵히 바코드를 찍던 사람은 남자가 알던 사람이었다. 남자가 신입사원일 때 첫 출장지가 여기 바닷가 인근 조선소였고 그때 거래처 과장인가 부장이었던 사람이었다. 당시 남자는 술자리 끝에서 함께 건배를 나눈 사이였지만 그날 이후로 잘 보지 못했다. 남자가 그를 기억하는 것은 그 사람의 술버릇 때문이었다. 사내가 말이야, 칼을 뽑았으면 무라도 썰어야지, 안 그래? 사내가 말이야. 그는 늘 사내 타령이었고 그날도 그 사람의 고집 때문에 여자가 나오는 술집에서 2차를 하고 잠자리까지 접대해야 했다. 사내가 말이야, 술을 한잔했으면 회포라도 풀어야지 말이야. 남자는 바로 어제 있었던 일처럼 생생했지만 그 사람은 남자를 전혀 알아보지 못했다.

―모두 1만 4000원입니다.

남자가 현금을 주자 그 사람은 손가락 끝으로 가볍게 계산대를 두드렸다. 짧고 경쾌한 소리와 함께 현금보관함이 열렸다. 그 사람은 천천히 확인하여 잔돈을 건넸다. 남자는 살 만한 것이 더 있을까 잠시 머뭇거렸다. 냉장고 앞을 지나 간이 생활용품 있는 곳까지 둘러보다가 아들에게 줄 변신로봇 장난감을 하나 샀다.

―9400원입니다.

이번에도 그 사람은 남자를 전혀 알아보지 못했고 남자는 어색한 인사를 하고 편의점을 나왔다.

휴가철이 지난 바닷가는 조용했다. 파도를 떠난 소리들이 푸른 비린내에 섞여 해안가에 머물렀다가 사라졌다. 바닷가에 쌓이는 것은 모래가 아니라 소리와 냄새였다. 갈매기 한 마리가 자신의 발자국을 찾아 이리저리 헤매다 날아갔다. 남자는 담배를 한 대 피운 다음 호텔로 향했다.

거의 텅 빈 주차장에 남자가 세워놓은 렌터카만 눈에 띄었다. 남자는 뒷좌석에서 여행가방을 꺼내다가 차창에 끼워져 있는 명함 크기의 광고지를 보았다. 반라의 여성이 침대 위에 누워 있었고 휴대폰 번호가 있었다. 짧지만 좋은 인연이 될 수 있다는 광고 문구였다.

회사에서 예약해준 호텔방은 깨끗했다. 그 무엇도 끼어들 틈이 없을 것처럼 침대 시트와 이불이 잘 감싸져 있었고 침묵조차 침묵할 것처럼 조용했다. 호텔 창문 밖으론 산책로가 보였다. 도심이 바라보이는 방이었으면 했지만 반대 방향이었다. 부드러운 곡선의 보도가 보였고 버섯 모양처럼 잘 다듬어놓은 조경 나무들이 보였다. 곳곳에 가로등이 일찍부터 켜져 있었는데 마치 잔뜩 부푼 풍선 같았다.

휴대폰이 울리고 남자가 받았다.

—1102호 앞이에요.

남자는 문 앞으로 가서 렌즈를 통해 내다보았다. 전송된 사진보다 마음에 드는 얼굴이었다. 남자가 문을 열자 여자애가 들어왔다. 여자애는 두리번거리더니 테이블 위에 가죽끈이 긴 가방을 내려놓았다.

남자가 지갑에서 돈을 꺼내 주자 여자애는 가방에서 파우치를 꺼내 그 안에 넣었다. 헝겊으로 된 낡은 파우치였다.

—호텔 좋지?

남자가 묻자 여자애는 고개를 끄덕였다.

—방값이 네 몸값의 거의 두 배야.

남자가 말하자 여자애는 호텔방을 구경했다.

—씻을래?

여자애는 뒤돌아서서 천천히 옷을 벗었다. 남자는 텔레비전을 켜고 여자애를 바라보았다. 속옷만 입은 여자애가 욕실로 들어갔다. 남자는 채널을 돌리다가 미니바에서 맥주 두 병을 꺼냈다.

여자애가 가운을 걸친 채 나왔다.

—마실래?

여자가 고개를 끄덕이자 남자는 맥주를 땄다. 뚜껑에 도마뱀이 그려져 있는 수입맥주였다.

—몇 살이니?

여자애가 스물이라고 말하자 남자는 피식 웃었다.

—내가 거의 두 배 많다.

남자가 맥주병을 들어 건배하는 시늉을 하자 여자애도 따라 했다.

—불을 꺼도 되나요?

남자는 침대 곁에 있는 메인 전원을 찾아 불을 껐다. 이내 어두워졌다. 산책로에서부터 경음악이 조용하게 흘러들어왔다. 여자애는 맥주병을 테이블 위에 두고 침대 안으로 들어갔다. 여자애의 몸에서 열대과일 향이 풍겼다. 침대는 따뜻했고 남자는 여자애 배 위에 사정했다.

남자는 담배를 입에 물었다. 여자애에게 권하자 여자애는 고개를 가로저었다.

—영화 좋아해?

남자가 묻자 여자는 고개를 끄덕였다.

—음악은?

—네.

—어떤 음악?

—그냥. 듣기 편한 음악들.

—그렇구나.

남자는 맥주병 안으로 담배꽁초를 넣었다. 담배는 부패한 익사체처럼 떠올랐다. 남자와 여자애는 잠시 누웠다. 남자는 여자애의 벗은 등을 보면서 부드러운 해안선을 떠올렸다.

—가도 될까요?

남자는 여자애를 잠시 바라보았다.

—그래.

여자애는 열대과일 향을 남기고 이불 밖으로 나갔다. 여자애가 옷을 입는 동안 남자는 침대 안에 있었다. 남자는 어쩐 일인지 움직이기 싫었다. 여자애가 다음에도 자신을 찾아주면 좋겠다고 말하자 그러겠다고 대답했다. 나가려던 여자애가 돌아와서 도마뱀이 그려져 있는 맥주병 뚜껑에 입을 맞춘 다음 남자에게 건넸다.

—맥주 잘 마셨어요.

여자애가 나가고 남자는 한동안 자신의 손에 있는 병뚜껑을 바라보았다. 금색의 도마뱀은 날렵했다. 남자는 여자애가 있던 옆자리를 만져보았다. 무게와 무게가 엉켰던 자국이 아직 남아 있었고 막 햇빛이 다녀간 것처럼 따뜻했다.

남자는 아이패드를 꺼내 아내가 운영하는 육아방송에 접속했다. 남자의 아내는 막내딸이 자라는 과정을 촬영해 개인 인터넷 방송에 올렸다. 어떤 기저귀와 이유식이 좋은지, 언어교육과 놀이는 어떻게 하는지, 발육을 돕는 체조와 대소변 연습까지 거의 전 과정을 매일 올렸다. 출장이 잦은 남자로서는 아내의 방송을 통해 둘째 아이를 지켜보았다. 남자는 '좋아요'를 클릭했고 추천 댓글도 올렸다. 조회 수가 많아질수록 협찬받는 육아용품이 늘었고 아내는 만족스러워했다. 남자는 휴대폰을 찾아 아내에게 문자를 보냈다. 잘 도착했어. 지금은 호텔방이야. 아내에게선 하트 모양과 함께 일 잘 보고 오라는 답문이 왔다. 남자는 휴대폰을 내려놓았다.

호텔방 안은 여전히 조용했다. 아내의 목소리도 없었고 아들의 떠드는 소리도 없었다. 멀리서 들려오는 파도 소리만 어둠 속에서 희미한 무늬를 만들어 천장 위에 떠돌았다. 남자는 텔레비전 소리를 높였다. 채널을 이리저리 돌리다가 탐정영화를 하는 곳에서 멈추었다. 남자는 한때 탐정이 되고 싶었다. 코트 깃을 세우고 중절모에 시가를 문 탐정. 그러나 그런 탐정은 영화에서만 존재한다는 것을 알았다. 영화에서 탐정은 시작과 끝만 보여준다. 사건의 시작과 해결. 그러나 현실 속에서 탐정은 과정이다. 영화 속 탐정들은 현실에선 없다. 실종된 사람을 찾는다는 것은 모래 속에서 10여 년 전에 잃어버렸던 장난감을 찾는 것보다 힘들다. 10년 전에 실종된 아이를 찾습니다. 실종 당시 노란색 원피스를 입고 흰색 스타킹을 신고 있었습니다. 쌍꺼풀이 없는 눈에 둥근 모양의 코 그리고 눈썹이 진합니다. 당시 나이 세 살이며……. 남자는 자신이 맡은 사건을 상상해보았다. 어떻게 찾을 것인가? 실종된 장소로 먼저 가서? 이미 고층빌딩이 들어서고 대로가 생겨 흔적조차 없는데. 영화에선 과정이 없다. 시작과 끝만 있을 뿐이다. 현실에선 겨우 불륜을 미행하고 말 그대로 심부름을 할 뿐이다. 탐정이라니, 대체. 그건 마치 힘차게 튀어 올랐다가 흔적조차 없이 사라지는 파도 소리와 같은 것이었다. 남자가 막 채널을 돌리려 할 때 전화가 왔다.

—김상래 씨죠.

—네, 그렇습니다만.

—화성 신도시 센스빌 2차 105동에 사시고, 아드님은 유치원에 다니고 따님은 두 살이네요. 그리고 자동차는 14년식 SM3네요.

—누구시죠?

—가정까지 있는 분이 이러시면 안되지요.

남자는 기분이 언짢아졌다. 어릴 적 친구가 장난하는 것도 같아서 누구 목소리인지 떠올렸다.

—누구니?

—누구니? 저는 꼬박꼬박 높임말 하는데 왜 반말하세요.

—장난치지 마라. 나 오늘 피곤해.

—아, 피곤하시겠죠. 출장 오자마자 호텔방에서 어린 여자애랑 그 짓을 했으니까요.

남자의 머릿속에는 순간 포주가 떠올랐다. 성매매를 미끼 삼아 돈을 뜯어내는. 이거 귀찮게 됐군. 남자는 손가락 마디를 하나씩 꺾었다.

—협박을 하려면 제대로 알아보고 해. 내 조사를 해서 알겠지만 검사와 경찰이 집안에 수두룩하다고.

집안에 평범한 회사원들밖에 없었지만 남자는 먼저 선수를 쳐야 한다는 생각이 들었다. 최대한 냉정한 목소리로 법원과 지청을 들먹였다.

—증거사진과 동영상이 있지만 협박 따윈 하지 않겠습니다. 다만 저는 협조를 구할 뿐입니다.

—귀머거리라도 이게 협박전화란 걸 알겠는데.

—귀가 엉덩이에 달리셨나요, 선생님. 협박이 아닙니다. 저는 분명히 선생님의 협조를 구한다고 말씀드렸는데요.

남자는 잠시 침묵했다. 그러자 상대편 사람도 가만히 있었다. 남자의 뛰는 심장만이 꿈이 아닌 현실임을 말해주고 있었다.

—그래, 내가 협조해야 할 일이란 게 도대체 뭐요.

—이제야 56센티미터 정도 가까워진 것 같군요, 선생님. 이러다 정들겠습니다.

—거래를 하는 데 우정 따위는 필요 없을 것 같군요.

—브라보, 브라보. 역시 똑똑하신 분이어서 말귀를 빨리 알아들으시네요. 그러니까 이건 직장생활이나 회사일과 같습니다. 오늘 만난 여자, 그 여자애 이름은 J입니다. 그런 일을 하는 아이니 본명은 저도 잘 몰라요. 어쨌든 J가 중요한 휴대폰 유심 칩을 가지고 있는데 그걸 저에게 가져다주시면 됩니다. 출장 짐 싸는 일보다 간단하죠.

—J라는 여자애에게 유심 칩을 달라고 하면 줄까요?

—거래처에 가서 바로 계약하자면 합니까? 그래서 제가 회사일과 같다고 하지 않았습니까. 과정이야 내가 알 바 아니고 어떻게 해서든 성사시켜야죠. 회사의 존망이 걸렸는데. 좋지 않나요? 덕분에 여자애도 자주 만나고.

—당신이 직접 하면 되잖소.

—작은 계약 하나에 CEO가 직접 나서는 거 봤습니까?

남자는 다시 침묵했다. 언제나 그렇듯이 지시를 내리는 건 목소리뿐이다. 무슨 일이 있어도 이번 주 안으로 계약을 따내게. 알겠지?

—선택의 여지가 없을 겁니다. 선생님. 다른 곳으로 나가는 문은 없으니까요. 그 일만 마무리 잘해주시면 앞으로 볼 일도 없고 만나지도 않을 거요. 거래는 거래고 계약은 계약이니까.

통화가 끝나자 남자는 머리가 아파왔다. J라는 여자애가 테이블 위에 올려놓았던 가죽끈이 긴 가방 안에는 틀림없이 소형 카메라가 있었을 것이다. 아님 방 안 어딘가에 있을 수도 있을 테고 누군가가 호텔 밖에서 망원렌즈로 찍었을 수도 있을 것이다. 휴대폰 번호만 알면 주소나 주민번호 따위 정보는 식은 죽 먹기로 알 것이다. 전화를 했던 사내의 말처럼 다른 곳으로 나가는 문은 없다. 간단한 일일 수도 있다.

남자는 잠시 머리를 감싸 쥐었다가 J에게 전화를 했다. 우선은 만나야 한다. 뒷일은 다음에 생각하자. 신호가 가는 짧은 시간이 무척 길게 느껴졌다. 남자는 초조함에 발가락까지 저려왔다. J가 전화를 받자 남자는 수화기를 가린 채 긴 한숨을 내쉬었다. 남자는 목소리를 가다듬은 다음 천천히 말했다.

—다시 만날 수 있을까.

—저야, 돈만 주면 언제든지 오케이죠.

돈. 돈이라. 남자는 지갑 안에 있을 현금을 가늠해보았다. 현금은 그리 많지 않은 것 같았다.

—혹시 카드도 받나?

—네?

—아니, 아니야. 내 말은 그러니까 긴 밤, 애인처럼 며칠만 함께 지낼 수 있을까 해서.

—내가 아저씨 뭘 믿고요. 변태 살인마인지 어떻게 알아요.

—아니야, 난 그런 사람 아니야. 정말이야. 손만 잡고 잘게.

여자애는 웃었다.

—조금 전에 우리 함께 잤잖아요. 그런데도 손만 잡아요?

—네가 그리워. 네가 있어야 해. 정말이야. 너의 몸에서 나던 열대과일 향이 사라지질 않아. 네가 가고 나서도 네가 있던 침대 자리를 한동안 어루만졌어. 진짜야.

남자는 말하는 동안 진짜로 간절함이 마구 솟았다. J라는 여자애의 표정 하나, 속눈썹 하나까지 그리웠다. 단 한 번이라도 이런 간절함에 빠진 적이 있었던가, 하고 남자는 생각했다. 없었다. 만약 있었다 하더라도 기억조차 나지 않는 아주 예전이었을 것이다. 간절함이란 그런 단어가 있었는지조차 잊고 있었다. 모양도 없고 만질 수도 없는 것이 니까. 그러던 것이 어떻게 순식간에 나타날 수 있을까. 평균적인 삶이 송두리째 빼앗길지도 모른다는 불안감 때문일까. 남자는 J가 무슨 말이라도 해주길 원했다.

—아저씨 혹시 종교 있으세요?

—종교?

남자는 잘 생각해야 했다. J는 지금 작은 공통점이라도 찾고 있는 것이리라.

—너는?

—이상하게 들리겠지만 전 여호와의 증인이에요.

—그래? 나도 그래. 지금은 잘 안 다니지만 집안이……

—거짓말. 십자가 목걸이도 없던데.

—가방 안에 있어. 정말이야.

—아저씨 그거 알아요? 여호와의 증인은 십자가를 우상숭배로 보고 믿지 않는다는 걸요. 그러니까 아저씨는 거짓말쟁이.

남자는 더이상 변명거릴 찾을 수 없었다. 남자는 사실을 말하고 싶었지만 우스꽝스러웠다. 이것 보게, 김 대리. 곧이곧대로 말하면 계약은 물 건너가는 거라고. 사람이 어찌 그리 융통성이 없나. 남는 게 없는 장사를 누가 하나. 싸게 산다고 생각할수록 배부른 건 마트야. 알겠어?

—그래 솔직히 말하지. 난 네가 간절하게 필요해. 그건 사실이야.

잠시 아무 말을 하지 않고 있던 J가 결심했다는 듯이 말했다.

—알겠어요. 아저씰 믿는 건 아니지만 어차피 내 몸은 더이상 버릴 수도 없는 쓰레기니까요. 하루에 50만 원씩. 그리고 모든 경비는 아저

씨가.

　─좋아.

　─좋아요.

　─당장 올 거지?

　─네. 이것도 기념인데, 조촐한 파티 준비나 해두세요.

　남자는 통화를 마친 다음 데스크에 전화를 해서 현금인출기가 있는
지 물었다. 호텔 직원은 바닷가 편의점에 있다고 친절하게 답했다. 바
닷가에 있는 편의점은 맥주와 장난감을 산 곳이었다. 사내가 말이지,
칼을 뽑았으면 무라도 썰어야지, 안 그래? 사내가 말이야. 과장인가 부
장인가를 하던 사람이 있는 편의점이었다.

　─아직 문 열었겠지요?

　─등대는 없어도 편의점 불빛은 환할 겁니다.

　호텔 직원의 말처럼 등대도 없는 어두운 바닷가에 편의점 불빛만이
환했다. 현금인출기에서 돈을 뽑고 물건을 고르는 동안 남자는 분노를
느꼈다. 현금인출기와 편의점 천장에 있는 카메라에서 녹화 중임을 알
리는 빨간 램프가 깜빡였다. 전화를 한 사람이 어디선가 또 지켜보고
있을 것 같았다. 대체 그 자식은 뭐란 말인가. 개자식.

　깨끗하고 매끄러운 플라스틱 진열대를 부수고 싶은 욕망을 느꼈다.
얄팍한 플라스틱 진열대 위에는 똑같은 크기의 컵라면들과 과자들이
지독한 수평선을 이루고 있었는데 그 모습이 꼭 손님을 기다리는 J의
모습 같았다. 남자는 편의점 안을 둘러보았다. 냉장고 안에 있는 음료
수들도 똑같은 크기였고 맥주와 생수들도 상표만 다를 뿐 똑같은 자세
로 진열되어 있었다. 하나를 선택해서 빼내면 다시 똑같은 것들이 채
워졌다. 퇴사를 하면 누군가가 입사를 하여 똑같은 업무를 볼 것이고,

남편이 죽으면 새로운 남편들로 채워질 것이다. 얄팍한 플라스틱으로 이루어진 평균의 왕국. 남자는 냉장고에서 맥주를 꺼내다가 생수와 음료와 맥주 들을 조금 섞어보았다. 300밀리리터 맥주 옆에 500밀리리터 생수를 두었고 250밀리리터 캔커피 옆에 1.5리터짜리 콜라를 두었다. 불특정한 높이와 규칙적이지 않은 배열을 보자 그제야 남자는 숨통이 조금 트였다.

─이것 봐요, 지금 뭐하는 짓입니까. 알만 한 사람이.

남자는, 뒤돌아보았다. 알만 하니까 이러는 거 아닙니까, 하고 말하려다 말았다. 남자는 다시 원상태로 물건들을 두었다. 페트병 몸통에 맺힌 이슬이 눈물처럼 보였다. 화살을 맞고 쓰러져 있는 사슴을 향해 샷건을 쏘아 단숨에 즉사시키는 영화의 한 장면이 남자의 눈앞으로 지나갔다.

─죄송합니다.

남자는 계산을 하면서 두 번 사과했다.

편의점 밖으로 나오자 비가 한두 방울씩 떨어지고 있었다.

테이블 위에는 작은 케이크를 두었고 그 옆으로 와인과 와인 잔을 두었다. 벽에 있는 스탠드만 남기고 불을 껐다. 음악전문 방송을 찾았지만 마음에 드는 방송이 없었다. 남자는 휴대폰에 저장되어 있는 음악을 그리 크지 않게 컸다. 의자를 편안하게 배치했고 불필요한 물건들을 치웠다. 침대 시트를 다시 정리하고 화장실도 점검했다. 마치 프러포즈를 하기 위해 깜짝 파티를 준비하는 것 같았다. 남자는 아내에게 프러포즈를 했었는지 잠시 기억을 떠올렸다. 별다른 기억이 없었다. 친척의 소개로 만났고 자연스럽게 양가가 모여 날짜를 잡고 식장을 알아보았다. 친척은 살면서 정붙이는 거라고 했다. 결혼식이 시작될 때 남자는 결혼행진곡이 나올 줄 알았다. 그러나 예식장에서 마련한 노래는 어울리지 않게도 영화 「스타워즈」 주제곡이었다. 사회를 맡은 친구가 예식이 시작됨을 알렸고 마치 꿈결처럼, 「스타워즈」 주제곡과 함께 끝이 났다. 주례는 신부 측에서 잘 안다던 기초단체의원이 맡았는데 물고기처럼 벙긋거리는 입 모양만 기억날 뿐 어떤 말을 했는지 생각나지 않는다. 아내가 한때 엄청난 술꾼이었고 흡연자였다는 것도 신혼여행지에서 알게 되었다. 연애 경험에 대해서 물었지만 아내는 없다고 했다. 남자도 마찬가지로 없다고 했다. 아내의 성적 욕망이 의외로 강하다는 것도 신혼여행에서 알았다. 함께 눈을 떴고 함께 장을 보았다. 일직선 위에 나란히 서 있었고 음력설엔 남자 집에서, 양력설엔 처가에서 지냈다. 경쟁업체에서 스카우트 제안을 받을 정도는 아니었지만 해고당할 만큼 모나지도 않았다. 그러다가 문득 남자는 자신이 지구 위에 넘쳐나는 사람들 중 하나라는 사실을 깨달았다.

밤 열 시가 조금 지났을 무렵 J가 노크를 했고 남자는 문을 열었다.

—불행한 사람들은 불행한 사람들끼리 어울린대요.

J가 들어오면서 말했다. J는 처음 왔을 때와 똑같은 옷차림이었고 마찬가지로 가죽끈이 긴 가방을 메고 있었다.

—우선, 하루 치 50만 원.

남자가 건네자 J는 파우치를 꺼내 돈을 집어넣었다.

—이젠 내 몸값이 여기 방값보다 비싸지요.

—그래, 그래. 미안했어. 그리고 와줘서 고마워.

남자는 J를 꼭 껴안았다. 남자 스스로도 전혀 예상치 못한 행동이었다. 진심인지 아닌지 알 수 없었다. J가 무척 소중한 존재로 여겨졌고

구원자처럼 느껴졌다. 간절함이란 건 이처럼 얄팍한 게 아닐 것이라 생각했었다. 가시처럼 박혀 시도 때도 없이 못살게 굴고 안절부절못하게 만드는 것일 거라고 생각했었다. 남자는 불감증 환자처럼 살았다. 계약의 시작과 끝. 그것들이 만드는 납처럼 무거운 일직선에 남자는 서 있기만 하면 되는 것이었다. 제대로 기억나지 않는 결혼식이나 아내와 주고받는 문자메시지처럼. 그러나 간절함이란 게 느닷없이 날아와 지구와 충돌하는 소행성처럼 이렇게 순식간에 들끓을 줄은 몰랐다. 그건 참으로 이상한 일이었다. 무엇이 간절했던 것일까. 일직선 위의 삶이 깨지는 것이 두려웠기 때문일까, 아니면 일직선을 깨트린 J 때문일까.

— 아저씬, 이상한 사람이에요.

남자는 안고 있던 여자를 풀어주었다.

— 난 이상하지 않아.

남자는 J를 다시 꼭 껴안고 싶었지만 J는 남자를 살짝 밀었다.

— 남자란 다 똑같아요. 내 아랫도리 안에서 바보처럼 떨기만 하는.

여자애는 다시 웃었다.

— 우리 낭비하지 말아요. 전 하루에 50만 원씩이나 하는 비싼 여자예요. 누군가를 알기 위해선 그 사람이 원하는 걸 알면 돼요. 그래, 진실을 말해봐요. 내게 원하는 게 있죠, 그렇죠?

— 앉아서 와인이라도 마실까.

남자는 먼저 의자에 가서 앉았다. 남자는 코르크 마개를 따서 잔을 채웠다. 잠시 창밖을 보았다. 창밖엔 비가 내리고 있었고 어둠이 만든 희미한 무늬가 떠다니는 것 같았다. 솔직히 말하면 들어줄 것인지 생각했다. 네가 스스로 말했듯이 넌 더이상 잃을 것도 없는 창녀일 뿐이다. 하지만 난 다르다. 난 지켜야 할 것들이 너무 많다. 집이 있고 그 집 안엔 채워 넣어야 할 게 너무나 많다. 네가 그동안 어떻게 살아왔는지 궁금하지도 않고 알고 싶지도 않다. 다만 이 순간 네가, 네가 가지고 있는 물건이 필요할 뿐이다. 간절함이라는 이름을 붙일 수 있다면 오직 그것뿐이다. J가 와서 앉자 남자는 건배를 제의했다.

—넌 원하는 게 뭐지? 너부터 말해봐.

J는 잠시 생각했다.

—난 그냥 숨을 쉴 수 있는 작은 공간을 원해요. 원룸이든 옥탑이든 지하방이든.

—그리 어려운 일이 아니잖아.

—나에겐 어려운 일이에요. 전 신분증조차 없는걸요.

—내가 얻어주면 어떨까. 내 이름으로 말이야. 대학가 근처에. 생각해봐. 교정을 산책할 수도 있고, 학생식당에서 밥을 사 먹을 수도 있고 말이야. 생활비도 그리 많이 들진 않을 거야. 가끔 내가 장을 봐서 들를 수도 있어. 특별한 날엔 외식도 할 수 있고. 예를 들면 네 생일날 말이야. 너는 도서관에도 갈 수도 있을 거야. 거리에는 작은 영화관도 있을 테고, 싼 술집에 냄새 좋은 빵가게까지. 친구를 만날 수도 있을 거야. 그 친구랑 여행을 갈 수도 있을 테고.

—아아, 행복할 거 같아요.

남자는 J의 손을 잡았다.

—방 안에 작은 화분을 하나 키우자. 옷장을 사서 그 안에 나랑 쇼핑을 다니면서 하나씩 옷을 채우는 거야. 찬장에는 예쁜 도자기 그릇을 채우고, 냉장고 안에는 시원한 맥주를 채우자. 전 세계 맥주를 종류별로 말이야.

―전 냉장고 문에 붙이는 자석을 좋아해요.

―그래, 그것도 하나씩 붙여나가자. 가끔 함께 미술관에도 가고, 바다도 보고, 식물원에도 가는 거야.

―작은 앰프가 달린 라디오가 있으면 좋겠어요.

―욕실 거울엔 칫솔 두 개를 나란히 붙이자.

―벽에는 에드워드 호퍼의 그림을 걸어요.

―누구?

―에드워드 호퍼요. 그러면 외롭지 않을 거 같아요.

―그래.

―욕실에는 실내화를 두 켤레 두어요. 아저씨 것과 내 거요.

―그러자.

―내가 아플 땐 아저씨가 대신 약을 지어 오는 거예요.

―그러지.

―아저씨 가족사진도 두어요. 그러면 아저씨가 내 방에 있을 때 덜 외로울 거잖아요.

―응? 아……, 그래, 그게 좋다면.

―우리 불행하지도 행복하지도 않은 사람이 되어요.

―그래, 그래. 그러자꾸나.

―햇빛이 강할수록 그림자도 짙대요. 그 그림자들이 모여 비가 된대요. 전 비가 좋아요.

―음. 나도 좋아해.

―아저씨와 난, 우리 둘만은 이제 비밀이 없기예요. 지금부터 난 아저씨고 아저씬 나예요.

―그래.

―아, 행복해요. 우리 나가요. 나가서 비를 맞아요.

　J는 남자의 손을 잡아 일으켰다.

　―어서 서둘러요.

　J와 남자는 비를 맞으며 호텔 산책로를 걸었다. 빗물에 달라붙는 옷감 때문에 남자는 기분이 좋지 않았지만 J는 혀까지 내밀며 빗물을 받아 마셨다. 빗줄기가 차츰 굵어졌고 J는 비를 맞으며 춤을 추기 시작했다. 비에 젖은 J에게선 다시 열대과일 향이 풍겼다. 비에 젖은 얼굴이 매끈거렸고 남자는 J의 볼에 입을 맞추었다. 너무도 사랑스럽다고 생각했다. 그러자 J는 아주 깊은 키스를 했다. 젖꼭지를 빼는 아기처럼 남자의 혀를 빨았다. 그러면서 온몸을 밀착해 남자를 꼭 껴안은 채 춤을 추었다.

　―아, 행복해요.

　남자와 J는 껴안은 채 방까지 갔다. 마치 첫날밤을 맞이하는 신혼부부처럼. 남자와 J는 방에서 남은 술을 모두 마셨다. J가 많은 이야기를 했지만 파도 소리처럼 이어졌다가 끊겼다. 서양화가들의 그림에 대해 떠들었고 남자는 끄덕였다. 졸렸지만 참았다. 남자는 J에게 자주 술을 권했다. 파우치가 낡은 것 같아 새로 사주겠다고 말하자 J는 소중한 것이기에 다른 것은 필요 없다고 했다. 서로에 대해 잘 알고 싶어요, J가 말했고 남자는 끄덕였다. 그 말을 끝으로 J는 잠시 졸았다. 먼저 취한 J에게 남자는 침대에 잠시 누워 있으라고 했다. 어둠 속에서 한동안 앉아 있던 남자는 침대에서 빠져나와 가죽끈이 긴 가방을 뒤졌다. 낡은 파우치 안에서 유심 칩을 찾은 남자는 옷 안에 넣고 짐을 챙겼다. J가 가끔 뒤척일 때마다 남자는 방 안에 있는 물건이나 빈 술병처럼 가만히 있었다. 잠든 게 아닐지도 모른다는 생각에 남자는 다가가 귓속말로 밖에 나가 물을 사 오겠다고 했다. J는 아무런 기척도 내지 않았다.

남자는 조용히 짐을 챙겼다. 짐을 다 챙긴 남자는 메모를 남겼다.

너는 잊지 못할 여자야. 아침 일찍 중요한 일이 있어. 다시 연락할
게.

남자는 J의 휴대폰을 챙긴 다음 문을 닫고 호텔을 빠져나왔다. 비는
그쳐 있었다. 희미한 구름과 여린 달빛이 흐리멍덩하게 하늘에 떠 있
었다. 그것들을 보면서 남자는 너무 멀리 출장 왔다고 생각했다.

그 뒤로 며칠이 지났다. 남자에게 아주 작은 변화가 생겼다면 그것
은 휴대폰을 바꾼 일과 일정보다 빨리 출장을 끝낸 것이었다. 그 외에
는 큰 변화가 없었다. 주말엔 처가에 아이들을 맡기고 남자와 아내는
오랜만에 극장엘 갔다. 영화를 보고 나온 다음엔 인근에서 유명하다는
이탈리안 식당에서 파스타를 먹었다. 매일 아침 면도를 했고 면도 후
에는 랄프 로렌을 발랐다. 남자의 아내는 드라이클리닝이 제대로 되지
않았다며 세탁소를 바꿨다. 육아 동영상의 조회 수는 늘지도 줄지도
않았다. 주중에 남자는 회식과 거래처 접대를 한 번씩 했다. 다음 출장
이 정해졌지만 남자는 집에 일이 있다며 뒤로 미루었다. 그동안 단 한
번도 미룬 적이 없었기에 부장은 고개를 끄덕이며 알겠다고만 했다.

그달 말 무렵에 고민이 생겼다. 전세금이 올라 이사 갈 집을 알아봐
야 하는 일이었다. 다른 지역들도 많이 올라 어쩔 수 없이 융자를 받기
로 했다. 대신에 집 안에 채워야 할 것들을 줄이기로 했다. 바쁜 일이
겹쳤다. 남자의 본가에 세금신고가 잘못되어 남자가 대신 세무서를 두
세 번 다녀야 했다. 남자는 어머니에게 세무사 비용을 아끼지 말고 앞

으론 맡기라고 당부를 했다. 입사 동기와 함께 점심을 먹다가 첫 출장지에서 만났던 과장인가 부장이던 사람을 기억하느냐고 물었다. 입사 동기는 2차 접대 대목에서 기억난다고 말했다. 그때가 좋았지. 법인카드를 쓸 수 있었으니까. 입사 동기는 웃으며 말했다. 그러게. 그날 점심으로 먹었던 청국장은 냄새가 나지 않아 좋았지만 조금 짰다. 예전보다 더 바쁜 것 같아. 입사 동기가 말했다. 그러게. 남자는 물로 입안을 헹구었다.

추석을 앞둔 국경일에 마트에서 장을 보다가 남자의 아내는 도자기 그릇 세트를 충동구매했다.

—너무 예뻐서 찬장에 넣어둘 거야.

아내의 말에 남자는 비웃었다. 사용하지도 않고 모셔두기만 할 그릇 따위를 왜 사는지 알 수 없다는 말도 했다.

—'좋아요' 클릭했어?

그날 밤 남자는 컴퓨터로 접속해 댓글을 남기고 '좋아요'를 클릭했다. 중요한 정보에 많은 도움이 되었다는 내용의 댓글도 남겼다.

잠들기 전에 아내는 빚을 얻어서라도 투자를 하자고 했다.

—어디에?

—사거리에 원룸 빌딩을 짓는대요.

아내는 말을 이었다. 복층구조에 에어컨과 냉장고, 세탁기 등이 모두 갖추어진 데다 역세권이어서 수익률이 높다는 말이었다.

—그것 하나만 있으면 행복할 것 같은데.

아내는 하품을 하며 돌아누웠다.

—아참, 여보. 옷 안에 도대체 뭘 넣고 다니는 거야? 셔츠가 찢어졌기에 세탁기 안을 보니 맥주병 뚜껑이 있더라.

―으음, 그러게.

아내는 다시 하품을 했고 남자도 눈을 감았다. 예보대로 비가 내리기 시작했다. 비가 그치면 쌀쌀한 날씨가 찾아올 거라고 했다. 나뭇잎들이 빗방울에 떨어지면 여름의 기억과 함께 배수관으로 흘러들 것이다. 시간이 흐른다고 생각하지만 어쩌면 원처럼 굽어진 일직선을 달리고 있는 것인지도 모른다고 남자는 생각했다.

선 위의 모든 위치는 숫자로 표현할 수 있다. 그리고 그 숫자는 무한히 많다. ▪

심사평

수상소감

모두 열심히 쓰는구나!

김숨

지난 일 년 동안 발표된 소설을 찾아 읽으면서 문득문득 중얼거렸습니다. 모두 열심히 쓰는구나, 열심히 자신들의 세계를 구축하고 있구나, 그(그녀)의 세계가 저렇게나 깊어졌구나, 저렇게나.

경주시립도서관에서 권여선의 「이모」와 윤이형의 「러브 레플리카」와 김애란의 「풍경의 쓸모」와 김금희의 「옥화」와 최수철의 「거제, 포로들의 춤」을 찾아 읽던 날이 생각납니다. 멀지 않은 곳에 무덤들이 있었고, 나무들이 기린의 모가지처럼 긴 그림자를 늘어뜨리고 있었습니다.

오후 햇빛이 유리창에 홍시처럼 터져 흐를 즈음 저는 윤이형의 문장들에 붙들려 있었습니다. "나는 웃지 않았다. 아픈 사람이다, 나는 생각했다. 나보다 훨씬 더 아픈 사람." "내가 정말 어떤 사람인지 너는 몰라." 윤이형의 「러브 레플리카」는 감정의 실핏줄을 건드리는 소설이었습니다. 쉽게 상처 받고, 그 상처를 어떻게 치유해야 하는지 몰라 고통스러웠던 시기를 경험하지 않고는 탄생하기 어려운 소설이라는 생각에, 애정이 저절로 생겨났습니다. 거식증에 걸린 여자와 허언증상을 보이는 여자. 두 여자의 만남을 통해 그녀가 던지는 질문, 우리는 과연 타인의 상처와 고통을 얼마나 '정확히' 이해하고 있는가? 하는 질문은 그래서인지 여전히 제 안에서 메아리치고 있습니다.

김금희의 「옥화」는 윤이형의 소설과 다른 지점에 놓인 소설이었습니다. 조선족과 탈북 여성의 문제를 다룬 작품으로, "네 이웃을 사랑하라"는 가르침이 변질되고 시험試驗에 드는 과정을 시원한 입담으로 그리고 있었습니다. 때때로 터진 주머니를 뒤집어 보이듯 우리의 현실을 적나라하게 까발리는 소설이 갈급할 때가 있는데, 「옥화」는 그러한 갈급을 흡족하게 충족시켜주었습니다.

최수철의 「거제, 포로들의 춤」은, 베르너 비쇼프가 1952년에 거제도 포로수용소에서 찍은 한 장의 사진으로 시작하는, 독특하면서도 품위 있는 소설이었습니다. "명색이 작가인 나는 분단으로 인해 수천만의 한국어 독자를 빼앗긴 가련한 소설가였다. 그렇다면 독자를 되찾기 위해, 그리고 만성적인 우울증에 걸려 쥐가 난 근육을 풀어주기 위해 뭔가를 써야 하는데, 무엇을 써야 하는지 알 수 없었다"는 소설 속 화자의 고백이 작가의 고백으로 들리면서 묘한 감동을 주었습니다. 경주시립도서관을 나와 횡단보도 신호를 기다리면서, 우리 모두가 실은 철망으로 둘러싸인 수용소에서 가면을 쓰고 춤을 추는 광대이자 '포로'라는 생각이 저절로 들었습니다.

여의도 국회도서관에서 읽은, 조해진의 「그녀의 생을 살다」와 안보윤의 「나선의 방향」과 기준영의 「4번 게이트」는 다른 소설이지만 제게는 같은 소설로 다가왔습니다. 연민의 힘으로 소설을 쓰는 작가들이 있는

데, 그녀들이 그렇지 않은가 생각했습니다. 빤한 타령으로 들리기 쉬운 연민을 아름다운 문장으로 승화시키는 재주를 가진 그녀들의 소설을 읽는 동안 그녀들의 등을 어루만져주고 싶은 순간들이 있었음을 고백하고 싶습니다.

아마도, 다른 두 심사위원이 없었다면 본심에 올릴 소설을 끝끝내 고르지 못하고 전전긍긍했을 것입니다. 완성도와 취향과 의미를 떠나, 한 편 한 편이 녹슨 구리덩어리 같은 마음을 흔드는 절실한 한 문장이라도, 한 단어라도 품고 있었기 때문입니다. ▪

해석이나 판단에 앞서는 매혹

박 진

　지난 1년간 발표된 단편들을 다시 읽는 동안, 바쁜 일정 중에도 고요하고 차분한 마음이 들곤 했다. 내가 기대하고 신뢰하는 작가들이 좋은 소설을 꾸준히 써내고 있다는 사실이 든든해서였을까. 좋은 문학에 대한 내 생각을 가만히 돌아보는 시간을 가질 수 있었다. 그 어떤 깔끔한 해석으로도 온전히 환원되지 않는 독특하고 풍요로운 세계, 판단하기 전에 매혹당하는 깊고 아름다운 세계. 거기에는 객관적 평가나 보편적 기준 따위가 개입할 여지가 없다. 소설 한 편 한 편으로 그런 세계를 만들어내고, 또 그것들의 포개짐과 펼쳐짐으로 두텁고도 다채로운 자기 세계를 이루어가는 여러 작가들에게, 동료이자 독자로서 고마운 마음을 갖게 된다.

　본심에 오른 최수철, 편혜영, 이장욱, 김중혁, 백민석, 최은미, 윤고은, 윤이형 작가의 소설들이 모두 마음을 움직였지만, 그중에서도 제일 먼저 언급하고 싶은 것은 최은미의 「라라네」다. 머릿니가 들끓는 긴 머리로 라푼젤 인형의 머리를 빗기는 여섯 살 라라의 모습과, 그런 라라의 머리칼에 '홈키퍼'를 뿌려대는 여고생 언니 유리의 모습이 초반부터 기괴한 분위기를 자아내더니, 라라의 자위행위가 묘사되기 시작하면서 불안과 긴장감은 급격히 고조된다. 라라의 이야기는 유치원생 여자아이의 성적인 행동이 불러일으키는 당혹스러움을 넘어, 엄마 전나경의 '불결함'에 대한 유리의 강박적 혐오로 치달아간다. 라라의 자위행위 속에서 자신의 불행과 그 불행의 원인을 본 전나경이 "머리를 잘라야 니가 그 사악한 짓을 안 한다"고 소리치며 라라에게 달려들어 강제로 머리칼을 자르는 장면에서는 광기어린 공포가 극에 달한다. 「라라네」의 결말은, '소독'을 위해 락스물을 채운 욕조에 몸을 담그던 「창 너머 겨울」의 마지막 장면 이상으로 섬뜩하고 충격적이다. 이런 이야기를 이렇게 서늘하게 써낼 수 있는 작가는 이전에도, 그리고 앞으로도, 오직 최은미뿐일 것이다.

죽음의 냄새가 떠도는 집의 음산한 분위기를 밀도 있게 그려낸 편혜영의 「소년이로少年易老」도 각별히 끌리는 소설이다. 생의 비밀과 인간 내면의 저 깊은 어둠을 목도하고 한꺼번에 나이 들어버린 소년의 모습이 무겁게 가슴을 짓누른다. 상대방의 말이 서로에게 전염되어 누가 누구의 이야기를 훔친 것인지 구별할 수 없게 되는 윤이형의 「러브 레플리카」도 매력적이다. 소설의 끝에 이르러 허언증 환자로 불린 경보다도 '나'가 더 의심스러워질 때, 독자는 소설 전체가 비틀리며 스스로를 지우는 듯한 기이한 혼란을 경험하게 된다. 이장욱의 「올드 맨 리버」는 부모를 찾는 입양아 알렉스의 이야기나 빈틈없이 잘 짜인 구성으로부터 훌쩍 벗어나 있어 더욱 좋았다. 히스 레저의 '올드 맨 리버'와 알렉스의 양아버지 니콜라의 삶, 베트남 출신인 리엔의 아버지와 이태원의 탭하우스에서 울음을 터뜨리던 한국인 남자의 모습 등이 묘하게 중첩되며 흔들리는 이 소설에서는, '키릴 문자'에만 있다는 특이한 리듬 같은 것이 막막하게 흘러나온다.

문학상 심사, 특히 예심을 하는 일이 고역 아닌 즐거움일 수 있다는 건 멋진 일이다. 해마다 누군가 이런 마음으로 한 해의 소설들을 돌아볼 수 있도록, 좋은 소설들이 풍성하게 발표되길 기원해본다. ▪

소설의 맛

양윤의

〈현대문학상〉의 예심을 위해 백오십여 편의 단편을 읽었다. 고되지만 즐거운 일이었다. 논의 끝에 다음 열다섯 편을 본심에 올렸다. 권여선의 「이모」, 김중혁의 「뱀들이 있어」, 백민석의 「비와 사무라이」, 윤이형의 「러브 레플리카」, 정용준의 「개들」, 기준영의 「불안과 열망」, 손흥규의 「아내를 위한 발라드」, 윤고은의 「늙은 차와 히치하이커」, 이장욱의 「올드 맨 리버」, 조해진의 「그녀의 생을 살다」, 편혜영의 「소년이로少年易老」, 최수철의 「거제, 포로들의 춤」, 김금희의 「옥화」, 최은미의 「라라네」, 손보미의 「디어 랄프 로렌」이다.

백민석의 「비와 사무라이」는 역시 근작인 「수림」과 쌍둥이 작품이다. 권태와 우울의 상징인 비와 자해나 상해의 상징인 사무라이이 이미지를 결합한 이 작품에서는, 정상적이고 안온해 보이는 삶이 끔찍한 내면을 덮은 위장막이라는 사실을 충격적으로 보여준다. 기묘하게 뒤틀린 부부의 상像도 그렇지만 얼룩처럼 출몰했다가는 흔적을 남기고 사라지는 노숙자들에 대한 묘사도 압권이다.

정용준의 「개들」은 이 작가의 세계가 자주 그러하듯, 피비린내 속에서의 사랑, 죽음 속에서의 삶에 대해서 말한다. 개 도살꾼의 일상에 대한 집요하고 치밀한 묘사를 따라가다 보면 우리에 갇혀 생사를 강요당하는 개들이 인간에 대한 알레고리라는 것을 알게 된다. 그럼에도 불구하고 작가는 인간을 향한 따듯한 시선을 포기하지 않는다.

권여선의 「이모」는 표면적으로는 가족들을 부양하느라 일생을 탕진한 여성의 회고담이다. 어떤 연민도 어떤 자부심도 없이 그렇다. 그 이면에서 인간이 누구나 외로운 단독자라는 사실이, 단지 귀찮다는 이유만으로 누군가의 손바닥에 담뱃불을 지지는 존재라는 게 폭로되기 때문이다.

윤이형의 「러브 레플리카」는 도플갱어 모티프를 새로운 방식으로 구현한 소설이다. 소설은 거식증과 허언증을 앓는 두 인물을 중심으로 전개되고 있다. 그러나 실제로 둘은 서로가 서로의 창작품이다. 나는 가짜이고 타인의 삶을 원본이라고 여기는 분열적인 시선을 인간의 정체성을 이루는 근본적인 구조에 편입시킨 작가의 통찰이 인상적이었다.

이장욱의 「올드 맨 리버」를 관통하는 것은 한 사람의 일생을 관통하는 강물의 흐름 그 자체다. 올드맨(리콜라)의 전생이, 입양된 아들인 알의 반생이 아득하게 펼쳐진 강물이다. 영화 〈흐르는 강물처럼〉에 비견될 만한 서정적 여운이 읽은 후에 길게 남았다.

편혜영의 「소년이로少年易老」는 성장담의 문법을 충실히 따라가지만, 정작 소설에서의 핵심적인 이미지는 텅 빈 서랍이다. 어른들이 감춘 비밀서랍을 마침내 들여다본 소년. 그의 앞에서 서랍은 텅 비어 있다. 아무엇도 없어서 비밀이 된다는 것, 어른이 된다는 것은 그 닫힌 서랍이 비의를 숨기고 있지 않다는 것을 깨닫는 일인지도 모른다. 그 너머에는 복수가 차서 한없이 비대해지면서 죽어가는 아버지의 이미지가 있다. 무한히 커지면서 왜소해지는 아버지를 깨달으면서 문득 우리도 어른이 된다. ▪

공간과 시점, 문체가 빚어내는 스산한 낯섦

김동식

2014년 현대문학상 본심은 15편의 작품을 대상으로 진행되었다. 예심을 거쳐 선정된 작품들은 저마다의 독특한 색채를 띠고 있었고, 본심 위원들은 작품 읽기의 즐거움과 문학상 심사의 고민스러움을 한동안 오갈 수밖에 없었다. 김중혁의 「뱀들이 있어」, 백민석의 「비와 사무라이」, 윤고은의 「늙은 차와 히치하이커」, 윤이형의 「러브 레플리카」, 이장욱의 「올드 맨 리버」, 최수철의 「거제 포로들의 춤」, 편혜영의 「소년이로少年易老」 등 일곱 편에 대한 집중적인 논의를 거쳤고, 편혜영의 「소년이로少年易老」를 수상작으로 선정하였다.

편혜영의 「소년이로少年易老」는 커다란 집의 적막한 공간성, 13세 소년 소진의 시점視點 그리고 재災의 질감이 묻어나는 문체에 근거해서 씌어진, 매우 독특한 소설이다. 재난이나 전염병과 같은 상황에서 도출되는 그로테스크함이 아니라, 공간과 시점과 문체가 빚어내는 스산한 낯섦unheimlich은 이 소설의 미학적 핵심이다. 수수께끼처럼 알 듯 모를 듯한 무서움, 또는 낯설고 두려우면서도 왠지 모를 친숙한 감정이 그것이다. "큰 집의 고요가 어둠과 함께 밀어닥쳤다. 낯설면서도 익숙한 기분이었다." 여러 개의 방을 가진 커다란 유준의 집에는 배에 복수가 가득 차 있는 아버지, 히스테리컬한 성격의 어머니, 친구들과 잘 어울리지 못하는 소년 유준이 산다. 그리고 자신의 집에서 밀려나 유준의 집에 기묘한 방식으로 기거하는 소진이 있다. 이들에게 집은 관계성이 붕괴되어 가는, 기묘한 낯섦과 스산한 친숙함이 가득한 공간이다. 어느 날 소진은 한참 동안이나 아버지를 내려다보고 있는 유준을 발견한다. 소진의 시점에서 관찰된 것이기에 독자에게는 추측만이 허용되겠지만, 아마도 유준은 아버지의 죽음을 목도했을 것이다. 하지만 유준은 소진에게 무슨 일이 있었는지 말하지 않는다. 함께 게임을 했고 자고 가라고 말했을 따름이다. 아버지의 화장을 마치고 나서 유준은 재가 된 아버지를 만져본 경험에 대해 이야기한다. "이런 것이로구나." 작품의 제목이 '소년이로'로 정해진 연유는, 아마도 이 지점과 관련이 있는 것이라 생각된다. 제목은 주자朱子의 「권학문勸學文」에 나오는 시의 첫 구절에서 가져온 것이다. 소년은 늙기 쉬우나 학문을 이루기는 어렵다少年易老學難成. 순간순간의 세월을 헛되이 보내지 말라一寸光陰不可輕. 어쩌면 핵심은 일촌광음에 있을 것이다. 순식간에 소년에서 어른(노인)으로 변하는, 그 낯설고 기묘하며 두려운 순간이 그것. 아이에게서 해골을 보았던, 이상李箱의 소설 「동해童骸」의 독특한 상상력과 닿아 있는 것이기도 할 것이다. 공간의 스산한 낯설음과 마주하고 있는, 시간의 스산한 낯섦이라고 해도 좋을 것이다. 시공간의 스산한 낯섦을, 작가는 재災의 질감("장갑 낀 손에 달라붙는 재의 느낌")을 환기시키는 문체 속에

담아내고 있다. 작가의 예사롭지 않은 공력에 어떻게 눈길을 주지 않을 수 있을까. ▪

비애와 우수에 내재된 소설의 힘

박혜경

예심에서 올라온 작품들 중 내가 마지막까지 관심을 갖고 읽었던 작품은 이장욱의 「올드맨 리버」와 편혜영의 「소년이로少年易老」였다. 이장욱은 건조함과 습기를 적절히 배합한 탁월한 문장력의 작가이다. 그의 소설을 읽을 때마다 느끼는 것이지만, 그의 문장들은 침투력이 강한 정서적 밀도를 지니고 있으면서도 좀처럼 대상과의 정서적 거리를 흐트러뜨리지 않는 특유의 미학적 에스프리를 지니고 있다. 이번 작품에서 이러한 그의 문장은 서울이란 이방의 나라에서 한국 사람이면서도 한국 사람이 아닌 모호한 정체성을 지닌 채 쓸쓸하면서도 무심한 듯 삶의 주변을 떠도는 주인공의 내면과 썩 잘 어울리는 배합을 보여준다. 게다가 "어쨌든 물고기의 입은…… 피로 가득한 것이니까요"처럼, 엉뚱한 장면에서 돌출되어 나오는 그의 문장들이 안겨주는 기이한 매혹이라니……

작가는 부모로부터 버림받은 니콜라라는 미국 남자와 그가 입양한 알이라는 한국 남자의 이야기를 통해 삶과 죽음이 교차하는 깊고 어두운 강물 속으로 우리를 데려간다. 누구는 죽고, 누구는 살아남아 죽음에 이르는 좀 더 긴 시간을 견딘다. 결국 '늙은 사내의 강'이라는 제목을 가진 이 소설은 유예된 죽음으로서의 삶을 견디는 사람들의 이야기다. 그러나 우리를 적막하고 공허한 삶의 내면과 마주서게 하는 충분히 유려하고 매혹적인 문장들에도 불구하고, 이전의 이장욱 소설이 전해주던 어떤 강렬함을 기억하는 독자에겐 소설의 흐름이 전반적으로 단조롭지 않은가라는 아쉬움이 있었다.

예전에 편혜영의 『저녁의 구애』에 실린 작품들을 읽으면서 앞으로 편혜영의 소설세계는 어디로 흘러갈까 하는 생각을 했었다. 그것은 사실 어디로 흘러갈 수 있을까, 라는 생각에 가까웠다. 당시는 이 작품집 속에 수록된 작품들이 그녀가 지금까지 모색해왔던 소설세계의 어떤 완결된 모습을 보여주고 있는 것처럼 느껴졌기 때문이다. 그런데 「소년이로 少年易老」를 읽는 순간, 어쩌면 그녀의 최근작들을 꼼꼼히 챙겨 읽지 않은 한 게으른 독자의 과장된 독후감인지 모르겠지만, 이것이 편혜영 소설의 새로운 출구가 아닐까, 라는 생각을 했다.

여기 유준과 소진이라는 두 소년이 있다. 이 작품은 유준의 집이 몰락하는 과정과 그를 둘러싼 세계의 비정한 한 단면을 소진의 눈을 통해 들려준다. 작품의 서술은 냉정하리만큼 응시하는 자의 관찰적 시점을 유지하면서 상황의 디테일을 차곡차곡 쌓아나가는, 우리가 편혜영의 소설에서 익히 접해온 방식과 크게 다르지 않다. 인물의 내면보다 인물의 행동이나 인물이 처한 상황묘사에 집중하는, 또한 인물의 내면에 대해 묘사할 때조차도 그 내면이 대개는 상황에 대한 어떤 즉물적 반응의 형태로 묘사된다는 점에서 서술방식에 관한 한 작가의 태도는 유물론자의 그것에 가깝다. 그럼에도 불구하고 이 소설이 특별히 인상적으로 느껴지는 것은 소설 전반을 지배하는 어떤 비애와 우수의 정서 때문이다. 작품 속에 내재된 이러한 비극적 페이소스는 편혜영의 기존 소설들에서는 좀처럼 접하기 어려웠던 낯선 정서다. 이런 정서가 가능했던 건 이 소설이 아직 세계의 많은 것이 불가사의하고 비밀스러운 것으로 느껴질 수밖에 없는 어린 소년들의 세계를 그리고 있기 때문일까? 그러나 세계의 불가사의한 비밀이라면 이미 편혜영의 많은 소설들이 줄기차게 다루어 온 주제가 아닌가? 그렇다면 이 소설 곳곳에서 감지되는 비애와 우수의 정서는 대체 어디서 오는 걸까? 어쩌면 그것은 이 작품이, 표면에 드러난 서술방식과는 별개로, 아직 삶을 시작하지도 않은 순진한 소년들의 눈을 통해 몰락해가는 세계의 암울하고도 비극적인 정조를 이미 소설의 육체로 내면화하고 있기 때문은 아닐까, 라는 생각을 해보았다. 특히 늘 두렵기만 했던 아버지의 죽음을 지켜보는 유준과, 소진이 유준의 그 모습을 훔쳐보는 장면은 내면묘사 없이 상황 그 자체의 디테일에만 집중하고 있음에도 불구하고 가슴을 두드리는 착잡한 비애의 느낌으로 전달된다. 어린 나이에 이미 세상의 불행을 다 살아버린 듯, 젊어 이미 늙어버린 이 소년들에게 남은 미래란 과연 무엇일까? 소설을 다 읽은 후에도 이 물음이 주는 가슴 아픈 여운이 좀처럼 가시지 않는다. 그 여운이 바로 이 소설의 힘이라 생각했다. ▪

편혜영의 소설, 「소년이로少年易老」

오정희

    10대 초반 사춘기에 접어든 두 소년을 중심으로 하여 그들을 둘러싼 환경과 그들의 관계, 혼란의 덫에 빠진 심리와 행적들을 그리고 있는 이 소설은 넓은 의미의 성장소설이라 할 수도 있겠다. 작가는 이 소설에서 우리 모두가 지나왔으면서 마음 깊이 단단히 매몰시킨 시간과 상처의 응어리들을 낯설고 음산한 풍경으로 펼쳐 보인다. 그러나 그들이 치르고 있는 일종의 희생제의가, 무상성이라는 작가의 비극적 세계관에 닿아 있다는 점에서 통념적 성장소설로 쉽게 규정할 수는 없을 것 같다. 작가는 아직 어리고 연약한 두 아이를 결속시키는 우정이란 실은 그들이 이제부터 입사해야 하는, 무정형의 괴물처럼 버티고 있는 세계에의 공포와 두려움, 자기 안에서 자라고 있는 사악한 욕망과 비밀에의 매혹과 공모라는 것을 침착하고 서늘한 문체로 서술하고 있다. 성장하고 또한 살아간다는 일은 얼마나 고독하고 혹독한 대가를 치러야 하는 것일까 하는 것을 이 작가는 자기만의 개성과 소설미학을 유감없이 펼치면서 소설적 형상화에 성공하고 있는 것이다. 부모, 또래 집단, 주변인들, 자기 안에 숨은 욕망, 공포와 수치, 혼돈 등으로 형태와 성격을 달리하며 지배하는 삶의 폭력성을 날카롭게 포착하는 능력도 뛰어나다.

혹자는 모호해 보이는 듯한 서술기법에, 보다 명료함을 요구하며 불만을 표할지 모른다. 그러나 그 치밀하게 계산된 모호함을 걷어버린다면 이 작가가 던지는 질문의 의미도 방식도 빛이 바랠 것이다.

'少年易老學難成'이라는 주자의 권학문에서 빌려왔으리라 짐작되는 제목을 두고 나눈 여담.

'소년은 늙기 쉽고 학문은 이루기 어렵다'로 풀이되지만 이 소설에서는 쉬울 '이易'를 바꿀 '역易'으로 볼 여지도 있다는 것. 즉 소년이 늙어간다는 시간적 흐름의 기술이기도 하겠지만 소년에서 노인이 되어버리는 섬광과도 같은 순간, 어떤 극점을 말하고 있는 것일 수도 있다는. 영민하고 예민한 작가가 그것을 염두에 두지 않았겠느냐는. ▪

그럼에도 소년

편혜영

어떤 일을 생각하면, 오래전에 겪은 일을 다시 겪는 것도 같고 생전 처음 겪는 것도 같은, 이상한 기시감과 무력감, 낯선 슬픔이 동시에 느껴질 때가 있습니다. 올해 일어난 일이 그랬습니다. 모두가 절망하고 생기를 잃은 가운데서도 특히 소설을 쓰는 일은 무용하고 무력해 보이기만 했습니다.

그럼에도 나를 소설로 몰고 가는 힘이 불행과 상처이고, 불안과 의심이어서 계속 쓸 수 있었습니다. 불안과 의심이 귀띔해주는 이야기라서, 끝내 더 불안하고 의심에 사로잡히지만, 낙담하고 부진한 가운데도 소설이기 때문에 썼습니다. 시작하다 그만두기 일쑤고 전전긍긍하고 멈출 때마다 일찌감치 늙어버린 두 소년, 소진과 유준이 격려했습니다.

이미 비밀에 도달했기 때문에 성장할 리 없는 두 소년에 대해 쓰고 싶었습니다. 오래된 나뭇바닥이 삐걱대는 커다란 집을 늘 긴장한 채로 걷는 소년, 다른 사람의 고통이나 상실은 모른 척하고 인정과 평판을 중시하는 부모 밑에서 혹은 매사 실망만 하면서 살아온 부모 밑에서 자란 소년, 몰이해와 시기심에 괴롭힘을 당하는 소년에 대해 쓰고 싶었습니다. 두 소년이 호감이 가지 않게 꾸며진 손님방에서 늦도록 함께 놀다가 잠들고, 낯설고 차가운 새벽 공기에 놀라 깨어나서는 온기를 찾아 서로의 몸을 더듬어 끌어안는 모습을 떠올리며 소설을 시작했습니다. 여느 소설이 그렇듯, 뜻대로 되지 않았고, 외로울 정도로 커다란 낡은 집에서 일찌감치 쓸쓸해진 두 소년의 이야기가 되고 말았습니다.

이야기는 끝났지만, 그들은 자라고, 장차 뭐가 될지 모르는 채 자라고, 무엇이 될지 몰라 뭐든 시도하며 자라고, 무엇도 하지 않아 무엇도 되지 않으며 자라고, 무엇도 할 수 없는 채로 자라고, 재해와 재난에 속수무책이 된 채 자라고, 사건과 사고에도 불구하고 자라고, 비밀이 없어 진실도 무용한 세계에서 자라고 이미 늙어버린 줄도 모르는 채 자랄 것입니다.

무사했으면 좋겠습니다.

부족한 작품을 읽고 격려해주신 심사위원 선생님들께 깊이 감사드립니다. 소명도 사명도 없이 쓰기 시작한 소설이어서, 무사한 나날에 받는 상이어서, 부끄럽고, 미안하고, 고맙습니다. ▪

2015 現代文學賞 수상소설집

소년이로少年易老 외

지은이 ǀ 편혜영 외
펴낸이 ǀ 양숙진

초판 1쇄 펴낸날 ǀ 2014년 11월 26일
초판 5쇄 펴낸날 ǀ 2015년 7월 30일

펴낸곳 ǀ ㈜현대문학
등록번호 ǀ 제1-452호
주소 ǀ 137-905 서울시 서초구 신반포로 321(잠원동)
전화 02-2017-0280
팩스 02-516-5433
홈페이지 ǀ www.hdmh.co.kr

ⓒ 2014 ㈜현대문학

ISBN 978-89-7275-729-0 03810